suhrkamp taschenbuch 1494

Teresa, eine bildschöne Frau bescheidener Herkunft, heiratet einen alten, vermögenden Mann. Ihr uneheliches Kind verschweigt sie ihm. Nach dem Tod ihres Mannes heiratet die immer noch auffallend schöne Teresa einen wohlhabenden Diplomaten, der den Beruf aufgegeben hat. Wohnsitz ist eine herrschaftliche Villa am Stadtrand Barcelonas.
Teresas Tochter Sofia wächst als verwöhntes Einzelkind heran und heiratet, unstandesgemäß, einen Mann aus der Textilbranche. Zwei Söhne kommen zur Welt, Ramon und Jaume. Sofia nimmt dann auch noch Maria, die uneheliche Tochter ihres Mannes, ins Haus. Ramon und Maria werden zu unzertrennlichen Spielgefährten, die sich stets gegen den schwächlichen Jaume verbünden. Vermutlich wird er während eines »Spiels« von ihnen umgebracht. Die Großmutter Teresa beobachtet die Entwicklung der Ereignisse voll Sorge, sie scheint die Familienmitglieder als einzige zu kennen. Jahre später erfahren die beiden einander sehr zugetanen Heranwachsenden, daß sie Halbgeschwister sind: Ramon verläßt daraufhin das Haus, Maria begeht Selbstmord.
Mercè Rodoreda ist 1909 in Barcelona geboren, sie starb 1983 in Girona. Ihre Bücher im Suhrkamp Verlag: *Auf der Plaça del Diamant* (st 977); *Der Fluß und das Boot. Erzählungen* (BS 919); *Reise ins Land der verlorenen Mädchen* (BS 707).

Mercè Rodoreda

Der zerbrochene Spiegel

Roman

Aus dem Katalanischen
von Angelika Maass

Suhrkamp

Titel der Originalausgabe. *Mirall trencat*
Der Übersetzung liegt der Text der 1974 im Club Editor, Barcelona in erster Auflage erschienenen Ausgabe zugrunde
Umschlagfoto: Harald Mante/Bildarchiv Bucher, München

suhrkamp taschenbuch 1494
Erste Auflage 1988

Druck: Ebner Ulm
Printed in Germany
Umschlag nach Entwürfen von
Willy Fleckhaus und Rolf Staudt

1 2 3 4 5 6 – 93 92 91 90 89 88

DER ZERBROCHENE SPIEGEL

Un roman: c'est un miroir qu'on promène le long du chemin.

Saint-Réal

VORWORT

Ein Roman entsteht aus einer Vielzahl von Eingebungen, aus einer gewissen Anzahl unabwägbarer Umstände, aus Todesqualen und Wiederaufleben der Seele, aus Begeisterung, aus Ernüchterung, aus Beständen des unwillkürlichen Gedächtnisses ... eine ganze Alchimie. Wenn ein Sonnenuntergang mein Gemüt nie bewegt hat, wie kann ich dann den Zauber eines Sonnenuntergangs beschreiben oder, besser gesagt, suggerieren? Straßen sind für mich immer ein Gegenstand der Inspiration gewesen, wie auch eine Passage aus einem guten Film, wie ein Park in voller Frühlingspracht oder bereift und skeletthaft im Winter, wie im richtigen Augenblick gehörte gute Musik, wie die Gesichter völlig unbekannter Menschen, denen du plötzlich begegnest, die dich anziehen und die du nie wiedersehn wirst. Darum hinterlassen sie bei dir ein Bedauern, das sich mit Worten schwer beschreiben läßt. Eine Hand in einem Gemälde vermag dir die ganze Gestalt zu geben. Ein Blick kann dich tiefer beeindrucken als die Schönheit eines Augenpaars. Ein geheimnisvolles Lächeln, das manchmal vielleicht nichts weiter als das Zusammenziehen bestimmter Gesichtsnerven ist, raubt dir dein Herz, und es wird dir zum Bedürfnis, ihm Dauer zu verleihen. Du denkst: wenn ich doch dieses winzige Etwas von einer kaum wahrnehmbaren Bewegung festhalten könnte, das einen ganzen Ausdruck verändert ... Stendhal sagte: die Details sind das wichtigste in einem Roman. Und Tschechow: man muß das Unmögliche versuchen, um die Dinge so zu sagen, wie sie noch nie einer gesagt hat. Einen Roman schreiben ist schwer. Die Struktur, die Personen, der Schauplatz ... die Arbeit der Wahl ist erhebend, denn sie zwingt dich, Schwierigkeiten zu überwinden. Es gibt Romane, die sich einem aufdrängen. Andere muß man nach und nach aus einem bodenlosen Schacht herausholen. Ein Roman, das sind Wörter. Ich möchte die unendlich langsamen Zuckungen eines Triebes zeigen, wenn er aus dem Zweig hervorwächst, die Heftigkeit, mit der eine Pflanze ihren Samen ausstößt, die wilde Unbeweglichkeit der Pferde Paolo Uccellos, die ungeheure Ausdrucksfülle im Lächeln der androgynen Jungfrauen Leonardo da Vincis oder den aufreizenden Blick, den aufreizendsten Blick der Welt, einer Dame von Cranach, ohne Brauen, ohne Wimpern, mit Hut und Straußenfedern, die Brüste offen über dem Mieder. So weit bin ich nicht gekommen. Gut schreiben kostet Mühe. Unter gut schreiben verstehe ich, die wesentlichen Dinge so einfach wie möglich zu sagen. Das gelingt einem nicht immer. Jedem Wort Profil zu verleihen; die unscheinbarsten können blendend leuchten, wenn man sie an den richtigen Platz stellt. Wenn mir ein Satz mit einer neuen Wendung glückt, habe ich ein kleines Siegesgefühl. Der ganze Reiz des Schreibens besteht darin, das richtige Ausdrucksmittel zu treffen, den Stil. Es gibt Schriftsteller, die ihn gleich finden, andere brauchen lange, wieder andere finden ihn nie.

Nach Jahren, in denen ich nichts schreiben konnte – mit Ausnahme einiger Erzählungen –, denn es erfordert Anstrengung und ich hatte Wichtigeres zu tun, wie etwa zu überleben, drängte sich mir, so könnte ich es nennen, »Jardí vora el mar« (Garten am Meer) auf. Ähnlich wie in der Erzählung »Tarda al cinema« (Nachmittag im Kino) aus der Sammlung »Vint-i-dos contes« (Zweiundzwanzig Erzählungen) entschied ich mich für die Darstellung in der ersten Person, den inneren Monolog. Eng verbunden mit Blumen und jahrelang ohne Blumen, verspürte ich das Bedürfnis, von Blumen zu sprechen und daß meine Hauptfigur ein Gärtner sei. »Ein Gärtner ist anders als die andern, und das kommt von unserem Umgang mit Blumen.« »Jardí vora el mar«, mein zuletzt erschienener Roman, chronologisch der erste, den ich nach dem großen Niedergang schrieb, ist für mich wichtig, weil er den anderen den Weg bahnt. Der Wunsch, sich zu übertreffen, das Vergnügen des Schreibens, mich glauben zu lassen, daß ich noch immer etwas konnte, daß ich weitergehen konnte, daß meine Jugendsehnsüchte nicht tot waren.

Eine Familie, ein verlassenes Haus, ein verödeter Garten, Inbegriff des Gartens aller Gärten ... Ich hatte Lust, einen Roman zu schreiben, in dem dies alles vorkäme. Mir gefiel der Gedanke, daß die Familie reich wäre, darunter eine Frau, die nicht zu dieser Kaste gehörte. Weiter unten angesiedelt. Von bescheidener Herkunft. Die ideale Gestalt entdeckte ich in Teresa Goday, die zu dem Zeitpunkt, da sie sich in meinem Geist formte, weder Teresa noch Goday hieß. Sie hatte keinen Namen. Eine Schönheit, die ihrer Mutter Fisch verkaufen half, innerlich jedoch darauf vorbereitet ist, sich mit jener Leichtigkeit über ihren Stand zu erheben, wie sie ein Mensch, besonders eine Frau, oft besitzt, wenn ihn eine Fügung aus seiner Umgebung herausgerissen hat. Natürlich spürte ich, daß der Roman schwierig sein würde, daß er viele Personen erfordern, daß er mit Schwierigkeiten gespickt sein würde. Während ich daran dachte, näherte sich allmählich einschmeichelnd, als ob er um Verzeihung bäte, daß er sich dazwischenschöbe, ein anderer Roman, von einfachem Aufbau, mit einem Tanzfest, mit einer Heirat, mit einem Dach ganz voller Tauben. Ich sah ihn als einen Roman, in dem hoffnungsloseste Absurdität herrschen sollte, in welchem die Tauben, weil es so viele sind, zu einem Alptraum würden. Langsam ging es mit »Auf der Plaça del Diamant« vorwärts. Und ich entschied mich, dieses Buch vor dem Familienroman zu schreiben. Während ich an Colometas Heirat arbeitete, entstand, vielleicht weil ich seit langem den Wunsch hatte, eine Erzählung zu schreiben, in der eine Person auf der Totenbahre vorkäme, voller Geheimnis »Eladi Farriols, auf der Totenbahre«, und so wie Teresa noch nicht Teresa hieß, hieß Eladi Farriols auf der Totenbahre weder Eladi Farriols, noch hielt eine Köchin bei ihm Totenwache, die Armanda hieß, noch ein Flachmaler, der Jesús Masdéu hieß. Eladi Farriols, tot daliegend mitten in der Bibliothek eines herrschaftlichen Hauses, lieferte mir auf die unvermutetste Art und Weise das erste Kapitel zu »Der zerbrochene Spiegel«, welches zum neunzehnten des zweiten Teils werden würde. Der Stil war ein anderer als der von »Auf der Plaça del Diamant«. Der Roman einer Familie mußte breiter angelegt sein, mehr Weite haben. Ich konnte den Roman nicht von einer einzigen Person erzählen lassen ... Den Monolog mußte ich durch Erzählstil ersetzen. Ich legte »Eladi Farriols auf der Totenbahre« beiseite. »Auf der Plaça del Diamant« riß mich fort; im Vordergrund stand Colometa, arglos, mit dem Leben konfrontiert, das sie ohne die geringste falsche Sentimentalität nehmen würde: so wie es die gesunden Leute aus dem Volk nehmen. »Auf der Plaça del Diamant« ist ein Roman, der sehr viel weiter geht als das, was gemeinhin als Roman bezeichnet wird. Dem Anschein nach der, welcher am meisten danach aussieht; in Wirklichkeit der, welcher es am wenigsten ist.

Das Tanzfest an der Kirchweih in »Auf der Plaça del Diamant« hat tiefe Wurzeln in mir. Ich war ein Einzelkind und habe alle Vor- und Nachteile einer solchen Situation erlebt. Mit einem Wort: ich hatte Lust zu tanzen, und bei mir zu Hause wollte man das nicht. Ein anständiges Mädchen hat nicht zu tanzen. Nur Mädchen, die wenig auf sich hielten, tanzten. Und ich verging danach. Eines Abends, zur Kirchweih von Gràcia, ging ich mit meinen Eltern, um durch geschmückte Straßen zu laufen und Festzelte anzuschauen: die Plaça del Sol und die Plaça del Diamant. Ich erinnere mich, bei vielen Gelegenheiten habe ich mich daran erinnert, daß ich wie eine Seele im Fegefeuer durch musikerfüllte Straßen lief, so traurig war mir zumute. Ich muß zwölf oder dreizehn Jahre alt gewesen sein. Jahre später, auf höchst ungewöhnliche Art und Weise und wie durch Zauberei, kam mir der Gedanke, das erste Kapitel von »Auf der Plaça del Diamant« in einem Festzelt spielen zu lassen, obschon ich mich nicht mehr erinnerte, wie sie war, noch auf welchen Straßen man dorthin gelangte. Jemand, der selbstsicher und überzeugt war, sehr intelligent zu sein und eine große Wahrheit entdeckt zu haben, fragte mich beim Erscheinen des Romans, ob ich Colometa sei. In allen meinen Gestalten liegen Züge meiner selbst, aber keine meiner Gestalten ist Ich. Auf der anderen Seite interessiert mich meine historische Zeit nur sehr bedingt. Ich habe sie zu sehr gelebt. In »Auf der Plaça del Diamant« gebe ich sie, ohne mir vorgenommen zu haben, sie zu geben. Ein Roman ist eben auch ein schwer überschaubarer, geheimnisvoller Akt. Er reflektiert, was der Autor in sich trägt, beinahe ohne zu wissen, daß er mit soviel Gewicht beladen ist. Hätte ich absichtlich über meine historische Zeit sprechen wollen, würde ich einen Zeitbericht geschrieben haben. Es gibt sehr gute. Aber ich bin nicht dafür geschaffen, mich auf die Rede über konkrete Tatsachen zu beschränken.

Als ich einen neuen Roman schreiben wollte, fühlte ich mich nicht stark genug, einen Roman in Angriff zu nehmen, in dem viele Personen vorkämen. Ich mußte eine Struktur finden wie die von »La plaça del Diamant«. Ich geriet in eine Falle. Ich war so sehr in die Haut meiner Gestalt geschlüpft, Colometa war mir so nah, daß ich ihr nicht entkommen konnte. Ich konnte nur wie sie sprechen. Ich mußte jemand vollkommen Entgegengesetzten suchen. Und so entstand, leicht pathetisch, leicht trostlos, die Cecília C. des »El carrer de les Camèlies«.

Ein Autor ist nicht Gott. Er kann nicht wissen, was im Innern seiner Geschöpfe vor sich geht. Ich kann nicht, ohne daß es falsch klingt, sagen: »Colometa war verzweifelt, weil sie mit der Arbeit, die Tauben zu putzen, nicht fertig wurde.« Ebensowenig kann ich sie direkt sagen lassen: »Ich war verzweifelt, weil ich mit der Arbeit, die Tauben zu putzen, nicht fertig wurde.« Ich muß eine ergiebigere, ausdrucksvollere Lösung finden, die mehr ins einzelne geht; ich darf dem Leser nicht sagen, daß Colometa verzweifelt ist, sondern ich muß ihn fühlen lassen, daß sie es ist. Und damit der Leser Colometas Verzweiflung sieht, sehe ich mich gezwungen zu schreiben: »Und an diesem Tag sagte ich mir, daß jetzt Schluß war. Daß Schluß war mit den Tauben. Tauben, Futter, Wassernäpfe, Nester, Taubenschlag und Sprossenleiter, weg damit! ... Stroh, Schwefelkugeln, Tauben, rote Äuglein und rote Beine, weg damit! Der Dachboden gehört wieder mir, die Klappe kommt weg, die Stühle wieder auf den Dachboden, kein Rundflug mehr für die Tauben, der Wäschekorb kommt aufs Dach und die Wäsche wird da wieder aufgehängt. Die runden Augen und spitzen Schnäbel, der Malvenschimmer und Apfelschimmer, weg damit!«

Ich kann von Cecília nicht sagen, daß sie, »als sie zum ersten Mal aufs Dach stieg, drüben über dem Berg einen sehr großen Stern sah«, weil ich nicht wissen kann, ob sie einen sehr großen Stern sah, als sie aufs Dach stieg. Hingegen kann ich sie sagen lassen: »Als ich zum ersten Mal aufs Dach stieg, sah ich einen sehr großen Stern.« Das heißt, eine Romanfigur kann wissen, was sie sieht und was mit ihr ist, der Autor nicht. Auf diese Art spürt der Leser eine Wahrheit oder, wenn man will, mehr Wahrheit. Jeder Roman ist konventionell. Der Reiz liegt darin, zu erreichen, daß es nicht so aussieht. Ich habe nie etwas so Ausgeklügeltes geschrieben wie »La plaça del Diamant«. Nie etwas Unwirklicheres, Gesuchteres. Den Eindruck eines Lebendigen bewirkt die Natürlichkeit, die Klarheit des Stils. Ein Roman, das sind Wörter.

Llorenç Villalonga* schrieb, nachdem er beim Erscheinen von »Auf der Plaça del Diamant« einen lobenden Artikel geschrieben hatte, einen weiteren beim Erscheinen von »El carrer de les Camèlies«, mit dem Titel »Igual, però diferent« (Gleich, aber anders). Zwei Jahre brauchte ich, um »El carrer de les Camèlies« zu schreiben. »Auf der Plaça del Diamant« hatte mich völlig verbraucht, und meine Erschöpfung dauerte an. Zwischendurch schrieb ich Erzählungen, eine Gattung, die nicht ganz soviel Mühe erfordert. Daraus sollte die Sammlung »La meva Cristina« (Meine Cristina) entstehen, ein sehr durchgestaltetes Buch, das schwer zu schreiben war. Cecílias Kindheit regte mich, ich weiß nicht warum, zu einem weiteren Kapitel für den Familienroman an, in dem der Garten bereits Gestalt annahm: »Die Kinder«. Nun hatte ich schon zwei Kapitel von »Der zerbrochene Spiegel«, der allmählich Form bekam, kaum daß ich es wahrnahm. Und in einem Stil, der nicht der meine war.

Nachdem ich »El carrer de les Camèlies« geschrieben hatte, arbeitete ich meinen Jugendroman »Aloma« um. Einen ungenauen Text zu verbessern, ihn reiner und konkreter zu machen und ihm dabei die Frische des eben Geschriebenen zu erhalten ist gar nicht einfach. Ich ruhte einige Zeit aus. Nun hatte ich freie Bahn, um mich ungehindert dem Familienroman zu widmen. Ich brauchte einen Titel, ohne daß ich so ganz recht wußte, was sich in dem Roman ereignen würde. »Das verlassene Haus«. »Geschichte einer Familie«. »Vergangene Zeit«. »Drei Generationen«. Alle waren nichtssagend. Ich weiß nicht mehr, welche Kapitel es waren, die den beiden ersten folgten. Ich schrieb langsam, ich, die ich zügig schreibe, ohne Notizen zu machen, ohne Situationen im voraus zu entwerfen. Von meinem Autoren-Königreich aus erklärte ich meine Gestalten,

*Llorenç Villalonga (1897-1980) zählt zu den bedeutendsten Romanciers der modernen katalanischen Literatur. Sein bekanntestes Werk ist *Bearn* (1961).

wußte ich, was sie dachten, ließ ich sie mit meiner Stimme sprechen.

»Der Domino schleifte über den Boden. Sie breitete die Arme ganz weit aus. ›Ich muß wie ein Riesenadler aussehen.‹ Sie bückte sich, um den Stoff zu raffen und hochzuheben, weil sie darüber stolperte. Sie nahm Frau Sofias Handspiegel mit dem silbernen Rosenrahmen. Sie beendete ihren Gang durch das Haus, den einen Arm ausgestreckt, den Spiegel nach vorn gerichtet, als hielte sie eine Fackel in die Luft. Vom ersten Stock in die Eingangshalle hinab stieg sie, den Spiegel nach hinten gerichtet: Teile der Decke sah sie darin, Teile des Geländers, Muster und Girlanden des Teppichs, welcher die Stufen bedeckte, alles lebendig und unscharf-verschwommen, bis sie, als sie die unterste Stufe erreichte, der ganzen Länge nach hinfiel, in violette Falten verwickelt. Der Spiegel war zerbrochen. Die Stückchen wurden vom Rahmen gehalten, aber ein paar waren herausgesprungen. Sie nahm sie eins ums andere und fügte sie in die Lücken ein, dort, wo sie glaubte, daß sie hineinpaßten. Reflektierten die Spiegelsplitter, aus der Waagrechten gebracht, die Dinge so, wie sie waren? Und mit einemmal sah sie in jedem Spiegelsplitter Jahre ihres in diesem Haus gelebten Lebens. Fasziniert kauerte sie auf dem Boden und verstand es nicht. Alles zog vorbei, hielt an, verschwand. Ihre Welt nahm dort drin Leben an, mit allen Farben, mit aller Kraft. Das Haus, der Park, die Zimmer, die Leute; als Junge, als Ältere, aufgebahrt, die Kerzenflammen, die Kinder. Die Kleider, die Ausschnitte mit den lachenden oder traurigen Köpfen darin, die gestärkten Kragen, die Krawatten mit tadellosen Knoten, die frisch gewichsten Schuhe, die auf Teppichen oder über den Sand im Garten liefen. Eine Orgie vergangener Zeit, weit, weit weg ... wie weit weg alles war ... Sie stand verstört auf, den Spiegel in der Hand. Sie hörte Schüsse. Wie jede Nacht. Die Stunde für den Champagner war gekommen.« Das ist der Stil von »Der zerbrochene Spiegel«.

»La Perle du Lac« ist ein Restaurant am Genfer See. Im Winter geschlossen, ist es im Sommer ein zauberhafter Ort. Auf der Terrasse trinken die Genfer Damen und Herren ihren Tee und sind glücklich darüber, daß sie in der Schweiz geboren sind, dem Paradies Europas. Zwischen zwei Schlucken Tee sieht man das Wasser, zerfurcht von Wasserskifahrern, von Motorbooten, von Segelschiffchen, von den kleinen weißen Dampfern mit dem schwarzgelben Schornstein, die den See überqueren. Das Restaurant ist umgeben von Gärten, von hundertjährigen Zedern und Linden, von einer Unmenge Blumen, von weiten Rasenflächen, ohne ein Hälmchen, das nicht smaragdgrün wäre. Eines Spätnachmittags, bei Sonnenuntergang, stieg eine schon ältere Dame aus einem Rolls-Royce, näherte sich dem Mäuerchen am See und blieb dort so unbeweglich stehen, daß sie wie unwirklich aussah. Sie trug Schmuck, etwas Ungewohntes bei einer Genferin: ein sehr breites Armband aus Brillanten und Saphiren. Nach einer geraumen Weile ging sie fort. Was mochte sie denken, während sie die Schiffe betrachtete, das Wasser mit zersplitterter Sonne und zersplittertem Himmel darauf, den kleinen Dampfer, der im Vorüberfahren fröhlich seine Sirene ertönen ließ. Dachte sie über sich nach? Sah sie ihre Jugend wieder vor sich? Sah sie etwas oder sah sie nichts, tief verloren wie sie war in ihren Erinnerungen? Später, als ich – ohne etwas zu tun, um daran zu denken – daran dachte, wußte ich nicht, ob sie blonde oder schwarze Haare hatte, ich weiß es nicht. Ich erinnerte mich an ihre Augen, die sich einen Augenblick mit den meinen trafen; Augen von unbestimmter Farbe, in denen sich sehr viel Leben angesammelt hatte. Ein Bild erlesener Vornehmheit, ein wenig unwirklich, ein wenig anders als alles andere. Als ich Teresa Goday de Valldaura schuf, gab ich ihr die Augen der Dame vom Genfer See.

Das vergangene Jahrhundert war »feuilletonistisch«. Wenigstens stellte ich es mir so vor. Mit Herren und Damen, die von unehelichen Kindern umgeben waren, Kindern, welche die Eltern aus ihrem achtbaren Leben entfernten. Ein Jahrhundert verbotener Liebesbeziehungen. Voller Familiengeheimnisse. Faulkner läßt zwei Personen seines Romans »Sartoris« sagen: »Eure Arlen und Sabatini* reden doch auch recht viel, und keiner hatte mehr zu sagen und mit mehr Mühe zu sagen als der gute Dreiser.«

* Zeitgenössische Autoren. (M. R.)

»Aber sie haben Geheimnisse«, erklärte sie. »Shakespeare hat keine Geheimnisse. Er sagt alles.«
»Aha. Shakespeare hatte keinen Sinn für Unterscheidungen und keinen Instinkt für Zurückhaltung. Mit anderen Worten, er war kein Gentleman«, schlug er vor.
»Ja ... das eben meine ich.«
»Also, um ein Gentleman zu sein, muß man Geheimnisse haben.«
»Ach, du machst mich müde.«
Ob die Gestalten von »Der zerbrochene Spiegel« genug Bestand haben, weiß ich nicht. Mein eigentliches Interesse an ihnen war, daß sie es mir gestatten möchten, jene Last von Wehmut spürbar werden zu lassen, die alles hat, was intensiv gelebt hat und zu Ende geht. Sie sind weder gut noch schlecht: wie die Menschen, die an jedem Tag in der Woche an uns vorbeigehen. Und sie haben Geheimnisse. »Der zerbrochene Spiegel« ist ein Roman, in welchem jeder sich in den verliebt, in den er sich nicht verlieben darf, und der, dem es an Liebe fehlt, Liebe zu bekommen sucht, gleichgültig wie: in einer Stunde oder in einem Augenblick.

Als junges Mädchen hatte Teresa ihrer Mutter beim Fischverkaufen geholfen. Sie verliebt sich in einen Lampenanzünder, einen »zerlumpten Engel«, wie sie sich in einen Maurer hätte verlieben können. Sie bekommt ein Kind von ihm. Der Lampenanzünder ist verheiratet. Ich mußte Teresa aus einer solch bedauernswerten Lage herausholen. Der alte Nicolau Rovira, ein Financier, verliebt sich in sie, während er auf der Terrasse des Liceu Kaffee trinkt und sie vorbeigehen sieht; und er heiratet sie. »Herr Nicolau Rovira fragte Teresa, ob sie ihn heiraten wolle: alles, was er ihr bieten könne, sei sein Vermögen; er wisse nur allzu gut, daß er alt sei und sich kein Mädchen in ihn verlieben könne.« Teresa findet einen Weg, damit der Lampenanzünder den Jungen adoptiert. Sie übernimmt die Patenschaft. Schon haben wir einen Menschen mit einem Geheimnis auf ewig. Rovira stirbt bald, und ich lasse eine neue Gestalt in Teresas Leben treten. Salvador Valldaura findet in ihr bereits eine reiche, kultivierte, elegante Frau. Salvador Valldaura gebe ich, bevor er sich in Teresa verliebt, eine tragische

Liebesbeziehung, die ihn auf seinem ganzen Weg verfolgen wird: ein geigespielendes Mädchen, Wienerin, welches Selbstmord begeht und dessen Tod ihn in seinen Gefühlen auf ewig zeichnet. Teresa nimmt dieses innere Leben ihres Mannes in sich auf, doch kann sie das Bittere daran von sich weisen, indem sie sich ihrerseits verliebt. Und so tritt Amadeu Riera auf den Plan. Amadeu Riera ersann ich mit dem Kopf Delacroix', jung, eines Tages, als ich Freunde zu einem Notar begleitete, der auf seinem Tisch ein Väschen aus Kristall und Silber mit einer roten Rose darin stehen hatte. Er erzählte uns, er selbst habe sie aus Cadaqués mitgebracht, von seinem Landsitz. Es war ein windiger und regnerischer Nachmittag, grau wie Blei, belebt von den kleinen roten Lichtern der Wagen, welche die Straße hinunterfuhren. Während ich nach Hause ging, begann ich an Teresa Goday de Roviras Liebhaber zu denken. Ich würde ihn vornehm machen, schlank, mit einem romantischen Kopf. Ich würde einen Notar aus ihm machen. Er würde auf seinem Tisch ein Väschen aus Kristall und Silber mit einer roten Rose darin stehen haben. Ich würde ihn bereits ohne Liebe zeigen, alt, die Liebe erinnernd. Eine jener Liebesbeziehungen, denen die Zeit die bunten Farben des Regenbogens verleiht.

Bei einem meiner Aufenthalte in Barcelona sah ich im Carrer de Santaló eine alte Frau, sehr ordentlich, sehr sauber, die mit einem Korb voller Essen beladen war. Auf Pfirsichen und Äpfeln lag ein kleiner Strauß lila Zinnien, mit einem Kranz in der Farbe von Granatapfelkernen in der Mitte der Blätter. Sie hinkte ein wenig. Ein weißes Hündchen mit hellbraunen Flecken folgte ihr. In den Augen dieser Frau lag etwas wie Trauer, in ihrem ganzen Wesen eine große Beherrschung. Sie hatte noch immer Hoffnungen: das Sträußchen Zinnien. In diesem Augenblick wurde Armanda geboren, die Köchin der Valldauras. Ich würde sie von ihrer Mädchenzeit an zeigen. Ihrer Herrschaft treu ergeben.

Teresa Valldaura gab ich eine Tochter, die ihr nicht ähnlich sein sollte. Sofia Valldaura hat es mir erlaubt, mit einem harten Herzen zu spielen, mir, die ich immer nur mit weichen Herzen gespielt hatte. Kalt wie sie ist, wehrt sie sich, indem sie annimmt, aus dem Annehmen macht sie ihre Stärke und richtet die Waffe ihres Annehmens gegen ihre Feinde. Gegen einen einzigen Feind: Eladi Farriols, ihren Mann, Sohn und Neffe von Ladenbesitzern und Tuchfabrikanten.

Dieses ganze Spinnennetz, das sich mir da zusammenspann, hielt mich gefangen. Müde geworden, verlor ich jede Art von Umgang mit meinen Geschöpfen. Sie glitten mir aus den Fingern. Ich mußte sie vergessen, um sie erneut zu finden. Den ersten Teil hatte ich fast ganz fertig, das eine oder andere Kapitel des zweiten Teils und als letztes das, als Armanda in den Park hinausgeht, um Rosenschosse zu holen. Aber alles war nur wenig ausgearbeitet, hing noch etwas in der Luft. Auf der andern Seite bevölkerte sich mir der Roman mit immer mehr Leuten. Ich verlor mich in ihm. Ich sah mich genötigt, eine Kartei anzulegen, was mich verdroß, denn ich dachte, es würde mir die Spontaneität nehmen. Ich konnte die Arbeit nicht wiederaufnehmen. Sie stieß mich ab. »Der zerbrochene Spiegel« wurde zu einem unzugänglichen Berg für mich. Ich würde ihn nie beenden. Ich hatte das Interesse verloren.

Den Titeln, die ich mir vorgenommen hatte, fehlte es an Profil. Ein Roman ist ein Spiegel. Was ist ein Spiegel? Das Wasser ist ein Spiegel. Narziß wußte es. Der Mond weiß es, und die Weide weiß es. Das ganze Meer ist ein Spiegel. Der Himmel weiß es. Die Augen sind der Spiegel der Seele. Und der Welt. Es gibt den Spiegel der Wahrheit der Ägypter, der alle Leidenschaften reflektierte; sowohl die edlen als auch die niederen. Es gibt Zauberspiegel. Teuflische Spiegel. Spiegel, die verzerren. Es gibt Spiegelchen, um Lerchen zu fangen. Es gibt den Spiegel aller Tage, der uns uns selber fremd macht. Hinter dem Spiegel ist der Traum; wir alle wollten den Traum erlangen, der unsere tiefste Wirklichkeit ist, ohne den Spiegel zu zerbrechen. Wenn wir keine Träume haben, verbindet uns das mit Camus' »Etranger«: »Lever, tramway, quatre heures de bureau ou d'usine, repos, sommeil et lundi, mardi, mercredi, jeudi, vendredi, samedi sur le même rythme ...« Doch wenn der Roman, glauben wir einmal das, was man bis zum Überdruß gesagt und wiederholt hat, ein Spiegel ist, den der Autor einen Weg entlangträgt, so reflektiert dieser Spiegel das Leben. Ich aber reflektierte in allem, was ich von dem Roman einer Familie bereits geschrieben hatte, nur Stücke. Mein Spiegel entlang dem

Weg war also ein zerbrochener Spiegel. Da ich den Titel gefunden hatte, konnte ich den Roman wiederaufnehmen. Es war viel Zeit vergangen.

Teresa Valldaura, Salvador Valldaura, Sofia, Eladi Farriols, Armanda sind wichtige Figuren. Doch da gibt es andere, dem Anschein nach zweitrangige, die noch wichtiger sind: die mir eigentlich den Knotenpunkt des Romans ergeben haben. Ramon und Jaume, Sofia und Eladi Farriols' Kinder. Und vor allem Maria, das uneheliche Kind von Eladi Farriols und der Chansonette Pilar Segura. Die Ermordung des kleinen Jaume durch seine Geschwister (kindliche Eifersüchte verquickt mit den Eifersüchten der Erwachsenen) ist einer der Schlüssel – der Schlüssel – zum Roman. Schuldkomplex von Maria (Selbstmord) und von Ramon (Scheitern), der sich indirekt auf die anderen auswirkt: Eladi, Sofia etc.

In »Der zerbrochene Spiegel« sterben viele Menschen. Acht oder neun Personen, glaube ich. Alle haben nach und nach sterben müssen, weil ich es gewollt habe, weil ich ihr Schicksal gewesen bin. Deshalb sind sowohl die Lebenden als auch die Toten in meiner Nähe. Ich beobachte sie und sie beobachten mich. Ganz allmählich haben sie festere Umrisse bekommen, sind mir zu völlig vertrauten Menschen aus Fleisch und Blut geworden. Den Notar Riera sehe ich sehr oft; er geht in den Wäldern von Romanyà spazieren, im Schatten der Steineichen, wo ich den »Zerbrochenen Spiegel« beendet habe. Zusammen betrachten wir die karminrotesten Sonnenuntergänge der Welt und die perlenprächtigsten Mondaufgänge. Teresa, Sofia, Armanda kommen auch. Alle abhängig von mir und ich von ihren Handlungen. Vielleicht werde ich sie im Himmel oder in der Hölle treffen. Der Notar Riera, welcher jetzt schweigt, wird mir Vorwürfe machen: »Warum gaben Sie mir ein lächerliches Alter?« Und ich werde ihm antworten: »Warum sind Sie mir nicht dankbar für die Augenblicke der Wonne, die ich Ihnen geschenkt habe, und für die vielen Augenblicke, da Ihr Herz stockte?« Teresa wird kommen, und vielleicht, auch wenn ich sie am Schluß verfallen lasse, wird sie sich bei mir bedanken, daß ich sie mit so viel Blumen und so viel Brillanten umgeben und sie zu einer so hübschen Frau gemacht habe, als sie jung war. Von Armanda weiß ich, daß sie mit ihrem ruhigen Alter, nur mit etwas Schmerzen in den Füßen, zufrieden sein wird. Ramon Farriols, bitter im Innern bis ans Ende, wird mich nicht einmal anschauen, denn zuviel Geld verdirbt die Menschen. Eladi Farriols wird sich schämen. Ich werde sie alle antreffen. Auch Colometa. Sie wird zu mir sagen: »Du gabst mir Leid, es war das Leid vieler, einige Freuden, doch am Schluß deines Buches habe ich dir eine Lehre erteilt; auch wenn alles traurig ist, gibt es immer ein wenig Freude auf der Welt: die von ein paar Vögeln, die in einer Wasserpfütze baden. Zufrieden ...« Und Cecília werde ich begegnen. »Ich wollte nicht mit diesem und mit jenem schlafen. Ich wollte wissen, wer mein Vater gewesen ist. Ich wollte wissen, wie der war, der mir das Leben geschenkt hat, daß du mich ihn doch hättest sehen lassen, und wenn es auch nur für einen Augenblick gewesen wäre. Nichts wünschte ich mir mit größerem Ingrimm. Warum, warum nur hast du mir meinen Vater verweigert?« Und ich werde ihr sagen: »Mit traurigen Augen erschuf ich dich, den schönsten Augen der Welt, und ich gab dir ein Leben, ich und nur ich, gut oder schlecht, aber ein Leben. Und das ist besser als gar nichts.« Und dann wird der Gärtner aus »Jardí vora el mar« kommen und wird, während er auf den Himmelswegen dahinspaziert, zu mir sagen: »Was soll ich Ihnen an die höchste Mauer pflanzen, Bougainvilleen oder Glyzinien?« Und ich werde zu ihm sagen: »Seien Sie nicht so naiv ... sehn Sie denn nicht, daß das einzige, was man an die höchste Mauer pflanzen kann, Wolken- und Sternenfelder sind?« Wenn ich dem Matrosen von meiner Cristina begegne, weiß ich, daß er nichts zu mir sagen wird. Er wird mir den Rücken zukehren, wütend, weil ich ihn während vieler Jahre mit einem Walfisch zusammenleben ließ. Die arme Salamanderin wird mich anschauen. Der Mann aus »Der Mann und der Mond« wird bescheiden eine wirklichere Brücke von mir verlangen, um dort hinaufzusteigen, ohne daß sich der Zauber am Ende auflöst. Alle werden kommen. Es sind neue da, die sich bereits nähern, und ich weiß noch nicht, wie sie sein werden. Fühle ich mich für sie verantwortlich? Haben sie alles getan, was ich wollte, oder sind sie auch einmal dorthin gegangen, wo sie wollten? Ich weiß es nicht. Mit meiner ganzen Treulosigkeit habe ich versucht, sie zu verstecken. Sie sind nicht; sie sind gewesen.

Die Villa, das Dach, der Vogelkäfig, der japanische Schrank, das Kristallglas, das Teresa dem kleinen Jaume gibt, damit er wie sie Wein trinkt, jenes Kristallglas, das Salvador Valldaura aus Wien mitgebracht hat, mit dem grünen Fuß und dem rosafarbenen oberen Teil, die Pfauenfedern mit dem blauen Auge zuoberst, der Mann ohne Kopf aus dem Puppenhaus, den Ramon Farriols mitnahm, als er von zu Hause fortlief, und der Kopf vom Mann aus dem Puppenhaus, den Armanda aufhob und in einer Schublade aufbewahrte, damit sie ihn von Zeit zu Zeit abbürsten konnte, das sind, unter vielen andern, einige Elemente von gewisser Bedeutung in »Der zerbrochene Spiegel«. Und selbstverständlich der Lorbeerbaum.

Als ich klein war, befand sich hinter unserem Haus die Riera de Sant Gervasi de Cassoles, der heutige Carrer de Balmes. Auf der anderen Seite der Riera lag der verödete Park des Marquis de Can Brusi. Vom Eßzimmer aus sah man ihn dicht bestanden mit hundertjährigen Bäumen. Voller Nachtigallen in den Sommernächten. Er ging von der Plaça Molina bis zum Ateneu de Sant Gervasi dicht neben dem heutigen Mitre. In der Abenddämmerung hörte man Pfauenschreie. Dieser Park, idealisiert, ist der Park der Villa der Valldauras. Der Garten aller Gärten.

Ich möchte kurz über zwei Motive sprechen, die mit einer gewissen Häufigkeit in meinen Romanen erscheinen: das Motiv des Engels und das Motiv der Metamorphose. Ich gebe die entsprechenden Ausschnitte. Vielleicht hilft das alles einem Wissenschaftler, der sich für katalanische Literatur interessiert. Madame Louise Bertrand aus Nizza, die eine Arbeit über »La plaça del Diamant« schreibt, und Carme Arnau aus Barcelona, die eine Dissertation über mein Werk schreibt.

ENGEL IN MEINEN BÜCHERN

Als ich drei oder vier Jahre alt war, sagte mir mein Großvater, daß ich einen Schutzengel hätte, der ganz und gar mir gehöre. Während ich durch den Garten spazierte, zwischen Sträuchern und Blumen, dachte ich daran. Die Engel hatten Flügel, sie waren blond, und unter ihrer Stirn saßen zwei glänzende blaue

Augen. Sie gingen barfuß. Das hatte ich auf den Heiligenbildern gesehen. Da war auch nicht einer, der Schuhe getragen hätte. Ich spazierte langsam, mit meinem Engel neben mir: ich hörte ihn nicht atmen, aber ich fühlte, daß er mich liebte; anders als ich, denn er konnte mich sehen und ich konnte ihn nicht sehen. Ich wußte, wie er war, aber ich konnte ihn nicht anfassen. Mein unsichtbarer Engel verließ mich nie, denn er mußte mich beschützen. Ohne daß ich spürte, daß er mich bei der Hand nahm, wußte ich, daß er mich manchmal an der Hand führte. Dieser Windstoß in den Blättern, dachte ich, kommt von den Flügeln des Engels. Etwas Gegenwärtiges. Ich wurde krank. Traurig. Um meine Trauer zu vertreiben, brachten sie mich hin, damit ich fließendes Wasser sähe. Sie drehten die Hähne auf: »Schau mal, das Wasser.« Sie stellten den Strahl des Springbrunnens an: »Schau mal, das Wasser.« Ich war wachsbleich, aß nicht und schlief wenig. Ich hatte mich in den Engel verliebt. Im Bett zog ich mir die Decke über den Kopf und sprach leise zu ihm: Ich liebe dich ... Ich hätte ihn umarmen mögen, und er war nirgends. Es mag sein, daß als eine Folge dieser Erinnerung in meinen Romanen, bis jetzt habe ich nicht darauf geachtet, Engel auftreten. In »Aloma«. In »Auf der Plaça del Diamant«. In »El carrer de les Camèlies«. In »Der zerbrochene Spiegel«. In einer Erzählung mit dem Titel »Semblava de seda« (Wie aus Seide).

Aloma, Kapitel XIV:
»Was machen die Engel?«
»Sie verkleiden sich als Sterne.«

Auf der Plaça del Diamant, Kapitel XXXV:
»Und über den Stimmen, die von weit her kamen und die man nicht verstand, erhob sich ein Engelsgesang, aber ein Gesang von erzürnten Engeln, welche die Leute beschimpften und ihnen erklärten, daß sie vor den Seelen aller im Krieg gefallenen Soldaten stünden, und in dem Gesang hieß es, sie sollten das Böse betrachten, das Gott vom Altar her ausströmen ließ; daß Gott ihnen das Böse zeige, das getan worden sei, damit alle beteten, um dem Bösen ein Ende zu machen.«

El carrer de les Camèlies, Kapitel XLII:
»Ich blies ihm in die Nasenlöcher und sagte zu ihm, er sei mein Engel.«

Cecília, verliebt in Esteve, sagt ihm, er sei ihr Engel. Längere Zeit danach, als sie bereits Martí zum Freund hat, beginnt Cecília Engel zu kaufen. Die Erinnerung an den Engel, welcher Esteve für sie gewesen war, bringt sie unbewußt dazu, sich das Schlafzimmer mit geschnitzten Engeln zu füllen.

Kapitel XLVIII:
»Eines Tages sah ich bei einem Antiquitätenhändler auf der Plaça del Rei einen Engel aus Holz, der so groß wie ein Mensch war und mir gefiel. Ich ging ihn mir ein paarmal anschauen und kaufte ihn mir zu meinem Namenstag. Als ich ihn zu Hause hatte, stellte ich ihn ans Fußende meines Bettes, ganz nah, gegenüber dem Kopfende. ... Der Engel schaute mich an wie ein Mensch, der viel gelitten hatte; er trug eine goldene Tunika mit einem roten Streifen am Rocksaum und um den Hals. Die Falten des Holzgewandes bedeckten seine Füße, und er hatte keine Hände. Es gefiel mir, den rauhen Rand der Handgelenke zu berühren, dort, wo die Hände abgeschnitten worden waren. Er war das erste, was ich sah, sowie ich die Augen öffnete, und bald kaufte ich mir noch einen kleineren. Den ohne Hände brachte ich in die Villa, und zu Martí sagte ich, ich hätte ihn gegen diesen kleineren eingetauscht. Ich kaufte immer mehr Engel und ließ sie alle in die Villa bringen. Ich hatte große und kleine, mit Ringellocken und mit glatten Haaren, mit einem Kelch in der Hand, mit einem Palmzweig, mit einer Weintraube. Ich fand es schön, im Dunkeln in mein Schlafzimmer zu kommen, mit dem Licht des Sternenglanzes, der vom Fenster kam, und sie machten mir eine Art Angst, die eher so etwas wie Gesellschaft war. Als ob sie anfangen müßten, leise meinen Namen zu sagen. Aber sie schwiegen, aufrecht und wurmstichig und ohne fliegen zu können.«

Wie aus Seide (unveröffentlichte Erzählung):
»Auf dem Grab war nicht eine Spur der Chrysanthemen zu sehen, aber auf dem Boden, ganz fest gegen den Stein gedrückt,

glänzte etwas Schwarzes, so lang und schmal wie mein Arm: es war eine Feder. Ich wagte sie nicht zu berühren, obwohl ich vor Lust danach verging, denn ich fand es merkwürdig und es erschreckte mich, daß sie so groß war. Was für ein Vogelflügel oder -schwanz hatte eine solche Feder tragen können? Ohne zu atmen, bückte ich mich, und ich schaute und schaute, bis ich mich nicht mehr beherrschen konnte und ein paarmal mit einem Finger über sie strich: wie aus Seide. ›Wie schön du in einer Vase aussehen wirst‹, sagte ich zu ihr. Und als ich sie aufheben wollte, um sie mit nach Hause zu nehmen, stieß mich ein Lärm von Flügeln, zusammen mit einem starken Windstoß, gegen den Olivenbaum. Und alles wurde anders. Der Engel war da, schwarz und groß auf dem Grab. Die Zweige, die Blätter, der Himmel mit drei Sternen gehörten schon zu einer anderen Welt. Der Engel stand so still, daß er wie unwirklich aussah; bis er sich auf die eine Seite neigte, daß er fast umfiel, und ganz sanft, um mich einzuschläfern?, sich hin und her zu wiegen begann, hin und her, hin und her . . . als ich schon dachte, daß er nie mehr damit aufhören würde, flog er, die Luft durchbohrend, wie ein Stöhnen nach oben, um sich wie ein Hauch auf die Erde fallen zu lassen. Sowie er drei Schritte von mir entfernt war, nichts wie auf und davon! Ich rannte wie besessen, Gräbern ausweichend, über Gestrüpp stolpernd, unterdrückte mein Verlangen, laut zu schreien. Überzeugt, daß der Engel mich aus den Augen verloren hatte, blieb ich stehen, die Hände auf dem Herzen, damit es mir nicht davonlief. Herrje, da stand er vor mir, höher als die Nacht, ganz aus Wolken, mit bebenden Flügeln, so groß wie Segel. Ich schaute ihn an, und er schaute mich an, und eine lange, o wie lange Zeit verbrachten wir damit, uns verzückt anzuschauen. Ohne den Blick von ihm zu wenden, streckte ich einen Arm aus, und mit einem Schlag mit dem Flügel zwang er mich, ihn wieder zurückzuziehen. ›Geh weg!‹ hörte ich eine Stimme wütend sagen, von der ich nicht mehr wußte, ob es meine war. Und noch einmal streckte ich den Arm aus. Ein Schlag mit dem Flügel! Wie wenn ich eben verrückt geworden wäre, fing ich zu schreien an: ›Geh weg, geh weg, geh weg!‹ Als ich den Arm zum dritten Mal ausstreckte, stieß ich gegen eine Agave. Schnell und ich weiß nicht wie kauerte ich mich dahinter zusammen, sicher, daß mich der

Engel nicht gesehen hatte. Der halbe Mond, der schon mitten am Himmel stand, spie Feuer aus seinen Seiten.
Wie ein Wurm kroch ich über den Boden, auf den Ellenbogen, auf dem Bauch, überall hängenbleibend, mir die Kleider an wer weiß welchen Dornen zerreißend, mit dem Wunsch, mich für immer zum Schlafen hinzulegen auf raschelndem Laub, ohne daß ich wußte, wohin ich geraten noch ob ich jemals wieder aus dem Friedhof herauskommen würde. Nach vielen Umwegen erreichte ich die Zypressen; vom bitteren Geruch der sonnenwarmen Mandarinenblüten, von wo mochte er kommen?, wurde mir übel; und mit geschlossenen Augen, um den Engel zu töten, und Zweiglein beiseite schiebend, die mich zerkratzten, blieb ich bei der Zypresse stehen, welche mir am nächsten war. Der Arm mit den Schlägen tat mir weh, Blut quoll aus einem Schnitt auf der Wange von dem Agavendorn. Auf der anderen Seite des Weges, still wie der Tod und umgeben von Sternenglanz, beobachtete mich der Engel. Und da bewegte ich mich nicht mehr. Die Müdigkeit war stärker als die Angst.

War es Mitternacht oder träumte ich, es sei Mitternacht? Mein armer Toter weinte weit weg, weil ich nicht an ihn dachte, aber eine Stimme hinter einer gipsfarbenen Sonne, die wie der Mond aussah, sagte, daß mein Toter der Engel sei, daß sich im Grabe drin nichts befände: weder die Knochen noch die Erinnerung an einen stillen Menschen. Ich brauche keine Blume mehr zu kaufen, weder groß noch klein, ich müsse nicht noch mehr Tränen hinunterschlucken; ich solle nur noch lachen, bis zur Stunde, da auch ich ein Engel sein würde ... und ich, ich hatte Lust zu schreien, damit die verborgene Stimme mich hörte, daß ich Flügel nicht mochte, daß ich Federn nicht mochte, daß ich kein Engel sein wollte ... und ich konnte nicht schreien. Die Stimme befahl mir zu schauen. Ein flacher Nebelstreif, der sich allmählich über dem Friedhof ausbreitete, als ob er ein Leintuch aller mit gekreuzten Händen Daliegenden sei, erfüllte mich mit Wohlbehagen. Verschiedene Gerüche stellten sich ein: von Honig und von Gras, das nur im Schein der Sterne wächst, und ich befand mich nicht mehr in der Nähe der Zypressen, sondern auf einem kleinen, von Gräbern umgebenen Platz. Der Engel saß mit auf dem Boden ausgebreiteten Flügeln auf einer

Holzbank, als ob er seit meiner Geburt dort auf mich warte, und ich erinnere mich, daß ich dachte: ›Wenn er die Flügel einfach so am Boden schleifen läßt, werden ihm Federn ausgehen, und dann verliert er sie auf den Friedhöfen.‹ Der Nebel, immer weißer und dichter, ließ meine Beine zu Eis erstarren und ging vorwärts. Nicht der Nebel, ich. Ich rutschte vorwärts auf einer Schräge aus Reif. Ohne es zu wollen, näherte ich mich immer mehr dem Engel, der mich unentwegt ansah, und als er mich vor sich hatte, erhob er sich in seiner ganzen Größe, daß der Kopf den Mond berührte, und der Geruch von Gras wurde zu Geruch guter, schwarzer Erde, die mich begrub ... Zwischen Gräbern und welken Blättern hörte man Wasser fließen und sah einen dünnen Faden von irgend etwas glänzen, und der Engel breitete immer wieder die Flügel aus, und als er mich dicht bei sich hatte, als ich seine Sanftmut fühlte, welche sich mit der meinen vermischte ... ich werde nie begreifen, warum ich es so sehr nötig hatte, mich beschützt zu fühlen. Der Engel, der das wohl erraten hatte, umhüllte mich, ohne zu drücken, mit seinen Flügeln, und ich, mehr tot als lebendig, berührte sie, um die Seide zu fühlen, und blieb für immer. Als ob ich nirgends wäre. Gefangen ...«

Der zerbrochene Spiegel: Dritter Teil, Kapitel II, »Jugend«
»Der heilige Erzengel Michael in goldenem Harnisch und mit unbesiegbarem Schwert, mit Satan und mit einer ganzen Legion rasender Engel streitend, hätte sie nicht mehr beeindruckt.«

Dritter Teil, Kapitel VI, »Die Villa«:
»Wogen von Luft gelangten zu ihr, Wogen von Mondschein, Wogen von Sternenfeuer; jeder Stern das Haus eines Engels. Jenseits des Meeres kam aus jedem leuchtenden Haus ein roter Engel, eine Schar von Engeln stieg herab, um sie zu grüßen, und aus allen Richtungen in Ost und West kamen Scharen über Scharen; süßer als Honig, frischer als ein Petersilienstengelchen strichen sie ihr mit den Flügelspitzen über das Gesicht. Sie lachte, lachte, lachte, gefangen in einem Netz unendlicher Zärtlichkeit ... Die Engel hatten kein Gesicht, sie hatten keine Füße, sie hatten keinen Körper. Es waren Flügel mit einer luftigen Seele wie Nebel inmitten so vieler Liebesfedern.«

Zweiter Teil, Kapitel XXI, »Träume«:
»Armanda sagte mit einer gewissen Melancholie: ›Ich träume immer das gleiche; Sie wissen ja. In der vergangenen Nacht auch.‹ – ›Der Engel?‹ – ›Der Engel‹, bestätigte Armanda. ›Sie flogen nach oben, wie immer?‹ – ›Aber nein. Ich lag in meinem Bett, und aus meinem Bauchnabel begann ein Rauch herauszukommen in meiner Gestalt, und das war ich und war's doch nicht ganz.‹ – ›Die Seele?‹ fragte Frau Teresa, während sie ein angebissenes Törtchen auf Mundhöhe hielt. ›Die Seele. Und sobald sie durchs Dach hindurch war, näherte er sich.‹ Frau Teresa wußte und Armanda wußte, daß Frau Teresa wußte, daß der Engel den Kopf von Eladi Farriols trug. ›Ich, Seele, hatte keine Brüste, so klein waren sie ... Der Engel, dessen Flügelfedern an den Spitzen ein wenig blond waren, hatte Haare wie ein Schluck Nacht.‹ Frau Teresa unterbrach sie: ›Sie haben mir nie gesagt, daß er Haare hat.‹ – ›Die letzten Male ja. Und er faßte mich um die Hüften, mit einem einzigen Arm wie ein Gürtel, und mit dem anderen Arm in die Luft und einen Finger ausgestreckt, bahnte er sich den Weg zum Himmel. Ich, mit herabhängenden Füßen, halb ohnmächtig und halb betäubt vom Schlagen der Flügel, ließ mich umfassen; wir flogen über den Himmel hinaus und setzten uns auf den Mond, bis der Engel fortging, wobei er mir sagte, er käme zurück. Ich hatte mich auf einem Haufen Mondstaub ausgestreckt, der hart wie Fels war ... und er kam verliebt zurück.‹«

Ein weißes Geranienblatt
»Vor einiger Zeit kam eines Morgens, während ich den Marmor behaute, um die Ringellocken des Engels herauszumeißeln, eine große, sehr schlanke Dame mit langer Nase und dürren Lippen herein; auf den Haaren trug sie einen schlecht sitzenden Hut mit einem Vogel. Sie hielt die Hand eines Jungen in einem Matrosenanzug, welcher eine golden glänzende, mit roten Troddeln und Schnüren verzierte Trompete an seine Brust drückte. Diese Dame kam, um einen Stein aus grauem Marmor für das Grab ihres Mannes zu bestellen; über dem Namen und der Inschrift wollte sie drei Chrysanthemen aus weißem Marmor haben, vertikal und eine neben der anderen: die erste ein bißchen länger und die dritte ein bißchen kürzer als

die in der Mitte. Sie wollte es schnell haben. Nachdem sie gegangen war, sagte mir mein Meister, der ihr gesagt hatte, daß er den Engel seinlassen und unverzüglich ihren Stein machen würde, aber nicht mit hervorstehenden Chrysanthemen, so als hätte man sie auf den Marmor gelegt, sondern eingraviert und zu einem Strauß gebunden, daß der Engel dringend sei, in erster Linie der Engel. Und ich arbeitete weiter an seinen Ringellokken. Jeden Abend, wenn ich nach Hause kam, sagte ich zu Balbina, daß ich ganz allein einen Engel machte, denn mein Meister hatte ihr einmal gesagt, ich sei ein schlechter Steinmetz und er könne mich nicht mit einer ganzen Figur beauftragen.«

METAMORPHOSEN IN MEINEN BÜCHERN

Das ist Ovid. Da ist der wunderbare »Goldene Esel«. Da ist Kafka. Ich habe das Motiv der Metamorphose wie eine Flucht, wie eine Befreiung meiner Gestalten benutzt. Und meiner selbst. Außerdem ist die Metamorphose etwas Natürliches. Die Larve wird zur Puppe, die Puppe zum Schmetterling, die Kaulquappe zum Frosch. Ich kann nicht behaupten, daß ich je der Metamorphose eines Menschen, des stofflichen Teils eines Menschen, beigewohnt hätte, Metamorphosen der Seele aber habe ich ja beigewohnt: und sie ist der eigentliche Mensch.
Ein Namenswechsel kommt einer Metamorphose gleich:
Alomas richtiger Name ist Àngela.
Colometas richtiger Name ist Natàlia.

Auf der Plaça del Diamant, Kapitel XXXV:
»Und hinauf, ich hinauf, hinauf, Colometa, flieg, Colometa . . . Das Gesicht wie ein weißer Fleck über dem Schwarz der Trauer . . . hinauf, Colometa, denn hinter dir ist das ganze Leid der Welt, lös dich vom Leid der Welt, Colometa. Lauf, schnell. Lauf schneller, damit die Blutkügelchen deine Schritte nicht aufhalten, daß sie dich nicht einholen, flieg hinauf, die Treppen hinauf, zu deinem Dach, zu deinem Taubenschlag . . . flieg, Colometa. Flieg, flieg, mit den runden Äugelchen und mit dem Schnabel mit den Löchlein als Nase obenauf.«

Der Fluß und der Kahn

»Und mein Atem ging kurz und schwer. Mir schien, daß meine Augen aufschwollen und ich sie nicht schließen konnte. Ich befühlte sie, und sie waren rund. In der Landschaft, ganz Schatten, pulsierte eine Erwartung wie kurz vor einer Geburt. Noch immer versuchte ich, rein instinktmäßig, zu rudern, und der ruderlose Kahn bewegte sich ein wenig vorwärts. Aber ich erstickte, und es war mein Ersticken, welches mich anschob. Ich öffnete den Mund, so weit ich konnte, um ein kleines bißchen Luft zu bekommen, aber die Luft war dick geworden, und mein Mund riß an den Seiten ein. Und als ich gar nicht mehr atmen konnte und fühlte, daß sich mein ganzer Körper zusammenschnürte, machte ich eine letzte, äußerste Anstrengung, und mit den Füßen durchbohrte ich den Kahn, der sich in Schlamm verwandelt zu haben schien. Ich fühlte einen schrecklichen Druck auf beiden Seiten des Halses, und mein Kahn löste sich auf, und ich war allein mit diesem Tod, der in meinem Innern wuchs, schnell, wie ein großes Giftkraut. Eine Art Schwindel bog mich nach vorn, und ich fiel flach wie die weiße Feder und mit aneinander klebenden Beinen aufs Wasser. Auf beiden Seiten der Brust waren mir stachlige Wedel hervorgewachsen und in der Mitte eine schuppige Brustflosse. Ich versuchte mit den Armen zu schwimmen, aber ich konnte mich nicht einmal mehr erinnern, wo ich sie hatte. Und dann fühlte ich, daß sich auf der ganzen Länge des Rückens schmerzhaft eine häutige Flosse erhob und daß ein sanfter Wasserstrudel mich aufsog. Arglos begann ich zu schwimmen. Alles war kühl und leicht. Himmlisch. Ich hatte mich in einen Fisch verwandelt. Und ich war es viele Jahre lang.«

Die Salamanderin

»Und dann geschah etwas, das mich die Zähne zusammenbeißen ließ: meine Arme und Beine wurden immer kürzer, wie die Fühlhörner einer Schnecke, die ich einmal mit dem Finger berührt hatte, und unter dem Kopf, dort, wo der Hals in die Schultern übergeht, spürte ich, daß sich etwas dehnte und mich stach. Und das Feuer brüllte, und das Harz kochte . . . Ich sah, daß einige von denen, die mich anschauten, die Arme hoben und daß andere gegen jene stießen, welche noch standen, und die ganze eine Seite des Scheiterhaufens stürzte mit einem mächtigen Funkenregen ein, und als das Feuer das liegende Holz wieder verbrannte, schien mir, daß jemand sagte: es ist ein Salamander. Und ich begann über die Gluten zu laufen, ganz langsam, denn der Schwanz war schwer.«

ÜBER DIE UNSCHULD MEINER FIGUREN

Bevor ich schließe, möchte ich etwas über die Unschuld meiner Figuren sagen.

Wenn ich in einer erfundenen antiken Tragödie als Chorführer auftreten müßte, würde ich ans Publikum herantreten und meinen Vortrag so beginnen: »Im Angesicht der Sonne, der Wolken und der Sterne – Bernat Metge* nennt die Sterne *[estrelles] esteles* (›wieviel *esteles* am Himmel stehen‹) – kann ich versichern, daß meine Eltern mich unschuldig geschaffen haben.« Aber ich bin ein Mensch wie alle andern, voller individueller Züge, und vielleicht ist der bezeichnendste meiner vielfachen individuellen Züge eine Art Unschuld, die bewirkt, daß ich mich wohl fühle in der Welt, in der zu leben mir beschieden ist. Aus dem Wunsch heraus, mit einer unverkennbaren Eigenart zu schreiben, habe ich seit vielen Jahren – und das ist Unschuld – eine Art Reinheit (was im Grunde wohl ein und dasselbe besagen will) geübt, mit so wenig Verfälschungen wie möglich. Ich habe mich im Vergessen von all dem geübt, was mir für meine Seele schädlich schien, und in Bewunderung für die Dinge, die mir guttun: für die stille Macht der Blumen, die mir unsägliche Augenblicke verschaffen, für die ruhige Geduld der Edelsteine, dem Höchstmaß an Reinheit auf Erden, für die großen Abgründe dieses gleichzeitig so nahen und so fernen Himmels, an dem alle Sternbilder glänzen und zittern. So kommt es, daß ich rauhe Zeiten und Roheiten aller Art erlebt habe, ohne daß mich dies alles tief gezeichnet hätte. Ich will nicht sagen, daß Schlechtigkeit und Verderbtheit mich nicht betrübten; ich unterschreibe das berühmte Wort: »Nichts Menschliches ist mir fremd.« Doch die Unschuld, da sie mit einem wichtigen Teil meines Temperaments übereinstimmt,

* Bernat Metge (1340/46-1413), katalanischer Schriftsteller und Humanist.

entwaffnet mich und nimmt mich für sich ein. Die unschuldigen literarischen Gestalten rufen meine ganze Zärtlichkeit hervor, machen, daß ich mich wohl fühle an ihrer Seite, sie sind meine guten Freunde. Die Helden mancher Erzählungen von Hemingway, die schwarzen Diener in Faulkners Romanen, das Mädchen aus »Licht im August«, das zu Fuß oder auf Lastwagen oben halb Nordamerika durchquert, auf der Suche nach dem Feldarbeiter, der sie schwanger gemacht hat, den sie liebt und von dem sie nicht weiß, wo er sich aufhält.

Colometa, Cecília, der Gärtner, Armanda, Eladi Farriols, Valldaura sind, ein jeder auf seine Weise, unschuldige Personen. Und daß sie unschuldig sind, genügt mir. Wenn »Auf der Plaça del Diamant«, wenn »El carrer de les Camèlies« gefallen haben, wenn »Der zerbrochene Spiegel« gefällt, wird mich das nicht mit der Last des Dünkels zeichnen. Neu wie das Licht des Tages – und das wird mir gar nicht leichtfallen – möchte ich meinen nächsten Roman beginnen. Ich schreibe, weil es mir Freude macht zu schreiben. Wenn es nicht übertrieben schiene, würde ich sagen, daß ich schreibe, um mir selber zu gefallen. Wenn dabei das, was ich schreibe, auch den andern gefällt, um so besser. Vielleicht liegt der Grund tiefer. Vielleicht schreibe ich, um mich zu bestätigen. Um zu fühlen, daß ich bin ... Und ich schließe. Ich habe von mir und von wichtigen Dingen in meinem Leben mit einem gewissen Mangel an Maß gesprochen. Und die Maßlosigkeit hat mir schon immer große Angst gemacht.

ERSTER TEIL

I honour you, Eliza, for
keeping secret some things.
Sterne

I
EIN WERTVOLLES SCHMUCKSTÜCK

Vicenç half Herrn Nicolau in den Wagen. »Wie Sie befehlen, gnädiger Herr.« Danach stieg Frau Teresa ein. Sie machten es immer so, zuerst er, danach sie, denn beim Aussteigen mußten sie ihn dann zu zweit stützen. Es war ein schwieriges Unterfangen, und mit Herrn Nicolau mußte man vorsichtig umgehen. Sie schlugen den Carrer de Fontanella ein, und beim Portal de l'Àngel wandten sie sich nach rechts. Die Pferde liefen im Trab, und die Räder, schwarz und rot, frisch lackiert, rollten hurtig den Passeig de Gràcia hinauf. Herr Nicolau erzählte jedermann, daß Vicenç Gold wert sei, daß er, wenn er ihn nicht hätte, die Berline verkaufen würde, weil er zu keinem anderen Kutscher mehr Vertrauen hätte. Und da Herr Nicolau großzügig war, zog Vicenç keinen geringen Nutzen daraus. Es war ein unfreundlicher Tag; von Zeit zu Zeit kam zwischen zwei Wolken ein bleicher, kurzer Sonnenstrahl hervor. Jedermann, das heißt die Hausangestellten und einige Freunde, wußte, daß Herr Nicolau Frau Teresa ein Geschenk machen wollte, denn als sie das erste halbe Jahr ihrer Ehe feierten, hatte er ihr einen japanischen Lackschrank geschenkt, schwarz und mit Perlmutter und Gold eingelegt, der sie indessen nicht sehr begeistert hatte. Das hatte ihn enttäuscht: »Ich sehe schon, ich habe nicht das Rechte getroffen, und doch kostet es eine Menge Geld; da er mir aber gefällt, behalte ich ihn, und dir schenke ich etwas, woran du mehr Spaß hast.« Vor dem Juweliergeschäft Begú hielt Vicenç die Pferde an, stieg vom Kutschbock, und während er den Zylinder auf den Sitz legte, sah er, daß Frau Teresa den Wagenschlag öffnete und wie ein Reh heraussprang. Mit vereinten Kräften zogen sie Herrn Nicolau aus dem Wagen – »aus meinem Schrank«, wie er es nannte. Er blieb ruhig mitten auf dem Bürgersteig stehen, denn wenn er aus dem Wagen stieg, hatte er Mühe, sich wieder aufzurichten, schaute zwei- oder dreimal von einer Seite zur andern, ohne den Kopf zu bewegen, so als wüßte er nicht, was er tun solle. Zuletzt nahm er den Arm seiner Frau, und ganz langsam gingen beide in das Juweliergeschäft.

Da sie Herrn Begú persönlich sprechen wollten, begleitete sie einer der Angestellten bis zum Büro. Herr Begú war ein gutaussehender Mann, mit rosiger Haut, kurzgeschorenen Haaren und buschigen Brauen. »Nun, was führt Sie zu mir?« rief er, gleich als sie eintraten, und erhob sich. Er hatte sie lange nicht gesehen und fand, daß Herr Rovira sehr gealtert sei: er mochte den Aufregungen der Ehe nicht gewachsen sein. Herr Rovira kam geradewegs zur Sache: »Ich möchte, daß Sie uns ein Schmuckstück zeigen, das diesen Namen wirklich verdient.« Er hatte sich in einen Sessel mit sehr gerader Lehne gesetzt, die seinen Rücken stützte, und dachte, daß er sich zwei ähnliche beschaffen müsse. Teresa sah auf die Fingernägel des Juweliers: tadellos, gut geschnitten, glänzend. Sie warf einen verstohlenen Blick auf ihn: er mußte gut fünfzig Jahre alt sein, aber er schien gerade erst vierzig geworden, aufrecht, elegant, mit einem dunklen gestreiften Anzug und einer grauen Perle mitten auf der Krawatte. Er hatte einen Bleistift ergriffen, den er an beiden Enden hielt, und sah sie lächelnd an: »Welche Art von Schmuckstück wünschen Sie?« Herr Nicolau sah Teresa an, und Teresa sagte, vielleicht eine Anstecknadel. Sie besaß Ohrringe, den Ring, Armbänder gefielen ihr nicht ... Herr Begú zog an einer Klingelschnur und sagte, man möge ihm die Schachteln mit den Broschen bringen, alle. Seine Augen waren zu Teresa hinübergewandert; danach sah er Herrn Nicolau an, mit einem Blick, der ihn abtakelte. Er kannte die Geschichte: daß Herr Rovira auf seine alten Tage ein Mädchen sehr bescheidener Herkunft geheiratet hatte, und wer weiß schon, was hinter jenen so unschuldsvoll wirkenden Augen steckte und hinter soviel Schönheit. »Diese Ehen gehen manchmal gut«, dachte er, »aber man riskiert es besser nicht.« Er wußte nicht, was er sagen sollte. Herr Nicolau hatte einige Male gehustet, als ob er auf der Stelle sterben wolle; er mußte eine schöne Bronchitis haben, der Arme. »Zuviel Tabak und zu viele Liköre.« Als er den Angestellten hereinkommen sah, war ihm, als nähme man ihm einen Stein vom Herzen. Die erste Schachtel, die er öffnete, war voller einfacher Nadeln, und Herr Nicolau sagte ihm, fast ohne hinzuschauen, er könne sie gleich wieder schließen. Er wolle ein wertvolles Schmuckstück. Herr Begú öffnete die anderen Schachteln mit einem befriedigten Lächeln und sah Herrn

Nicolau und seine Frau eindringlich an. Teresa, welche die ganze Zeit sehr still gewesen war, beugte sich auf einmal vor und ergriff einen Rubinreif, der mit zwei Diamantringen verflochten war. Es war eine hübsche Anstecknadel, aber ihr Mann nahm sie ihr mit einer Miene der Geringschätzung aus den Fingern und legte sie auf den Tisch. Da ging Herr Begú zum Tresor und entnahm ihm ein schwarzes Samtetui. »Das beste Schmuckstück des Hauses«, sagte er, während er mit den Fingern über einen handflächengroßen Blumenstrauß aus Brillanten fuhr. Teresa verschlug es den Atem, als wäre das, was sie sah, ein Traum, aus dem sie erwachen wollte. Herr Nicolau hatte die Nadel aus dem Etui genommen und wog sie in der Hand. »Meinst du nicht, das sei zuviel?« seufzte Teresa, atemlos vor Glück. Er gab ihr nicht einmal Antwort, und mit ein wenig heiserer Stimme sagte er zum Juwelier, er möge so freundlich sein und seiner Frau die Nadel an den Aufschlag ihres Kleides stecken. Danach begann Herr Nicolau, während Teresa sich im Spiegel einer Vitrine betrachtete, in aller Ruhe ein Bündel Banknoten zu zählen, die er nach und nach fein säuberlich auf den Tisch legte. Herr Begú begleitete sie bis zur Türe. »Was der an der Börse für ein Geld gemacht haben muß!« dachte er. Bevor er ihm die Hand gab, fragte ihn Herr Nicolau, wo er den Sessel mit der geraden Lehne gekauft habe. »Im Carrer de la Palla, bei einem Antiquitätenhändler.« Herr Nicolau bedankte sich, und er wünschte ihnen viel Glück. Während sie in den Wagen stieg, dachte Teresa, daß dieses Schmuckstück ihre Rettung sein würde.

Zwei oder drei Wochen später ging Teresa eines Morgens ziemlich früh von zu Hause fort. Ihr Mann hatte seit ein paar Tagen eine sehr starke Erkältung. Sie sagte ihm, sie müsse zur Schneiderin gehen und nehme nicht den Wagen, weil sie Lust habe zu laufen und frische Luft zu schnappen: zwei Tage sei sie eingeschlossen gewesen, umgeben von Mikroben und Eukalyptusgeruch. Ob sie sich die Nadel anstecken könne? Sie wolle, daß die Schneiderin große Augen mache. Mit jener Brosche stünde, wie Herr Begú sagte, jeder beliebige Mann gut da. »Die Leute, die mich anschauen, werden nicht denken: was für eine Frau!, sondern: was für ein Mann!« Er, in seinem Bett, lachte ohne große Lust. Teresa war eine Perle. Er hatte sie kennengelernt, als er sie, von der Terrasse des Liceu aus, Arm in Arm mit einer Freundin vorbeigehen sah. Teresas Mutter hatte einen Fischstand in der Boqueria. Sie hatte es ihm gleich erzählt, eines Tages, als sie allein ging und als er sie, nachdem er ihr eine Zeitlang gefolgt war, gefragt hatte, ob er sie begleiten dürfe. Sie trafen sich immer wieder, und in jenem Winter starb Teresas Mutter. Sie war noch keinen Monat lang begraben, als Herr Nicolau Teresa fragte, ob sie ihn heiraten wolle: alles, was er ihr bieten könne, sei sein Vermögen, er wisse nur allzu gut, daß er alt sei und sich kein Mädchen in ihn verlieben könne. Teresa antwortete, sie wolle es sich überlegen. Sie hatte ein großes Problem: einen elf Monate alten Sohn, ein schlimmer Fehltritt. Der Vater hieß Miquel Masdéu, war verheiratet und verdiente sein Brot unter anderem damit, daß er die Straßenlampen anzündete und löschte; aber er war umwerfend. Sobald Herr Nicolau um ihre Hand anhielt, versteckte Teresa das Kind bei einer Tante und sagte nach einigen Tagen ja. »Und den Fischstand soll der Teufel holen!« All das schien lange her, dabei war es doch erst vor kurzem ... Der Tag war mild, und die Sonne schien herrlich. Teresa lief, als hätte sie Flügel an den Sohlen. Nach einer Weile trat sie in einen Hauseingang, nahm die Ansteckнadel ab und verwahrte sie im Portemonnaie. Sie war nervös. Langsam überquerte sie die Plaça de Catalunya. Wenn ihre Nerven sich nicht beruhigten, würde nichts von dem, was sie vorhatte, gelingen. Und sie mußte es zwangsläufig tun. Ihr Mann, der imstande war, ein Vermögen auszugeben, um mit ihr zu glänzen, gab ihr das Geld mit dem Tropfenzähler: den einen oder andern Tag würde er merken, daß es ihm rasch dahinschmolz. Aber ihre größte Sorge war, daß Tante Adela alt wurde, sie konnte von einem Tag auf den andern sterben, und dann? Auf dem Passeig de Gràcia waren nur wenig Leute unterwegs. In einem der Schaufenster des Juweliergeschäfts lag ein dreireihiges Perlenkollier leicht grauer Perlen, wie die auf der Krawatte von Herrn Begú. Teresa stieß die Tür auf und trat ein.

Das Juweliergeschäft lag im Halbdunkel; vielleicht war es noch zu früh. Der junge Mann mit den Schachteln, der sie schon kannte, lächelte sie an. »Sie haben Glück, Frau Rovira; Herr

Begú ist eben gekommen.« Herr Begú, der sie durch die Vorhänge gesehen haben mochte, trat gleich hervor. »Welche Ehre, Frau Rovira, darf ich bitten?« Teresa sah ihn mit einer Mischung aus Angst und Neugier an und trat ins Büro. Auf dem Tisch stand eine Lampe mit grünem Schirm, die sie halb im Schatten ließ. Es war besser so, geschützt. Sie tat eins nach dem anderen. Sie nahm den Brillantstrauß aus dem Portemonnaie und legte ihn neben die Lampe. »Er wird denken, mir sei ein Brillant herausgefallen und ich käme, um mich zu beschweren.« Da Teresa nichts sagte, fragte Herr Begú, ob irgend etwas nicht in Ordnung sei. »Ist der Verschluß des Straußes kaputt?« – »Nein; ich komme, damit Sie ihn mir abkaufen.« Herr Begú stand auf, näherte sich einer Vitrine, machte eine halbe Drehung und setzte sich wieder. Die Angelegenheit schien ihm heikel; er wußte nicht, wie er beginnen sollte. »Ich würde Ihnen gern eine Frage stellen, aber ich wage es nicht . . . Ich habe nicht die geringste Absicht, Sie zu beleidigen.« Er stand wieder auf, fuhr mit der Hand über die Haare und entschloß sich endlich: »Weiß Ihr Mann davon?« Teresa entgegnete schnell: »Nein.« Und ihn mit schmachtenden Augen anschauend, fügte sie hinzu: »Mein Mann weiß es nicht und darf es nie wissen.« Was sie wolle, sei, daß er, Herr Begú, ihr die Nadel abkaufe, für weniger natürlich, als sie gekostet habe. Herr Begú strich sich über die Wange und sah sie eine Weile an, als hätte er sie nicht ganz verstanden. Teresa sagte ihm, sie brauche Geld. »Sie und ich, wir treffen eine Abmachung: Sie müssen mir versprechen, daß Sie dieses Schmuckstück während der nächsten, sagen wir einmal zwei oder drei Monate weder ausstellen noch verkaufen und daß Sie vor dem Verkauf, falls Sie es verkaufen, eine Zeichnung davon anfertigen lassen.« Herr Begú lächelte, Bosheit in den Augen, und Teresa fügte hinzu: »Wären Ihnen zwei Drittel dessen, was mein Mann Ihnen bezahlt hat, recht? Versprechen kann ich es Ihnen nicht, aber es ist sehr wahrscheinlich, daß wir sie wiederkaufen.« Herr Begú hörte auf zu lächeln und nahm ein Scheckbuch zur Hand. Teresa gebot mit einer Handbewegung Einhalt: »Nein, keine Schecks.« Herr Begú warf ihr einen Blick geheimen Einverständnisses zu: »Wenn es gestern nicht zu spät geworden wäre, um auf die Bank zu gehen, hätte ich mich gezwungen gesehen, Ihnen zu sagen, Sie sollten wiederkommen.« Er öffnete die Kasse und nahm ein Bündel Banknoten heraus. »Möchten Sie nachzählen?« – »Nicht nötig, es wird schon stimmen.« Dann legte Herr Begú, der ihre Fingerspitzen sacht gestreift hatte, als er ihr die Banknoten gab, das Schmuckstück in eine Schublade des Tisches. Teresa stand auf, und er nahm behutsam ihren Arm. »Sehen wir uns wieder?« Während sie durch den Laden ging, gab sie mit ganz natürlicher Stimme zur Antwort: »So gut wie sicher.«

Das Portemonnaie beim Verschluß haltend, ging sie bis zur Haltestelle der Droschken. Als sie bei ihrer Tante Adela ankam, sagte ihr die Nachbarin, die gerade den Treppenabsatz fegte, es sei niemand da, doch Frau Adela werde gleich zurückkommen. Wenn sie auf sie warten wolle ... Tante Adela erschien nach kurzer Zeit, völlig erschöpft, mit einem Korb in der Hand und dem Kind, das an ihrer Schulter eingeschlafen war. Sie legten das Kind in sein Bettchen und gingen ins Eßzimmer. Teresa sagte ihr mit ein paar Worten, was sie zu tun habe: Miquel benachrichtigen und ihm das Geld geben. Sie holte das Notenbündel aus dem Portemonnaie und nahm die Hälfte. »Miquel wird das Kind adoptieren, wir haben schon darüber gesprochen; seine Frau ist damit einverstanden.« Sie wußte natürlich nicht, daß es von ihm war. Miquel hatte ihr eine sehr traurige und sehr verworrene Geschichte erzählt, und da sie keine Kinder haben konnten, hatte er sie überreden können. Die andere Hälfte der Banknoten würde sie ihm nach der Taufe des Kindes geben. »Ich will seine Patin sein, damit es mich besuchen kann, wenn es ein bißchen größer ist, und damit ich ihm helfen kann: ich will keinen Sohn, der draußen in der Welt verloren ist.« Tante Adela machte ein Gesicht, als sei sie völlig betäubt, aber zu allem sagte sie ständig ja. »Mit diesem Geld werden Miquel und seine Frau ein bißchen aufatmen können.« Natürlich hatte sich Miquel nicht anständig benommen; als er begonnen hatte, ihr den Hof zu machen, hatte er ihr nicht gesagt, daß er verheiratet sei, aber sie war nicht nachtragend, und in Miquel, in den war sie verliebt gewesen. Tante Adela sagte, sie solle sich keine Sorgen machen, sie werde alles tun, was sie könne. »Willst du sehen, wie es schläft?« Das Kind schlief wie ein Engel. Teresa gefiel es nicht so recht, denn es schien ihr, als weise seine Nase leicht nach oben, wie ihre, aber so, wie sie ihre Nase hübsch fand, kam ihr die des Kindes häßlich vor. Sie deckte es gut zu. »Ich gehe jetzt, Tante, ich habe es sehr eilig.« An der Tür gab sie ihr Geld: »Das ist für Sie«, und sie sagte, sie solle unbesorgt sein, es werde ihr nie an etwas fehlen.

Sie mußte unbedingt eine Apotheke finden, die nicht zu weit vom Haus der Schneiderin entfernt war, denn vorher würde sie zur Anprobe gehen. Es gab eine an der Ecke. Sowie sie das Vorzimmer betrat, sagte sie zu den Mädchen, sie sollten sich ja beeilen, da sie sich nicht wohl fühle. Eine halbe Stunde später stieg sie die Treppen hinunter und bemerkte, daß ihre Hände zitterten. Auf dem Bürgersteig blieb sie stehen. »Mit ein bißchen Glück wird alles gutgehn«, dachte sie und ließ sich, halb an die Wand gestützt, zu Boden fallen. Sogleich wurde sie von einigen Leuten umringt, und ein Herr half ihr aufstehn. In der Apotheke ließ man sie an einem Fläschchen riechen; sie sagte, es sei ihr schwindlig geworden: sie sei erst seit kurzem verheiratet. Der Apotheker lächelte und machte ihr ein Mittel zurecht: »Nehmen Sie davon alle zwei Stunden eine Löffelspitze mit Wasser.« Der Herr, der ihr geholfen hatte, holte einen Wagen. »Wenn Sie nichts dagegen haben, werde ich Sie begleiten.« – »Sie tun mir einen großen Gefallen.« Die Concierge sah sie ankommen, gerade das hatte Teresa gewollt, und half ihr die Treppe hinauf. Felícia öffnete ihr die Tür. »Wenn der Herr nach mir fragt, soll man ihm sagen, ich sei müde nach Hause gekommen und fühlte mich nicht sehr wohl.« Und sie ging sogleich zu Bett. Am Abend brachte Felícia ihr ein Glas Milch und erzählte, daß der Herr sehr matt sei; doch als er gehört habe, daß sie sich habe ins Bett legen müssen, habe er nach dem Arzt geschickt. Teresa erschrak, aber sie mußte gar nicht erst viel erfinden: sie hatte einen unregelmäßigen Puls und einige Zehntelgrade Fieber.

Die Tränen kamen ziemlich spät. Als sie die Zimmerglocke der gnädigen Frau hörte, war Felícia gerade am Einschlafen. Sie zog ihren Hausrock über, und sowie sie die Tür öffnete, fragte die Frau, die mit aufgelöstem Haar und roten Augen vor dem

Toilettentisch stand, ob sie, als sie das Kleid weggeräumt habe, die Nadel vom Aufschlag genommen habe. Felícia verlor nie die Ruhe: »Welche Nadel?« – »Welche Nadel soll's wohl sein! Die mit den Brillanten.« Felícia sagte ihr, sie habe sie nicht gesehen. Sie habe das Kleid mitgenommen, habe es gewissenhaft ausgebürstet, und weil die Schmutzflecken nicht weggegangen seien, habe sie es in die Reinigung gebracht; aber die gnädige Frau könne sicher sein, daß am Aufschlag nichts gewesen sei. Teresa hielt sich das Taschentuch vor die Augen und begann loszuweinen. Am folgenden Tag sehr früh ging Felícia hin und fragte, ob man am Aufschlag des Kleides von Frau Rovira eine Anstecknadel gefunden habe. Das Mädchen von der Reinigung verneinte, bevor die Kleider gereinigt würden, sehe es immer noch einmal nach, ob auch nichts in ihnen vergessen worden sei. »Die müssen sie mir beim Hinfallen gestohlen haben«, sagte Teresa voller Verzweiflung, »lieber wäre ich tot.« Felícia sagte es Vicenç weiter, Vicenç der Concierge, die Concierge dem Krämer; und als die Köchin zu Herrn Nicolau das Wochengeld holen ging, erzählte sie ihm, daß die gnädige Frau, als sie das Haus der Schneiderin verlassen, die Brillantnadel verloren habe und vor Kummer halb verrückt geworden sei. Herr Nicolau, der sich von seiner Erkältung etwas erholt hatte, ging zu Teresa und fand sie mit totenbleichem Gesicht, denn sie hatte die ganze Nacht kein Auge zugetan, und weil sie immer wieder sagte, sie sei krank, fühlte sie sich nun wirklich krank und war überzeugt, die Nadel verloren zu haben. Herr Nicolau, der am Fuß ihres Bettes saß, fragte sie, warum sie kein Vertrauen gehabt und ihm das nicht gleich erzählt habe; und Teresa sagte, fast ohne Stimme, daß man sie ihr gestohlen haben müsse, als sie ohnmächtig geworden sei, und er könne sich nicht vorstellen, welchen Kummer ihr das mache, als ob man sie in die Hölle gesteckt hätte, nicht wegen des großen Wertes des Schmuckstücks, obwohl es ja sehr kostbar sei, sondern weil es ein Geschenk sei, das er ihr gemacht habe, ein Beweis seiner Zuneigung. Und sie begann ins Kissen zu weinen. Herr Rovira nahm ihre Hand und sagte, er bedaure es natürlich, aber er wolle sie nicht traurig sehen und werde sogleich Abhilfe schaffen.

Und als sie wiederhergestellt war und etwas Farbe auf den

Wangen hatte, denn sie hatte wahrhaftig gelitten, nahmen sie eines Morgens den Wagen. Zuerst kletterte Herr Nicolau hinein, mit der Hilfe von Vicenç, denn er war alt und fast steif, und es kostete ihn Gott und die Welt, in seinen Schrank ein- und auszusteigen. Danach stieg Frau Teresa ein. Als Herr Begú sie beide sah, konnte er sich nur mit Mühe das Lachen verbeißen. Teresa erzählte ihm von der Katastrophe mit der Nadel, und Herr Nicolau fragte, ohne sie ausreden zu lassen, ob es noch eine gleiche gebe. »Nein, eine gleiche habe ich nicht, aber ich besitze den Entwurf und kann sie, wenn Sie das wünschen, nachmachen lassen. Das schwierigste wird sein, so vollkommene Brillanten wie die im Innern der Blüten zu finden, aber ich werde mein Möglichstes tun, seien Sie unbesorgt.« Und ein paar Monate danach gingen sie wieder zum Juweliergeschäft. Herr Begú nahm ein violettes, mit weißem Satin gefüttertes Etui aus dem Tresor und legte es auf den Tisch. Herr Rovira gab dem Juwelier ein Bündel Banknoten, und dieser sagte zufrieden, während er die Brosche am Aufschlag des Kleides von Frau Rovira feststeckte und ihr dabei in die Augen sah: »Niemand würde meinen, es sei nicht die gleiche.«

In jenem Frühling übernahm Teresa Goday de Rovira die Patenschaft für einen schon nicht mehr ganz kleinen Jungen, der keine Mutter mehr hatte, das arme Kind, die war im Krankenhaus bei der Geburt gestorben. Sie erzählte ihrem Mann, Miquel Masdéu sei ein Arbeiter, sie kenne ihn von klein auf. Masdéu sei ein Vetter der Mutter, die den Fehltritt begangen habe; das Kind sei nun ganz allein, und da er und seine Frau keine Kinder hätten, habe sich Masdéu entschlossen, es zu sich zu nehmen. Eine verwirrende Geschichte. »Was für gute Menschen!« sagte Herr Rovira, der keine Lust gehabt hatte, Teresa zur Taufe zu begleiten. In einer Ecke der Sakristei drückte Miquel Masdéu mit tränenerfüllten Augen Teresas Hände: »Danke: ich wünsch' dir Glück und daß dir's Gott vergelte.« Und er schaute geblendet, denn im Licht der Altarkerzen funkelte es heftig, auf einen Strauß aus Edelsteinen, den Teresa, die mit einem alten Geldsack verheiratet war, auf der linken Brustseite trug.

II
BÀRBARA

Salvador Valldaura hatte die Augen geschlossen, während die Geigen das erste Thema des Allegro con brio entwickelten. Er war ganz versunken, umgeben von den ihn erregenden Wogen, die ihm fast den Atem verschlugen. Als nach den drei Akkorden des Orchesters das Klavier den Eingangssatz zu wiederholen begann, öffnete er die Augen. Oben auf der Bühne saß zwischen den ersten Geigen ein Mädchen, unter dessen Rock ein Stück Spitze hervorschaute. Dieser lose Volant war so ungewöhnlich, daß er einen Augenblick lang von der Musik abgelenkt wurde. Er schloß die Augen von neuem und gab sich Mühe, sich zu konzentrieren. Das Klavier führte das zweite Thema fort, gab es an das Orchester weiter und nahm es mit größerer Bestimmtheit wieder auf. Aber da war nichts mehr zu wollen. »Da lassen sie nun ein Mädchen Geige spielen ...« Wieso hatte er das denn nicht gleich bemerkt? Vor Beginn des Konzerts hatte er sich mit der Lektüre des Programms beschäftigt und nachher, als es still geworden war und das Orchester die ersten Noten spielte, hatte er ihren Arm und Bogen zwischen all den andern kaum wahrgenommen. Er war empört, denn mit dieser unverzeihlichen Nachlässigkeit verdarb sie ihm den schönsten Augenblick des ganzen Abends. Plötzlich spürte er, wie es ihm eng ums Herz wurde, und er schaute sie genauer an: das Mädchen mit dem Volant war die gleiche Geigerin, die vor fünf oder sechs Monaten in Salzburg, beim Konzert der Musikschulabsolventen, gespielt hatte. Schlank, blond wie gesponnenes Gold, mit sehr hellen Augen, hochgekämmten Haaren und zwei oder drei Locken, die ihr in den Nacken hingen. Den ganzen Abend über hatte er seine Augen nicht von ihr gewandt, und später hatte er sich oft an sie erinnert, mit ihren blassen Konturen und so zerbrechlich, daß der Gedanke, das Leben würde ihr vielleicht Schaden zufügen, weh tat. Er hatte Quim von ihr erzählt; er hatte den ungeeignetsten Menschen und den ungeeignetsten Moment gewählt, denn Joaquim Bergadà, einer seiner Kollegen, hatte gerade die Frau des englischen Handelsattachés erobert, die als leicht entflammbar galt, und hatte ihm kaum zugehört. »Ach ja? Paß auf; solche Mädchen sind wie Kletten«, und er hatte das Thema gewechselt. Valldaura hatte sich geschworen, nie wieder mit jemandem darüber zu sprechen. Sie mußte Wienerin sein; nirgendwo auf der Welt hatte er so zierliche Mädchen gesehen, die ein so reizendes Profil besaßen. Er war sicher, daß er sie nie wiedersehen würde, und nun war sie plötzlich zum Greifen nahe. Wie einen Seufzer hörte er die letzten Noten der Kadenz, und alles schmolz auf jenes fast unerträgliche Finale zu. Die Pauken begleiteten das Klavier. Er schloß die Augen von neuem, aber vergeblich: er sah sie, mit geneigtem Kopf und zusammengezogenen Brauen, wie in Salzburg, und es schien ihm, als klängen die Geigen, das Klavier und die Flöten aus immer größerer Ferne.

Noch viele Jahre danach, jedesmal, wenn Salvador Valldaura das Konzert Nr. 3 von Beethoven hören sollte, würde er an jenen Abend denken. Er war mit all den anderen Leuten hinausgegangen und lange herumgelaufen, ohne zu wissen, wohin. Es war kalt, und die wenigen Menschen, die auf den Straßen waren, gingen eilig vorbei. Er hatte den Eindruck, daß sich die Dinge verändert hätten und daß sie nie mehr ganz so wie bisher sein würden. Und erst zwei Wochen später sah er sie wieder, abermals an einem Sonntag: sie hatte eine andere Frisur, trug den Scheitel in der Mitte und die Ringellocken in einer schwarzen Schleife gebunden; ihre Augen konnte er nicht sehen, aber die Stirn, schneeweiß, war sanft gewölbt. Als sie zu spielen aufhörte, verharrte sie mit gesenktem Kopf, gedankenverloren und heiter.

Am folgenden Tag lud Valldaura Quim ins Restaurant ein und konnte den Wunsch nicht zurückhalten, über das Mädchen von Salzburg zu sprechen. Quim sah ihn lachend an: »Meinst du vielleicht ein Mädchen, das manchmal in den Sonntagskonzerten spielt? Natürlich kenn' ich sie. Sie ist mit einem meiner Freunde verwandt. Sie heißt Bàrbara Soundso. Manchmal geht sie zum Nachmittagskaffee zu Dehmel, und sie wohnt gleich hinter der Botschaft. Blumentöpfe auf den Balkonen, kleine Fensterscheiben ... mehr kann man nun wirklich nicht verlangen! An einem dieser Tage werde ich sie dir vorstellen.«

Als Joaquim Bergadà und Salvador Valldaura ins Dehmel kamen, waren Bàrbara und ihr Vetter schon da. Sie saßen im hinteren Salon an einem schwarzen Marmortisch. Es waren viele Leute da. Bàrbara hob gleich den Arm, als sie sie erblickte: sie trug einen Mantel mit Pelzkragen, und aus der Nähe schien sie Valldaura noch hübscher. Quim stellte sie einander vor. Sie wurden von einer alten Kellnerin bedient, die hellblau gekleidet war und eine große Latzschürze trug. Sie blieben eine knappe halbe Stunde zusammen. Bàrbara sagte die ganze Zeit über fast nichts. Sie lauschte mit großer Aufmerksamkeit den Ausführungen ihres Vetters, eines rotwangigen Herrn mittleren Alters, der mit Quim über Musik sprach, und hin und wieder sah man sie zerstreut, als denke sie an etwas anderes. Valldaura kam kaum zu Wort, aber dann nutzte er einen Augenblick, als die anderen schwiegen, und sagte zu ihr, daß Wien ihm sehr gefalle. »Ja? Mir gefällt es auch, aber wohl deshalb, weil ich hier geboren bin«, rief sie lachend aus. Sie sprach, so schien ihm, ein perfektes Französisch. Sie hatte begonnen, die Handschuhe anzuziehn: »Bitte, bleiben Sie doch, aber ich muß jetzt gleich gehen.« Sie standen alle auf. Draußen auf der Straße blieben Quim und sein Freund etwas zurück, und Valldaura benutzte die Gelegenheit, um Bàrbara zu fragen, ob sie am Sonntagnachmittag mit ihm spazierenginge. Sie wandte den Kopf und sah ihn mit ihren grauen, leicht geschlossenen Augen an. »Ja«, sagte sie mit dünner Stimme. Er hatte den Eindruck, sie habe es aus Höflichkeit gesagt. Als er allein war, ging er in einen Blumenladen und gab den Auftrag, man solle Bàrbara jeden Tag einen Strauß Veilchen bringen. Es waren blasse, eher lila als dunkelviolette, große Veilchen. Aber sie dufteten nicht, vielleicht, weil sie aus einem kalten Land kamen.

Am Sonntag war herrliches Wetter. Valldaura stand spät auf und ging in den Friseursalon des Hotels, um sich den Bart stutzen zu lassen. Ohne Eile aß er zu Mittag. Sowie er vor dem Haus mit den Balkonen aus dem Wagen sprang, sah er Bàrbara schon die Treppe herunterkommen. Sie war grau gekleidet und trug ein Kapotthütchen aus Samt und auf der Brust ein paar Veilchen. Als der Wagenschlag geschlossen war und Bàrbara neben ihm saß, dachte Valldaura, er sei ein Glückspilz. Sie, die am Tag, an dem sie sich kennengelernt hatten, kaum den Mund aufgemacht hatte, redete ununterbrochen, ohne ihn anzuschaun. »Ein bißchen übertrieben«, dachte Valldaura. Als sie zum Prater kamen, hatte sie ihm schon erzählt, daß sie bei ihren Großeltern lebte und daß ihre Mutter, die sehr hübsch sei, so langes Haar gehabt habe, daß es ihr bis an die Oberschenkel reichte. »Als ich fünf oder sechs Jahre alt war, durfte ich hereinkommen und ihr beim Baden zuschauen, aber wenn sie sich anzukleiden begann, zeigte sie auf die Tür und sagte zu mir: ›So, Bàrbara, jetzt kannst du gehen.‹ « Eines Tages habe sie sie dann nicht mehr gesehen und sie lange Zeit, wenn sie allein gewesen, überall gesucht und leise gerufen. Sie sei mit jemandem durchgebrannt, den sie als junge Frau geliebt habe, und lebe in Italien. Von ihrem Vater wisse sie sehr wenig: er reise viel, und sie sehe ihn fast nie. Aber ihr Großvater ... An dem Tag, an dem sie ihm gesagt habe, daß sie Geige spielen lernen wolle, habe er sich sehr gefreut. »Er liebte die Musik.« Unvermittelt schwieg sie. Eine Zeitlang war nur noch der Hufschlag der Pferde zu hören. »Was mag mit ihr los sein, daß sie so viel erzählt?« dachte Valldaura. Die Allee war fast leer; die Sonne schien allmählich fahler, und die Luft war ein wenig kühl. Aus einer Seitenpromenade kamen zwei berittene Offiziere in himmelblauen Uniformen. Der ihnen am nächsten war, hielt sein Käppi mit der Hand und neigte den Kopf ein wenig, um in den Wagen zu schauen. Der andere, der ein Monokel trug, sagte etwas zu ihm, und sie lachten. Bàrbara folgte ihnen eine Zeitlang mit den Augen: »Mein Großvater war Militär, und ich erinnere mich noch daran, wie ich ihm heimlich die Knöpfe von der Uniform riß.« Sie wandte ihr Gesicht Valldaura zu und sagte, indem sie auf die Veilchen an ihrer Brust deutete: »Das ist das erste Mal, daß ich Blumen geschenkt bekomme.« Valldaura hatte Lust, ihre Hand zu fassen, aber er dachte, es sei besser, sie nicht zu erschrecken, und erzählte ihr von Salzburg. Sie lächelte ihn an: »Manchmal werde ich mutlos, weil ich denke, daß ich nie gut Geige spielen werde.« Nach einer Weile ließ Valldaura den Wagen anhalten, und sie näherten sich dem Lusthaus. Sie wollte nicht hineingehn. »Ich möchte gern ein bißchen spazieren; ich bin so lang nicht hier gewesen ...« Sie waren mitten auf einer großen runden Lichtung, ganz von Wald umgeben, und bogen in einen kleinen, mit harter Erde bedeckten Weg ein, den von der Kälte ausgedörrte Gräser säumten. Man hörte das Geräusch von Flügelschlagen, und zwei Vögel flohen von einem Zweig. Bàrbara fuhr erschrocken zusammen, und Valldaura nahm ihren Arm. »Keine Angst, es sind nur Vögel.« Sie lachte. Valldaura hatte nie ein Gesicht gesehen, das sich beim Lachen so veränderte; sie schien ein anderes Mädchen zu sein, und aus ihrem Blick kam etwas wie Bosheit. »Mit meinem Großvater waren wir ein paarmal hier. Sehn Sie den Felsen da unten? Da ließ er mich immer hinaufklettern. Danach gingen wir zum Fluß. Es ist ganz in der Nähe . . . Aber wir kamen in der schönen Jahreszeit, wenn die Bäume voller Blätter waren und das Gras weich.« Sie war reizend. In diesem Augenblick hätte er Gott sein wollen. »Daß alle Bäume Blätter haben und alle Blumen sprießen«, dachte er lächelnd. Er würde diesen Wald nicht verlassen, ohne ihr einen Kuß zu geben. »Bàrbara . . .«, murmelte er. Sie nahm eines ihrer Veilchen und reichte es ihm, wobei sie ihn unverwandt anschaute. Valldaura führte es an seine Lippen. Zwischen den Zweigen sah man den fast weißen Himmel, und am Fluß stieg etwas Nebel auf. Bàrbara nahm einen Stein und warf ihn heftig fort. »Als ich klein war, dachte ich, ich könne Fische mit Steinwürfen töten.« Sie standen sich gegenüber, und Valldaura sah ihr in die Augen; die fein gemaserte Iris, die etwas dunklere Pupille, das bläuliche Weiß der Hornhaut . . . Wortlos nahm er ihr Gesicht in seine großen Hände und küßte sie. Langsam gingen sie zum Wagen zurück. Bevor er sie zu Hause aussteigen ließ, fragte er sie, ob sie am nächsten Tag mit ihm zu Abend essen wolle. Bàrbara sagte ja.

Der Maître öffnete die Tür und führte Valldaura in den Salon. Die Decke war niedrig, mit dem gleichen Stoff tapeziert wie der von den Vorhängen. Im Hintergrund, halb verborgen hinter einem Wandschirm, stand ein mit Kissen überhäufter Diwan, darüber ein großer Spiegel. Valldaura trat heran und bemerkte zwei weiße Fingerabdrücke. »Haben Sie keinen andern Raum mit einem sauberen Spiegel?« Der Maître erging sich in Entschuldigungen: alles sei besetzt, unmöglich, aber er werde ihn reinigen lassen, es sei eine Sache von Sekunden. »Rasch,

rasch«, sagte er, als er mit dem Kellner zurückkam. Valldaura trat in den Gang hinaus. Wenn Bàrbara in diesem Moment käme . . . Der Maître und der Kellner schlüpften hinaus. Valldaura verbrachte eine geraume Zeit mit Warten. Er ging hin und her und schaute, daß alles in Ordnung sei. Vor dem Tisch blieb er stehen; er war rund, auf ihm zwei silberne Leuchter, die Tischdecke reichte bis zum Boden. Die Gläser waren grün und hatten einen rosafarbenen Fuß. Vortrefflich. Es wurde an der Tür geklopft, und eine Kellnerin begann, nach und nach die Kerzen anzuzünden. Noch bevor sie fertig war, traf Bàrbara ein. Valldaura schaute sie etwas überrascht an; sie war noch hübscher als sonst, aber von Kopf bis Fuß schwarz gekleidet.

Bàrbara trank in einem Zug das letzte Glas Champagner aus. Sie war aufgestanden, und während sie sich mit der einen Hand über die Stirn fuhr, trat sie an den Diwan. Bevor sie ihn erreichte, blieb sie mit einem Mal stehen und rief entsetzt: »Mein Gott, der Spiegel.« Ihre Augen glänzten wie im Fieber. Valldaura fragte, ob ihr nicht wohl sei. »Nein, es ist nichts.« Aber sie brauchte noch eine Weile, um sich zu beruhigen. Nachher erzählte sie ihm, daß sie, nachdem ihre Mutter sie verlassen hatte, manchmal träume, daß eine Stimme ihr leise zuflüstere: »Bàrbara!« und daß sie in einen Spiegel mit einem goldenen Rahmen wie diesen hineingehe und nie wieder hinaus könne. Valldaura wußte nicht, was er sagen sollte. Sie schaute sich um, nahm ihren Mantel und deckte den Spiegel, indem sie hinaufkletterte, damit zu. »So.« Sie setzte sich und begann die Nadeln aus ihren Haaren zu ziehen. Valldaura, der zu ihr getreten war, strich sie ihr aus dem Gesicht. »Wie blond deine Haare sind und wie lang.« Bàrbara fing an zu lachen und fuhr ihm mit einem Finger über die Wange, kräftig, als wolle sie eine deutliche Linie hinterlassen: »Wenn ein Mensch stirbt, wachsen die Haare noch weiter, wußtest du das nicht?« Sie schnürte ihr Korsett auf und ließ sich nach hinten fallen. Er fühlte, wie sie seine Hand nahm und sie auf ihre eine Brust legte.
Zwei Tage später besuchte ihn Quim und zeigte ihm die Zeitung: Bàrbara hatte Selbstmord begangen. Man hatte sie ertrunken im Kanal gefunden.

Er lebte einige Monate lang, ohne glauben zu wollen, daß Bàrbara tot sei; er dachte, er würde sie wiedersehen, eines Nachmittags im Park, eines Abends in einem Café. Er ging halb aus Gewohnheit an jenen Orten spazieren, wo sie zusammen gewesen waren. Eines Tages, im Museum, blieb er vor der Heiligen Familie von Bronzino stehen, und sein Herz tat einen Sprung: die Jungfrau sah Bàrbara auf erstaunliche Weise ähnlich – der gleiche Bogen der Augenbrauen, das gleiche Oval des Gesichts, der Hals wie eine Marmorsäule, die Haare geteilt, der Kopf ein wenig geneigt. Jeden Tag ging er dorthin. Nachmittags saß er stundenlang im Hotelzimmer, in der Nähe des Balkons, und schaute auf die Fenster des gegenüberliegenden Hauses, ohne sie zu sehen. Der Arzt sagte ihm, wenn er aus diesem Schacht, in den er gefallen sei, wieder herauswolle, müsse er versuchen, sich abzulenken. Auf der Botschaft sprach man viel von ihm. Quim Bergadà hatte die Geschichte mit Bàrbara erzählt, und alle hatten Angst, er könnte eine Dummheit begehen. Die Versetzung nach Paris brachte ihm etwas Erholung, aber der Winter drückte ihn erneut zu Boden. Am Stephanstag, bei einem Aufenthalt in Barcelona, stellte ihm Rafael Bergadà, Quims Bruder, die Witwe des Financiers Nicolau Rovira vor, hübsch und die Sympathie in Person: sie hieß Teresa Goday.

III
SALVADOR VALLDAURA UND TERESA GODAY

Diese samtweichen Augen und dieses ansteckende Lachen hatten ihn verliebt gemacht. Er würde sich immer daran erinnern, wie Teresa in den Salon gekommen war, in ihrem haselnußfarbenen Moirékleid, eine rosa Rose auf ihrer Brust, und in einem bodenlangen Mantel aus Edelmarder, durchfroren und über das Wetter klagend. Sie wechselten kaum ein paar Worte, doch beim Abschied gab sie ihm lachend die Hand, als hätte sie ihn schon immer gekannt. Am Dreikönigstag sah er sie wieder, ebenfalls im Haus von Quims Bruder. Rafael sagte ihm, daß er sie zum Mittagessen eingeladen habe, zusammen mit einem halben Dutzend Freunde, weil beide, er und auch sie, ein wenig verloren seien: sie sei seit etwas mehr als einem Jahr verwitwet und er ohne einen Verwandten in Barcelona. Beim Kaffee, als die Männer allein waren, fragte Valldaura, von welchen Godays diese Teresa abstamme. »Ich weiß es nicht so genau«, gab ihm Rafael ausweichend zur Antwort, »aber da sie die Witwe von Nicolau Rovira ist, hat sie hervorragende Beziehungen, und alle Türen stehen ihr offen.« Teresa und Eulàlia, die Frau Rafaels, waren gute Freundinnen geworden und gingen manchmal miteinander aus, um Schaufenster anzusehen. Eine Woche nach jenem Mittagessen sah sie Valldaura, der ganz allein auf dem Passeig de Gràcia spazierenging, am Eingang des Carrer de Casp aus einem Wagen steigen. Teresa trug einen Hut mit Paradiesvogelfedern. »Was für hübsche Federn«, sagte Valldaura, während er an ihre Seite trat. »Sie lachen also nicht darüber?« Teresa sah blendend aus, und alle Männer drehten sich nach ihr um. Er wollte gerade ihren Arm nehmen, besann sich dann aber anders: in Barcelona konnte man so etwas nicht tun. Sie liefen eine Zeitlang nebeneinander her, und bevor er sie verließ, sagte er ihnen, daß eine ganze Weile vergehen werde, bevor sie sich wiedersähen, denn er habe einen Brief aus Paris erhalten und müsse noch in dieser Woche abreisen.

Zwei Tage danach ging Valldaura nachmittags in das Restaurant Can Culleretes. Er hatte die Angewohnheit, am Tag vor seiner Abreise dort Schlagsahne essen zu gehen, dann, wenn er den Koffer schon gepackt hatte. Das war seine Art, Barcelona auf Wiedersehn zu sagen. Als er gerade ganz in Gedanken verloren war, hörte er die Stimme von Teresa: »Darf ich mich an Ihren Tisch setzen?« Der Kellner kam sogleich herbei: »Wie immer, Frau Rovira?« Teresa lachte: »Ja, Joan, Blätterteig und Schlagsahne.« Während sie ihre Handschuhe und das Portemonnaie auf den Stuhl neben Valldaura legte, sagte sie zu ihm, der sich von seiner Überraschung noch nicht erholt hatte: »Sie sehn, ich mach's wie Sie.« Sie sprachen über das Wetter, über die Bergadàs, über Joaquim, den Teresa nicht kannte. Danach wußten sie einen Augenblick lang nicht, was sie sagen sollten. Teresa tat einen Seufzer: »Wie herrlich das sein muß, so zu reisen ...« Er entgegnete ihr, daß er es allmählich müde werde, ganz allein in der Welt herumzuziehn, und daß es ihm immer Angst gemacht habe, eine Ausländerin zu heiraten. »Manchmal geht das gut, aber ich habe nie Lust verspürt, es zu probieren.« Plötzlich erinnerte er sich an Bàrbara und wurde rot. Teresa zerteilte die Schlagsahne mit der Löffelspitze, und ihn mit Augen voll falscher Unschuld anschauend, dachte sie: »Na, du hast wohl auch überall so deine kleinen Abenteuer!« Sie sprachen fast nichts mehr. Als sie sich erhoben, sagte ihr Valldaura mit Bedauern auf Wiedersehn. Er war unsterblich verliebt.

Am nächsten Tag, bevor er mit seinem Koffer das Hotel verließ, gab er den Auftrag, daß Teresa jeden Tag Blumen gebracht werden sollten. »Veilchen; solange es welche gibt.« Es würde so sein, als begänne die Idylle von Wien von neuem. Aber diesmal mit beiden Füßen auf dem Boden. Er ließ eine Schachtel voller Visitenkarten zurück. Auf jede hatte er geschrieben: »Ergebenst«.

Als Felícia mit dem ersten Strauß Veilchen ins Schlafzimmer trat, war Teresa gerade erst aufgewacht. Noch bevor sie die Visitenkarte las, hatte sie schon erraten, daß sie von Valldaura waren. In diesen zwei Tagen hatte sie oft an ihn gedacht. Sie konnte nicht sagen, daß er ihr mißfiele: gutaussehend, blond, elegant ... »Was täten Sie an meiner Stelle, Felícia: Würden Sie wieder heiraten?« Das Dienstmädchen schaute sie mit freudigen Augen an: »Ich denke schon, gnädige Frau.« Felícia ging, und Teresa spürte jene Art von Beklemmung, die sie immer befiel, wenn sie an die Zeit dachte, in der sie mit Nicolau Rovira verheiratet gewesen war. Während der ersten Monate hatte er ihr gefehlt. Sie verdankte ihm alles: er hatte ihr beigebracht, sich zu benehmen, er hatte sie aus dem Elend geholt; kurz bevor er wie ein Hühnchen starb, hatte er zu ihr gesagt: »Jetzt kannst du dich überall zeigen.« Wenn sie sich manchmal im Spiegel anschaute, die Brillantnadel an der Brust, stieg ihr eine Woge der Scham in die Wangen. Nach und nach hatte sie sich daran gewöhnt, allein zu leben. Aber die Zeit verging, und Nicolau hatte einen Teil des Vermögens seiner Schwester vermacht, einer Witwe mit zwei Kindern. Teresas Einkünfte waren nicht unbegrenzt, und sie war verschwenderisch; sie würde bald Schulden machen müssen. Sie hatte daran gedacht, ein Haus zu verkaufen, und das behagte ihr gar nicht. Vielleicht hätte sie an der Börse spekulieren können, sie besaß Freunde, die sie beraten hätten; aber Nicolau hatte ihr einmal gesagt: »Wenn man davon nicht sehr viel versteht, kann man plötzlich, ohne es zu merken, ins Unglück geraten.« Valldaura gefiel ihr gut ... aber am Tag ihrer Bekanntschaft hatte sie an ihm einen Blick entdeckt, der sie beunruhigt hatte. Und es störte sie die Geschichte von Wien – jedermann kannte sie –, die hatte ihn völlig aus der Fassung gebracht. Ihr gefiel nicht, daß er im Ausland lebte. Man sagte, er sei steinreich. Trotzdem, zuerst ein alter Mann und danach einer, von dem man nicht recht wußte, was ihm passiert war ... Sie schloß wieder die Augen. Warum mußte sie auch an all das denken? Noch bewarb sich niemand um sie. Sie legte die Veilchen auf den Nachttisch und deckte sich gut zu.

Jedes Jahr gaben Bergadàs zum Karneval einen Ball, der in Barcelona berühmt geworden war. Sowie sie die Einladung erhielt, ging Teresa sie besuchen. »Das geht nicht, Eulàlia. Ich habe schon, bevor das eine Jahr um war, keine Trauer mehr getragen, denn du weißt ja, daß ich schwarze Kleider nicht mag; aber auf ein Fest zu gehen ist etwas anderes.« Eulàlia legte ihr die Hand aufs Knie: »Was liegt schon daran, ob man ein

Jahr vergehn läßt oder zwei? Verkriech' dich nicht, glaub' mir. Alle, die kommen werden, sind Freunde . . . Hast du Angst, daß sie dich tadeln?« Sie ließ nicht locker, bis sie sie überzeugt hatte. Bevor sie fortging, erzählte ihr Teresa, daß Valldaura ihr jeden Tag Veilchen bringen lasse. Eulàlia stand auf und gab ihr einen Kuß: »Ich sehe schon, das wird eine Hochzeit geben.« Teresa mußte lachen. »Das geht aber schnell bei dir.« Eulàlia, die sich wieder gesetzt hatte und sehr ernst geworden war, hob mit einem Mal die Arme und klatschte in die Hände: »Ich hab's! Den bringe ich her. Entweder bin ich niemand, oder ihr werdet zusammen tanzen. Mach' dich recht hübsch.« Gleich am Tag darauf, ziemlich früh, betrat Teresa das Geschäft von Terenci Farriols, um sich Stoff für das Kleid zu kaufen. Terenci Farriols war ein großer, schlanker Mann mit besten Manieren: »Frau Rovira, auch wenn Sie es nicht glauben mögen, aber gerade habe ich an Sie gedacht.« Teresa lachte und setzte sich: »Ich glaube es nicht. Zeigen Sie mir Seidenspitzen, seien Sie so freundlich. Und Satin für einen Domino.« Farriols sah sie etwas überrascht an: »Wir haben ganz wunderbare, von einer Qualität, wie Sie sie vielleicht noch nicht gesehen haben.« Der Angestellte legte einige Seidenspitzen auf den Ladentisch, und Teresa entschied sich, nach eingehender Prüfung, für die teuerste. Die Satins waren außergewöhnlich schön. Teresa zögerte, bevor sie die Farbe wählte, aber im Gedanken an die Veilchen entschied sie sich für einen dunkelvioletten. »Sie haben die schönste Farbe ausgesucht, Frau Rovira; sie wird Ihnen sehr gut stehen«, sagte Terenci Farriols und begleitete sie an die Tür.

Am Tag des Balls kam Teresa etwas verspätet zu Bergadàs. Der erste, der ihr zur Begrüßung entgegenkam, war Salvador Valldaura. »Was für eine Überraschung . . . ich dachte, Sie seien in Paris.« Sie sah fabelhaft aus: mit ihrer Wespentaille, der Maske in der Hand, behandschuht bis über die Ellbogen, bloße Schultern: die weiße Seidenspitze ließ ihre Haut dunkler erscheinen. Sie trug einen Strauß Veilchen auf der linken Seite und einen zweiten im Haar. Kein einziges Schmuckstück. »Was für eine wunderbare Frau wird sie erst mit Vierzig sein!« dachte Valldaura. Auf den Veilchenstrauß an ihrer Brust deutend, sagte Teresa: »Kennen Sie sie?« Er fragte sie, ob sie Veilchen möge. Teresa log: »Es sind meine Lieblingsblumen.« Das Orchester, das beim Eintreten Teresas gerade einen Tanz beendet hatte, spielte zu einer Mazurka auf, und Valldaura bot ihr seinen Arm. Als sie an Rafael und Eulàlia vorbeikamen, die zusammen tanzten, blinzelte Eulàlia Teresa zu, und Teresa, die so tat, als hätte sie sie nicht gesehen, wandte den Kopf ab. Valldaura bat sich alle Tänze von ihr aus. Sie, deren Wangen hochrot waren, fächelte sich mit der Hand Luft zu und sagte: »Sie meinen, es lohne sich, nur mit mir zu tanzen?« Dabei strich sie alle Seiten ihres Tanzheftes von oben bis unten durch. Der Veilchenstrauß fiel ihr zu Boden, und Valldaura bückte sich, um ihn aufzuheben; bevor er ihn zurückgab, roch er daran. »Parfümiert . . . wie alle.« Teresa nahm die Maske ab, um die Veilchen wieder anzustecken, und während sie sie an die Brust heftete, betrachtete Valldaura ihre langen, geschwungenen Wimpern, ihr volles Haar, kastanienbraun und wie ein Helm aus Seide. Sie traten ans Buffet, um Süßigkeiten zu essen und Champagner zu trinken, und, mit den Gläsern in der Hand, gingen sie und setzten sich in eine Ecke. Hinter ihnen stand auf einer vergoldeten Säule eine Vase mit Zweigen von weißem Flieder. »Die Blumen verfolgen mich«, sagte Teresa und brachte die Schleppe ihres Kleides in Ordnung. Unter dem Saum ihres Rockes sah eine Fußspitze hervor. Sie merkte, daß Valldaura darauf schaute, und versteckte sie. »Wissen Sie, was mir am Champagner gefällt? Die Bläschen.« Sie gaben ihre leeren Gläser einem Diener, der sich ihnen mit einem Tablett genähert hatte, und nahmen volle. »Warum kommen Sie nicht nach Paris?« Teresa tat, als habe sie es nicht gehört, und Valldaura, der seine Frage gerade wiederholen wollte, verlor plötzlich den Mut und trank wortlos den Rest seines Champagners. Er sah blendend aus: sein gutgeschnittener Frack, die Hemdbrust ganz weiß und der blonde Bart ein bißchen zerzaust. Sowie die Musiker die Quadrille anstimmten, nahm Teresa, deren Augen hinter der Maske Funken sprühten, die Schleppe ihres Kleides und ging an Valldauras Arm bis in die Mitte des Salons. Sie wechselten von Zeit zu Zeit ihre Tanzpartner, und wenn sie wieder zusammentrafen, schauten sie sich an und lachten. »Wenn ich könnte«, dachte Valldaura, »nähme ich sie mit bis ans Ende der Welt.« Der Beifall war

betäubend. Teresa, schwer atmend und mit zurückgeworfenem Kopf, sagte sich, daß sie eine solche Nacht noch nie erlebt habe. Ihr war heiß. Sie zog die endlos langen Handschuhe langsam aus und fuhr sich mit der Hand übers Gesicht. »Das ist wohl gar nicht gut, was ich da mache ...« Valldaura schüttelte verneinend den Kopf und lachte. »Einen Augenblick«, sagte sie, »ich komme gleich wieder.« Sie ging zu Eulàlia: »Ach bitte, leih' mir einen Fächer, ich kann nicht mehr.« Eulàlia gab ihr den ihren: »Du kannst ihn behalten; als Andenken.« Die Stäbe waren aus Perlmutt, und auf den Stoff war ein Apfel aufgemalt; vom Griff hing eine Seidentroddel herab. Die Musiker wiederholten den Tanz. »Puh! Trinken wir noch etwas Champagner?« Sie führte ein Glas an die Lippen und leerte es auf einen Zug. »Ich sollte nicht so viel trinken. Er ist mir schon in den Kopf gestiegen. Und Ihnen?« Sie fächelte sich hastig; der Apfel war grün, ganz zart, mit einem rosa Tupfer auf der einen Seite und zwei großen Blättern links und rechts vom schokoladenfarbenen Stiel. »Ich kann eine ganze Flasche trinken, ohne daß es mir etwas ausmacht. Andere Dinge hingegen steigen mir sofort in den Kopf.« »Welche denn?« fragte ihn Teresa, wobei sie kokett ihre Augen halb schloß. »Schönheit zum Beispiel.«
Das Fest dauerte bis zum frühen Morgen. Bevor es zu Ende war, sagte Teresa, sie sei müde und wolle gehen. Der Flieder in der Vase begann zu welken, aber der Glanz der Lichter, der Kleider, der seidenen und von vergoldeten Leisten umgebenen Wandverkleidung wurde immer lebhafter. »Sie wollen schon gehen?« fragte Valldaura sie, so als solle er sie nie mehr wiedersehn. Teresa kam die Luft auf der Straße eisig vor. Sie waren unter der Tür stehengeblieben. Valldaura konnte die Augen nicht von ihr wenden: »Wie kurz war doch diese Nacht!« Sie schenkte ihm einen langen Blick und ließ den Fächer über sein Revers gleiten. Im grauen Schein des werdenden Tages schien Teresa, die Haare leicht verwirrt, inmitten von violetten Falten, eher ein Traumgebilde denn eine Frau. Valldaura half ihr in den Wagen und murmelte, die Hand auf dem Knauf des Wagenschlags: »Morgen muß ich fort; darf ich Ihnen schreiben?«

Teresas Wohnung war sehr schön geworden. Sie hatte die Möbel aus der Zeit ihrer Ehe abgestoßen und, beraten von einem Antiquitätenhändler, bessere gekauft. Nur den japanischen Schrank hatte sie behalten, der ihr mit der Zeit immer mehr gefallen hatte. Die Wände des Salons waren mit strohfarbenem Damast tapeziert, und in einer Ecke, neben dem Sofa, hatte sie eine Nymphe aus weißem Porzellan aufgestellt, so groß wie sie selbst, die mit zierlicher Gebärde eine runde Vase auf der Schulter trug. Valldaura war einige Male wieder nach Barcelona gekommen, und Teresa hatte ihn zu köstlichen Tees eingeladen. Eines Nachmittags erklärte er sich ihr. Er hatte eine Zeitlang die Tasse zwischen den Fingern gehalten, wortlos, sinnend. Teresa war nachdenklich geworden und hatte die Augen gesenkt. Sie sagte weder ja noch nein. Nur daß sie ihren Mann geliebt habe und noch immer an ihn denke: »Was Sie mir soeben gesagt haben, schmeichelt mir sehr, aber es kommt so unerwartet . . .« Valldaura, der sie gespannt ansah, beugte sich vor und ergriff ihre Hand. Könnten sie sich denn nicht gegenseitig das Leben leichter machen? Er ging, wie er gekommen war: ohne eine eindeutige Antwort. Am folgenden Tag erschien er von neuem. Er konnte diese Ungewißheit nicht ertragen. Felícia führte ihn in den Salon. »Herr Valldaura ist da und möchte Sie sehen, gnädige Frau, ich habe ihn hereingebeten.« Teresa, die sich eben ankleidete, um auszugehen, zog sich im Handumdrehen aus und trat in ihrem prächtigsten Morgenrock in den Salon, umgeben von einer Parfümwolke und dem Geknister von Seide, und sagte zu Valldaura, er möge sie entschuldigen, wenn sie ihn so empfange, aber sie habe gerade geruht und hätte ihn nicht warten lassen wollen. »Ist etwas passiert?« fragte sie ihn mit ruhiger Stimme. »Gestern haben wir ein Problem offengelassen«, gab Valldaura zur Antwort, und während er sie ernst ansah, fügte er hinzu, er sei gekommen, um sich einen Kuß zu holen. »Ein Kuß bedeutet wohl, daß es kein Problem gibt.« Teresa hob einen Finger an ihre Lippen und fuhr mit ihm über Valldauras Wange: »Den hätten Sie.« Dann, ohne ihm Zeit zu geben, den Mund aufzutun, fragte sie ihn: »Darf ich Sie einen Augenblick allein lassen, damit ich anordnen kann, daß der Tee zubereitet wird?« Im Gang, die Hand am Hals, atmete sie ein paarmal tief durch.

Sie heirateten im gleichen Frühling, in Santa Maria del Mar. Valldaura wollte die Flitterwochen auf dem Landgut in Vilafranca verbringen. »Du wirst sehen, was für Reben!« Eines Abends, als sie unter den Apfelbäumen spazierengingen, schüttelte Valldaura einen Zweig, und ein Blütenregen fiel herab. Teresa streckte die Arme mit offenen Händen aus, und während sie eine Blüte, die auf ihrer Handfläche liegengeblieben war, ganz aus der Nähe betrachtete, sagte sie leise: »Diese Blüte, diese winzig kleine Blüte gehört mir.« Valldaura umarmte sie: »Alles gehört dir: diese Reben, dieses Land und ich.« Und er gab ihr einen Kuß, mit geschlossenen Augen, damit ihn nichts ablenke, so lang, daß er sie fast erstickte.

IV
EINE VILLA IN SANT GERVASI

Als sie zu Beginn des Herbstes nach Barcelona zurückkehrten, merkte Valldaura, daß Teresa traurig war. »Der Gedanke, in Paris leben zu müssen, wird sie ängstigen.« Ohne lange zu überlegen, suchte er Josep Fontanills auf, seinen Verwalter. Er war ein ziemlich beleibter Mann, breitschultrig, mit kurzen Armen und kurzen Beinen; er besaß den Ruf eines rechtschaffenen und anständigen Menschen. Als er Valldaura sah, zerfloß er vor Höflichkeit: »Warum haben Sie mich nicht benachrichtigen lassen, ich wäre dann zu Ihnen gekommen!« Er ließ ihn in seinem besten Sessel Platz nehmen. Durch den Balkon sah man Sant Pere Màrtir, und Valldaura hatte gehört, daß Fontanills an schönen Nachmittagen eine Zeitlang keine Besucher empfing, um in aller Ruhe sehen zu können, wie die Sonne hinter dem Berg unterging. Valldaura sagte zu ihm: »Ich nehme meine Frau mit nach Paris, aber da sie eine richtige Barcelonierin ist, habe ich Angst, daß sie Heimweh bekommt. Wenn sie sich nicht an das Leben im Ausland gewöhnen kann, gebe ich meine Karriere auf. Ich möchte, daß Sie in Ruhe eine Villa für mich suchen, und dann könnte ich sie mir allmählich nach meinem Geschmack einrichten.« »Ich habe«, gab Fontanills zur Antwort, »eben eine, die zum Verkauf steht; von einem üblen Erben, dem Marquis von Castelljussà, der das Geld seiner Eltern verspielt hat. Aber sie ist sehr verwahrlost.« Noch am gleichen Tag gingen sie hin, und Valldaura fand Gefallen an ihr: im oberen Teil von Sant Gervasi, in einer halbfertigen Straße, neben einem Feld, umgeben von einem großen Garten, der auf der hinteren Seite, jenseits eines Vorplatzes, in einen Wald überging. Er würde Teresa nichts sagen, bevor nicht alles fertig wäre. Fontanills bestellte den Besitzer zu sich, man wurde sich gleich einig, und Valldaura brachte die Urkunde zu Amadeu Riera, dem Notar, der in Mode war. »Paß auf, daß das Grundstück nicht belastet ist und alles seine Richtigkeit hat.« Auf der rechten Seite seines Tisches hatte der Notar Riera ein Väschen mit einer Rose stehen. »Soviel ich weiß«, sagte

Valldaura lachend, »bist du der einzige Notar, der Blumen im Büro hat.« Ein paar Wochen später wurde der Kaufvertrag unterschrieben. Als der Marquis von Castelljussà das Zimmer, die Brieftasche voller Banknoten, verlassen hatte, beglückwünschte Amadeu Riera Valldaura: »Was wird noch aus dir werden, eine Villa mit mehr als hunderttausend Pam Boden!« »Hundertsiebzigtausendfünfhundert«, sagte Fontanills, der die ganze Zeit sehr still gewesen war. Und er setzte hinzu: »Wenn ich so viel Geld hätte wie Sie, Herr Valldaura, hätte ich sie mir auch nicht entgehen lassen.«

Wenige Tage vor dem Aufbruch nach Paris nahm Valldaura Teresa und zeigte ihr die Villa. Fontanills begleitete sie. Als sie aus dem Wagen stiegen, blieb Teresa derart überwältigt stehen, daß sie gerade noch sagen konnte: »Mein Gott, das sieht wie ein Schloß aus!« Beim Gittertor begann ein sehr breiter Gartenweg, mit Kastanien auf beiden Seiten; im Hintergrund, drei Stockwerke hoch, mit zwei Türmchen und dem ganzen Dach aus grünen Ziegeln, bedeckt von Efeu, dessen Blätter sich schon rot färbten, hob sich gegen den herbstlichen Himmel das Haus ab. Der Wind wehte, und die drei Stufen, die zum Eingang hinaufführten, waren halb unter Blättern begraben. Auf der einen Seite, bei der Tür, standen drei große glasierte Krüge, voller Erde, und einige Blumentöpfe mit Pflanzen. Valldaura hob seinen Stock und sagte, indem er auf die von vier rosa Marmorsäulen getragene Terrasse deutete, die den Windfang schützte: »Ich werde sie verglasen lassen, im Winter können wir dort die Sonne genießen.« Fontanills steckte den Schlüssel ins Schloß und probierte eine Weile: »Es ist alles verrostet, Frau Rovira, aber wir werden das schon reparieren.« Die Eingangshalle war so groß, daß sie einem Ballsaal glich, und auf der linken Seite führte eine geschwungene Treppe mit schmiedeeisernem Geländer ohne Absatz in den ersten Stock hinauf. Sie liefen durch alle Zimmer; an manchen Wänden hatten sich Streifen der Tapete gelöst, und der üble Geruch nach Feuchtigkeit war erstickend. Zu den Türmchen gelangte man vom dritten Stock aus, auf einer sehr schmalen Treppe mit hohen Stufen; auf dem ersten Absatz befand sich eine kleine Tür, die aufs Dach hinausging. Fontanills öffnete sie: »Wollen

Sie hinaussehen?« Teresa stieß einen Schrei aus: »Schließen Sie, das macht mir Angst.« Sie stiegen nicht ganz hinauf. Neben den Blumentöpfen mit den abgestorbenen Pflanzen fragte Valldaura seine Frau: »Gefällt's dir?« Teresa umarmte ihn ganz fest, wortlos. »Was soll man da machen«, dachte Fontanills, der nicht wußte, wo er hinschauen sollte, »so eine Frau ist wohl eine Messe wert.«

Es begann schon dunkel zu werden. Sie folgten dem mit Platten belegten Weg, der rings um das Haus führte. Rechts, mit den Zweigen fast die Mauer berührend, stand ein Baum mit schmalen, glänzenden Blättern. »Ein Lorbeerbaum, nicht wahr?« fragte Teresa. »Ja, gnädige Frau, und so hohe werden Sie selten zu sehen bekommen.« Weiter entfernt vom Lorbeerbaum stand ein Brunnen und unter einer von vertrockneten Glyzinien bedeckten Pergola zwei Steinbänke. Sie überquerten den Vorplatz, und während Teresa auf das Dickicht der hinten stehenden Bäume schaute, dachte sie: »Es ist hübsch, aber gruselig.« Sie gingen zwischen Farnen und Dornsträuchern. Oben in den Zweigen hörte man Turteltauben gurren. »Das hier«, sagte Valldaura, »war nie ein Wald: als man das Haus baute, muß es ein Park gewesen sein.« – »Ich glaube, Sie haben recht«, entgegnete Fontanills, der auf den Boden schaute, um nicht zu stolpern, »es ist ein verwahrloster Park.« Bald gelangten sie zu einem mit schwarzem Efeu umwachsenen Wasserbecken. »Dieses Becken, Frau Valldaura, trocknet nie aus; zur Mitte hin ist es mehr als sieben Pam tief. Am Ende des Grundstücks stehen drei hundertjährige Zedern. Man sagt, sie brächten Glück. Wollen wir hingehn und sie ansehen?« Plötzlich hörte man, zwischen am Boden wachsendem Efeu, das Geräusch eines aufgeschreckten Tierchens. Teresa trat zu ihrem Mann: »Laß uns gehen ...« Der Wind, der immer heftiger wehte, bewegte die Zweige hin und her. Sie traten auf den Vorplatz hinaus, und Teresa sah, daß es noch nicht ganz Nacht war. Fontanills zeigte mit ausgestrecktem Arm auf ein Häuschen auf der anderen Seite des Vorplatzes, welches schon fast die ersten Bäume berührte. »Das ist das Waschhaus, man kann dort auch das Gerät unterbringen ... und hinten ist ein Unterstand.« Er sagte, er würde ihnen Kletterrosen geben, daß sie damit die Wände verdecken könnten. »Der Alte, der mir den

Bauernhof in Premià hütet, hat immer Ableger von Rosenstökken, die fleischfarbene, faustgroße Rosen bekommen.«

Teresa gefiel Paris überhaupt nicht; die Häuser waren ihr zu schwarz und der Himmel zu grau. Die Herren, mit denen sie, fast aus Verpflichtung, zu tun hatte, waren zu förmlich und die Frauen schrecklich eingebildet. Sie hatte einen Französischlehrer, der nur dazu diente, ihr Kopfzerbrechen zu machen. Sie ertrug es nicht, auch nur fünf Minuten allein zu sein, denn gleich erinnerte sie sich an Barcelona, und wenn sie dachte, wie weit sie von dort fort war, kam eine Art innere Unruhe über sie. Aber wenn sie mit der Frau eines der Gefährten ihres Mannes spazierenging, litt sie noch mehr. Als sie schwanger war, wurde es noch schlimmer. Sie verbrachte ganze Nachmittage im Gedanken an den Landsitz in Vilafranca. »Wir werden nach Barcelona zurückmüssen«, sagte Valldaura, als er sie eines Tages weinend angetroffen hatte. Und er hatte hinzugefügt: »Für immer. Die Karriere hat mich noch nie begeistert und jetzt, wo du ein Kind haben wirst, noch weniger.« Er war sehr eifersüchtig geworden, und wenn er mit Teresa irgendwo hinging, fühlte er sich vernachlässigt. Teresa gefiel zu sehr. »Für immer?« fragte sie, außer sich vor Freude. »Für immer.« Sie würde ihr Kind in Barcelona bekommen, zu Hause. »Wenn es ein Mädchen ist«, sagte Valldaura zu ihr, »soll es Sofia heißen, wie meine Mutter; ist es ein Junge, wollen wir ihn Stephan nennen, weil wir uns am Stephanstag kennengelernt haben.«

Teresa bekam ein Mädchen. Joaquim Bergadà, der noch immer in Wien war, kam zur Taufe: Valldaura hatte unbedingt gewollt, daß er Pate würde. Seine Schwägerin Eulàlia wurde Patin. Die Bauarbeiten waren bereits abgeschlossen, und die Villa glich einem Spiegel. Die Gärtner waren noch viele Tage damit beschäftigt, die Wege zu säubern, Unkraut auszureißen, abgestorbene Äste zu verbrennen und Päonien und Begonien in die Beete zu setzen, die man zu beiden Seiten der Kastanienallee angelegt hatte. Eines Sonntagsmorgens, noch bevor alle Möbel dort waren, bezogen Valldauras mit dem ganzen Dienstpersonal und mit einem halskettenbehängten Prachtstück von Amme die Villa.

V
FRÜHLINGSSTURM

Nach dem Mittagessen setzte sich Teresa hinter das große Fenster im Eßzimmer. Sie hatte zu nichts Lust. Wenn Valldaura zu Hause gewesen wäre, wären sie wie jeden Tag im Garten spazierengegangen und hätten zugeschaut, wie Climent den Pflanzen Wasser gab. Climent war der neue Kutscher: hager, mit schwarzen Koteletten und kohlschwarzen Augen. Sie hatten ihn kurz nach der Heirat angestellt, weil Vicenç, der während so vieler Jahre Teresas erstem Mann gedient hatte und der ohne Beschäftigung in Barcelona geblieben war, als Valldauras nach Paris gezogen waren, sich entschlossen hatte, sein restliches Leben in Igualada, seinem Heimatdorf, zu verbringen. Climent lebte mit seiner Frau in einer kleinen Wohnung, die man ihm über dem Stall eingerichtet hatte, einem ehemaligen Unterstand, den Valldaura dazu benutzt hatte, um dort die Pferde und den Wagen unterzubringen; man sah ihn vom Gitter aus, weit weg, hinter einer Buchsbaumhecke, angelehnt an die eine Seitenmauer des Gartens. Da ihm die Pferde nicht viel zu tun gaben, arbeitete Climent zeitweilig bei den Blumen und half so den beiden Gärtnern, die ein paarmal wöchentlich kamen und ein bißchen herumtrödelten. Valldaura war schon vor drei Tagen mit Fontanills fortgegangen, um sich ein Gut in der Nähe des Montseny anzusehen. Seitdem er die Karriere aufgegeben hatte, kümmerte er sich sehr um seine Ländereien.

Teresa sah die Amme mit einem Bündelchen vorbeigehn. Sie mußte das Kind frisch angezogen haben und trug gewiß die schmutzige Wäsche ins Waschhaus, damit Antònia sie wasche. Mit der Amme hatten sie wirklich Glück gehabt: sie hieß Evarista und war sehr hübsch, mit grünen Augen und so weißer Haut, daß manche Dame sie darum beneidet haben würde. Und blitzsauber, gestärkt und adrett, frischer als eine Rose. Vielleicht ein bißchen gar zu sehr: wenn sie Climent im Garten sah, schien sie verrückt zu werden. Sofia war gerade sechs Monate alt geworden, sie war zart, nervös und hatte ein winziges Gesichtchen. Sie entwickelte sich nicht sehr gut. »Wenn ich ihr

die Brust gebe«, sagte die Amme, »spielt sie, statt zu trinken.« Wenn Teresa sie einmal liebkosen wollte, kehrte sie ihr den Rücken zu, klammerte sich an den Hals der Amme und weinte los. »Denken Sie nur nicht, gnädige Frau, sie kennt Sie schon, ja doch, aber sie ist eigensinnig wie sonst etwas. Ich glaube, sie zahnt.« Sie hörte draußen reden. Die Amme sprach wohl mit Anselma, der Köchin, die eine schrille Stimme hatte. Es war kaum zu glauben, dick wie sie war.
Es war schwül, und Teresa, die anfing einzunicken, fühlte, wie ihr ein Schweißtropfen die Wange hinabrann. Sie dachte an die Perle, die sie ihrem Mann geschenkt hatte, als sie nach Barcelona zurückgekehrt waren. Es war eine graue Perle, die sie sich schon lang in den Kopf gesetzt hatte. Was war nicht alles passiert seit jenem Morgen, an dem sie und der arme Nicolau Herrn Begús Juweliergeschäft betreten hatten . . . Sie stand auf und ging zur Treppe. Sie konnte sich nicht erinnern, ob er sie vor dem Weggehn getragen hatte. Sie fand sie auf dem Toilettentisch, wo sie, zusammen mit den andern Krawattennadeln, im Kissen saß. Er mußte Angst gehabt haben, sie zu verlieren, und hatte sich wohl eine andere angesteckt. Sie lächelte, aber sie war unruhig. Schuld daran mußten jene Wolken sein, die zur Essenszeit begonnen hatten, den Himmel zu bedecken. Sie öffnete den Balkon und betrachtete sich, ohne hinauszugehn, von der Seite in den Scheiben. Sie hatte nicht das kleinste bißchen Bauch. Die Hebamme hatte recht gehabt: »Geduld; wenn Sie diese Leintücher drei, vier Tage ertragen können, wird Ihr Bauch so flach wie zuvor.« Doktor Falguera, der jeden Nachmittag vorbeikam, um nach dem Kind zu sehen, hatte gelacht: »Ihr Frauen entdeckt aber auch alles . . .« Teresa achtete nicht auf ihn; eine ganze Woche lang lag sie da und ertrug das Gewicht von drei zusammengefalteten Leintüchern und war danach so glatt wie zuvor, da sie noch kein Kind gehabt hatte. Aber etwas hatte sich verändert. Ihre Haare waren ein bißchen dunkler geworden, sie besaß nicht mehr jenes helle Kastanienbraun wie mit Zwanzig.
Sie warf einen Blick ins Schlafzimmer und ging wieder nach unten. Sitzen mochte sie nicht. In der Eingangshalle verharrte sie einen Augenblick vor dem runden, schwarzgekachelten Bassin; man hatte es im letzten Augenblick eingebaut: das

Wasser stürzte aus einer großen, in der Mitte aufgestellten Steinschale, die mit Trauben und Birnen aus Alabaster gefüllt war. Es war ihre Idee gewesen, und jeden Tag gefiel sie ihr besser. Zwischen Blättern verborgen, begannen sich drei Seerosen zu öffnen: es waren die ersten. Vor ein paar Wochen hatte sie Goldfische bestellt, und sie waren noch immer nicht gebracht worden. Sie ging in die Küche und trat hinaus. Antònia wusch am Boden einen großen Topf aus und spülte ihn unter dem Wasserhahn, der neben der Küchentür war. Anselma ließ sie ihn draußen waschen, denn sie sagte, da er zu schwer sei, zerkratze er ihr den Marmor im Spülbecken, und die Kratzer könne sie nicht einmal mit Scheuersand wegbringen. »Ich glaube, wir bekommen Regen«, sagte sie, ohne das Mädchen aus den Augen zu lassen. »Es soll nur endlich regnen, ich ersticke sonst noch«, klagte Teresa. Anselma leckte an ihrem Finger und hob ihn über den Kopf. »Nicht ein Lüftchen.« Teresa lachte und ging langsam über den Vorplatz. Vielleicht fände sie unter den Bäumen ein wenig Kühlung. Sie verstand nicht, wie es im Monat Mai so heiß sein konnte. Anselma schaute zu, wie sie sich entfernte: »Wenn die mit der Nase zuvorderst am Herdfeuer stehen müßte wie ich, dann hätte sie Grund zu sagen, sie ersticke.«
Bei den Bäumen wandte sie sich um und schaute aufs Haus. Sie konnte es noch immer nicht fassen, daß sie dort wohnte. Den Winter hatte sie damit verbracht, von einem Zimmer ins andere zu gehn; sie beugte sich über die Balkone, um in den Garten zu schauen. Wenn die Kamine angezündet waren, lief sie im Finstern überall herum und saß lange Zeit vor dem in ihrem Salon, die Augen starr aufs Feuer gerichtet. Jetzt hatte sie sich schon etwas eingewöhnt. Sie trat unter die Bäume. Gerade kam zwischen zwei Wolken ein Sonnenstrahl hervor, der kaum durch die Blätter zu dringen vermochte. Man hörte Geräusche in den Zweigen; sie mußten voll von Vögeln sein, aber Teresa, die ab und zu stehenblieb, um nach oben zu schauen, sah keinen einzigen. Wo es viele gab, das war im Lorbeerbaum am Brunnen. Je nachdem, zu welcher Stunde, flogen die Spatzen dort ein und aus und zwitscherten wie die Verrückten. Sie ging bis zum Fasanenkäfig. Es war ein sehr großer und sehr hoher Käfig, der oben in der Form eines Kürbisses endete und

zuoberst eine Goldkugel trug. Valldaura hatte ihn mit Pfauen, Fasanen und Perlhühnern gefüllt. Die Pfauen gaben des Abends schauerliche Schreie von sich, die man überall hörte. Die Perlhühner saßen auf ihren Stangen, die Schnäbel halb offen, und als sie herantrat, erhoben sich alle gleichzeitig. Ein Fasan, der auf den abgestorbenen Baum geklettert war, welcher mitten im Käfig stand, betrachtete sie aus einem Auge. Sie öffnete das Türchen und trat ein. »Putt putt . . .« Sie ging zu dem Fasan auf dem Ast, der sich nicht bewegt hatte, und riß ihm eine Schwanzfeder aus. Der Vogel rührte sich nicht einmal: vielleicht war er krank. Das Wasser im Trinknapf war sehr trüb. Sie würde es Mundeta sagen und mit ihr schimpfen müssen; sie war das jüngste der Dienstmädchen und kümmerte sich um die Tiere. »Daß so kostbare Vögel so schmutziges Wasser trinken müssen . . .« Die Perlhühner hatten sich in einer Ecke zusammengedrängt, dunkel, mit hellen Tupfen auf den Federn, mit ganz kleinen Köpfchen. Sie hatte Lust, den Käfig offenzulassen: diese Tiere wären glücklicher, wenn sie unter den Bäumen herumlaufen könnten. »Nicht wahr?«, sagte sie zu ihnen, während sie hinausging und das Türchen schloß. Weiter drüben war das Becken mit dem Wasser: grün, fast schwarz, voll von Kaulquappen, die auf- und niederschwammen. Ihren Hausrock zusammenraffend ging sie bis zur hinteren Mauer . . . Bevor man dort hinkam, war da eine Lichtung mit drei Zedern, sehr nah beisammen, sehr alt. Die Zedern, die Glück brachten. Die ziemlich hohe Mauer war mit Glasscherben bespickt. Sie berührte sie – »du gehörst mir« – und lachte. Woher hatte sie diese Sucht, alle Dinge zu berühren, die ihr gehörten? Sie kehrte um und ging auf Zehenspitzen am Käfig vorbei. Die Fasane schliefen auf den Ästen, und die Perlhühner auf ihren Stangen hatten die Augen geschlossen. Über sich hörte sie ein Gegurre von Turteltauben. Weder sie noch Valldaura hatten sie je gesehen. Wenn sie den Mut gehabt hätte, hätte sie viele Bäume fällen lassen; kaum zu glauben, daß sie so dicht einer neben dem andern leben konnten. Und jedes Jahr würde es schlimmer werden, da sie voller Triebe waren. Die Fliederbüsche, die Valldaura beim Käfig und auch sonst überall ein bißchen hatte anpflanzen lassen, standen kurz vor dem Aufblühn. »Hätte er sie in die Sonne pflanzen lassen, würden sie schon lange blühen.« Alles war ganz grün, ganz dunkel... Eine große Eidechse huschte wie ein Pfeil an ihren Füßen vorbei und verschwand hinter einem Graspolster.

Als Teresa halb mit dem Abendessen fertig war und Gertrudis befahl, sie möge das Wasser im Krug wechseln, weil es nicht frisch genug sei, und ihr einige Stücke Eis bringen, erhellte ein Blitz den ganzen Vorplatz bis hin zu den Bäumen. Gertrudis war ganz ruhig unter der Tür stehengeblieben, einen Krug in der Hand. Plötzlich hörte man den Donner, und die ersten Tropfen begannen zu fallen, groß und in langen Abständen. Teresa schob den Teller fort, sie hatte keinen Hunger mehr, und griff nach dem Körbchen mit den Nüssen. Sie hörte, wie jemand eilig die Treppe hinaufging; Sofia mußte aufgewacht sein. »Sie war den ganzen Nachmittag sehr nervös und hat immerzu Milch von sich gegeben; sie fühlt das Wetter«, sagte die Amme zu ihr, als sie mit dem weinenden Kind ins Eßzimmer trat. Wieder erhellte ein Blitz die ganze eine Seite des Himmels. Die Amme hatte Sofias Köpfchen an ihre Schulter gelegt, und Teresa wartete mit angehaltenem Atem auf den Donner. Es war, als ob der Himmel zersplittere. Sie stand erschrocken auf, den Nußknacker in der Hand, und Gertrudis, die kreideweiß aus der Küche gekommen war, sagte mit kaum hörbarer Stimme: »Ich habe den Krug zerbrochen, gnädige Frau; wenn Sie wüßten, wie leid es mir tut...« Teresa hörte gar nicht hin: »Gehn Sie sofort und sagen, sie sollen alle Jalousien schließen und darauf achten, daß kein Balkon offenbleibt.« Ohne zu merken, was sie tat, knackte sie eine Nuß und legte sie auf den Tisch. »Wissen Sie was, Amme? Wir gehn ins Wohnzimmer, da ist es gemütlicher.«
Während sie die Eingangshalle durchquerten, hörten sie den Wind pfeifen, der unter der Tür hereinkam. Im Wohnzimmer setzten sie sich aufs Sofa, ein wenig in die Ecke gedrängt. Der Lorbeerbaum schlug gegen die Mauer. »Man meint, er wolle reinkommen«, sagte die Amme, während sie Sofias Augen trocknete, die weinte, als ob es ihr ans Leben ginge. Gertrudis öffnete das Fenster und schloß, ein wenig gebückt, damit ihr der Regen das Gesicht nicht naß machte, die Jalousie, die ihr zweimal aus den Händen glitt. Sofia weinte noch immer. Um zu

sehen, ob sie sich beruhigen ließe, öffnete die Amme ihre Brust; das Kind bewegte den Kopf hin und her. »Lassen Sie sie, Amme, verschwenden Sie keine Zeit.« Sie war unruhig und bekam Lust, nachzusehen, ob etwas passiert sei. In der Küche saß in einer Ecke Antònia, die das Geschirr erst zur Hälfte abgewaschen hatte, und weinte. Teresa sah sie kaum an: »Machen Sie für alle einen recht starken Kaffee, Anselma«, sagte sie zur Köchin, »und sobald sich die da beruhigt hat, sagen Sie ihr, sie solle die Kognakflasche und die Gläser bringen.« Bevor sie hinausging, wandte sie sich um: »Und wenn Sie Angst haben, so kommen Sie alle.« Vom Fuß der Treppe aus hörte sie eine Tür schlagen und sah Filomena eilig herunterkommen: »Es ist die vom Turm, aber ich habe Angst gehabt, bis ganz nach oben zu gehn.« Teresa nahm sie beim Arm: »Begleiten Sie mich.« Sie stiegen bis in den zweiten Stock und zündeten eine Kerze an, aber sowie sie die schmale Treppe betraten, versetzte sie ein Windstoß ins Dunkle. Sie mußten blindlings hinuntertappen. Im Wohnzimmer war die Amme und wiegte Sofia, die etwas ruhiger war, aber ab und zu noch schluchzte. »Arme Kleine«, dachte Teresa bei ihrem Anblick, »ich hab' auch Angst.« Und sie bekam Lust zu weinen. Ihre Mutter hatte sich vor den Blitzen sehr gefürchtet, und wenn sie es donnern hörte, hielt sie sich die Ohren zu: »Wenn sie noch lebte, sie sollte es wie eine Königin bei mir haben.«

Anselma und Antònia brachten den Kaffee. Als letzte kamen Gertrudis und Mundeta herein, die hochgegangen waren, um die Turmtür zu schließen, nachdem Teresa und Filomena wieder zurückgekommen waren; der Riegel hatte nachgegeben, und sie hatten die Tür mit einem Bügelbrett abstützen müssen. Sie waren alle sehr still, ein wenig befangen, und wußten nicht, was sie sagen sollten. Mundeta erzählte, daß in ihrem Dorf, als sie klein war, ein Mann von einem Blitz getötet worden sei. Filomena hatte sich auf den Boden gesetzt, weil nicht genug Sessel da waren und sie Angst gehabt hatte, hinauszugehen und einen Stuhl zu holen. Gertrudis bekreuzigte sich bei jedem Donnerschlag. »Jetzt hast du dich aber genug bekreuzigt«, sagte Anselma zu ihr, während sie ihre Tasse an die Lippen hob und bei jedem Schluck den Kaffee blies. Teresa war aufgestanden und hatte das Fenster geöffnet; durch die Spalten der Jalousie sah sie, daß das Wasser wie ein Fluß durch den Garten herabfloß. Als sie schließen wollte, wurde sie geblendet und hatte das Gefühl, als würde die Nacht zerrissen. »Das war gerade an der Mauer, beim Lorbeerbaum«, sagte Anselma, während sie zu ihr trat. Sofia, die schon geschlafen hatte, wachte erschrocken auf und weinte mit offenem Mund los. »Gnädige Frau«, sagte die Amme, »sie hat schon den ersten Zahn.« Teresa hob mit einem Finger die Lippe des Kindes: auf der einen Seite kam aus dem oberen Zahnfleisch ein weißes Spitzchen hervor.

Am frühen Morgen beruhigte sich der Sturm. Man hörte einzig das Geräusch des abfließenden Wassers in den Dachrinnen. Filomena, halb auf dem Boden ausgestreckt, war eingeschlafen. »Weckt sie nicht auf«, sagte Teresa; und mit allen andern Mädchen ging sie hinaus, um nachzusehen, was passiert war. Die Luft war frisch, und die Wolken verzogen sich. In der Nähe des Brunnens stand eine große Wasserlache. Vom Lorbeerbaum war nur noch die Hälfte übrig. Climent, die Kappe bis über beide Ohren und in ganz alten Schuhen, schleifte das heruntergefallene Stück Baum fort. Als er Teresa und die Mädchen hörte, hob er den Kopf: »Ich nehm's hier fort, damit es nicht stört; besser, der Baum hat es abgekriegt als einer von uns, meinen Sie nicht, Frau Teresa?«

Am gleichen Tag, nachmittags, als sich alles beruhigt hatte, sagte ihr Anselma, daß am kommenden Sonntag ihre kleine Nichte, die Armanda hieß, zur Ersten Kommunion gehe. »Bekomme ich Ausgang, gnädige Frau, damit ich hin kann?« Teresa sagte ja.

VI
JOAQUIM BERGADÀ IN BARCELONA

Am Tisch seines Arbeitszimmers sitzend, mit dem Rücken zum Fenster, öffnete Valldaura den letzten Brief und sagte, ohne ihn zu Ende zu lesen, zu Teresa: »Quim sagt, er werde nächste Woche ankommen und wolle einige Tage in Barcelona verbringen; ich hätte ihn gerne hier bei uns.« Teresa, die sich das Frühstück wie jeden Tag in die Bibliothek hatte bringen lassen, trank einen Schluck Kaffee und hob den Kopf: »Das natürlichste wäre doch, wenn er zu seinem Bruder ginge. Aber wenn es dir Spaß macht . . .«

Quim kam an einem Samstagnachmittag an. Er hatte sie gebeten, ihn nicht abzuholen, und war fast eine halbe Stunde lang herumgefahren, weil der Kutscher die Villa nicht fand. Valldaura schien es, er sei gealtert: »Du hast dich überhaupt nicht verändert.« – »Du auch nicht«, sagte Quim zu ihm, indem er ihn umarmte. Dann trat er zu Teresa und küßte ihr die Hand: »Verzeihen Sie, Teresa, Sie sehen noch hübscher aus als damals, als ich zur Taufe der Kleinen kam.« Man hörte eiliges Getrappel, und herein kam Sofia, die schon vier Jahre alt war. Quim setzte sie auf seine Knie: »Ich hätte sie nicht erkannt.« Teresa dachte: »Womit kommt der denn jetzt an; er hat sie ja nicht gesehen, seit sie in den Windeln lag!« Ein bißchen erschrocken fragte Sofia sie: »Wer ist der Mann?« – »Ich bin dein Pate«, sagte Quim zu ihr, und mit einem Finger über ihre Braue streichend, fügte er hinzu: »Und du, was guckst du mit deinen kleinen Japaneraugen?« Teresa faßte das Mädchen verärgert bei der Hand und nahm es mit: »Gehn wir, du störst.« Bei der Tür drehte sie sich um: »Ich sage Bescheid, daß man die Koffer heraufbringen soll.« Quims Ankunft hatte ihr nicht gerade gefallen.

Vor mehr als drei Jahren war er nach Bogotà versetzt worden und hatte Heimweh nach Europa, vor allem nach Wien. Bevor er nach Barcelona gegangen war, hatte er einige Tage dort verbracht. Bis zum Einbruch der Dunkelheit blieb er mit Valldaura allein und sprach über die Freunde und die neuen

Leute. Vieles hatte sich verändert: »Erinnerst du dich an die Frau des englischen Attachés? Du weißt doch, ich war in sie verliebt. Vor ein paar Jahren wurde sie Witwe, und als alle dachten, sie ginge zurück nach London, ist sie mit dem Sohn von Don Manuel abgehauen, der acht Jahre jünger war als sie. Man hat's vertuscht, so gut es ging.« In Bogotà kam er um vor Traurigkeit: »Wie soll ich denn heiraten? Ganz schön mühsam, dort ein Mädchen zu finden, das kein Band um den Kopf trägt und nicht Klavier spielt. Man merkt, daß du noch nie dort warst ... Außerdem, du weißt ja, wie's bei mir geht ...« Ja, Valldaura wußte es: wenn er anfing, einer den Hof zu machen, lief alles wie am Schnürchen, aber bald jagte man ihn zum Teufel. Quim redete, als sei ihm das vollkommen egal, aber es war offensichtlich, daß es ihn deprimierte. »Wenn du wüßtest, wie gern ich alles stehn und liegen lassen und wieder hier leben würde wie du!« – »Tu's nicht!« fuhr Valldaura auf, und einen Augenblick später fügte er mit etwas gepreßter Stimme hinzu: »Es paßt nicht zu dir, in Barcelona eingesperrt zu leben.« Bevor Quim ihm etwas entgegnen konnte, wurde die Tür geöffnet und Gertrudis, zierlich und rosig, kam mit dem Likörtablett herein. Nachdem sie gegangen war, sagte Quim: »Siehst du? Wenn mich so ein Mädchen wollte, würde ich mit dem größten Vergnügen heiraten.« »Du hast keinen schlechten Geschmack«, sagte Valldaura lächelnd, »aber sie hat schon einen festen Freund.« Quim stand auf und trat, mit dem Glas in der Hand, zum Fenster: »Du siehst ja: entweder läßt man mich sitzen, oder ich komme zu spät.« Er schaute eine Weile ganz still nach draußen. Gleich vor dem Fenster befand sich, in geringer Entfernung, ein großes rundes Beet mit Blumen in allen Farben. »Donnerwetter, was für Blumen!« rief er leise aus. Valldaura trat zu ihm: »Das sind Hyazinthen.« Er hatte es in einem so matten Ton gesagt, daß Quim überrascht den Kopf wandte und ihn anschaute. Valldaura war neben ihm stehngeblieben, mit dem Gesicht zum Garten. Ja, er hatte sich verändert, aber es war schwer, die Art der Veränderung zu erkennen: vielleicht zeichnete sich der Backenknochen etwas markanter unter der dunklen Haut ab, vielleicht waren die Nasenflügel schärfer ausgeprägt. Vielleicht ... Quim sah, daß Valldaura sehr traurig war. »Der ist imstande und denkt immer noch da dran, arme

Bàrbara. Ich werde sehr vorsichtig vorgehen müssen; aber vielleicht möchte er, daß ich mit ihm darüber spreche . . .« Valldaura war näher ans Fenster getreten und hatte die Stirn an die Scheibe gelehnt. Quim faßte seinen Arm. »Ich sollte ihm etwas sagen; aber was zum Teufel kann ich ihm sagen?« Er bemerkte, daß Valldaura den Kopf hob; er verstand ihn kaum: »Schon vorbei, Quim, schon vorbei; sag nichts.«
Es begann dunkel zu werden, und man sah gerade noch die Bäume, die ganz hinten vor der Gartenmauer standen. Plötzlich hörte man einen durchdringenden Schrei. »Was hab' ich auch für einen Einfall gehabt mit diesen Tieren!« Er hatte dem Fenster den Rücken gekehrt, und so, im Gegenlicht, erschien er Quim wieder jung. »Welche Tiere?« »Die Pfauen; meine Frau gab keine Ruhe, bis ich nicht ein halbes Dutzend gekauft hatte.« Quim atmete auf; er war drauf und dran gewesen, die Tür zu den schmerzlichen Erinnerungen zu öffnen, wo er das doch so ungern tat! Aber wer hätte denken können . . . wo es doch alles in allem nur ein paar Wochen gedauert hatte. Die Pfauen schrien ununterbrochen. »Was haben sie? Meinst du nicht, sie haben Hunger?« – »Nein, das machen sie jeden Tag. Es muß die Stunde sein, wo sie merken, daß sie verliebt sind.« Quim brach in ein lautes Gelächter aus: »Stell dir vor, wenn ich der Engländerin mit solchen Schreien den Hof gemacht hätte!« Valldaura gab ihm einen heftigen Schlag auf die Schulter: »Das hätte eine diplomatische Beschwerde gegeben, mindestens!« Sie lachten eine ganze Weile. Als sie genug gelacht hatten, wurden sie sehr still. »Du hast ein prächtiges Haus und lebst, wie du es verdienst. Deine Frau ist phantastisch, aber mir scheint es, daß sie mich nicht riechen kann.« Valldaura beruhigte ihn: »Red keinen Unsinn; als sie erfuhr, daß du kommst, war sie sehr erfreut.« »Wenn du das sagst . . .« In diesem Augenblick öffnete Teresa die Tür: »Was macht ihr da im Dunkeln?«

Am Abend, während sie sich zum Nachtessen ankleidete, kam Valldaura ins Zimmer und sagte ihr, er würde, da er nächste Woche nach Vilafranca müsse, Quim mitnehmen. »Er kommt mir so matt vor, ich mache jede Wette, daß irgendwas mit ihm los ist.« Teresa, die sich eben die Brillantnadel ansteckte, dachte, daß Quim ein Idiot sei: »Besser so, dann stört er mich nicht. Aber wenn du auf mich hören willst, zerbrich dir nicht den Kopf. Als er zur Taufe der Kleinen kam, war er in die Frau des Konsuls von Japan verliebt. Erinnerst du dich nicht?«

Sie verbrachten drei Tage in Vilafranca. Quim war ganz begeistert von dem Bauernhof zurückgekommen: »Was für Reben! Und diese Laubengänge! Ihr geht nie dorthin, und ich würde ein ganzes Leben lang dort bleiben.« Sie hatten den Nachtisch schon gegessen, waren aber noch im Eßzimmer sitzen geblieben. Valldaura war sehr zufrieden. »Alle meine Ländereien sind gut, aber ich habe die Quintana am liebsten, wegen der Pinien.« Quim hörte ihm, ein Bein über dem andern, zerstreut zu: »Und was machst du mit den Pinien?« »Verkaufen natürlich.« Sofia war, ohne daß sie es gemerkt hatten, hereingekommen und hatte sich ganz still ihrem Vater genähert, um ihm gute Nacht zu sagen. Quim nahm ihre Hand: »Komm, weißt du denn, daß du kleine Japaneraugen hast?« Von der Tür aus rief Teresa Sofia, welche eilig zu ihr hinlief: »Dieser Mann hat mir wieder gesagt, daß ich kleine Japaneraugen habe.« Bevor sie die Tür schlossen, hörte Valldaura seine Frau mit etwas ärgerlicher Stimme sagen: »Laß ihn reden.« Am folgenden Tag gingen sie ins Liceu. Rafael und Eulàlia hatten sie in ihre Loge eingeladen, um die »Traviata« zu sehen, weil sie wußten, daß sie ihnen sehr gefiel. Teresa zog ihr weißes Satinkleid an und das Brillantkollier mit sieben Rubinen wie sieben rote Tränen, das Valldaura ihr zu Sofias Geburt geschenkt hatte. Sie saßen in der Eingangshalle ihres Hauses und mußten fast eine halbe Stunde warten, bis Quim herunterkam. »Seinetwegen kommen wir noch zu spät.« Teresa war außer sich vor Wut, und Valldaura schaute ab und zu zur Treppe hinüber. Quim kam ganz ruhig herunter, die Arie aus dem dritten Akt pfeifend; er sah wie eine Modepuppe aus. Als sie die Vorloge betraten, hatte die Vorstellung schon eine Weile angefangen. Von der Bühne drang die halb gedämpfte Stimme des Tenors zu ihnen: »Libiam ne'lieti calici . . .« Rafael mußte sie gehört haben, denn er öffnete den Vorhang und trat zu ihnen: »Meine Frau hat schon gedacht, ihr würdet nicht mehr kommen; macht keinen Krach.« Teresa, die ihr Cape auf einen Hocker gelegt hatte, trat in die Loge und setzte sich neben

Eulàlia. Sie sahen sich nicht mehr so häufig wie früher, da ihr Verhältnis sich etwas abgekühlt hatte. Eulàlia sagte leise zu ihr: »Was war denn los?« – »Gar nichts: euer Verwandter, der nie fertig wird.«

Im Zwischenakt gingen die drei Männer hinaus, um zu rauchen. »Du siehst blendend aus«, sagte Teresa zu Eulàlia, die ein Kleid aus funkenblauer, mit schwarzer Chantillyspitze bedeckter Seide trug. »Du auch.« Sie waren in der Loge sitzen geblieben und schauten in den Saal, der sich nach und nach leerte. »Das würde mich wundern, weil meine Nerven völlig überreizt sind; Quim, dir kann ich es ja sagen, bringt mich ans Ende meiner Geduld.« – »Mich hat er schon lange so weit gebracht. Wenn du die Briefe sehen würdest, die er uns schreibt ... Er gehört zu jenen Leuten, die ihr ganzes Leben Eseleien begehen und sich dann beklagen.«

Teresa rückte ihr Kollier zurecht und wollte antworten, aber es schien ihr, als schaue sie Eulàlia so an, als ob sie ihr noch etwas sagen wolle und sich nicht traute: »Was hast du?« – »Nichts. Ich sollte mit dir nicht davon sprechen ... Wir haben erfahren, daß er an der Geschichte von Wien schuld war.« Teresa schaute sie an: »Was meinst du? Welche Geschichte?« »Er hat offensichtlich nicht locker gelassen, bis er sie einander vorgestellt hatte ... Sie war ein armes, elendes Ding, das ihr Brot mit Geigespielen verdiente. Es muß schrecklich gewesen sein; er konnte sie nicht loswerden.« Teresa dachte: »Du bist ganz schön neidisch, meine Liebe.« Sie wollte das Thema wechseln, aber Eulàlia fügte aufgeregt hinzu: »Das Schlimme ist, daß sie sich umgebracht hat. Und wenn es ein Gerede gegeben hat, war es wegen Quim, der es überall verbreitet hat. Trau du dem mal!« Teresa fühlte eine Art Beklemmung, aber sie lächelte. »Das alles ist schon lange her, und man spricht besser nicht davon.« Sie wußte nicht, daß sich das Mädchen umgebracht hatte. »Es war mehr zu bedauern als er«, dachte sie, »und mehr als ich.« Nur eben so nahm sie ihr Portemonnaie von der Brüstung, öffnete es und schloß es wieder, ohne etwas herauszunehmen. »Fängt es noch nicht an?« – »Wart nur, es wird schon nicht mehr lange dauern.« Eulàlia schaute zur Vorloge hin: »Bevor die Männer zurückkommen, will ich dir etwas anderes erzählen, und das wird dir vielleicht gefallen. Marina

Riera, die Schwester des Notars, hat anscheinend deinen Mann einige Male ganz allein im Konzert gesehen, und das hat sie gewundert; sie hat mich gefragt, wo er dich gelassen habe. Ich habe ihr gesagt, daß du dir aus Musik nichts machst; was hätte ich ihr sonst sagen sollen?« Teresa war völlig verdutzt. Sie fing an, sich unbehaglich zu fühlen, konnte aber mit ruhiger Stimme sagen: »Es ist nicht so, daß ich mir aus Musik nichts mache, du weißt doch; manchmal, wenn er mich fragt, ob ich ihn begleite, habe ich keine Lust, auszugehn. Ich nehme an, daß ich nicht mein ganzes Leben an seinem Rockschoß hängen muß.« Die Leute kamen allmählich wieder herein. Teresa sah, daß Eulàlia mit der Hand einen Herrn grüßte, der eben die Loge vor ihnen betreten hatte: er war groß, braungebrannt, über der Stirn eine Haarsträhne; ein sehr hübsches Mädchen begleitete ihn. »Wer ist das?« fragte sie. – »Du kennst ihn nicht?«
Bevor die drei Männer die Loge betraten, konnte Eulàlia ihr gerade noch sagen, es sei der Notar Riera. »Ganz Barcelona kennt ihn; sie ist seine Schwester Marina, die mir das mit den Konzerten gesagt hat.«

Am Abend vor der Abreise sagte Quim beim Abendessen zu Valldaura: »Weißt du, was ich gedacht habe? Daß du mir den Landsitz von Vilafranca verkaufen könntest; ihr geht nie dorthin, und ich würde mein ganzes Leben dort verbringen. Ich habe allmählich genug von allem.« Teresa sagte nichts, warf ihm aber einen bösen Blick zu. Nach dem Abendessen gingen Valldaura und Quim ins Arbeitszimmer und blieben eine geraume Weile dort. Als Valldaura ins Schlafzimmer kam, war er sehr aufgeregt. »Quim ist verrückt. Weißt du, wieviel er mir für den Landsitz angeboten hat? Es ist phantastisch. Ich weiß nicht, was ich tun soll. Ich habe ihm natürlich gesagt, ich wolle darüber nachdenken. Vorher will ich mit Riera sprechen, damit er mich berät.« Teresa konnte nicht schlafen. Sie hatte es nicht gewagt, Valldaura zu sagen, daß sie auf dem Landsitz ihre Flitterwochen verbracht hatten, daß der Hof viel zu gut sei, als daß er in die Hände dieses Esels geraten dürfe, der gesagt hatte, das Kind habe Japaneraugen, der nach vier Tagen die Nase voll haben würde und den die Bauern mit Steinwürfen davonjagen würden. Plötzlich schien ihr, als läge noch jene Apfelblüte auf ihrem Handrücken . . . In aller Frühe stand Valldaura auf, um ins Bad zu gehen. Als er zurückkam, saß Teresa halb aufgerichtet im Bett: »Weißt du, was ich glaube? Wenn Quim nämlich weit weg von der Stadt leben will, in Frieden und ohne Frauen, die er erobern muß, dann wäre es das beste, er schlösse sich in einem Kloster ein. Soll er uns doch in Ruhe lassen!« Valldaura sagte zu ihr: »Schläfst du noch nicht?«

VII
DER KNABE JESÚS MASDÉU

Am Tag der heiligen Theresa wurde am Vormittag am Eingang der Villa der Valldauras geläutet. Das war merkwürdig, denn um diese Zeit kamen sonst nur die Ladenjungen, und alle wußten, daß die kleine Tür nie verschlossen war. Gertrudis ging öffnen: »Man wird ein Geschenk für die gnädige Frau bringen«, dachte sie, während sie ihre Schürze glattstrich. Ein etwa zehn Jahre alter Junge stand da, sauber und ordentlich gekämmt, mit einem Strauß Blumen in der Hand. »Was willst du?« Der Junge sagte, er sei Frau Valldauras Patenkind und komme, um ihr zu gratulieren. Während sie unter den Kastanienbäumen nebeneinander hergingen, dachte Gertrudis, sie habe noch nie gehört, daß die gnädige Frau ein Patenkind habe. Sie wollte ihn fragen, wie er heiße, aber sie sah, daß er den Kopf gehoben hatte und sie anschaute. »Nicht wahr, das Ding, an dem man zieht, damit die Hausglocke läutet, das kommt aus dem Maul von einem Löwen?« Gertrudis bejahte es: »Und manchmal beißt er.« Er lachte. Bevor sie ins Haus traten, putzte er in aller Ruhe seine Schuhe an der Fußmatte ab. »Wart ein wenig, ich gehe ihnen sagen, daß du hier bist.« Gertrudis ließ ihn in der Eingangshalle allein und ging die gnädige Frau benachrichtigen. Der kleine Junge hatte ganz still dagestanden, trat aber gleich heran, um das Wasser zu betrachten, das über den Rand einer Steinschale floß, und als er dicht am Bassin war, kauerte er nieder. Das Wasser war voller Goldfische, sehr dicken, schwarzgefleckten, die unter Blumen schwammen, welche wie aus Wachs aussahen. Solche Blumen hatte er nur im Park gesehen, als er einmal mit seinem Vater dort spazierengegangen war. Es gab weiße und rosafarbene. Er warf einen Blick hinter sich und fuhr, so als wagte er es nicht, ganz vorsichtig mit dem Finger mitten über diejenige, welche ihm am nächsten war. Er schaute so selbstvergessen nach, ob die Blume auf seiner Haut Blütenstaub hinterlassen habe, daß er nicht merkte, daß jemand in seiner Nähe war, bis er spürte, daß er einen Stoß bekam. Erschrocken wandte er den Kopf: es war ein schön gekleidetes Mädchen, mit langen, gelockten Haaren, das wie ein Püppchen aussah und die Augen nicht von ihm ließ. »Diese Blumen berührt man nicht«, schrie es wütend, »wenn du sie noch einmal berührst, geh' ich es sagen.« Sie stellte sich neben ihm auf und fragte ihn, wie er heiße. »Ich heiße Jesús.« Sie sah ihn hoch erhobenen Hauptes an: »Ich, ich heiße Sofia und bin das Kind hier im Haus.« Ohne ein weiteres Wort ging sie die Treppen hinauf, und bevor sie im ersten Stock ankam, beugte sie sich über das Geländer und streckte ihm die Zunge heraus. Jesús Masdéu wurde sehr verdrießlich, aber einen Augenblick später ging er, den Blick auf die Treppe gerichtet, auf der das Mädchen verschwunden war, zum Wasser und berührte die Blume von neuem.

Gertrudis führte ihn in den Salon: »Setz dich, und mach nichts kaputt.« Jesús Masdéu hörte kaum hin und blieb neben der Tür stehen. Er konnte sich nicht satt sehen: die Decke, ganz hoch, mit Holz, das Muster bildete, die grauen Samtvorhänge zu beiden Seiten der Fenster, das große Bild über dem Sofa mit dem aufgehängten Knoblauchzopf und dem großen Kürbis auf dem Boden neben zwei toten Kaninchen und einem Berg Auberginen. Neben dem Eingang stand eine große Vase mit Federn, die am Ende so etwas wie ein Auge hatten. Jesús blies sie einige Male aus geringer Entfernung an und ging, fast auf Zehenspitzen, bis in die Mitte des Salons, wo ein Tisch mit Tierbeinen stand und daneben ein rotgoldener Sessel. Er berührte die Lehne und zog schnell die Hand zurück: der Bezug war ganz haarig und hatte ihn erschauern lassen. Hinter dem Tisch, gegen die Wand gestellt, erblickte er einen schwarzen, glänzenden Schrank: auf jeder Tür war ein seltsamer Soldat, aus Muschelstückchen gemacht und mit einem Säbel aus Gold in der Hand.

Bevor sie die Tür ganz aufmachte, schaute Teresa in den Salon hinein. Es war schon einige Tage her, daß sie ihre Tante Adela, die fast nicht mehr aus dem Haus ging, besucht hatte, um ihr zu sagen, sie wolle den Jungen gern kennenlernen. Sie beschlossen, zusammen Miquel Masdéu einen Brief zu schreiben, damit er ihn am Tag der heiligen Theresa zur Villa schicke. Tante Adela gefiel das nicht: »Meinst du nicht, es sei besser, wenn wir alles beim alten belassen?« Sie ließ es sich nicht ausreden, und nun hatte sie diesen mageren kleinen Jungen vor sich, in seinem Leinenkittel und mit einem Blumenstrauß in der Hand. Jesús hatte gemerkt, daß ihn jemand anschaute, und stand still wie ein Toter da, das Gesicht zum Schrank. »Gefallen dir diese Soldaten?« Er drehte sich langsam um und erblickte eine sehr hübsche, weiß gekleidete Frau. »Ja.« – »Warum setzt du dich nicht?« Die Frau hatte sich in den Sessel gesetzt und zeigte auf einen Hocker vor sich. Teresa wußte nicht, was sie sagen sollte; sie suchte in diesem Gesicht nach etwas, das sie nicht finden konnte. »Wie alt bist du?« fragte sie ihn schließlich gerührt. »Bald werde ich elfeinhalb.« Elf Jahre! Ein ganzes Stück Leben. Von jenen Nächten auf den Straßen, eng umschlungen mit Miquel Masdéu, von all jenen Augenblicken der Liebe, von soviel Unschuld war dieses kleine erschrockene Tierchen übrig geblieben. Teresa betrachtete ihren Sohn: dunkle Haare, schmale Lippen, die Haare schwarz wie ein Körbchen mit Brombeeren und die Nase ... »Nicht wahr, du hast dir die Nase gebrochen?« Jesús befühlte sie und lachte: »Ich bin von einem Baum gefallen, und der Knochen ist entzweigegangen.« – »Das muß dir sehr weh getan haben ...« Ohne ihm Zeit zu einer Antwort zu lassen, fragte sie ihn: »Bist du allein gekommen?« – »Nein; der Vater hat mich begleitet und wartet auf der Straße.« Teresa wandte den Kopf und preßte die Hände zusammen. »Möchtest du nicht ein paar Süßigkeiten essen?« – »Nein, danke, ich habe erst vorhin gefrühstückt.« – »Hast du keinen Durst?« – »Nein, danke.« Sie verharrten eine Weile, ohne etwas zu sagen. Jesús dachte an die Soldaten vom Schrank, wagte aber nicht, sie anzusehen. Plötzlich zeigte Teresa auf die Wand: »Willst du an dieser Schnur ziehen?« Jesús ging hin und zog schwach daran, als hätte er Angst, sie zu zerreißen. »Du mußt fester ziehen, ein paar Mal, sonst hört dich niemand.« Felícia kam herein und sah auf den Jungen; Gertrudis hatte ihr schon gesagt, daß er das Patenkind der gnädigen Frau sei. »Machen Sie ein Päckchen mit etwas Gebäck und viel Pralinen zurecht.« Während sie das sagte, wurde Teresa gewahr, daß der Junge noch immer den Blumenstrauß in der Hand hielt: ein halbes Dutzend gelber Nelken und ein paar Zweige mit winzigen Blüten, die wie eine Wolke aussahen. Das war wohl für sie, und er traute sich nicht,

es ihr zu geben. »Für wen sind denn diese Blumen?« Jesús Masdéu streckte ihr den Strauß entgegen, und Teresa nahm ihn, ohne zu wissen, was sie damit tun sollte. »Die sind für Sie, um Ihnen einen schönen Namenstag zu wünschen.« Teresa stand auf, und ihm den Rücken zukehrend, betrachtete sie, bevor sie die Blumen auf den Tisch legte, ihre Hände, zart, so anders als damals, als sie arm war, rot im Winter, mit Nägeln, die wie die ihrer Mutter zerbrachen; sie betrachtete sie immer, wenn sie die Ärmelschoner anzog, um auf den Markt zu gehn, und die marineblaue Schürze umband, die ihren zerknitterten Rock zudeckte. »Sie sind sehr schön, Jesús.« Eine ganze Weile schon hätte sie ihn gern etwas gefragt: »Hat sie dich lieb, deine Mutter?« Jesús war beigebracht worden, nicht zu lügen. »Ich weiß es nicht; sie sagt, daß ich fleißig sein müsse, damit ich später ein richtiger Herr sein kann. Und der Vater sagt auch, ich müsse ein Herr werden.« Als vor weniger als einer halben Stunde Gertrudis zu ihr gesagt hatte, da sei ein Kind, das zu ihr wolle, hatte sich Teresa setzen müssen, weil ihr plötzlich ganz schwarz vor den Augen geworden war. Aber dieser kleine Junge, der im Augenblick verlegen schien und der so zu reden begonnen hatte, als ob er eine Lektion aufsage . . . Nein, in diesem Kind war nichts . . . Was hatte sie denn erwartet? Sie hatte ihn vor sich, fremd, fern von dem Leben einer reichen Frau, das sie führte, fast wie ein Vorwurf . . . Felícia kam mit einem Päckchen herein, das in feines Papier gewickelt und mit einem Goldfaden verschnürt war. »Stellen Sie die Blumen in eine Vase und bringen Sie sie mir wieder.« Jesús, das Päckchen auf den Knien, schaute zu, wie das Zimmermädchen den Strauß forttrug. »Warte jetzt einen Moment auf mich«, sagte Teresa zu ihm. Es dauerte eine ganze Weile. Als sie zurückkam, sah sie Jesús vor dem Schrank stehen und das Gesicht des einen Soldaten berühren. »Er faßt wohl gern alles an, wie ich«, dachte sie, und während sie auf ihn zutrat, streckte sie ihm einen Briefumschlag entgegen: »Da, und verlier' ihn nicht; ich bin froh, daß du mich besucht hast. Aber jetzt ist es schon spät, und du wirst gehen müssen.« Sie fühlte, wie die Rührung in ihr hochstieg, und fügte, seine Nase berührend, hinzu: »Und klettere nicht wieder auf einen Baum.«
Gertrudis wartete in der Eingangshalle. Vor dem Hinausgehn

warf Jesús einen Blick auf die Treppe; das Mädchen schaute von oben auf ihn herunter, und er wandte rasch den Kopf ab, damit es keine Zeit fände, ihm die Zunge herauszustrecken. In der Nähe der Steinschale blieb er jäh stehen: vor ihm, auf beiden Seiten der Türe, sah es aus, als ob ein Feuer entbrannte; vier große ovale Fenster, jedes mit einem Schild in der Mitte, ließen durch farbige Scheiben Ströme von Licht hereinfluten. Gertrudis wandte sich um: »Hopp, steh nicht rum!« Während sie unter den Kastanien einhergingen, spürte Jesús einen süßsauren Geschmack im Mund. Sein ganzes Leben lang sollte er ihn spüren, jedes Mal, wenn er in dieses Haus ginge. Als er seinen Vater erblickte, der ein ganzes Stück vom Gitter entfernt auf ihn wartete, freute er sich riesig. Er rannte los und gab ihm den Umschlag. Bevor er ihn in die Tasche steckte, öffnete ihn sein Vater und sah, daß einige kleine Goldmünzen darin waren.

Seit diesem Tag ging Jesús Masdéu seine Patin von Zeit zu Zeit besuchen. Als er vierzehn Jahre alt war, teilte er ihr mit, daß er begonnen habe, als Malerlehrling zu arbeiten. »Und was malst du?« hatte ihn Teresa gefragt. »Nichts, vorläufig helfe ich nur Herrn Avelí; aber bald werde ich wie er Wände anstreichen.« Und er fügte hinzu, daß er an zwei Tagen der Woche, wenn er Feierabend mache, zeichnen lernen gehe. »Wissen Sie, ich möchte gern ein großer Figurenmaler werden.«

VIII
BIENEN UND GLYZINIEN

Sie hatten sich in die Nähe des Brunnens gesetzt, in den Schatten der Glyzinien. »Meinst du nicht, daß es bequemer wäre, wenn du deinen Hut ablegen würdest?« sagte Teresa zu Eulàlia. »Nein. Es wäre mir dann zu mühsam, ihn wieder aufzusetzen; gefällt er dir?« Auf der Krempe war ein blauer Vogel mit pechschwarzen Äugelchen, halb von Tüll verdeckt. »Diese Frauen mit so empfindlicher Haut«, dachte Teresa, »verblühen schnell.« Eulàlia hatte ganz feine Falten auf den Wangen: bei künstlichem Licht sah man sie nicht so, aber die Sonne ließ sie hervortreten. Felícia kam mit dem Servierwagen und begann das Teeservice auf das Tischchen zu stellen. »Die hast du schon lange, nicht wahr?« sagte Eulàlia, als das Dienstmädchen wieder gegangen war. »Ich weiß nicht, wie du das machst, ich kann kein Mädchen länger als drei Jahre aushalten.« Teresa lächelte ein wenig von der Seite: »Von den alten ist sie die einzige, die ich noch habe: Gertrudis hat geheiratet; Mundeta, ich weiß nicht, ob du dich entsinnen kannst, mußte fort, um ihre Eltern zu pflegen.« Sie reichte ihr das Tellerchen mit den Zitronenscheiben. »Nein«, sagte Eulàlia, indem sie es fortschob, »ich trinke ihn nur mit Milch, weil das den Geschmack verdeckt. Du weißt ja, daß ich nicht für Tee schwärme.« Sofia trat aus dem Haus, weiß wie eine Taube, in der Hand das Futteral mit dem Tennisschläger, und kam, Eulàlia zu begrüßen. »Wie geht es Ihnen, Patin?« sagte sie zu ihr und hielt ihr die Wange zum Kuß entgegen. »Du wirst jeden Tag hübscher, Mädchen; bald hast du einen Bräutigam.« Sofia sagte zu ihr, daß ihr die jungen Männer nicht gefielen. »Mir gefallen die etwas älteren Herren mit grauen Schläfen.« Und sie ging lachend fort. Eulàlia rief: »Und nach ein paar Jahren . . .« Sie wußte nicht recht, was sie hatte sagen wollen, und schwieg unvermittelt, aber Teresa merkte, daß sie drauf und dran gewesen war, etwas Unschickliches zu sagen: »Sprich nicht schlecht über die Männer mit grauen Haaren; mein Mann bekommt jetzt welche und sieht attraktiver aus als damals, als ich ihn kennenlernte. Es ist einfach so, daß dein Patenkind in seinen Vater verliebt ist; daher rührt das ganze.« Sie hatte die Teekanne genommen und füllte die Tassen. »Sie wird böse, wenn wir davon sprechen; seit einiger Zeit schon begleitet Lluïset Roca sie zum Tennisspielen. Sie hat es gern, wenn ihr die jungen Männer den Hof machen; aber du wirst schon sehen, daß sie einen reifen Mann wählen wird: und sie tut gut daran.« Eulàlia stellte hastig ihre Tasse auf den Tisch und wehrte mit der Hand einige Bienen ab, die um das Schälchen mit dem Gebäck flogen. Teresa konnte ein Lachen nicht zurückhalten: »Keine Angst: wir haben sie abgerichtet ... Und falls nötig, wird dich mein Mann verteidigen können.« Valldaura, schon fertig angezogen für die Stadt, trat zu ihnen. »Wir sprachen von Ihnen«, sagte Eulàlia zu ihm. Valldaura küßte ihr die Hand und fragte nach Rafael. »Wir sehn uns kaum noch; er verbringt sein Leben in der Fabrik und hat eine Menge Sorgen mit den Arbeitern.« – »Und Quim, haben Sie was von ihm gehört? Man hat mir gesagt, er gehe wahrscheinlich nach Madrid, ins Ministerium.« – »Das hat man auch uns gesagt, aber vergangene Woche haben wir einen Brief bekommen, und er schrieb nichts davon. Er wird bald ein Buch veröffentlichen und denkt an nichts anderes mehr.« – »Ein Buch?« – »Ja, ein Buch über seinen Großvater, den Rechtsgelehrten; wir freuen uns auch so sehr darauf.« Sie sprachen noch eine Weile zusammen, und zuletzt sagte Valldaura, daß er jetzt ins Ateneu gehe. »Schreiben Sie auch ein Buch?« fragte ihn Eulàlia lachend. »Nein, ich übe mich nur ein bißchen im Fechten.«

Einen Augenblick lang waren sie still und schauten, wie sich Valldaura entfernte. »Soll ich dir eine neue Tasse bringen lassen? Dir ist eine Blüte hineingefallen.« Eulàlia fischte die Blüte mit der Löffelspitze heraus und legte sie an den Rand des Tellers. »Nicht nötig, danke.« Sie trank ein paar Schluck und deckte die Tasse mit der Serviette zu. »Es ist schön in der Sonne, aber Rafael und ich, wir sind Etagenwohnungen gewöhnt.« »Deshalb hast du auch so ein weißes Gesicht. Das bißchen Sonne wird dir glänzend stehn; morgen siehst du noch hübscher aus.« Im Lorbeerbaum hörte man Vögel lärmen, und neue Blüten fielen herab. Eulàlia schüttelte sie sich ab: »Weißt du, daß Marina Riera einen Sohn von den Quatrecases geheiratet hat, den mit dem Eisen? Der könnte sie zwei- oder dreimal mit Gold zudecken.« Sie nahm ein Stück Gebäck und biß hinein. »Sie hat Glück gehabt, denn die jüngste war sie ja auch nicht mehr. Bei der Hochzeit habe ich neben ihrem Bruder gesessen, dem Notar; du kennst ihn doch, nicht wahr?« – »Zieht es dir nicht zu sehr?« sagte Teresa, während sie sich wieder Tee einschenkte. »Nein. Siehst du: der könnte mir schon einmal den Kopf verdrehen. Er gehört zu jenen Männern, bei denen man meint, sie ziehn dich aus, wenn sie dich anschaun. Die Testamentemacherei reizt ihn wohl. Mit seiner Frau ist natürlich nichts los.« Sie sprach in einem fort, wobei sie von Zeit zu Zeit den Kopf hob, um auf die Bienen zu blicken, die zwischen den Dolden der Glyzinien umherflogen. »Verstehst du das? Ein Mann, der hätte wählen können, und heiratet die Häßlichste.« »Es gibt viele solche Männer«, murmelte Teresa, die plötzlich auf der Hut war. Eulàlia fuhr fort: »Aber sie ist nun wirklich vollkommen reizlos, die arme Frau; sie soll sogar ein bißchen blöd sein. Und er wird das wohl ausnützen. Sehr höflich, sehr seriös – meinetwegen; aber ich bin sicher, daß er jemanden hat, jemanden, der sich lohnt.« Sie schwieg einen Augenblick und fügte hinzu: »Allerdings kann sie sich nicht beklagen: sie trägt Brillanten an den Ohren, die so groß sind wie Haselnüsse.« Teresa hatte die Tischglocke genommen und klingelte. »Hast du mich erschreckt.« – »Wenn ich nicht ziemlich kräftig läuten würde, würden sie so tun, als hörten sie mich nicht.« Felícia kam gleich herbeigelaufen, und Teresa bat sie, heißes Wasser zu bringen. »Nein, wischen Sie den Tisch nicht ab: die Blüten sehen sogar noch hübsch aus.« Und sich Eulàlia zuwendend, fragte sie sie, ob sie noch mehr Gebäck möge. »Nein? Dann können Sie es wegnehmen, Felícia; der Geruch nach Süßem macht die Bienen ganz verrückt.« Bevor Felícia dazu kam, das Schälchen fortzutragen, nahm Eulàlia eine verzuckerte Kirsche. »Die letzte; ich glaube, ich habe zuviel davon gegessen, aber sie sind so gut . . .« Und mit unveränderter Stimme fügte sie hinzu: »Wenn ich ein Mann wäre, hätte ich keine Frau heiraten mögen, die Constància heißt.« – »Constància?« – »Ja, um das Maß voll zu machen, heißt sie auch noch Constància. Aber sprechen wir nicht mehr davon; du mußt denken, ich sei ein Lästermaul. Du hingegen, ich weiß nicht, wie du das machst; nie sprichst du schlecht von jemandem.« Teresa hatte eine Blüte genommen: »Mir«, sagte sie, »gefallen nur die schönen Dinge.« Und sie aß sie. »Du bist wirklich verrückt ... Mal sehen, ob du nicht krank wirst. Und wo ich gerade daran denke, weißt du, daß Begú gestorben ist? Acht Tage im Bett und dann auf den Friedhof.« – »Der Juwelier?« Teresa kam es vor, als habe die Zeit einen Sprung gemacht: die Lampe mit dem grünen Schirm, die Perle auf der Krawatte, jene Freundlichkeit und all die Stunden der Angst ... »Aber das Geschäft wird weitergeführt; sein Sohn hat sich schon im Büro eingerichtet und begonnen, Schmuck zu verkaufen.« – »Warum erzählt sie mir das?« dachte Teresa. »Sie kann unmöglich ...« Zwei oder drei Bienen näherten sich ihnen, und Eulàlia stand voller Entsetzen auf: »Ich gehe. Es ist schon spät, und ich hab' Angst, daß mich die Bienen zuletzt noch stechen.« Sie klopfte die Gebäckkrümel ab, die auf ihren Rock gefallen waren. Teresa dachte: »Sie machen dir Angst? Wart nur.« Und laut fügte sie hinzu: »Bevor du gehst, werde ich dir ein paar Rosen pflücken.« Sie nahm sie mit zum Waschhaus; die Mauern waren von blühenden Rosenstöcken bedeckt. »Wart auf mich; hier drin muß etwas zum Abschneiden sein.« Teresa ging ins Waschhaus und kam mit der Baumschere heraus. »Diese Rosenstöcke stammen von Ablegern, die uns Fontanills gab, als wir das Haus kauften; sie waren aus Premià.« Sie hatte sich daran gemacht, in aller Ruhe Rosen abzuschneiden, und suchte die am wenigsten offenen aus. Eulàlia stieß einen Schrei aus: »Beeil dich, Teresa; siehst du nicht, daß alles voll von Bienen ist?« Teresa wandte sich um: »Deck dein Gesicht mit den Händen zu; die hier sind sehr wild.« Eulàlia rannte zum Haus. Als sie einen ganzen Bund Rosen im Arm hatte, ging Teresa langsam zu ihr hin. Durch die Küchentür sah sie Armanda am Herd stehn: »Würden Sie Felícia sagen, sie möchte diese Blumen zusammenbinden?« Eulàlia, die schon seit einer Weile sehnlichst wünschte, endlich gehen zu können, fragte Teresa, ob sie in den Waschraum gehn dürfe, um sich zu pudern: »Nach so langer Zeit in der Sonne muß ich ja aussehn ...«

IX
SCHRÄNKE PUTZEN

Armanda warf einen Blick in die Küche, und da alles in Ordnung war, dachte sie, daß es das beste sein würde, nach oben zu gehn und auszuruhn. Nebenbei würde sie gleich noch nachsehen, was die andern Mädchen machten. Obwohl die Balkone geöffnet waren, roch es sehr stark nach Lavendel: der Geruch kam aus zwei Wandschränken, deren Türen sperrangelweit offenstanden. In diesen Schränken, den größten, wurden die alten Kleider aufbewahrt; in den zwei kleineren links und rechts neben der Tür die Weißwäsche des Hauses. Es lagen Stapel von Winterkleidern auf den Stühlen und, auf dem Boden verstreut, die Überzüge, die man ihnen über die Achseln zog, um sie vor dem Staub zu schützen; Christina las sie zusammen und warf sie in einen Tragkorb, um sie zum Waschen zu bringen. »Komm, Armanda, komm; du kannst uns die Motten verscheuchen helfen«, sagte Simona aus einem Schrank heraus, während sie mit einem Lappen über das Holz wischte, »und schließ mich nicht ein: ich würde nicht gern ersticken.« Auf der einen Seite des Bügeltisches stand eine sehr große Kartonschachtel. Lluïsa sang leise vor sich hin und legte dabei einen Unterrock zusammen; sie tat ihn in den Wäschekorb und nahm ein Nachthemd mit Rüschen am Halsausschnitt und vorn an den Ärmeln. Dann rieb sie mit dem Wachsbeutelchen die Unterseite des Bügeleisens ein und wandte das Gesicht ein wenig ab: »Gefallen dir alte Sachen?« Armanda, die an den Tisch herangetreten war, hob den Deckel von der Schachtel. Dunkelviolette, in dünnes Papier eingewickelte Seide war darin zu sehen. »Ja, ja, schau nur; es ist eine Art Mantel, ein ganz seltsamer. Ich versteh' nicht, warum die soviel altes Zeug aufheben, mich würde das stören . . .« Armanda, die bis dahin noch nichts gesagt hatte, rief aus: »Was für eine hübsche Farbe!« Sie schob das Papier auseinander, und mit großer Vorsicht nahm sie das Kleidungsstück und entfaltete es: »Es ist ein Domino.« Bei ihr zu Hause hatten sie einen Kalender gehabt, auf dem ein Karnevals-Ball abgebildet war, und viele

Frauen trugen einen Mantel wie diesen. »Als Herr Valldaura«, sagte Lluïsa, »die gnädige Frau mit dem da auf dem Leib gesehen haben muß ...« Sie hatte das Bügeleisen auf die Seite gestellt und gab sich mit der flachen Hand einige kleine Schläge aufs Herz: »Bumbum, bumbum.« Simona kam aus dem Schrank heraus und nahm, ohne den Mund aufzutun, den Domino und zog ihn über: sie war groß, schlank. Häßlich. Teresa sagte immer, sie sei das Dienstmädchen mit dem hübschesten Körper, das sie je gehabt hätten, und das mit dem häßlichsten Gesicht. Während sie mit dem hochgerafften Domino umherspazierte, sagte sie: »Den wird wohl Fräulein Sofia erben, zusammen mit dem andern Plunder. Wenn sie der junge Herr Eladi in diesem totenfarbenen Sack sieht, wird er zu ihr sagen: hallo, du Niedliche!« Armanda half ihr, den Domino auszuziehn, und nachdem sie ihn zusammengelegt hatte, schaute sie ihn eine Weile an und tat ihn in die Schachtel, auf ein Kleid aus weißer Seidenspitze. Sie war allmählich wütend geworden: »Könnt ihr den jungen Herrn Eladi nicht in Ruhe lassen? Ihr seid ja alle in ihn verliebt, alle!« – »Du brauchst dich nicht zu ärgern, es lohnt sich nicht. Eines Tages werd' ich ins Geschäft gehn und zu ihm sagen: ich bin das Dienstmädchen der Valldauras, wollen Sie mich probieren?« – »Als ob ich dich nicht kennen würde«, sagte Armanda, »und mach dich nicht lustig über das Geschäft; außer dem Geschäft haben sie noch eine Kord- und Samtfabrik; sie sind so reich, daß man Angst kriegt.« Simona hängte das Kleid auf, das sie gerade ausgebürstet hatte, und nahm ein anderes: »Und Fräulein Sofia, so schrecklich eingebildet, daß sie uns kaum anschaut, ob die sich hinter einen Ladentisch stellen und bedienen wird?« – »Ich«, sagte Lluïsa, »hätte lieber den jungen Mann, der mit ihr zum Tennis geht.« Simona trat, mit dem Kleid in der Hand, zu ihr: »Seit mehr als einem Jahr geht sie allein hin.« – »Allein? Er holt sie vielleicht nicht ab, aber ich mache jede Wette, daß sie sich so oft sehen, wie sie wollen.« Simona wandte sich zu Armanda: »Und du, welchen würdest du wählen?« Armanda ging: »Macht vorwärts.« Sie trat in ihr Zimmer; sie würde sich ein Weilchen hinlegen und zusehn, ob sie schlafen könnte. Vom Balkon aus, weit entfernt, zu ihrer Linken, sah sie die Bäume, und es schien ihr, als seien sie noch ebenso wie an dem Tag, an dem sie in das Haus gekommen war: sie wuchsen nicht. Unter dem Balkon zitterten die Blätter des Lorbeerbaums. Tante Anselma hatte ihr erzählt, daß ihn wenige Tage vor ihrer Ersten Kommunion ein Blitz zerspalten habe. Ein paar Jahre später fragte Tante Anselma Armandas Mutter, ob sie das Mädchen als Küchenhilfe haben könne. Sie hatte mit Frau Teresa darüber gesprochen, und die war schon einverstanden. »Sie kann Zwiebeln und Tomaten schälen, ich werde ihr zeigen, wie man daraus die Saucen macht, und sie kann die Silbersachen putzen: die andern Mädchen haben schon genug Arbeit ...« Armanda schloß die Balkontüre und streckte sich auf dem Bett aus, wobei sie ihren Rock schön glattstrich, damit er nicht zerknitterte. Übrigens würde sie die größten Stücke bald putzen müssen: das Kaffee- und das Teeservice, die innen vergoldeten Champagnergläser, die Suppenschüsseln ... Ihre Finger wußten die Formen auswendig. Das Besteck wurde in einem Möbel aufbewahrt, das von oben bis unten mit rotem Wollstoff ausgekleidete Schubladen hatte und in einem Zimmer neben der Küche stand. Ihre Tante hatte oft zu ihr gesagt: »Von einem Ding aus Silber kann man erst dann sagen, es sei sauber, wenn es nicht mehr die kleinste dunkle Stelle gibt, wenn man mit einem Lappen kräftig reibt.« Manchmal, während sie die Fruchtschalen aus getriebenem Silber putzte, die zwei offene Magnolien vorstellten, setzte sich die gnädige Frau vor sie hin, und sie unterhielten sich. In den ersten Wochen, die sie im Haus war, rannte Armanda, sowie sie die Glocke beim Gitter hörte, hin, um zu öffnen, und Gertrudis wurde sehr ärgerlich, weil das ihre Aufgabe war. Aber sie konnte nicht anders. Bis Teresa ihr Bescheid sagte: »Armanda, wenn du die Glocke hörst, sollst du nicht öffnen gehn.« Eines Tages fragte Armanda ihre Tante: »Warum sagt Frau Teresa, die alle Mädchen mit Sie anspricht, zu mir du? Wahrscheinlich, weil ich so jung bin.« – »Weshalb denn sonst?« Und von dem Augenblick an, wo sie ihr Bescheid gesagt hatte, war sie das Gitter nicht mehr öffnen gegangen. Aber sowie die Glocke erklang, mußte sie sich sehr anstrengen, um sich nicht zu rühren: sie verzehrte sich vor Sehnsucht danach, unter den Kastanienbäumen dahinzurennen wie ein Hase. In der Küche war es im Winter wie im Himmel: es war der wärmste Ort im Haus. Aber im Sommer ... »Man kann nicht alles haben«, sagte ihre Tante, während sie in den Pfannen rührte und ihr die Schweißtropfen den Hals hinunterliefen. Sie wurde langsam schläfrig. Ausgestreckt auf dem Bett, dachte sie an allerlei. Sie erinnerte sich an den ersten Tag, an dem Herr Eladi zum Mittagessen gekommen war: elegant, den Duft von Chinarinde verbreitend, dunkelgrau gekleidet, mit einer roten Nelke im Knopfloch. »Heute«, hatte ihre Tante zu ihr gesagt, »wirst du die Täubchen machen; du kannst schon viel.« Sie machten immer Täubchen mit Krautwickeln, wenn sie Gäste hatten. Und am Abend war die gnädige Frau gekommen, um ihr zu gratulieren und zu lachen: »Was sagen Sie dazu, Anselma? Dieser junge Mann mit einer Nelke im Revers und ich mit einer Rose auf der Brust: wir haben zusammengepaßt!« Wenn Teresa sich eine Rose an die Brust steckte, ging sie selbst sie pflücken. Ihr gefielen nur die fleischfarbenen von den Rosenstöcken, welche die Mauern des Waschhauses bedeckten. Sie waren faustgroß und verströmten einen betäubenden Duft. Danach war Herr Eladi oft zu Besuch gekommen . . . Eines Tages, als sie die Küchenfenster putzte, war er, als Fräulein Sofia ihn einen Augenblick allein gelassen hatte, zu ihr getreten und hatte zu ihr gesagt: »Ist der echt, dieser Leberfleck?« Sie war ganz rot geworden, und vor dem Zubettgehn hatte sie ihren Leberfleck im Spiegel angeschaut: Knapp unter dem Auge, klein, sehr dunkel . . . »Armanda, du schläfst doch noch nicht, stimmt's?« Man hatte an ihre Tür geklopft, und sie hatte es kaum gehört. Es war Simona, die sehr vergnügt war: »Komm, schau, was wir gefunden haben.« Armanda sprang vom Bett auf und folgte ihr fast mechanisch. Nachdem sie die ganze Zeit die Augen zugehabt hatte, tat ihr die Helligkeit weh. »Ich sehe schon, daß ich nicht zum Schlafen komme«, sagte sie, während Simona die Tür zum Bügelzimmer öffnete. Lluïsa, die neben dem Bügeltisch stand, trug eine schwarze, paillettenumrandete Maske. »Sie muß sie festhalten, weil das Gummiband angesengt ist«, sagte Simona, die vor lauter Lachen fast erstickte. Es war das erste Mal, daß sie diese Maske sahen. Vor einiger Zeit schon, bei einem Großreinemachen des Bügelzimmers, hatten sie den dunkelvioletten Mantel und das Kleid aus Seidenspitze entdeckt, aber weder hatten sie die Maske gefunden, die ganz zuunterst unter dem Papier lag, noch den kleinen Fächer mit den Perlmutterstäben und dem aufgemalten Apfel. »Eines Tages«, sagte Simona und fächelte sich, »werde ich zum Servieren ins Eßzimmer gehen und hab' diesen alten Mantel an und im Gesicht dieses schwarze Ding.« – »Und dafür habt ihr mich hergeholt?« fragte Armanda; sie war wütend, weil man ihren Schlaf gestört hatte, aber sie hörte Schritte im Gang und schwieg. Cristina, die in einer Ecke saß und sich krank lachte, sprang mit einem Satz auf, warf die Überzüge auf den Boden und fing an, sie zum zweiten Mal aufzusammeln, damit es aussah, als arbeite sie. Simona legte den Fächer auf den Tisch. Der Türknauf drehte sich: es war die gnädige Frau. »Mein Gott, wie das nach Lavendel riecht!« Sie schaute sich um, und zu Lluïsa gewandt, sagte sie: »Vergessen Sie nicht, mein cremefarbenes Kleid und den braunen Seidenmantel zu bügeln; ich brauche das morgen nachmittag.« Sie war ganz versunken in der Betrachtung des Fächers stehengeblieben. »Eulàlias Fächer«, dachte sie, »ich wußte schon gar nicht mehr, daß es ihn gibt.« Sie machte ihn ein paarmal auf und zu. Die Troddel war vergilbt ... Sie kehrte ihr Gesicht langsam zu Simona: »Legen Sie die Sachen aus den Schränken wieder so hinein wie zuvor.« Simona sagte zu ihr, sie solle sich keine Sorgen machen: »Gnädige Frau, es ist nicht das erste Mal, daß wir putzen ...« Teresa trat heran, um die gebügelte Wäsche anzuschaun, die im Korb lag, und ging fort. »Sie hätte uns ruhig läuten können, anstatt selbst zu kommen ...«, sagte Lluïsa schlechtgelaunt. Simona entgegnete ihr: »Sie hat sehn wollen, was wir machen; vielleicht fängt sie jetzt an, herumzuschnüffeln ... Ich verstehe allerdings nicht, warum sie den Fächer mitgenommen hat.« Armanda strich mit der Hand über den dunkelvioletten Satin: »Wenn sie euch beim Spaßmachen erwischt hätte ...« Sie ging zur Tür und sagte vor dem Hinausgehn: »Und weckt mich nicht wieder.« Aber sie war schon nicht mehr schläfrig.

Im dritten Stock gab es zwei oder drei unmöblierte Zimmer. Das ihre war ziemlich groß: wie das ihrer Tante. Die der Mädchen waren auf der anderen Seite, ans Bügelzimmer angrenzend, eines neben dem andern, klein ... gerade groß genug, um dort zu schlafen. Ihres hingegen war geräumig; Bett und Spiegelschrank aus Zitronenbaumholz, der Bettüberwurf und der Vorhang aus graublauer Baumwolle. Sie trat zu dem geschliffenen Spiegel und schaute sich an: sie war klein, etwas füllig. Ihre Mutter sagte immer: »Von Armanda kann man nicht sagen, sie sei hübsch, aber sie hat eine seidige Haut. Und das ist mehr, als man meint.« Sie öffnete den Schrank und griff nach einer halbleeren Blechbüchse; sie würde wieder neue Kümmelbiskuits hineintun müssen. Aber es blieben ihr noch immer viele Schokoladetafeln. An den Abenden, an denen sie erschöpft nach oben stieg, konnte sie nicht schlafen, und im Morgengrauen bekam sie Hunger. Sie hätte das Glück nicht erklären können, das sie empfand, wenn sie, über den Balkon dieses Hauses gebeugt, Biskuits und einen Riegel Schokolade nach dem andern aß, während der Himmel heller wurde und im Lorbeerbaum das Gezwitscher der Spatzen begann. Noch hätte sie Zeit für ein Nickerchen. Aber sie müßte dunkel machen und sich ausziehn. Sie legte die Kleider ab und hängte sie auf: die tiefblaue Schürze, das Kleid aus grau und weiß gestreiftem Perkal, den Unterrock mit den drei Klöppelspitzen, eine über der anderen, zuletzt. . . . Bevor sie die Schuhe auszog, machte sie die Balkontüre sperrangelweit auf, damit sie der Luftzug einschläferte, und zog langsam den Vorhang vor. Sie sah ihn wehen und schlief ein.

X
ELADI FARRIOLS

Sein Unglück war, daß er sich langweilte. Er versuchte zwei- oder dreimal, ein Bein über das andere zu schlagen. Es machte ihm Mühe. Er konnte nicht sagen, wann er angefangen hatte, dick zu werden. Und dabei war er so schlank gewesen, schlanker als sein Vater. Armer Vater ... Vielleicht, weil sie ihm zu Hause kein Studium hatten bezahlen können, hatte er sich immer mit der Hoffnung getragen, daß aus ihm einst ein großer Advokat würde ... Um ihn zufriedenzustellen, schloß Eladi sein Studium ab, aber dann mußte er aufhören: die Probleme der andern deprimierten ihn. Sein Vater verstand das, und als sie eines Abends ausgingen, jeder in seine Richtung, nahm er ihn unten an der Treppe beim Arm und sagte mit kaum von Melancholie verschleierter Stimme zu ihm: »Mach dir keine Sorgen, Eladi, das geht schon alles in Ordnung.« Am folgenden Tag ging er zu seinem Bruder Terenci, der eines der angesehensten Stoffgeschäfte von ganz Barcelona besaß, das er sich aus eigener Kraft und ohne Opfer zu scheuen aufgebaut hatte. Sie sprachen zusammen und wurden sich einig: unter der Bedingung, daß Terenci seinen Sohn zum Teilhaber machte, würde er in das Geschäft Geld investieren. Terenci willigte zufrieden ein: »Ich brauche jemanden, der mir hilft. Die Fabrik läuft allein, aber im Geschäft kommt mir das sehr gelegen.« Eladis Vater arbeitete nicht. Sein Vermögen hatte er von einem Onkel. Ein guter Teil war ihm zwischen den Fingern zerronnen, indem er kleine Erfinder finanzierte. Der Tod seiner Frau, die sehr katholisch war, hatte ihn aus der Bahn geworfen. Und er, der sich immer über Eladis Mutter und ihre Begeisterung für die Kirche lustig gemacht hatte, fing an, jeden Tag in die Acht-Uhr-Messe in die Mercè zu gehen und abends zum Rosenkranz. Mit großer Hingabe bat er die Beschützerin der Hilflosen, sie möge ihm helfen, zu leben und den Sohn aufzuziehn. Er war mager, sein Rücken gebeugt, und er sah älter aus als sein Bruder. Er hatte Nierensteine gehabt, und wenn er daran dachte, wie weh sie ihm getan hatten, bis sie draußen waren, erschauderte er.

Als alle drei, nachdem sie die Urkunde der Gesellschaft auf der Kanzlei von Amadeu Riera unterzeichnet hatten, in den Wagen stiegen, begann Eladi zu lachen. »Worüber lachst du?« fragte ihn sein Vater. – »Über diesen Notar, der aussieht wie ein Dichter und eine Rose auf dem Tisch stehn hat.«
Eladis Arbeit war nicht anstrengend; um elf Uhr vormittags ging er ins Geschäft, parfümiert, gescheitelt, mit glänzendem Schnurrbart, ein wahrer Dandy. Vor Saisonbeginn schauten er und sein Onkel die neuen Musterkollektionen an und gaben die Bestellungen auf. Einmal im Jahr machten sie eine Reise nach Paris, sowohl um modisch auf dem laufenden zu sein als auch um ein gewisses Ansehen aufrechtzuerhalten. An den Nachmittagen, an welchen er keine Arbeit in der Fabrik hatte, ruhte der Onkel oder ging spazieren; er war ein eifriger Leser von französischen Romanen. Eladi empfing, in seiner ehrerbietigsten Haltung und mit seinem liebenswürdigsten Lächeln, die Kundinnen. Sobald sie den Laden betraten, ging er sie begrüßen und rief den Angestellten, der sie gewöhnlich bediente; war der Angestellte besetzt, unterhielt er sie, solange es eben nötig war. Wenn sie das Geschäft verließen, mochten sie nun etwas gekauft haben oder nicht, begleitete er sie äußerst liebenswürdig bis zur Türe. Er hätte seine Situation reichlich ausnützen können: es gab so manche unbefriedigte Frau auf der Welt ... Manchmal sagte er sich mit einem kleinen Lächeln, daß ihm das Geschäft dazu dienen könne, sich einen Harem zuzulegen. Aber Arbeit war Arbeit, und Rechnungen waren dazu da, um eingezogen zu werden. Außerdem waren nicht die Damen seine Schwäche, sondern die Varietékünstlerinnen. Die Damen schüchterten ihn ein; für ein Mädchen in einem paillettenübersäten Kleid oder nackt unter Federn und Tüll hätte er hingegen seine Seele dem Teufel vermacht. Mit zwanzig Jahren hatte er politische Anwandlungen gehabt, sich jedoch immer vor dem Eintritt in eine Partei gescheut: er wußte nicht, für welche er sich entscheiden sollte. Als ihm sein Vater einmal eine Biographie von Talleyrand zu lesen gegeben hatte, war er Feuer und Flamme, und lange Zeit träumte er, wenn er durch die Kreuzgänge der Universität spazierte, davon, ein großer Diplomat zu werden. Das Fieber legte sich, und eines schönen Tages wurde er sang- und klanglos Mitglied der Esquerra Catalana.

Die Partei, die seinem Wesen am meisten entsprach, war die Lliga, aber es störte ihn, nachdem er jahrelang seinen Vater und seinen Onkel davon hatte sprechen hören, daß Cambó hingegangen war, um den König zu empfangen. An zwei Abenden in der Woche kam er mit ein paar Freunden in der Colombòfila zusammen, und sie sprachen über alles außer über Politik.

Wirklich, er wurde zu dick. Er hatte es vor ein paar Tagen gemerkt, nämlich gerade in der Colombòfila, eines Abends, als er ganz allein in seinem Sessel saß und ein Bein über das andere geschlagen hatte: es war das erste Mal, daß es ihm Mühe gemacht hatte. Jetzt, beim Binden der Krawatte, fühlte er, daß der Hosenbund in seine Taille einschnitt. Er beendete gerade seine Garderobe, um ins Geschäft zu gehn. Ins Geschäft . . . Es war schon ein paar Jahre her, daß eines Nachmittags im Oktober, als es zu dämmern begann, eine aufsehenerregende Dame hereingekommen war, etwa fünfundvierzig Jahre alt, mit einem Brillantstrauß auf der Brust. Er hatte sie persönlich bedient. Sie hatte ein frisches Gesicht, mit tiefblickenden Augen und einem zärtlichen Lächeln. Als es ans Stoffabmessen und -schneiden ging, rief Eladi den bestaussehenden Angestellten des Hauses. Jene Frau war eine stattliche Erscheinung und hatte etwas Unerklärliches, das zu Herzen ging. Ohne daß sie ihr ähnlich gesehen hätte, hatte sie ihn an seine Mutter erinnert, die, als er klein war und sie ihn küßte, nach Rosenwasser duftete. Am Tag darauf hatte er seinem Onkel davon erzählt. »Das ist Frau Valldaura, eine unserer besten Kundinnen; du hast schon von ihr gehört.« Sie kam oft ins Geschäft, immer allein, ein wenig, um sich die Zeit zu vertreiben, und ein wenig, um schöne Dinge zu sehn. An einem Sonntag ging Eladi, der in den Büchern der Firma ihre Adresse gefunden hatte, aus reiner Neugier schauen, wo sie wohnte. Sowie er vor der Villa stand, fiel ihm alles wieder ein: als er klein war und seine Mutter noch lebte, ging sein Vater mit ihm im Villenviertel spazieren und ließ ihn bei den Häusern mit einem Garten davor klingeln, denn wenn die drinnen öffnen gingen, waren sie beide, ohne sich beeilen zu müssen, schon wer weiß wo. Was hatten sie nicht an diesem Gitter geklingelt, an diesem Kettchen gezogen, das aus dem Löwenmaul heraushing, und dabei auf das einsame Haus am Ende der Kastanienallee geschaut! »Am Tag, an dem Frau Valldaura ins Geschäft kommt«, dachte er, »werd' ich mir das Lachen nicht verbeißen können.« Aber an dem Tag, an dem sie wieder hinkam, verwirrte ihn, daß sie nicht allein war. »Ich glaube, Eladi, Sie kennen meine Tochter noch nicht; sie heißt Sofia.« Eladi hätte nie gedacht, daß Frau Valldaura eine schmale, unfreundliche Tochter haben könne, mit einem Ausdruck von Überlegenheit. Am nächsten Tag sprach er mit seinem Onkel darüber. »Ja, was willst du machen? Manchmal hat eine überwältigende Mutter bloß eine unscheinbare Tochter; aber stille Wasser gründen tief.« Eladi dachte ziemlich viel an Sofia, er wußte nicht, was es war, das ihn anzog, obwohl sie ihm eher unsympathisch vorgekommen war. Ihm gefielen anmutige, heitere und unschuldige Mädchen; mit großen schwarzen Augen. Und Sofia hatte kleine Augen, als ob sie nicht ganz aufgegangen wären, und trug einen Mittelscheitel und die Haare hinten zusammengenommen. Junge Frauen, die wie sie gekämmt waren, hatte er in einer illustrierten Ausgabe von Balzacs Romanen gesehen, die sein Onkel wie einen Schatz hütete. Von jenem Tag an kam Frau Valldaura immer häufiger mit ihrer Tochter, die eine schwierige Kundin war, ins Geschäft. Nichts gefiel ihr; sie ging den Angestellten auf die Nerven, die zu zittern anfingen, sobald sie sie nur eintreten sahen. Warum mußte es mit ihr solche Umstände geben, wenn sie sich doch so schlicht kleidete? Eher sportlich, in neutralen Farben; Grau- oder Brauntöne. Noch bevor sie die gewünschte Schattierung gefunden hatte, hatte der Angestellte schon Wurzeln geschlagen. Sie trug keinen auffälligen Schmuck wie ihre Mutter: einen goldenen Armreif und einen grünen Stein am kleinen Finger der linken Hand. Eines Tages, während Frau Valldaura Krepp für Unterwäsche aussuchte, sagte Eladi zu Sofia: »Was für einen hübschen Ring Sie tragen!« Sie nahm ihn ab, wobei sie ihn drehte: er war ihr etwas eng und hinterließ einen roten Streifen. Als er ihn ihr zurückgab, streichelte Eladi verstohlen ihre Finger. »Ein Smaragd ohne Fleck, und dunkel.« Er schwieg einen Augenblick und setzte, mit Absicht, hinzu: »Wunderschön.« Eine Weile später streichelten sie sich unter einem Berg weicher Seide die Hände. Sofia schien gleichgültig. Das überraschte Eladi: »So ein Teufelsmädchen!«

Um den Versuch zu machen, ein bißchen dünner zu werden, wurde er Mitglied bei einem Tennisklub, der ihm von einem Freund empfohlen worden war: »Die reichsten Leute von Barcelona gehen dorthin.« Die erste Person, der er dort begegnete, war Sofia Valldaura: sie trug einen kurzen, auf der einen Seite offenen Rock aus Pfirsichsatin, der ein Stück von einem herrlichen Bein sehen ließ, und eine weiße Bluse mit Stehkragen und Krawatte. Wie eine Schneeflocke, im Schatten einiger Akazien; den Tennisschläger im Schoß. Er hatte sie seit etwa drei Monaten nicht mehr im Geschäft gesehen, und sie grüßten sich mit einer gewissen Kälte. »Sie ist imstande und denkt, ich sei Klubmitglied geworden, um sie sehn zu können.« Fast immer war sie von Lluís Roca begleitet, der wie ein Engländer aussah und einen Hispano besaß. Nach und nach schlossen Sofia und Eladi Freundschaft. Dieses Mädchen brachte Eladi aus der Fassung. Eines Tages, als sie zusammen ein Spiel angesehen hatten, lud ihn Frau Valldaura zum Mittagessen ein: »Wir würden uns sehr freuen, wenn Sie kämen, nicht wahr, Sofia? Wäre Ihnen ein Sonntag recht?« Einige Wochen später ging er hin. »Wer hätte das geahnt«, dachte er, während er an der Kette des Löwen zog, »vielleicht wäre es jetzt an der Zeit, daß ich mich schleunigst davonmachte.« Das Dienstmädchen führte ihn in einen Salon, dessen Wände mit Büchern bedeckt waren. Teresa Valldaura kam ihm gleich entgegen: »Kommen Sie ins Eßzimmer; dort scheint die Sonne herein, und wir brauchen keine Umstände zu machen.« Sowie er ihn erblickte, stand Herr Valldaura auf und begrüßte ihn mit ausgesuchter Höflichkeit. Er war ein großer, geradegewachsener Mann mit einem langen, blonden Bart und einem Blick voller Güte. Seine Kleidung war von tadelloser Eleganz. »Wenn ich ihn besser kenne, will ich ihn fragen, wer sein Schneider ist; er wird sich freuen.« Seit langem hatte er niemanden mehr gesehen, der eine solche Wirkung auf ihn ausgeübt hatte; er wußte kaum, was er sagen sollte. »Ein vornehmer Herr«, dachte er sehr beeindruckt. Man hatte ihm vor langer Zeit von einem Abenteuer erzählt, das er in Wien gehabt hatte, als er an der Botschaft war, und an das er sich einfach nicht erinnern konnte. Ein Mädchen, das sich umgebracht hatte? Als er Sofia bemerkte, stand sie schon vor ihm;

während der Unterhaltung mit ihrem Vater hatte er sie nicht hereinkommen sehen, und das tat ihm leid. Sie trug ein Kleid aus Seidenjersey, unter dem sich ihr Körper abzeichnete, und eine Perlenkette um den Hals. Das Essen hätte sehr angenehm sein können, wenn Sofia herzlicher gewesen wäre. Sie wirkte zerstreut und tat kaum den Mund auf. Teresa sprach fast die ganze Zeit mit Eladi. Valldaura blickte ihn ab und zu mit einer gewissen Neugier an. Er war ein Mann, der jedem eine große Achtung entgegenbrachte, aber dieser wohlerzogene, nette, durch die Universität geschleuste Knabe, der mit seinen Zähnen die Sonne hätte zerreißen sollen und der statt dessen seine Jugend in den vier Wänden eines Ladens dahinsterben ließ, konnte ihn einfach nicht überzeugen. »Im Grunde«, sagte er sich, »ist er wohl ein sehr mittelmäßiger Typ.«
Zum Kaffee nahm er ihn mit in die Bibliothek. »Lassen wir die Damen ausruhn«, sagte er halb lachend, »sie haben es wohl verdient.« Sobald sie saßen, kam Simona mit dem Kaffee herein. Eladi konnte sich nicht an ihr satt sehen. »Diese Villa«, begann Valldaura, nachdem er Eladi eine Zigarre angeboten und in Ruhe von der seinen die Binde entfernt hatte, »hat den Marquis von Castelljussà gehört, die hier den Sommer verbrachten. Ich habe sie für ganz wenig Geld gekauft, als ich den Dienst quittierte. Der letzte Erbe war eine Katastrophe. Er wollte das Wappenschild ändern, weil seines – wie es war, weiß ich nicht – ihm nicht gefiel, und er gab nicht nach, bis man ihm ein neues machte; ein blaues Feld und drei Zypressen in der Mitte, wie das von Gueret. Mit dem Unterschied, daß auf dem von Gueret vor den Zypressen ein Hirsch ist und auf seinem eine Axt. Mein Verwalter hat mir immer gesagt: man braucht sich nicht zu wundern, daß sie nur noch so wenig Bäume haben.« Er merkte, daß Eladi ihm kaum zuhörte, und wechselte das Thema. Er fragte ihn, ob ihn die Arbeit im Laden befriedige. »Ja und nein, aber es ist ein gutes Geschäft. Mein Onkel ...« Valldaura, dem gar nichts daran gelegen war, die Zeit im Gespräch über Eladis Onkel zuzubringen, unterbrach ihn: »Meinen Sie nicht, dieser Kaffee sei etwas bitter?« – »Bitter? Ich finde nicht«, entgegnete Eladi, »Sie, der Sie in Wien gelebt haben, werden verwöhnt sein.« Er trank einen Schluck und stellte die Tasse sehr vorsichtig auf den Tisch.

Valldaura sah ihn wortlos an. Er wußte nicht, wovon er reden sollte; allmählich begann er zu wünschen, Teresa oder Sofia möge kommen und ihnen etwas sagen. »Ach ja«, rief er plötzlich aus, »ich erinnere mich noch sehr gut an ein Geschäft wie das von Ihnen, es war in Wien, in der Nähe des Hotels, in dem ich wohnte. Die Inhaberin stand im Ruf, die hübscheste Frau von Wien zu sein.« – »Und das mag nicht einfach sein«, sagte Eladi und lachte dabei; und er dachte: »So langsam kommen wir der Sache näher.« Valldaura fragte ihn: »Sie waren noch nie dort?« – »Wo?« – »In Wien.« – »Nein. Zwei- oder dreimal war ich drauf und dran, in Fabrikangelegenheiten. Mein Onkel hat die fixe Idee, daß wir dort verkaufen könnten; ich bin mir da nicht so sicher.« – »Wenn Sie die Gelegenheit dazu haben, müssen Sie unbedingt hin. Ein mir befreundeter Diplomat aus Lérida, der zeitweise dort gelebt hat, sagte immer, es sei eine Stadt mit einem einzigartigen Zauber. Das ist eine Banalität, ich weiß, aber unbedingt zutreffend. Städte sind für mich ... Was mir gefällt, sind die Details, die kleinen Dinge. Wissen Sie, warum mir Wien gefällt? Weil die Veilchen lila sind; glaub' ich wenigstens. Und weil die Musik dort anders klingt. Obwohl dies letztere nicht eigentlich ein Detail ist.«
Als Eladi ging, begleiteten ihn alle bis zur Vortreppe und Sofia bis zum Gitter. Bevor sie ihm die Hand gab, sagte sie ihm, sie gehe für eine Weile nach London, um in einem Pensionat ihr Englisch zu vervollkommnen.
Sobald sie aus London zurückgekehrt war, wurde Eladi eingeladen. Er fand sie verändert: reifer, etwas menschlicher, mit einem Glanz in den kleinen, durchdringenden Augen, der fast unerträglich war. An vielen Sonntagen wurde er eingeladen. Nach anderthalb Jahren, nachdem er sich es lange überlegt hatte, machte er seinen Antrag. Und bald gingen sein Vater und er geschniegelt und gebügelt, um um Sofias Hand anzuhalten. Onkel Terenci war hoch erfreut und feierte es, indem er eine Flasche Sherry trank. In jenem Winter starb Salvador Valldaura an einem Schlaganfall. Eladi bedauerte es aufrichtig. Sofia war fast krank vor Kummer und wollte die Trauerzeit einhalten: sie würden zwei Jahre verstreichen lassen, bevor sie heirateten. Und zu Beginn dieser zwei Jahre verliebte sich Eladi Farriols in eine Chansonette aus dem Paral-lel.

XI
VATER UND TOCHTER

Ihr Vater hatte es, als sie klein war, gern, daß sie ihm guten Tag sagen kam, schön angezogen, adrett, mit glänzenden Ringellöckchen. Eines Morgens, sie war krank, ging sie heimlich zu ihm. Er nahm sie auf den Schoß, und nach einer Weile legte er seine Wange auf ihr Haar und sagte zu ihr: »Kind, es gibt Menschen, die haben an einer Erinnerung genug fürs ganze Leben.« Sie fragte ihn: »Was bedeutet das, eine Erinnerung?« – »Das wirst du schon noch erfahren; vielleicht wird das hier eine für dich sein, in vielen Jahren.« Am Tag der Beerdigung hatte Sofia in der Kirche das Gefühl, als ob etwas in ihr zusammenstürzte, und sie sah sich, wie sie an jenem Morgen, klein, auf dem Schoß ihres Vaters saß. »Was bedeutet das, eine Erinnerung?« Sie wurde von einem so heftigen Weinkrampf gepackt, daß man sie in die Sakristei bringen mußte. Armanda, die ebenfalls in die Kirche gegangen war, konnte es schier nicht glauben: »So hart und abweisend, wie sie schien.« Spätabends hatte sie sich dann beruhigt, aber unaufhörlich mußte sie an gemeinsam Erlebtes denken. An den Tagen, an denen ihre Mutter ausging, nahm er sie mit, um die Fasane anzuschaun. Sie traten unter die Bäume; sie, die Kleine, mußte den Arm hochheben, um jene große Hand zu fassen. Die Gräser streiften ihre Beine, und oben spielten die Blätter Rühr-mich-nicht-an. An manchen Nachmittagen setzten sie sich auf die Eisenstühle vor dem Käfig und schauten wortlos. Sofia hatte große Angst vor den Fasanen: wegen der Farben. Aber bald kletterte sie vom Stuhl, ging bis zum Türchen und faßte, auf Zehenspitzen, den Knauf: »Nicht wahr, wenn ich hineinginge, würden sie erschrecken?« Sowie sie das gesagt hatte, lief sie schnell zu ihrem Vater, wobei sie sich umschaute, ob die Fasane auch nicht herausgekommen wären und ihr folgten. Lachend nahm er sie und umarmte sie fest: es war, als umarme ihn eine Wolke. Als er sie zum ersten Mal mitnahm, um die Vögel anzuschauen, erklärte er ihr, wie sie hießen: »Die mit den rötlichen Federn, mit dem blaugrünen, leuchtenden Hals sind die Fasane; die Perlhühnchen sind die schwarzen, mit den weißen Tupfen gesprenkelten. Die Pfauen und die Pfauinnen ...« Sofia unterbrach ihn: »Welche sind die, die schreien?« – »Die mit den blauen Kreisen am Schwanzende.« Plötzlich verstummte ihr Vater, wie auch sonst schon, und es schien ihr, als sähe er sie nicht einmal. Sie stieß mit der Faust gegen seinen Schenkel. »Gehn wir«, sagte er zu ihr, als ob er erwachte. Eines Nachmittags öffnete er ihr die kleine Tür, die aufs Feld hinausging: »Geh und schau nach draußen.« Sie blieb verwundert stehen: es war ihr, als wäre der Himmel ohne Blätter geblieben und als sei die Sonne Herrin über alles. Am Tag der Veilchen war es sehr windig. Ihr Vater saß vor dem Käfig; sie bemerkte eine lange Reihe von Raupen und folgte ihnen halb geduckt, um zu sehen, wo sie hingingen, bis sie vor einem Baum stand mit einem ganz dicken Stamm und einem von Moos umgebenen Fuß: im Moos blühten Polster mit Märzveilchen, manche mit dunkelvioletten, manche mit kleinen weißen Blüten. Sie begann welche zu pflücken; winzig waren sie, stark duftend, feucht von Tau. Sie hörte, wie ihr Vater nach ihr rief, und gab keine Antwort. Das war wohl nicht richtig, daß sie diese Blumen pflückte, und vielleicht würde er mit ihr schimpfen. Als sie das Sträußchen fertig hatte, drückte sie es an die Brust und schaute ganz ruhig umher, bis sie den Schatten ihres Vaters bemerkte. »Hier bin ich.« Als sie ihn zwischen den hohen Gräsern hervortreten sah, hob sie den Arm und zeigte ihm die Veilchen. Er blieb mit starr auf die Blumen gerichteten Augen stehen und nahm sie auf den Arm. Die Bäume ächzten. Die Arme um den Hals ihres Vaters, warf sie die Veilchen eins ums andere fort, und der Weg wurde ganz übersät davon.

Nie hatte sie ihre Mutter besonders gemocht. Wenn sie sie in ihren mit kleinen Steinen bestickten Schals und den Musettestrümpfen sah, wünschte sie, daß sie von zu Hause fortginge und nie mehr wiederkäme. Eines Tages, als sie mit ihr schimpfte und ihr einen Puff gab, damit sie aus einem Blumenbeet bei den Kastanien herauskäme, dachte sie, sie müsse sie töten. Da sie sehr oft in die Küche ging, wußte sie, daß, wenn Armanda ein Kaninchen oder ein Huhn tötete, die Tiere stillhielten. Sehr viel später, vielleicht weil Felícia es in Umlauf gebracht hatte, erfuhr sie, daß ihre Mutter schon einmal verheiratet gewesen war und daß sie ihren Mann nach Strich und Faden hintergangen hatte. »Ich«, dachte sie, »werde nie wie meine Eltern sein, weil ich ein kaltes Herz habe.« Sie war davon seit jenem Tag überzeugt, an dem Armanda ihr gesagt hatte, daß man einen Turnlehrer für sie suche, um ihr die Unart abzugewöhnen, die eine Schulter höher zu heben als die andere: drei Tage lang sprach sie mit niemandem ein Wort. Wo hatten sie das wohl her, daß ihre eine Schulter höher sei als die andere? Sie wußte schon, wie Turnübungen gemacht wurden. Ihr Vater ging nachmittags ins Ateneu, um Fechtstunden zu nehmen; er hatte einen Lehrer aus Valencia, der Bea hieß und ihn, wenn er mit der Lektion fertig war, Gewichte heben ließ. Eines Tages hatte er sie mitgenommen. Sie betrachtete zerstreut all die neuen Dinge, und plötzlich war ihr, als würde ihr Vater sterben: er hob und senkte langsam eine Stange mit großen Kugeln an beiden Enden, und seine Hals- und Stirnadern waren so angeschwollen, als ob es Schlangen wären; als er mit der Stange nah am Boden war, ließ er sie schnell los und sprang mit einem Satz zurück. »Ja, ja, heb sie nur hoch.« Sofia konnte sie nicht einmal rollen. Bea hatte Herrn Valldaura erzählt, daß diese Gewichte, seitdem das Ateneu das Ateneu war, nur von zwei Leuten hatten gehoben werden können: »Von Ihnen, Herr Valldaura, und von mir, als ich noch jünger war.« Sofia dachte schon fast nicht mehr daran, was Armanda ihr gesagt hatte; eines Morgens kam dann der große Ärger. Sie waren beim Frühstück, und ihre Mutter goß ihr mehr Milch in die Tasse: »Wir haben nun schon eine Turnlehrerin für dich, Sofia, übermorgen wirst du anfangen.« Sie wurde leichenblaß. »Was hast du?« fragte ihr Vater. Sie schaute ihn eine Weile wortlos an, die Augen voller Wut; mit einemmal warf sie Teller und Tasse zu Boden und brach in Tränen aus. Als er, der aufgestanden war, sich ihr nähern wollte, wich sie zwei, drei Schritte zurück. »Laß sie in Ruhe«, sagte ihre Mutter, »wenn sie bucklig sein will, soll sie bucklig sein.« Sie nahm keine Turnstunde, aber jenen Ärger verspürte sie noch lange Zeit.

Zwei Jahre später ging Sofia zur Ersten Kommunion, und ihr Vater wurde krank; er war nie krank gewesen und erschrak heftig. Doktor Falguera wollte ihn aufmuntern: »Sie sind baumstark, Herr Valldaura; eine Krankheit ab und zu trägt zur Erhaltung der Gesundheit bei.« Am ersten Tag, an dem er hinaus an die frische Luft ging, nahm er Sofia mit. Während sie unter den Bäumen dahinliefen, redete er über die Perle auf der Krawatte, die sie, als sie klein war, berühren durfte. »Die graue Perle ist es, und wenn ich sterbe, sollst du sie mir anstecken; dir sag' ich das, weil ich weiß, daß du daran denken wirst.« Er blieb stehen und fügte, den Arm um ihre Schulter legend, hinzu: »Du sollst reich sein. Alles, was ich habe, wird dir gehören. Aber du darfst es niemandem sagen, hörst du? Es ist ein Geheimnis.« Sie freute sich, mit ihrem Vater ein Geheimnis zu haben. Ein Geheimnis waren ein paar Worte, die man leise sagte, damit es nicht einmal die Vögel hörten. In der Nacht träumte sie, daß sie schon reich sei: sie trug einen mit kleinen Steinen bestickten Schal und schwarze Musettestrümpfe. Vielleicht machte deshalb, als sie Jahre danach zur Testamentseröffnung zum Notar ging, ihr Herz einen Sprung, als sie hörte, daß ihre Mutter die Villa geerbt hatte. Sie biß sich auf die Lippen und mußte mit dem Taschentuch darüberwischen, weil sie ein wenig bluteten. Und während sie unter den Kastanien dahinliefen, beide in tiefer Trauer und mit Schleiern, die ihnen über die Schulter wehten, wurde sie gewahr, daß ihre Mutter die Villa auf eine neue Art betrat: zufrieden schaute sie auf die Bäume, die Blumen, die rosa Marmorsäulen, welche die Glasveranda trugen, die Wappenschilde, den Alabaster in der Eingangshalle. »Teresa Goday, verwitwete Valldaura«, dachte Sofia, »betritt heute ihr eigenes Haus.« Bis zum Morgengrauen weinte sie, die zu einem der reichsten Mädchen von Barcelona geworden war, aus Wut und Scham darüber, daß ihr Vater sie betrogen hatte.

XII
LADY GODIVA

Von diesem leicht muffigen Geruch im Wohnzimmer wurde ihm schwindlig. Vielleicht war seine Leber nicht in Ordnung: er aß zuviel, er trank zuviel und rauchte ununterbrochen. Als ihm das Mädchen, während es ihm Hut und Stock abnahm, sagte, das Fräulein sei beim Baden, ärgerte er sich. Pilar wußte, daß er immer pünktlich kam; warum hatte sie nicht früher baden können oder nachher? Wenn er an sie dachte und guter Laune war, nannte er sie gerne Lady. Die le-i-di. Lady Godiva war ihr Künstlername, und sie Lady zu nennen stimmte ihn innerlich weich. Mit ihrer samtweichen Haut und den exotischen grünen Augen erinnerte sie ihn an eine Orchidee. An Regentagen wurde sie melancholisch, und wenn sie melancholisch war, war sie göttlich. »Dis-moi, ton cœur parfois s'envole-t'il, Agathe?« Eines frühen Morgens, als er ihr in jenem breiten Bett mit der korallenrosa Bettdecke und den mit Volants aus Valenciennespitze überladenen Kopfkissen diesen Vers immer wieder vorsagte, hatte er sie so sehr irritiert, daß sie ihm mitten auf den Kopf einen Faustschlag versetzt hatte. Sie hatte ihm weh getan, aber er lachte, bewegte weiter die Lippen und sagte nur: »S'envole-t'il, s'envole-t'il, s'envole-t'il . . .«
Er trat zum Balkon und schaute durch die Gardine. Er zog sie ein wenig zurück: in der Scheibe rechts, zuunterst, war ein Bläschen. Er wußte nicht, wie Glasscheiben gemacht wurden; auf der Basis von Sand, glaubte er. Von Flaschen wußte er es wohl: die wurden geblasen. Der Tag begann sich zu neigen, ein wenig grau, ein wenig windig, und gerade unter dem Balkon begann so eine Musik. Ein kleiner, schwarzgekleideter Mann mit einem roten Tuch um den Hals ließ die Kurbel einer Drehorgel kreisen, auf der ringsum ausgeblichene Blumengirlanden waren. Die Musik regte ihn auf, und er fing an, mechanisch mit einem Fuß den Takt zu schlagen. »Ein schöner Empfang!« sagte er laut. Zuletzt konnte er sich nicht mehr beherrschen; obwohl es ihm gar nicht paßte, daß man ihn von den gegenüberliegenden Häusern aus sah, trat er auf den

Balkon hinaus und warf ein paar Peseten hinunter. Der Drehorgelmann schaute nach oben, und als er sah, daß Eladi mit dem Arm eine Bewegung machte, damit er wegginge, las er die zwei Peseten auf, schaute noch einmal hoch, zog zufrieden die Kappe und schob seinen Räderkarren die Straße hinunter. Eladi ließ die Balkontür eine Weile offenstehn, fuhr mit dem Finger über den Fehler in der Scheibe, zog die Gardine vor und setzte sich in seinen Sessel. Er war umgeben von unangenehmen Farben: die Wände weinfarben, Teppich und Vorhänge lindgrün ... Vielleicht war seine Leber daran schuld, daß ihm die Farben an diesem Nachmittag noch mehr Beklemmung verursachten; und als ob das nicht genug wäre, wurde ihm von all den Nippsachen, all den Schondeckchen und Tischchen ganz übel ... »Jetzt fehlt nur noch die Madame!« dachte er. Mitten auf dem Kaminsims stand eine Büste aus blauem Ton, mit einem großen Tüllschleier über den nackten Schultern, sehr geradem Kopf und reizenden Zügen. Er war sicher, daß der große Hortensienstrauß oben auf dem Klavier künstlich war, denn er welkte nie, und das Bildchen neben der Tür mußte eine neue Errungenschaft sein: auf weißem Seidengrund war mit zarten Farben ein Hirtenknabe gemalt, der vor einem Feldkreuz kniete. Er trat etwas näher: »Donnerwetter, das ist nicht gemalt, das ist gestickt!« Er hörte Schritte und beeilte sich, sich zu setzen. Niemand kam herein. Er zog seine Uhr aus der Westentasche und schaute nach, wie spät es war. Diese goldene Uhr hatte ihm sein Onkel geschenkt, als er im Geschäft zu arbeiten begonnen hatte: »Die genaue Zeit zu wissen ist das allerwichtigste im Leben. Ein Mensch besteht aus Sekunden, aus Minuten.«

Es war gut ein Jahr her, daß er eines Abends, als er sehr gelangweilt war, ins Edèn-Concert ging. Die drei ersten Mädchen, die zum Singen auftraten, waren nicht viel wert. Aber als er Pilar auf der Bühne singen sah, nackt auf einem als Pferd verkleideten Mann, war er ganz hingerissen. Ihr Gesicht war kaum zu sehen, halb verdeckt unter der langen, bis auf die Hüften reichenden Haarpracht, aber die Waden und die Schenkel, der Bauch, jenes Muttermal auf der Brust und die perlmutterfarbene Haut ... Als die Vorstellung aus war, ließ er ihr seine Karte bringen und wurde sogleich von Pilar empfangen: sie trug einen bis zum Hals geschlossenen rosa Schlafrock

mit weiten Ärmeln, den eine goldene Kordel in der Taille zusammenhielt. Plötzlich strich sie ihr Haar nach hinten, die Ärmel rutschten hoch bis zu den Schultern, und Eladi verschlug es für einen Augenblick den Atem. Er hatte nie eine Geliebte gehabt. Wenn er mit einem Mädchen schlafen wollte, ging er zu Madame Lucrècia und wählte dasjenige, welches ihm am besten gefiel: am nächsten Tag erinnerte er sich schon nicht mehr daran. In Pilar Segura verliebte er sich sofort und bis über beide Ohren. Sie war sanft, sie hatte so etwas Volkstümliches und zugleich Feines. »So anders als Sofia . . . Wenn Sofia doch in manchen Dingen ihrer Mutter gliche, und wäre es auch nur ein bißchen!« Aber Sofia war ein herbes Mädchen, verschwiegen, voll von bewunderungswürdigen Dingen, deren Entdekkung jedoch allzu mühsam war. Die Beziehungen zwischen Eladi und Pilar Segura waren von Anfang an sehr intensiv gewesen. Fast jeden Tag brachte er sie vom Edèn nach Hause, und Onkel Terenci merkte gleich, daß da etwas nicht stimmte. »Es hat keine Bedeutung«, sagte er, als sie eines Tages davon sprachen, »die Uhr wird das regeln, ich meine, die Zeit. Nütz es aus, so gut du kannst, aber denk daran, daß deine Verlobte ein sehr reiches Mädchen aus einer sehr guten Familie ist.«
Er hörte nebenan ein Geräusch, das ihn von seinen Gedanken ablenkte. In dem Augenblick, als die Tür aufging, nahm er, um etwas zu tun, von dem neben ihm stehenden Tischchen ein Papiermesser mit Horngriff und Silberschneide. Pilar war schrecklich parfümiert, nackt unter ihrem orangefarbenen Musselinschlafrock mit dem Edelsteingürtel, barfuß. »Hab' ich dich lange warten lassen?« Eladi stand auf und gab ihr einen Kuß hinters Ohr. Danach nahm er sie auf seinen Schoß. Das Wunder begann. Die bloße Anwesenheit von Pilar machte, daß er sich der Welt enthoben fühlte. Mächtig. Mit der Spitze des Papiermessers schob er den Stoff an ihrem Ausschnitt beiseite, um das Muttermal auf ihrer Brust anzuschauen. An einem dünnen, fast unsichtbaren Kettchen trug sie ein Kreuz aus Platin und Brillanten, das er ihr geschenkt hatte. Pilar schaute ihn verzückt an. »Maesta et errabunda«, dachte Eladi, während er den Blick abwandte, um diesen Augen zu entgehen, die ihn tief bewegten. »Soll ich dir etwas zu trinken bringen?« Sie ging zur Türe und zog an der Klingelschnur. »Das neue

Mädchen ist halb taub, und wenn es am andern Ende der Wohnung ist, hört es nichts; aber ich«, sagte sie lachend, »zieh' an der Schnur, wenn ich es brauche, und weil es nicht kommt, hol' ich es. Du entschuldigst mich?« Der Zauber war gebrochen. Stille umgab ihn, und er bemerkte, daß es allmählich dunkel geworden war. Die Nymphe aus blauem Ton schaute ihn vom Kamin aus an. Eladi schnitt ihr eine Grimasse und schloß die Augen. Plötzlich sah er die Wasserblumen von der Eingangshalle der Valldauras. »Das sind auch Nymphen, oder besser gesagt, Nymphäen, aber von reichen Leuten.«
Pilar war lautlos mit dem Likör hereingekommen und stellte das Tablett auf dem Tisch ab, um die Lampen anzuzünden. Vor den Fensterscheiben des Balkons war es schon Nacht. Eladi wußte seit einer Weile nicht so recht, was er hatte. Es war eine Art Beklemmung, die in nichts dem Unbehagen glich, das er bei seiner Ankunft verspürt hatte. Vielleicht war mit Pilar was los, und er merkte das. Im allgemeinen sprach sie, sobald sie ihn sah, von den Dingen, die sie erlebt hatte, erzählte alles, was man zu ihr gesagt hatte, und gab ihm die Karten, die man ihr mit den Blumensträußen geschickt hatte: »Da, zerreiß sie nur!« Vielleicht war ihr das Geld ausgegangen, und sie wagte nicht, ihn um neues zu bitten. Vielleicht hatte sie sich mit einem anderen Mädchen gestritten, »quelque chose que je ne peux pas saisir ...« Doch nein: er sah, daß sie lächelnd mit dem Likörglas in den Fingern auf ihn zukam und sich auf seinen Schoß setzte. Was war das für ein verteufeltes Parfum, das einen erstickte? Sie mußte sich förmlich damit übergossen haben. Seine gute Laune kehrte zurück. Nein, er hatte nichts an der Leber. Er würde sie in Wut bringen: »Weißt du noch, Pilar?« Er senkte seine Stimme, bis sie zu einem Murmeln wurde: »S'envole-t'il, s'envole-t'il, s'envole-t'il?« Sie näherte ihren Mund dem seinen und sagte ganz leise einige Worte zu ihm, die er nicht verstand: »Was sagst du?« Sie wiederholte ihr Geflüster. Obwohl er Angst hatte, sich lächerlich zu machen, konnte Eladi nicht umhin, sie noch einmal zu fragen, was sie gesagt habe. »Errätst du's nicht?« Und sie flüsterte wieder. Er schaute sie ganz ruhig an. »Ich bin schwanger ... Hast du mich jetzt verstanden?« Sie fuhr mit einem Finger über seine Wange und küßte ihn mitten auf die Stirn. »Nicht wahr, du freust dich?«

XIII
DER MALER MASDÉU

Er trat ein wenig von der Staffelei zurück, die Palette in der einen, den Pinsel in der andern Hand, und dachte, daß er die längste Falte von Moses' Tunika etwas dunkler machen müsse. Es war etwas anstrengend, auf Samt zu malen, auch wenn es Baumwollsamt mit sehr niedrigem Flor war, weil er die Farbe rasch aufsog und es mühsam war, den Pinsel darüber gleiten zu lassen. Die Zeichnung hatte er schon fertig: zuvorderst das Wasser, zerteilt, die Wolken am Horizont, alle Figuren. Ohne daß er es mit Absicht getan hätte, sah Moses Herrn Valldaura ähnlich. Er mußte nur noch ein paar Pinselstriche am dunkelgrünen Blätterfries zu Ende bringen, mit den schlecht verborgenen roten Kügelchen dazwischen, der die biblische Szene umrahmte. Jesús Masdéu malte Bildteppiche für die Eudalt-Kaufhäuser: alle zwei Monate wurde einer bestellt. Aber der »Durchzug durch das Rote Meer«, er merkte es erst jetzt, war voller Schwierigkeiten. Es war seine Schuld; als Herr Rodés ihn gebeten hatte, er möge ihm »Adam und Eva« malen, hatte er ihm den »Durchzug durch das Rote Meer« vorgeschlagen. »Sie werden sehen, das wird ein Teppich!« Er nahm den Pinsel, ließ ihn über den Samt gleiten und dachte: »Da wollte ich mal die kleinen Jungen sehn, die Ausstellungen machen; vier Birnen und eine leere Flasche, und die Kritiker stehen da und gaffen.« Er war unter einem Unglücksstern geboren. Sein Vater sagte oft zu ihm: »Besuch Frau Valldaura ab und zu; sie ist reich, und du bist ihr Patensohn.« Sie hatte ihm die Studien bezahlt; immer, wenn er sie besuchte, gab sie ihm Geld. Gehemmt durchschritt er das Gitter, aber während er darauf wartete, in den Salon geführt zu werden, betrachtete er die farbenprächtigen ovalen Fenster, und ihm war, als werde seine Brust vom Atem der Erhabenheit gefüllt.

Eines Tages besuchte er seine Patin mit einem zusammengerollten Bildteppich unter dem Arm: »Der Felsen der Sirenen«. Er fand ihn schöner als das Stilleben mit dem Kürbis und dem Kaninchen, das sie im Salon hängen hatten; und sie warf kaum einen Blick darauf. An einem anderen Tag wagte er die

Andeutung, daß er gern ein Bild von der Eingangshalle malen würde: das Feuer der Wappenschilde, das buntgefleckte Wasser ... Frau Valldaura, die sich mit diesem Apfelfächer fächelte, schaute ihn starr an, als ob sie ihn durchbohren wolle: »Du hast noch einen weiten Weg vor dir, Jesús; wie mein Mann sagt, ein farbiges Bildchen kann jeder malen.« Entmutigt ging er fort. Er trat auf den Sand, als ob er aus Gold wäre und als ob Herr Valldaura, der ihn immer halb erstaunt und mit gequältem Gesichtsausdruck begrüßte, mit ihm schimpfen müßte, weil er an seinen Schuhsohlen Staub davon forttrug. Mit halb geschlossenen Augen machte er ein paar Pinselstriche. Wie manche Stunde würde er nicht noch vor diesem Stück Samt zubringen müssen, das vielleicht nie jemand kaufen würde! Mit einemmal fühlte er eine Flamme der Inspiration in sich auflodern: der Frau, die links neben Moses stand, würde er eine preußischblaue Tunika malen und dem Kind, das diese Frau auf dem Arm trug, eine zitronengelbe. Mit strengem Blick und zwei senkrechten Falten auf der Stirn trat er zurück und betrachtete den Schatten der Falte.

Jesús Masdéu war weder besonders groß noch besonders klein; er hatte schwarze, gütige Augen. Zur Arbeit setzte er eine Baskenmütze auf. An seinem Arbeitstisch hing, mit Reißzwekken befestigt, die Anzeige, die langsam trocken wurde: »Ihre Nase, mein Herr, ist eine Mikrobenhöhle. Antimik wird sie alle töten.« Er war sicher, daß sie Aufmerksamkeit erregen würde. Er hatte eine griechische Nase im Profil gemalt, umgeben von Ungeziefer. Seit zwei Jahren arbeitete er für eine Heilmittelfirma und seit fünf für die Eudalt-Warenhäuser. An den Reklamen verdiente er ganz gut, bei dem Bildteppich würde er einen Verlust machen. Herr Rodés würde ihm nie die Stunden bezahlen, die er dafür gebraucht haben würde. »Die Ehebrecherin«, ja, die war ein gutes Geschäft gewesen. Er arbeitete sich zu Tode; wenn er ausruhen mußte, trat er hinaus und blickte auf das Dächergewirr, das bis zum Meer reichte. Er war glücklich, daß er dieses Atelier hatte, in einem so hohen Haus ... Mit einer Art von Glück, dem Melancholie beigemischt war, welche er seit seinen Kinderjahren mit sich herumschleppen mußte: seine Mutter hatte ihn nicht sehr lieb, sein Vater ging jeden Tag außer Haus, um auf den Straßen die Lampen anzuzünden.

Als er klein war, nahm er ihn mit, und er hatte nie verstehen können, wie er das anstellte, mit diesem langen Stab das Glastürchen aufzumachen und drinnen Feuer anzuzünden. Das Haus, in dem sie wohnten, gehörte ihnen. Sobald er anfing, in Öl zu malen, fing seine Mutter an, sich über den Gestank von Farbe und Terpentin zu beklagen und über den Schmutz, den er machte, wenn er die Pinsel reinigte. »Nie kann ich das Spülbecken sauber halten.« Und um ihr nicht zur Last zu fallen, hatte er dieses Zimmer oben auf einem Dach gemietet, mit einem Abstellraum, den er als Küche benutzte, und war dort wohnen geblieben. Alle vierzehn Tage besuchte er am Abend seine Eltern, sie unterhielten sich eine Weile und aßen zusammen. An manchen Nachmittagen wusch er, nachdem er die Pinsel gereinigt hatte, gründlich sein Gesicht, zog ein frisches Hemd an, knotete seine Halsbinde und ging Frau Valldaura besuchen, nicht aus Gewinnsucht, sondern weil er sie lieb hatte.

Um am folgenden Morgen keine Zeit zu verlieren, kaufte er alles, was er brauchte, ein, bevor er in das Atelier hinaufstieg: Gemüse und Früchte bei Frau Matilde; sie war brummelig, watschelte wie eine Ente und hatte ein schreckliches Durcheinander in ihrem Laden. Die Milch in Herrn Serés Milchgeschäft, der immer reichlich abmaß und ausgezeichnete Nonnenköpfchen verkaufte. Die Metzgerin hieß Laieta; sie wog sehr genau ab, aber das Fleisch, das man bei ihr bekam, war butterweich. Sobald er einen Bildteppich beendet hatte, ging er zu ihnen und zeigte ihn; sie waren voller Bewunderung und achteten ihn sehr: »Was malst du nun, Jesús?« Er klagte nie über sein Leben, denn je nach Zeit und Stunde, drei Schritte vor der Staffelei, verspürte er eine Wärme im Herzen und eine Art Verrücktheit im Gehirn, welche ihm nur seine Arbeit, nichts sonst auf der Welt hätte geben können. Von seinem Taubenschlag aus sah er die vielen Dächer, auf denen die weiße Wäsche im leichten Seewind flatterte, und dachte, daß er mit niemandem hätte tauschen wollen.

XIV
SOFIAS HOCHZEIT

Während die Kellner den Aperitif servierten, begleitete Eulàlia Sofia zum Waschraum. »Noch hübscher kannst du wirklich nicht mehr aussehn«, sagte sie, sowie sie allein waren, und umarmte sie dabei. Und ein wenig zurücktretend fügte sie hinzu: »Man sieht schon von weitem, daß Eladi ganz verliebt ist.« Sofia stellte sich vor den Spiegel und lächelte: »Und ich nicht?« – »Oh, du ... Warst du's denn schon einmal?« Sofia gab keine Antwort. Als sie aus der Kirche kam, hatte sie auf der anderen Seite des Platzes den Wagen von Lluïset Roca gesehen. Gut versteckt bewahrte sie einige Briefe auf, die ihr Lluís geschrieben hatte, als sie schon verlobt war. Es waren keine Liebesbriefe, aber sie konnte zwischen den Zeilen lesen. »Meine liebe Sofia ...« »Meine Liebe.« »Liebes.« Sie durfte nicht mehr daran denken.

Sie rückte die Orangenblüten links und rechts in ihrem Haar zurecht und begann ihre Lippen zu schminken. »Soll ich dir mal was sagen?« Eulàlia hatte den Lippenstift aus ihrem Täschchen genommen und ebenfalls begonnen sich zu schminken. »Es hat zwei Jahre gedauert, bis ihr geheiratet habt, und mehr als einmal hatte ich Angst, Eladi würde das Warten müde. Die Sache war riskanter, als du glaubst.« Sofia, die ihrer Patin halb den Rücken zugewandt hatte, zog ihre Strümpfe hoch. »Stört es dich, wenn ich deine Beine sehe, die ich doch gesehen habe, als du auf die Welt gekommen bist?« Sofia wandte den Kopf halb um und zwinkerte ihr zu: »Die gehören meinem Mann.« Sie wollte nicht, daß Eulàlia ihre zu hellen Strümpfe tadelte. Seit ein paar Monaten gab ihr Eladi, als ob er sie in Rage bringen wolle, von Zeit zu Zeit heimlich ein mit einem Goldfaden verschnürtes Päckchen. Darin war immer ein Paar rosa Strümpfe. Sie begleitete ihn bis vorn ans Gitter und zwickte ihn in den Hals. »Du bist unanständig.« Sie traten aus dem Waschraum und kamen an drei jungen Männern vorbei, die sich sehr angeregt unterhielten. Einer von ihnen sagte laut: »Wer da der Bräutigam sein könnte ...

Nicht jetzt. In der Nacht.« Eulàlia drückte ihren Arm: »Da siehst du, die Männer ...«
Während des ganzen Mittagessens war Sofia nervös. Ihre Mutter, die zwischen dem Notar Amadeu Riera und Jesús Masdéu saß, redete und lachte in einem fort. Warum hatte sie, ohne sie zu fragen, Masdéu einladen müssen? Sie hatte ihn nicht auf die Liste genommen. Er war schwarz gekleidet und hatte eine Krawatte umgebunden, aber er trug sein Haar zu lang und paßte nicht hierher. Neben Josep Fontanills saß, sehr gerade, Constància Riera in einem himmelblauen Kleid, behängt mit Brillanten, die ein Vermögen wert waren, und schaute ihren Mann sehr oft an: man sah, daß sie nicht ruhig war. Einen Augenblick lang hatte Sofia Angst; Masdéu unterhielt sich mit der Dame, die neben ihm saß, und ihre Mutter und Riera blickten sich verzückt an. Beim Champagner ging es an den Tischen sehr angeregt zu, und Onkel Terenci mußte angelegentlich um Ruhe bitten, nachdem er einen raschen Blick auf die Gardenie geworfen hatte, die er im Knopfloch trug und die angewelkt sein mußte, weil sie schon ein paar bräunliche Blätter hatte. Am Ende seiner Rede hob er sein Glas ganz hoch und trank auf das Glück des Brautpaares. »Ich weiß nicht, was wir hier sollen«, sagte Eladi, während ihm der Kellner Kaffee einschenkte. Sofia gab ihm einen Fußtritt.
Nach der Hälfte des Balls beschlossen Sofia und Eladi, sich, ohne jemandem etwas zu sagen, davonzumachen. Sie stießen fast mit Rafael Bergadà zusammen, der vor einem Spiegel seine Haare in Ordnung brachte, und rannten, ihm mit der Hand Adieu winkend, los. Eladis Vater sah von weitem, wie sie in den Wagen stiegen. »An einem solchen Tag«, dachte Teodor Farriols mit Bitterkeit, »sollte ein Mann seine Frau noch haben. Wenn sie mich wenigstens neben meinen Bruder gesetzt hätten ...« Er suchte ihn mit den Augen, und als er ihn sah, wurde er sofort ruhig: »Terenci versteht zu leben, und ich habe es nie verstanden.« Und ein wenig traurig durchquerte er den musikerfüllten Salon, wobei er sich zwischen den tanzenden Paaren den Weg bahnte. Er hob die Schöße seines Cutaway, und bevor er sich setzte, warf er einen Blick auf Teresa Valldaura, die, eine Hand auf der Brust, mit leuchtenden Augen und blitzenden Zähnen lachte. Es war kaum zu glauben, daß Riera ...

Sofia hätte lieber alleine gewohnt, wenigstens in den ersten Jahren. Sie hatte mit Eladi nicht offen darüber gesprochen, war aber sehr erstaunt über die Begeisterung, die er zeigte, als ihre Mutter ihnen sagte, daß sie Angst haben würde, ganz allein in einer so großen Villa zu wohnen. »Wo hättet ihr es besser? Ihr leistet mir Gesellschaft, und ich werde euch nicht stören.« Etwas widerwillig zeigte sich Sofia einverstanden. Was ihr überhaupt nicht gefiel, war, daß ihre Mutter darauf drang, daß sie vor der Hochzeitsreise ein paar Tage in der Villa verbrächten: »So bleibt die Erinnerung an die erste Nacht in diesen Wänden ...« Um sie nicht einzuengen, würde sie während dieser Tage bei Fontanills sein, die sie sehr gern hatten. »Arme Mama, wie gutgläubig sie doch ist!«
Die Dienstmädchen erwarteten sie in ihrer Sonntagstracht am Fuß der Vortreppe. Eladi wollte Sofia auf den Armen hineintragen, und sie fand das grotesk. Wie würden sie wohl lachen, diese Mädchen ... Nur daß Armanda sie sähe, gefiel ihr, denn sie hatte sie einmal dabei ertappt, wie sie Eladi mit tränenüberschwemmten Augen anschaute. Ihr Kleid spannte am Rücken, und bevor sie die Treppe ganz hinaufgestiegen war, hatte sie für den Bruchteil einer Sekunde Angst, hinzufallen. Sie fand sich mitten im Zimmer stehen, vor dem großen Bett. Jetzt war sie also verheiratet. Wie Eulàlia, aber voller Bosheit, hatte Ernestina, eine ihrer Tennisfreundinnen, beträchtlich älter als sie und neidisch, eines Tages zu ihr gesagt: »Du meinst, du bringst es noch dazu, zu heiraten? Eladi ist begehrter, als du glaubst.« Sie legte den Blumenstrauß auf den Toilettentisch und begann, sich die Nadeln aus dem Schleier zu ziehen. Sie war sehr blaß. Sie löste ihr langes, den halben Rücken bedeckendes Haar; ihr war die Mode egal gewesen, und sie hatte sich nicht ein einziges abschneiden lassen. Kastanienbraun war es, ein bißchen heller als das ihrer Mutter. Eladi war zu ihr getreten und streichelte es wortlos. »Eulàlia, Ernestina ... das war wie eine fixe Idee ...« Warum mußten sie sich darüber wundern, daß sie jemand heiraten wollte? Für so nichtssagend hielten sie sie? So unbedeutend neben Eladi, der immer wie aus dem Ei gepellt war, vollendet, auf Hochglanz? Den Rücken zu ihm gekehrt, merkte sie, daß sie mit zusammengebissenen Zähnen atmete, mit heftig bewegter Brust. »Was hab' ich denn«, dachte

sie, »was hab' ich denn nur?« Seit zwei Jahren war ihr Vater tot, und noch nie hatte sie sich so allein gefühlt. Einmal hatte er zu ihr gesagt: »Du bist alles für mich: Tochter und Sohn.« Der einzige Mensch, der sie geliebt hatte ... der andere, Eladi, war hinter dem Ladentisch eines Stoff- und Spitzengeschäfts hervorgekommen, lächelnd, egoistisch, mit der falschen Liebenswürdigkeit dessen, der sich eine gute Partie ausrechnet. Sie war sicher, daß er ganz verrückt danach gewesen war, sie zu heiraten ... Und da hatte er sie nun, dargereicht für immer ... »Ja, Patin, jetzt habe ich es also dazu gebracht, einen etwas anmaßenden Jungen zu heiraten, der gut aussieht, das schon, und der denkt, ich müsse ihm das ganze Leben lang dankbar sein. Ja, wirklich: das ganze Leben lang.« Eladi drehte sie herum und begann sie zu küssen. »Du bist zügellos, man merkt es. Diese Angst, dich lächerlich zu machen ...« Sie schob ihn weg, setzte ihren Fuß auf den Frisierschemel und zog ihren Rock hoch: eine Wolke aus Tüll und Gaze. Der Strumpf, fleischfarben, straff, glänzte. »Gib mir einen Kuß, aber auf den Fuß. Hörst du? Welcher dir besser gefällt. Du kannst wählen.« Eladi, der ein wenig aus dem Konzept geraten war, wollte sie umarmen, und sie gab ihm einen Stoß. »Du hast doch gehört, was? Auf den Fuß.« Sie hob ihren Rock noch etwas höher; sie hatte hübsche, gut geformte Beine, ein rundes, glattes Knie und einen schlanken Knöchel. Eladi fuhr sich mit einem Finger in den Kragen seines Hemds und murmelte: »Sofia ...« Sie wies auf ihren Fuß. »Ich verlange ja nicht die Unmöglichkeit; wenn dich der Strumpf stört, warum ziehst du mir ihn dann nicht aus?« Halb mechanisch löste er ihr Strumpfband und zog den Strumpf herunter. Der Fuß war klein, jung. »Vielleicht machst du es dir bequem, bevor du dich entscheidest. Behaglich. Als ob du zu Hause wärest.« Eladi warf ihr einen wütenden Blick zu; er legte sein Jackett aufs Bett und machte den Knoten seiner Krawatte auf. Sie betrachtete ihn amüsiert. »Macht es dir etwas aus, wenn ich dich nicht sentimental werden lasse, als ob ich ein Zimmermädchen wäre?« Eladi hatte sich hinabgebeugt und strich mit der Wange über die Rundung ihres Fußes. »So, Herr Eladi, wie ein Hündchen. Und jetzt gehn Sie sich waschen.« Sie setzte die Fußsohle auf seine Stirn und stieß ihn zurück. Eladi ging ins Bad und fuhr sich mit dem angefeuchteten Handtuch über Wangen und Lippen. Danach spuckte er aus. Als er ins Schlafzimmer zurückkam, bürstete Sofia ihre Haare. Mit dem Rücken gegen das untere Bettende gewandt, die Hände das Holz umfassend, sagte Eladi mit einer Stimme, die von einer Art unterdrücktem Zorn halb erstickt war: »Ich hätte noch damit gewartet, dir etwas mitzuteilen; vielleicht hätte ich es dir nie gesagt, aber je schneller wir das erledigen, um so besser.«

Sie hielt einen Augenblick still und dachte, sie habe ihn nicht richtig verstanden; aber sofort merkte sie, daß das, was Eladi ihr zu sagen hatte, wichtig war, und sie erschrak. »Es wird besser sein, ich tu' so, als hätte ich ihn nicht gehört.« Sie stand auf und riß sich lächelnd ein Blümchen von ihrem Büstenhalter ab: »Siehst du? etwas Blaues.« Danach zog sie das andere Strumpfband aus, und indem sie es ihm ins Gesicht schmiß, sagte sie: »Siehst du? etwas Neues.« Zuletzt warf sie ihm ein Tüchlein zu, das sie auf der Brust trug: »Siehst du? etwas Altes; die Engländer sagen, daß alles zusammen Glück bringt.« Eladi, der sich nicht vom unteren Ende des Bettes bewegt hatte, schaute sie an, als wäre sie sehr weit von ihm fort. »Und du, was meinst du? Bringt es welches oder nicht? Entscheide dich ... und tu mir den Gefallen und gib Antwort, wenn ich dir eine Frage stelle.« Er hielt ihrem Blick eine Weile stand, und plötzlich, auf die brutalste Art und Weise, murmelte er: »Ich habe eine Tochter.« Er sah, daß Sofia mit offenem Mund dastand, als ob sie ihn nicht verstanden hätte: »Hast du nicht gehört? Ich habe gesagt, daß ich eine Tochter habe.« Sofia setzte sich vor den Toilettentisch, stieß mit einer heftigen Handbewegung den Blumenstrauß zu Boden, rückte ein Fläschchen zurecht und nahm die Bürste. Ihre Hände zitterten. Ganz leise fragte sie: »Und von wem ist sie, wenn man fragen darf?« Sie drehte sich langsam um: »Wenn es wahr ist, was du mir eben gesagt hast, dann hast du, finde ich, den richtigen Moment dafür gewählt, meinst du nicht? Aber falls du etwas kaputt machen wolltest mit dem, was du eben zu mir gesagt hast ...« Sie stand entschlossen auf, zog sich vollends aus, fast riß sie ihre Kleider herunter; und nackt näherte sie sich ihm; sie umarmte ihn fest und legte ein Knie zwischen seine Schenkel, ganz nach oben.

Sie war nach draußen gegangen und überquerte den Vorplatz, der unter den erlöschenden Sternen lag. Nachdem Eladi mit ihr geschlafen hatte, war er eingedöst. Sie atmete einige Male tief durch, zögerte einen Augenblick und trat unter die schwarze Masse der Bäume. Sie ging, als hätte sie Angst, niedrige Zweige beiseite schiebend. Die Akazien blühten im Frühling und die dichtgedrängten Fliederbüsche trugen kaum Blüten. All dieses Gewirr von wildem Grün bedeckte die kleinen Wege, die sie auswendig kannte. Der Fasanenkäfig stand leer. Alle Tiere waren allmählich, eins nach dem andern, gestorben: die Perlhühner, die Fasane; bei den Pfauen hatte es am längsten gedauert. Die Dienstmädchen sagten, sie stürben, weil es alte Tiere seien; aber ihre Mutter sagte, das seien sie gar nicht. Als ihr Mann noch lebte, habe man, wenn ein Vogel starb, gleich einen neuen gekauft. Der eigentliche Grund, und ihre Mutter mußte recht haben, sei, daß ihnen die Mädchen das Wasser in den Trinknäpfen nicht oft genug wechselten und sie an Vergiftung starben ... Ganz in der Nähe des Käfigs stand der Baum, um den herum Veilchen wuchsen. Es war ihr Baum. Am Tag, an dem sie sich mit Eladi verlobt hatte, hatte sie mit der Spitze eines Messers S. E. in den Stamm geritzt. Sie suchte die Wunde und konnte sie nicht finden. Eine Weile war sie ganz still. Diese Tochter von Eladi ... klein ... Ihr fiel ein Satz eines englischen Schriftstellers ein: »I honour you, Eliza, for keeping secret some things.« Sie ging wieder weiter, mußte aber stehenbleiben, weil sich ihr im Kopf alles drehte. Sie würde so reagieren, wie jene Großmutter von ihr reagiert haben würde, die sie nicht mehr kennengelernt hatte. Sie wollte diese Tochter von Eladi hier zu Hause haben, auch wenn sie sie nie liebgewinnen könnte. Es war noch ein Wickelkind und hieß Maria. Wenn Eladi sich einbildete, daß sie eines Tages ihm gehören würde ... Es wäre schon noch Zeit, darüber nachzudenken, was man im Bekanntenkreis erzählen würde. Als sie bei den Glyzinien ankam, schaute sie nach oben: sie suchte schon das Zimmer aus, in dem das Kind leben sollte.

Im Dunkeln betrat sie die Bibliothek. Als sie noch sehr klein war, kletterte sie gern auf die Leiter, mit der man die Bücher auf den obersten Regalen erreichen konnte. Sie hatte Räder, und ihr Vater ließ sie hinaufklettern und schob sie von der einen

Seite der Wand auf die andere: »Ich bringe dir das Reisen bei . . .«, sagte er lachend zu ihr. Sie durchquerte die Eingangshalle; auf halber Höhe der Treppe blieb sie stehen und schaute, sich am Geländer festhaltend, auf die Wappenschilde, die vom Sternenglanz erhellt wurden. Sie hatte keine Lust, hineinzugehen, aber schließlich öffnete sie die Tür; wegen des starken Rauchgeruchs wäre sie fast wieder umgekehrt. Eladi hatte sich aufgerichtet, in der Hand ein Glas, das er sofort auf den Nachttisch stellte. Sofia machte die Balkontüre sperrangelweit auf; sie wußte, daß Eladi sie anschaute, und ließ sich eine Weile vom mondhellen Vorplatz fesseln, dessen Helligkeit ein wenig dunstig war, als ob ein jedes Sandkorn atmete. Langsam zog sie ihren Schlafrock aus, und nachdem sie das Licht gelöscht hatte, setzte sie sich auf die Bettkante. Wortlos nahm Eladi sie beim Arm und zwang sie, sich neben ihm auszustrecken. »Du riechst nach Bäumen . . .«, sagte er mit trauriger Stimme zu ihr. Mit einemmal legte sich Sofia auf ihn und begann, ihn wütend und lachend zu beißen.

XV
GEBURTEN

Als Sebastià Sànchez, der Impresario, erfuhr, in welcher Lage sich Pilar Segura befand, bot er ihr sogleich sein Landhaus an, damit sie dort niederkommen könne. Er war ein Mann mittleren Alters, Sohn andalusischer Eltern, sehr geschickt im Umgang mit Menschen, lachte gern, aber schon bei der geringsten Kleinigkeit brauste er auf und schrie herum. »Bevor er nicht ausgetobt hat, braucht man ihm nichts zu sagen«, sagten die, die ihn kannten und die sein Geschrei unbeeindruckt über sich ergehen ließen. Er hatte eine gute Hand bei der Auswahl der Künstlerinnen und behandelte sie besser als seine eigenen Töchter; es war ihm gerade die fünfte geboren worden. Úrsula, seine Zugehfrau, die aus Hospitalet kam und häßlich wie die Nacht, aber treu und fleißig war, fragte ihn eines Tages, ob er eine Stelle für ihren Sohn habe. Er fragte sie, was er denn könne. »Er hat noch nie gearbeitet, wissen Sie. Er taugt zu nichts, aber er ist ein seelenguter Mensch.« Herr Sànchez legte seine Hand auf ihre Schulter und sagte zu ihr: »Keine Angst. Ich will mal sehen, ob ich was finden kann.« Er kannte ein Mädchen, Pilar Segura, hübsch und gut gebaut, die er ab und zu engagierte; ohne viel Stimme zu besitzen, sang sie gut und rein, zog aber nie richtig die Aufmerksamkeit auf sich. Eines Nachmittags in seinem Büro, während er sich mit den Geschwistern Tullido, den Gauklern, unterhielt, hatte er einen Einfall: er bestellte den Sohn der Zugehfrau, Felip Armengol, der aussah wie ein Zigeuner, und Pilar Segura zu sich. Er ließ sie Platz nehmen, schwieg eine Zeitlang, als ob er nachdenke, und schlug ihnen schließlich die Nummer mit dem Pferd und Lady Godiva vor. Als er geendet hatte, schaute er Pilar an, als ob er ihre Gedanken erraten wolle, und sagte leise, um sie nicht zu erschrecken: »Du wirst nackt singen müssen, ohne Trikot ...«, und zufrieden, daß Pilar annahm, fügte er hinzu: »Wirst du keine Angst haben, wenn du so hoch oben singen mußt?« Pilar lachte und sagte nein. Herr Sànchez bestellte bei einem Musiker ein kleines Lied, »das eine Marschmelodie haben soll«; er gab

das Pferdegewand in Auftrag, ließ Pilar und Felip einige Male proben, und mit der ersten Vorstellung war die Nummer von Lady Godiva ein Erfolg. Pilar wurde der Traum vieler verheirateter Männer und fast aller Studenten Barcelonas.
Felip Armengol begleitete Pilar auf den Landsitz; er ließ sie nicht einen Augenblick allein, und man kann sagen, daß er das Kind zur Welt kommen sah: ein niedliches, rundes Mädchen, das sogleich anfing, alles anzuschaun. Die Hebamme sagte zu Pilar: »Ich habe noch nie ein Kind mit so viel Lebenslust gesehen und keins, das im Augenblick der Geburt ein Paar so klare und hübsche Augen geöffnet hätte.« Pilar war traurig. Eladi hatte ihr schon gesagt, daß er das Kind nicht adoptieren werde. »Aus Gründen, die sich nur schwer erklären lassen. Ich bedaure es, wie du verstehn wirst, aber es geht nicht. Ich werde schon die eine oder andere Lösung finden ...« Pilar vertraute sich Herrn Sànchez an und sagte zuletzt: »Es bleibt mir nichts anderes übrig, als das Leben so zu nehmen, wie es kommt.« Herr Sànchez, dem Pilar sehr leid tat, weil er wußte, daß sie deshalb in dem Zustand war, in dem sie sich befand, weil sie sich verliebt hatte, tröstete sie, so gut er konnte: »Eine Künstlerin ist in erster Linie ihrer Kunst verpflichtet.«
Wenn Pilar auf dem Landsitz frühstückte, trat Felip an die Wiege, schob das Mückennetz zur Seite und betrachtete das Kind, das wie ein Engel schlief und nur die Nabelbinde und ein Paar Höschen trug, denn Pilar fand, daß Kleider so kleinen Kindern nur lästig waren. Eines Morgens hüllte Felip das Mädchen in ein Handtuch, nahm es auf den Arm, und während er es wiegte, sagte er zu Pilar: »Gibst du es mir?« Sie, die beim Herd saß, schaute ihn wortlos an. »Ich seh' schon, nein. Wie wirst du es nennen?« Pilar, kreidebleich, die Haut ihrer Hände durchsichtig, sagte zu ihm: »Maria, wie die Muttergottes ..., und Segura.« Und sie brach in Tränen aus. Der Junge war ganz zerknirscht, gab ihr das Kind und strich ihr mit der Hand über das Haar: »Ich bin niemand. Du weißt doch, daß ich Armengol heiße? Was meinst du, wenn das Kind Maria Armengol hieße?«
Ein paar Tage später besuchte Sebastià Sànchez Pilar, beladen mit einem Blumenstrauß und einer großen Schachtel voller Pralinen. Sie war erst seit kurzem auf, und er nahm sie zu einem Spaziergang auf einem kleinen Weg durch die Kornfelder mit.

Pilar trug ein wollenes Tuch über den Schultern und ging langsam. Plötzlich blieb er stehen und nahm ihren Arm: »Ich bringe dir eine gute Nachricht: gestern ist in meinem Büro ein Notar erschienen; Forcadell, glaub' ich ... nun, es ist ja gleich. Er sagte mir, daß sehr reiche, kinderlose Herrschaften bereit wären, das Kind zu sich zu nehmen ... unter der Bedingung, daß du es nie mehr sehen würdest; du müßtest eine Verzichterklärung unterschreiben. Was meinst du dazu?« Pilar, in den grünenden Kornfeldern, schaute ihren Impresario an, als wäre sie mitten im Meer und kurz vor dem Ertrinken. Sie blieb eine Zeitlang stumm: »Ich weiß nicht, was ich sagen soll ... an so etwas hatte ich gar nie gedacht ...« Sie verlebte zwei schmerzliche Monate; sie konnte sich einfach nicht entschließen. Zuletzt, ermattet von allem, sagte sie ja; und mehr tot als lebendig gab sie das Kind ihrem Impresario: sie gab ihm ebenfalls ein himmelblaues Etui. Darin war ein silbernes Armband mit Glöckchen: »Das hat mir gehört. Sagen Sie den Herrschaften, die das Kind zu sich nehmen, sie sollen es ihm anlegen, wenn es ein bißchen größer ist.«

Sofia Valldaura wurde einen Monat nach ihrer Hochzeit schwanger. Ihre Schwangerschaft war beschwerlich, sie mußte immerzu erbrechen und hatte Kreuzschmerzen, die sie fast umbrachten. Sie empfand Abneigung gegen Eladi, der sie nicht einmal anfassen durfte. Eines Abends traf es sich, daß Armanda, die für sich und die Mädchen Fleisch in Essig mit Kräutern eingelegt hatte, niemanden fragen konnte, was sie am nächsten Tag zum Mittagessen kochen sollte: die junge Frau war krank, die gnädige Frau war zum Abendessen zu Fontanills gegangen und noch nicht zurückgekehrt. Nur Herr Eladi war da. Ein wenig belustigt dachte sie: »Mal sehn, was er für ein Gesicht macht, wenn ich ihn fragen gehe, was ich ihm kochen soll.« Mit den Fingerknöcheln klopfte sie an die Tür der Bibliothek. Aus dem unteren Spalt schien Licht, aber niemand gab Antwort: »Vielleicht ist er schon oben und hat die Lampe angelassen.« Sie öffnete die Tür und sah ihn im Sessel sitzen und rauchen. »Verzeihen Sie die Störung, aber was soll ich Ihnen morgen zu Mittag kochen?« Eladi schaute sie an, wie wenn er abwesend wäre. Sie wiederholte ihre Frage. »Komm näher, ich versteh' dich nicht.« Als sie ganz nah bei ihm war, griff er ihr mit der Hand unter den Rock, faßte eines ihrer Strumpfbänder, zog ein bißchen daran und ließ es plötzlich zurückschnellen. Armanda machte: »Ui!« So begann das Verhältnis zwischen Eladi Farriols und der Köchin Armanda.

Nach genau neun Monaten Schwangerschaft verspürte Sofia in dem Augenblick, als sie aufstand, einen Stich im Kreuz, daß sie sich krümmte. Die Hebamme schlief schon seit einigen Tagen in der Villa, und Eladi sagte ihr Bescheid. Frau Sílvia fühlte Sofias Puls, betastete sie ein wenig und sagte zu ihr: »Die Fruchtblase ist schon gesprungen. Tun Sie folgendes: jedes Mal, wenn die Schmerzen nachlassen, versuchen Sie, statt liegenzubleiben, herumzugehen . . . mal sehn, ob wir das nicht zügig hinkriegen.« Am nächsten Morgen, als sie aus der Küche zurückkam, wohin sie gegangen war, um zu sagen, man solle Wasser heiß machen, traf sie auf Frau Valldaura, die hinaufging, um Sofia zu besuchen. »Ihre Tochter macht mir ein bißchen Angst, weil sie so schmal ist. Ich glaube, das wird eine endlose Geburt.« Teresa sagte etwas besorgt: »Was meinen Sie, Frau Sílvia, wenn ich Doktor Falguera rufen ließe?« Sofia verbrachte zwei Tage mit Schreien und Stöhnen. Doktor Falguera sagte zu Teresa, daß er das Kind vielleicht herausholen müsse; aber daß er nichts tun werde, solange es nicht unbedingt notwendig sei. Sofia bekam einen Jungen, und Doktor Falguera brauchte nicht einzugreifen. Er wurde mit einem melonenförmigen Kopf geboren. »Das wird sich schon zurechtwachsen«, sagte ihnen die Hebamme, »ich habe ihn zusammendrücken müssen, damit er herauskommt, ohne sie allzusehr aufzureißen.« Am Tag der Taufe wünschte Eladi, daß alle Lichter im Hause brannten, und er schenkte der Hebamme und den Dienstmädchen Geld, denn alle hatten tüchtig arbeiten müssen. Eladis Freude tat Armanda weh. Das Kind wurde Ramon genannt; Sofia hätte es gerne gehabt, daß es Salvador geheißen hätte, nach ihrem Vater, aber Eladi redete ihr das aus: »Es hat mir nie gefallen, daß man einem Kind den Namen eines Verstorbenen gibt. Ich finde das zu traurig. Natürlich sind alle Namen Namen von Verstorbenen . . . Aber du verstehst mich schon.«

Drei oder vier Monate nach der Geburt von Ramon bekam die Tochter von Marina Riera, die Schwester des Notars, ein Mädchen. Sie nannten es Marina, wie seine Mutter und seine Großmutter. Teresa las es in der Zeitung und erinnerte sich vage an Marina Riera; sie hatte sie vor Jahren gesehen, eines Abends, als sie mit ihrem Mann und Bergadàs ins Liceu gegangen waren, um »La Traviata« zu hören. Das war das erste Mal, daß sie Amadeu Riera sah. Wenn es groß sein würde, würde sich dieses Mädchen, das gerade zur Welt gekommen war, in Ramon Farriols i Valldaura verlieben.

Ramon wurde drei Jahre alt, und Sofia war erneut schwanger. Sie bedauerte es gar nicht. »Vielleicht bekomme ich ein Mädchen.« Sie war sicher, daß sie Eladi, wenn sie ihm eine Tochter schenken könnte, von Maria entfernen würde, die sehr hübsch war und die er, jedermann hatte das gemerkt, lieber hatte als Ramon. Alle, die sie besuchten, sagten ihr, daß sie ein Mädchen bekommen würde; und auch Frau Sílvia: »Ihr Bauch ist rund; von runden Bäuchen weiß man ja, daß darin ein Mädchen ist.« Sie empfahl ihr, sie solle recht wenig essen und soviel wie möglich laufen. »Wenn es ein dünnes Kind wird, macht das nichts. Wir werden es schon herausfüttern!« Teresa fragte sie, ob die Anzeichen für eine leichte Geburt sprächen. »Ich bin ganz sicher, daß diesmal alles wie am Schnürchen laufen wird; wir haben die Hälfte schon hinter uns, Frau Valldaura.« Sofias und Eladis zweiter Sohn wurde zu früh geboren: mit sieben Monaten. Man mußte seine Wiege mit Flaschen voller heißem Wasser auslegen, und lange Zeit schwebten alle in ständiger Angst, denn wenn er zuviel weinte oder Fieber hatte, wurde er von Anfällen geschüttelt: zuletzt lag er, die Zunge schief gegen den Gaumen gepreßt und mit verdrehten Augen, wie tot da. Armanda, die wie jedermann wußte, mit welch großer Hoffnung Sofia ein Mädchen erwartet hatte, konnte eine Art boshafter Freude nicht verbergen: »Das geschieht ihr recht, und außerdem ist das Kind häßlicher als ein schlaffes Würstchen!« Sie zögerten eine Weile, bis sie es taufen ließen, und entschlossen sich, es Jaume zu nennen. Teresa, die beim Anblick des kleinen, kränklichen Jungen sehr litt, konnte nicht an der Taufe teilnehmen. Am Tag der Taufe, als sie gerade die erste Stufe der Eingangstreppe hinuntergehn wollte, fiel sie wie ein Sack zu Boden. Eladi und Onkel Terenci mußten sie auf den Armen in den Salon tragen. Doktor Falguera kam sofort. »Was haben Sie?« Mit dem Fächer auf ihre Beine zeigend, sagte sie zu ihm: »Es ist, als ob ich keine Knöchel hätte: sie tragen mich nicht. Schon seit einiger Zeit ist mir mein rechter Fuß manchmal eingeknickt, aber ich habe nicht darauf geachtet.« Doktor Falguera verschrieb ihr, ein wenig beunruhigt, ein Nervenmittel und Massagen. »Wegen letzterem brauchen Sie sich nicht zu sorgen. Ich kenne eine Krankenschwester, die das sehr gut macht.« Und er empfahl Teresa, sie solle sich nicht gehenlassen: »Wenn Ihnen das Laufen Angst macht, so lassen Sie sich die Knöchel einbinden und sagen, man möge Ihnen einen Stock kaufen.« Teresa schaute ihn unverwandt an und schlug sich wütend mit dem Fächer aufs Knie: »Bevor ich mir die Beine einbinden lasse, will ich lieber nicht mehr laufen!« Doktor Falguera schüttelte den Kopf, als wolle er etwas zu ihr sagen. »Nein, nein ... schweigen Sie! Wir beide kennen uns schon seit so langer Zeit, daß wir nicht zu sprechen brauchen, um uns zu verstehn.« Und während sie den Arm hob, damit er ihre Hand küßte, sagte sie zu ihm: »Und vor allem lachen Sie nicht, denn ich tue das nicht, um Sie zu rühren. Es ist aus Egoismus. Ich trage so viel Tod in mir, daß mir ein Kuß auf die Hand Trost sein wird.« Und während sie auf die Zweige schaute, die sich auf der andern Seite des Fensters wiegten, fügte sie hinzu: »Und besuchen Sie mich, sooft Sie können. Bitte ...«

XVI
DIE DIENSTMÄDCHEN IM SOMMER

Bevor sie sich daran machte, die beiden Hühner zu rupfen, die sie gerade neben das Spülbecken gelegt hatte, trat Armanda aus der Küche, und während sie mit halbgeschlossenen Augen auf den Vorplatz schaute, dachte sie, daß diese Hitze sie umbringen würde. Der Efeu hinter ihr, auf den die Sonne niederbrannte, sah aus, als ob er schliefe; er war nicht wie der, der rund ums Wasserbassin wuchs und kroch oder, angeklammert an die rauhen Stämme, die Bäume hinaufkletterte, um sie zu erwürgen, und der das ganze Jahr über grün war. Der Efeu an der Küchenmauer wurde, wie der an den anderen Hausmauern, im Herbst blutfarben und kletterte an diesen glatten Mauern hinauf, weil er Füßchen hatte. Sie riß einen langen Trieb ab, um ihn anzuschauen; sie sahen aus wie die einer Eidechse. Aus solchen Trieben machten sich die Kinder manchmal Kränze. »Und jetzt wird nicht mehr herumgestanden«, sagte sie, während sie mit einem blütenweißen Taschentuch den Schweiß an ihrem Hals trocknete. Sie nahm die Schere aus der Küchenschublade, und während sie die Brust des einen Huhns aufschnitt, fiel ihr der Abfall ein. Vor einigen Jahren hatte man an der Straße, die weiter oben gebaut wurde, zwei Häuser mit Ladenräumen errichtet, und der Lebensmittelhändler, der das größere gemietet hatte, hatte die schlechte Gewohnheit, bei der kleinen Tür, die aufs Feld führte, Abfälle hinzuwerfen. Sie bemerkte es und sprach mit Herrn Eladi darüber. Der Lebensmittelhändler war ein dickbäuchiger, kahlköpfiger Mann und trug einen kleinen Schnurrbart, der aussah, als würde er ihm abfallen. Herr Fontanills beschwerte sich, und der Händler, sehr freundlich, sagte ihm, er möge unbesorgt sein. Nach zwei oder drei Wochen Wohlverhalten wieder die Abfälle. Herr Eladi, der sich nicht gern herumstritt, ließ sie schließlich von den Gärtnern verbrennen. Die leeren Büchsen wurden vergraben. Bis er eines Tages, vielleicht weil er schlechtgelaunt aufgestanden war, sagte, daß er genug habe von den Abfällen, und Herrn Fontanills ein zweites Mal zu dem Lebensmittel-

händler schickte. Aber jener Händler, der Àngel hieß und laut Armanda ein Niemand war, schien darüber zu lachen; je öfter Herr Fontanills sich beschweren ging, desto mehr Abfälle ließ er neben der kleinen Tür liegen.
Das ganze Haus schlief. Frau Teresa hielt wohl ihr Nachmittagsschläfchen. Die jungen Herrschaften waren auf Mallorca. »Wir haben uns nie aus dem Haus gerührt, und die Kinder sind immerzu auf Reisen.« Am Morgen hatte sie eine Postkarte von Sofia erhalten; sie schrieb, daß Eladi eine Leberattacke gehabt habe und so geschwächt sei, daß es noch acht oder zehn Tage dauern würde, bis sie zurückkämen. Miquel, der Chauffeur, hatte die Reise der jungen Herrschaften genutzt, um aufs Dorf zu gehen und seine Eltern zu besuchen. Als sie den armen Climent entließen und die Kutsche und die Pferde verkauften, um das Auto anzuschaffen, weinte Armanda. Wenn sie nur schon den Lärm des Motors hörte, füllte sich ihr Herz mit Wut. Den anderen Mädchen hingegen gefiel es sehr. Vor allem Olívia, die, wenn sie nichts zu tun hatte, Miquel nicht einen Augenblick in Ruhe ließ, obwohl der sie nicht einmal anschaute. »Da ist sie ja gerade«, dachte Armanda. Olívia war mit offener Bluse hereingekommen und hatte sich breitbeinig auf einen Stuhl fallen lassen: »Was für eine Hölle diese Küche, Armanda!« Armanda wandte sich um, einen Hühnermagen in der einen und das Messer in der andern Hand: »Wenn du dich hier so schlecht fühlst, warum gehst du dann nicht einmal schaun, ob sie heute nacht wieder Abfälle hingeworfen haben? Bald werden uns die Fliegen auffressen . . .« Olívia gab verdrießlich achselzuckend zur Antwort: »Das ist nicht meine Arbeit.« Durch die Tür, die nach draußen führte, kamen Marieta und Esperança herein; sie trugen zusammen einen großen Korb mit trockener Wäsche. »Wenn ich diesen Sommer nicht sterbe«, sagte Marieta, »werde ich überhaupt nie sterben.« Esperança trat zum Spülbecken, schob Armanda, sie bei der Hüfte fassend, weg und benetzte sich das Gesicht und die Unterseite der Arme. »Bei dir, das ist gar nichts, du wäschst ja; wenn du den ganzen Tag lang bügeln müßtest wie ich . . .« Armanda, die mit dem Absengen der Hühner schon fertig war, wusch sie, legte sie ins Sieb und deckte sie mit einem dünnen Tuch zu, damit die Fliegen nicht daran gingen. »Bald werden

wir Schmeißfliegen haben, und es wird nicht genug Schürzen geben, um sie zu vertreiben.« Sie wußte nicht warum, aber sie war zufrieden. »Wenn ihr Miquela holt, sind wir alle beisammen und ich mache euch einen schönen Krug mit frischem Orangensaft.« Olívia stand auf, und als sie mit Miquela zurückkam, sagte sie: »Wißt ihr, was ich gedacht habe? Da ja niemand zu Hause ist, könnten wir draußen baden.« Olívia war groß, gut gewachsen, ihr Kopf saß schön auf ihren Schultern; und sie schritt langsam, wie eine Königin. Sie und Miquela gingen zum Waschhaus, um einen Bottich und den Wasserschlauch zu holen. Als Armanda sah, daß Marieta und Esperança begannen, sich zu entkleiden, riet sie ihnen, sie sollten ihre Hosen nicht ausziehen, falls nämlich die Kinder herkämen, die wer weiß wo steckten. »Die sind doch ganz klein, und es ist egal; vielleicht würden sie erschrecken, wenn sie uns von der Mitte an abwärts bekleidet sähen«, sagte Marieta, die ihr Mieder ausgezogen hatte und sich mit den Fingerknöcheln über den Bauch fuhr. Sie war aus Gràcia; Frau Sofia hatte sie gleich eingestellt, weil sie sehr jung und hübsch war, und sie besaß schelmische Augen, die ihr einen etwas vulgären Ausdruck verliehen. »Immer sucht sie hübsche aus«, dachte Armanda, »sie amüsiert sich, wo sie kann, dem jungen Herrn Eladi dreht sich da nur so der Kopf. Wenn sie blöd genug sind, fallen sie auf ihn herein; und ihr gefällt es, daß sie es schnell und heimlich machen müssen. Wenn sie auf Draht sind, lassen sie ihn schmoren, und dann ist der Spaß für die junge Frau unbezahlbar.«

Sie war als erste auf ihn hereingefallen, und zwei Jahre lang hatte sie geglaubt, die Herrin zu sein. Als Herr Eladi der Sache überdrüssig wurde, blieb sie weiter im Haus und litt wie eine Verzweifelte; Sofia, die alles sah, zahlte ihr die schlimmen Augenblicke vom Anfang heim. Sie war eifersüchtig gewesen auf Armanda; sie hatte sich durch das, was sich unmittelbar vor ihren Augen abspielte, so gedemütigt gefühlt, daß sie sie aus Stolz nicht entließ. Das wäre wie ein Eingeständnis gewesen, daß sie alles wußte. Armanda jedoch hatte mehr als einmal Lust gehabt fortzugehn . . . und immer hatte sie es seinlassen. Als Eladi anfing, ein Zimmermädchen anzuschaun, das Paulina hieß, und sich dabei mit einem Finger über den Schnurrbart strich ... ein paar Monate lang dickes Blut, und schon passiert! Felícia, die schon seit einiger Zeit nicht mehr im Haus arbeitete, weil sie alt war, hatte eines Tages zu ihr gesagt: »Mir scheint, der Mann der Kleinen hat die Schürzenkrankheit.« Eine Großmutter von Armanda, die vom Land war, erzählte, daß sie, kurz nachdem sie geheiratet hatte, eines Nachmittags, als sie vom Eiereinsammeln zurückkam, ihren Mann mit einem Mädchen auf dem Schoß erwischt habe. Er sagte, das Mittagessen sei ihm schlecht bekommen; aber sie gewöhnte sich daran: sie ließ die Mädchen wie Tiere schuften. »Wenn die glauben, wegen dem bißchen Gezwicktwerden in den Ecken können sie machen, was sie wollen ...« Armanda hatte von dieser Großmutter eine Art Resignation geerbt. Wenn sie sich mit vollem Magen und angenehmer Müdigkeit ins Bett legte, dachte sie, daß sie in einem vornehmen Haus diente und daß sie fast den ganzen Verdienst auf die Sparkasse bringen konnte: »Alles andere ist Unsinn!«

Sie waren fertig mit Ausziehn. »Das älteste dieser Mädchen«, dachte Armanda, »mag fünfundzwanzig Jahre alt sein, allerhöchstens.« Sie schlossen den Schlauch draußen an den Wasserhahn an und füllten den Bottich. Als erste stieg Marieta hinein. Sie hatte einen Soldaten zum Freund, der von weit her kam, aus Cadaqués, und der in seiner Uniform in Barcelona tierisches Heimweh nach seinem Meer hatte. Sonntags gingen sie in den Park und manchmal auf die Arrabassada. Marieta sagte: »Er hat mir nur einen Kuß gegeben und dazu noch ganz schüchtern; ich hab' ihm gesagt, er soll es nicht wieder tun.« Danach wurde sie ein bißchen traurig und fügte hinzu: »Wenn er, statt aus Cadaqués, aus Gràcia käme, ginge alles viel schneller vorwärts, weil die aus Gràcia viel eher zur Sache kommen.« Auf Marietas flaumbedeckter Haut zerplatzten die Blasen, grün und rosa ... Sie betrachtete sie, matte Seufzer ausstoßend. »Deine Brüste sind wie kleine Zitronen«, sagte Olívia zu ihr, »zwei kleine, sonnengereifte Zitronen.« Marieta rieb sich mit den eingeseiften Händen die Hüften ein. »Red nicht soviel und spritz mich ab!« Olívia fing an, sie abzuspritzen, und alle brachen in Gelächter aus. Danach stieg Miquela, ihre Brüste mit den Händen bedeckend, in den Bottich. »Für dein Alter trägst du ganz schön was mit dir herum«, sagte Esperança zu ihr, und Miquela wurde rot bis über die Ohren. »Dreh dich um: deine Vorderseite ist schon sauber.« Miquela, den Rücken zur Sonne, stieß einen Schrei aus: Olívia hatte sie angespritzt, ohne ihr zu sagen, daß das Wasser nun schon kalt herauskam. »Schreit nicht so!« Armanda war außer sich. Frau Teresa konnte aufwachen und würde auf die Klingel drücken und sie fragen, ob die Kohlenträger da wären, denn immer, wenn sie Lärm hörte, fragte sie, ob die Kohlenträger da wären. Arme gnädige Frau, wie war sie nun dran . . . die Beine geschwollen und gefühllos. Das schlimmste von allem war, daß Doktor Falguera gesagt hatte, daß sie nie mehr geheilt werden könne. Nicht einmal Amadeu Riera besuchte sie, der doch so oft gekommen war. Als Herr Valldaura noch lebte, luden sie ihn häufig zum Mittagessen ein; er erschien mit seiner Frau, die wie ein kleiner Spatz aussah. Später kam er allein auf Besuch. Aber mit einemmal kam er nicht mehr: als ob er gestorben wäre. Frau Teresa sprach nie darüber, und ihr Blick war traurig geworden. »Es ist die Traurigkeit des Weines«, sagte Olívia, »sieh zu, ob man ihr das Laster nicht abgewöhnen kann . . .« – »Was willst du?« sagte Miquela, »den ganzen Tag sitzt sie in ihrem Sessel, ohne zu häkeln, ohne zu stricken . . . irgend etwas muß sie doch tun.« Armanda tat sie sehr leid. Ihre Tante Anselma, die nicht mehr arbeitete, fragte stets, wenn sie zu Besuch kam: »Was macht die arme Frau Teresa?« Tante Anselma lebte ganz allein in einer kleinen Wohnung auf der Barceloneta und aß nur Brot mit Tomaten und Schinken und trank riesige Tassen Milchkaffee. »Das ist doch nichts Besonderes«, sagte sie zu ihrer Nichte, die sich über diese Art der Lebensführung entsetzte, »jahrelang hab' ich mit der Nase zuvorderst am Herd gestanden, und nun hab' ich genug.« Armanda wußte, daß Frau Teresa gut war. Man brauchte nur zu sehn, wie sie Jaume anschaute, ihren kleinen Enkel, dessen Beine wie Streichhölzchen waren. Armanda hatte ihn auch sehr gern, weil er ein schwächliches Kind war. Sie hatte sagen hören, daß die Kinder der Reichen schlecht gediehen, weil ihre Eltern Schweine waren, die in Saus und Braus lebten und deren Blut wäßrig wurde. Das traurigste war, daß es die Kinder ausbaden mußten.

Olívia kam an die Reihe, und während sie sich einseifte, sah sie so hübsch aus, daß alle aufgehört hatten zu lachen und sie ganz still anschauten. Olívia kam aus der Gegend von Marietas Verlobtem und war es gewohnt, im Meer zu baden. Sie hatte ihnen erzählt, daß sie manchmal, nachts, mit ihren Schwestern zum Strand ging. »Es gibt nichts Schöneres auf der Welt, als ins Meer einzutauchen, wenn der Mond scheint; nicht so ein Meer wie das von Barcelona, sondern ein Meer mit sauberem Wasser.« Die andern machten Spaß und sagten ihr, daß sie nicht mit ihren Schwestern hineintauche, sondern mit ihrem Verlobten. Olívia hatte nie einen Verlobten gehabt. Olívia hatte Geld auf der Bank, sie sagten, wohl von einem Alten, der sich in sie verliebt hatte . . . Wenn sie beiläufig davon sprachen, stellte sie sich unwissend; wenn sie darauf drangen, leugnete sie; man wußte nicht so genau, wer es in Umlauf gebracht hatte. Olívia hatte lange Schenkel, eine schmale, feste Taille, einen kleinen, kirschroten Mund, sie schüttelte den Kopf mit einer solch absoluten Ruhe, daß die andern ohne ein Wort verstummten. Armanda hatte bemerkt, daß Herr Eladi schon anfing, sie auf jene eigenartige Weise anzuschauen. Miquela spritzte sie ab, und zuletzt, da alle fast danach vergingen, ins Wasser zu kommen, sagte Armanda, die sich nicht hatte ausziehen wollen, weil es ihr Angst machte, daß sie ihre vorzeitig gealterten Brüste sähen, sie würde sie abspritzen. Da der Schlauch lang war, begann sie, sie über den Vorplatz zu jagen, und während langer Zeit hörten sie nicht auf, umherzurennen und zu kreischen.

Es kam ein Lüftchen auf, und die Efeublätter wiegten sich auf und ab. Die Sonne brannte immer noch mit aller Kraft, und es war sehr heiß. Aus dem Schatten des Parks, weit weg, traten die Kinder hervor und blieben am Rand bei den Bäumen stehen, ein wenig überrascht. Dann begannen sie loszurennen. Als erster langte Ramon an, der Große, hinter ihm Maria, und mitsamt ihren Kleidern liefen sie unter den Wasserstrahl. Der Kleine, Jaume, welcher haltgemacht hatte, setzte sich auf den Boden, zog seine Schuhe und den Pullover aus und kam langsam näher, die Haut unter den Spritzern mit Schauern überlaufen, die Augen geschlossen und die Arme vor dem Gesicht, winselnd wie ein kleines Tier. Ramon gab ihm einen Stoß in den Rücken: »Schweig, Esel!« Kinder und Mädchen rannten umher und jagten sich, rot von der Sonne, ganz

närrisch von der Hitze. »Ein Glück, daß Fräulein Rosa ausgegangen ist«, dachte Armanda. Fräulein Rosa paßte auf die Kinder auf, sie war sehr streng, und wenn sie gesehen hätte, was sie taten, hätte sie der Schlag getroffen. »Es reicht jetzt!« rief Armanda ganz laut, damit man sie hörte. »Wenn der Kleine krank wird, bin ich's, mit der geschimpft wird!« Sie legte den Wasserschlauch auf den Boden, drehte den Hahn zu und trocknete ihre Hände an der Schürze ab. Maria, tropfnaß, war in ihrer Nähe stehengeblieben. Sie war nun schon acht Jahre alt. Als sie sie zu sich nahmen, hatte Frau Sofia erklärt, sie stamme von entfernten Verwandten von Onkel Terenci, die bei einem Unfall ums Leben gekommen seien. Und einmal, nach einiger Zeit, hatte, sie wußte nicht mehr welches, der Mädchen zu ihr gesagt: »Sie können ganz sicher sein, Armanda, daß sich hinter diesem Kind ein Rätsel verbirgt.« Sie gab ihr keine Antwort. Es war ihr gleich, daß die Mädchen hinter dem Rücken der jungen Herrschaften Spaß machten, aber sie erlaubte ihnen nicht, daß sie zu weit gingen. »Die Geheimnisse einer Familie«, dachte sie, »sind geheiligt!«
Als sie ungefähr drei Jahre alt sein mochte, kam Maria eines Nachmittags zur Vesperzeit in die Küche, und Armanda sagte, indem sie sich zu ihr niederkauerte: »Was willst du, meine Hübsche, ein Brötchen mit Schokolade oder mit Butter und Marmelade?« Maria dachte eine Weile nach, einen Finger neben der Nase. Hätte man sie in diesem Augenblick gestochen, nicht ein einziger Blutstropfen wäre herausgekommen: Maria hatte soeben genau die Gebärde gemacht, die Herr Eladi immer bei Tisch machte, wenn er nicht wußte, für welchen Nachtisch er sich entscheiden sollte. Und das Kind konnte nicht gesehen haben, wie er das machte, weil es nie mit seinen Eltern aß. Entsetzt dachte Armanda: »Es ist seine Tochter.«

XVII
DIE KINDER

Sie saßen zusammengekauert hinter dem Vorhang. Jaume fühlte Marias Haare auf seiner Wange und das Gewicht von Ramons Hand im Nacken. Ramon sagte von Zeit zu Zeit: »Macht keinen Lärm, sonst kommen sie.« Es sollte niemand kommen, alle drei wußten das, aber jedes Mal, wenn Ramon sagte: »Macht keinen Lärm, sonst kommen sie«, erschrak Jaume zutiefst. Versteckt hinter dem Vorhang warteten sie darauf, daß Fräulein Rosa nach oben ginge, um sich Talkumpuder auf den Bauchnabel zu streuen, und darauf, daß die Eltern fortgingen. Zuerst Papa, aufrecht, gutgekleidet, mit hochgezwirbelten Schnurrbartspitzen; einmal hatte Ramon gesagt, daß Papa mit einem Ding über dem Schnurrbart schliefe, aber Jaume hatte nicht verstanden, was es war ... Danach käme Mama vorbei. Die Welt hinter dem Vorhang war eine kleine und sichere Welt, ganz allein für sie drei. Der mit scharlachrotem Satin gefütterte Samt trennte sie mit seinen schweren Falten von der grünen, geheimnisvollen Welt des Gartens. Sie hörten sich atmen, ergriffen von einer Art Komplizenschaft, die es sonst nirgends gab. Der Drache aus dem Buch, mit roten Schuppen und Feuer in den Nasenlöchern, den Ramon und Maria verprügelten, würde ihn nie finden können, ihn, der so klein war. »Herr Jaume«, sagte die Großmutter Teresa zu ihm, »trinken Sie, trinken Sie, vom Wein wird man groß.« Miquela, die am Fenster saß und der Großmutter manchmal Gesellschaft leistete, strickte sich einen Schal, und er hielt das rosafarbene kleine Glas mit dem grünen Fuß. Hinter diesem Samtflügel waren Ramon und Maria anders: sie stießen ihn nicht fort, auch wenn er sie störte, noch zwickten sie ihn, damit er genug von ihnen bekäme und sie allein ließe. Der öde, winddurchwehte Garten draußen schien, durch die Scheiben gesehen, nicht der gleiche wie der, in den sie spielen gingen. Die Steinbänke, die Laube mit den Glyzinien, noch dürr vom großen Winterschlaf, die große Sandfläche des Vorplatzes, alles war weißer. Der Lorbeerbaum mit seinen Ästen, die der Wind zum Ächzen brachte, war dunkler: voller Arme, voller Stimmen, ein Schauer von Licht auf jedem Blatt. Aus dem Stamm kam, wenn er ihn mit einem kantigen Stein ritzte, langsam Saft heraus. Leise sagte er: »Die Blätter vom Lorbeerbaum schaun uns an.« Und Ramon zwickte ihn in den Nacken: »Fang nicht an, komisches Zeug zu erzählen.« Maria wandte den Kopf, schob den Vorhang ein wenig beiseite, um den Ast zu sehen, der vor den Scheiben hin- und herging. Jaume merkte, daß Marias Haare die Haut seiner Wange nicht mehr berührten, und fühlte sich sehr einsam. Jemand kam langsam die Treppe herunter: es war Papa. Er war dabei, gemächlich die Handschuhe überzustreifen, und zog die Finger zurecht. Wenn er mit dem Anziehn fertig sein würde, würde er rascher heruntergehen und mit dem Stock, den er bis jetzt über dem Arm getragen hatte, auf die letzten Stufen klopfen. »Was zieht Papa über seinen Schnurrbart?« – »Was soll er sich wohl überziehn, du Esel? Eine Schnurrbartbinde.« Jaume wollte fragen, was eine Schnurrbartbinde sei, aber Maria machte »pst« und trat ihn. Sie hörten die Stimme Papas, der fragte: »Wo sind die Kinder?« – »Sie spielen«, gab Fräulein Rosa ihm zur Antwort, die immer, wenn Papa die Treppe herunterkam, bemüht war hinaufzugehn. »An Wind- und Regentagen machen sie sich, sobald Sie sich vom Tisch erhoben haben, daran, durchs Haus zu streifen.« Papa schaute einen Augenblick nach oben, legte den Kopf zur Seite und ging hinaus. Ramon wußte, was er tun würde. Wenn er die Augen schloß, sah er ihn unter den Kastanienbäumen bis zum Türchen neben dem Gitter laufen ... er würde den Knauf fassen ... er würde ihn drehen ... Der Wind mochte ihm die Hosen an die Beine pressen, und er mußte seine Hutkrempe mit einer Hand festhalten, ein wenig nach vorne gebeugt. Sobald er die Pforte geschlossen haben würde, und das wußte jedermann, würde er an der Kette vom Maul des Löwen ziehn und eine Zeitlang still stehenbleiben und auf die Hausglocke lauschen, die ferne anschlug.

»Bald wird Mama vorbeikommen«, dachte Maria, »Mama mit dem Porzellangesicht und mit den feuchten Lippen, eine Duftspur hinterlassend ...« Maria ahmte sie nach, wenn sie allein war: sie trat vor den Spiegel ihres Toilettentisches, streckte die Zunge heraus, befeuchtete einen Finger mit Spucke und fuhr mit ihm über die Brauen. Danach kniff sie sich in Wangen und Ohrläppchen, damit sie rosig würden. Leise sagte Ramon zu ihr: »Heute nacht gehn wir aufs Dach hinaus und töten die Hexen, die der Wind dort hingetragen hat.« – »Wie sehn die aus?« fragte Jaume mit einer Stimme, die man kaum hörte. Ramon kniff ihn wieder in den Nacken: »Grün und dunkelviolett ... und reiten auf einem olivgrauen Besen!« Ramon sah nur Farben: Mama war rosafarben, Papa wie Milchkaffee, Maria weiß, Armanda erdfarben, die Großmutter rot ... Jaume kam hinter dem Vorhang hervor und machte zwei Purzelbäume: er machte immer welche, wenn er zufrieden war. »Schnell, versteck dich ... Mama kommt die Treppe herunter«, flüsterte ihm Ramon ins Ohr und packte ihn dabei am Arm; er war so dünn wie ein Schilfrohr, und Ramon dachte an den Ast, den er vor ein paar Tagen im wildesten Teil des Parks gefunden hatte; er endete in einer Gabel mit zwei leicht gekrümmten Spitzen, und er hatte ihn versteckt, weil er gedacht hatte, er könne ihm zu allerlei nützlich sein. Das Wasserbassin war tief und der Boden an den Rändern schräg. Es war ein finsterer und öder Winkel, und das Wasser, umgeben von abgestorbenen, efeubewachsenen Bäumchen und Efeu, der über den Boden kroch, war grün. In ihm sah man den langgezogenen Schatten der Bäume und die schwarzen Flecken der Blätter zwischen Sonnentupfern. Ramon schaute manchmal aufs Wasser, die Hände in den Hosentaschen, spuckte aus, damit es Kreise gäbe, und wenn er allein war, pißte er hinein. Das Wasser erzitterte, und die Kreise vergingen in der Ferne. Der Efeu bildete Traubenbüschel: schwarze Beerchen, dicht beisammen, die bitter schmeckten. Im Sommer, wenn der Wasserspiegel sank, war der Schlamm an den Rändern voll von Würmern und abgestorbenen Blättern. An einer Stelle, auf hohen Zweigen, gab es Turteltaubennester. An manchen Tagen kam der Wind herbei, mit Wolken befrachtet, die den Himmel fortdrückten und ihn zurückweichen ließen; aber der Himmel, starrköpfig, kehrte immer wieder an seinen Platz zurück: blau, mit Blättern gesprenkelt, mit Zweigen gestreift, ein jenseits der mit Glasscherben gekrönten Mauern verlorener Himmel. Der Himmel, den Jaume an vielen Nachmittagen sah, mit trüben Augen, von den Fenstern des Salons der Großmutter aus.

»Trinken Sie, Herr Jaume, vom Wein bekommt man Blut.« Die Großmutter ließ Jaume in ihren Salon; auch Maria. Aber Maria besuchte sie selten, weil sie sich vor den Händen der Großmutter ekelte. Von Ramon wollte die Großmutter nichts wissen, denn sobald er hereinkam, schlug er gegen die Federn in der Vase. »Immer, wenn er kommt, muß er mich ärgern.«

Eines Nachmittags, es war lange her, fanden sie einen alten, zerfetzten Schlafrock auf dem Abfallhaufen und rissen ihn ganz entzwei. Ramon und Maria packten Jaume und banden ihm einen Streifen Schlafrock um den Kopf und einen andern um die Hüfte. Sie pflückten Lilienblätter und steckten auf beiden Seiten der Stirn eines in den Stoffstreifen: »Das sind die Ohren vom Esel.« Danach taten sie ihm zwei hinten in die Taille: »Jetzt hast du auch einen Schwanz.« Sie ließen ihn auf und ab rennen, mit einem Bündel kleiner Zweige auf dem Rücken: »Hü, hü, hott, hott ...« Als er ihnen sagte, daß er müde sei, ließen sie ihn noch schneller laufen, und er war ein magerer Junge, und der Arzt ließ ihm Spritzen geben, damit die Pickel an seinem Hals und unter den Achseln heilten. Seine Brust war eingefallen, die Schulterknochen wie zwei Stecken, der Bauch vorgewölbt ... und sie ließen ihn rennen, und er bekam keine Luft mehr. Ramon und Maria banden ihn an einen Baum und sagten ihm, daß ihn niemand holen würde: »Und der Drache wird kommen und deine Hände fressen.« Sie gingen fort, wandten sich ab und zu um und drehten ihm eine lange Nase. Er hatte große Angst vor den Ameisen. Wenn sie merkten, daß er sich nicht bewegen konnte, und zu ihm kämen, hin und her rennend, als ob sie verrückt wären ... Wenn er nicht festgebunden war, nahm er sie eine nach der andern beim Ausgang ihrer Löcher und steckte sie in eine große Schachtel, bis sie vertrockneten und zu einem schwarzen Fladen wurden. Er sah, wie die Sonne verschwand, und versuchte verzweifelt, sich loszubinden; aber er schaffte es nicht. Er hatte vor allem Angst: vor den Vögeln, die in den Bäumen herumflogen, vor dem Stöhnen, das von wer weiß wo kam, vor dem hastigen Gerenne im Gras. Die Kälte strich über seine Wangen, und die Schatten kletterten stammaufwärts. Er hörte die Turteltauben, doch er sah sie nicht und begann zu weinen: »Das sind Hexenvögel, die hacken die Augen aus und fressen sie ...« Schließlich fand ihn Fräulein Rosa, die es müde war, ihn überall zu suchen, und nahm ihn an der Hand mit, ihn fast hinter sich herziehend: »Schweig, schweig, schweig ... du bist doch schon zu groß!« sagte sie dauernd zu ihm.

Als Ramon und Maria zum ersten Mal den Stamm der Platane hinaufkletterten, um von der Mauer aufs Feld springen zu können, fanden sie zwei Konservenbüchsen auf dem Abfallhaufen. Den ganzen Nachmittag hatten sie sie mit Fußtritten herumgekickt, und Jaume, drinnen eingesperrt, war verzweifelt. Als ihnen das Spiel auf dem Feld langweilig wurde, warfen sie die Konservenbüchsen über die Mauer. Jaume nahm sofort eine, mit einem halb abgelösten Papier, auf dem sehr schön gemalte grüne Erbsen waren, und versteckte sie unter einem Strauch. Am nächsten Tag versteckte er die andere dort: das waren seine. Er fing einen Tausendfüßler und tat ihn in die Erbsenbüchse. In die andere, kleinere, auf deren Papier zwei Tomaten gemalt waren, tat er einen orange-schwarzen Marienkäfer, der sich an seinen Fingern festklammerte und nicht hineinfallen wollte: »Kleiner, Feiner ...« sagte er zu ihm. Er deckte die Büchsen mit Steinen zu, und als er wieder nachschaute, war der Wurm weg. Der Marienkäfer saß in einer Ecke, die Flügel zusammengelegt. Ramon und Maria brauchten nicht lange, bis sie seine Büchsen gefunden hatten, und machten sich sogleich daran, noch mehr davon auf den Abfällen zu suchen. Sie brachten Grillen und Eidechsen zusammen; sie mischten Libellen mit Würmern und mit kleinen Käfern ... Ramon bedeckte die Büchsen mit einem Papier voller Löchlein, das er mit einer Schnur festband. Die Rücken der Käferchen schillerten bunt, wenn sie herumkrabbelten. Schließlich trugen sie die Büchsen in ihre Schlafzimmer. Jeder besaß zwei. Jaume, im Finstern und gut eingekuschelt, hörte unter dem Bett die Tierchen krabbeln und schlief glücklich ein. Bei Tagesanbruch stand Ramon auf, packte alle Büchsen in einen Tragekorb, den er im Waschhaus gefunden hatte, versteckte sie hinter den Steinbänken und ging schnell wieder ins Bett, bevor Fräulein Rosa sie weckte. Von Zeit zu Zeit deckte er die Büchsen auf und tauschte die Tierchen aus: die schönsten behielt er für sich. Die große Libelle gehörte Jaume; eines Morgens bemerkte er,

daß er sie nicht mehr hatte. Er schlug Ramon, der ihm eine gehörige Tracht Prügel verabreichte. Um das Maß voll zu machen, riß Maria von sämtlichen Büchsen das Papier ab und schüttete die Tierchen aus. In dieser Nacht, ohne die kleinen Geräusche in seiner Nähe, konnte Jaume nicht schlafen. Er würde der Großmutter erzählen, was sie ihm angetan hatten, und sie würde wie immer zu ihm sagen: »Herr Jaume, diesem bösen Ramon müssen wir einen Denkzettel verpassen.« Und die Großmutter würde Miquela herrufen: »Schau mal die Ohren dieses Jungen, findest du nicht, daß sie zu groß werden?« Und Miquela, mit dem Häkeltuch und dem Wollknäuel in der Hand, würde sagen: »Er hat ganz schmale . . .« Ihm gefiel das alles gar nicht; aber im Salon der Großmutter gab es zwei Dinge, die ihn in Verzückung versetzten: die große Vase auf dem Boden unten am Fenster, mit all den goldenen Federn voll blauer Augen am Ende. Die Großmutter wußte, daß sie ihm gefielen, und manchmal sagte sie zu ihm: »Herr Jaume, wenn Sie die Federn anfassen wollen, so können Sie's tun.« Und er ging langsam hin; er legte eine Hand auf jede Seite und fuhr mit ihr hinauf bis ganz nach oben zu den blauen Augen. Dann wandte er den Kopf, schaute die Großmutter an, und die Großmutter schlug mit dem Fächer auf die Armlehne des Sessels und sagte: »Sehr gut, Herr Jaume; jetzt können Sie gehen.« Das andere war der Elefant. Eines Tages erzählte ihm Großmutter Teresa, daß er Bernat hieße. Er hatte einen nach oben geschwungenen Rüssel und trug mitten auf der Stirn einen Stein wie aus rotem Wasser. Er war ziemlich groß. Was ihm am besten gefiel, waren die Ohren, die wie zwei Wedel aussahen. Manchmal, wenn er glaubte, Großmutter und Miquela sähen ihn nicht, stand er ganz still vor dem Elefanten und befühlte seine eigenen, um zu sehen, ob sie so groß waren wie die von Bernat.
Eines Tages entdeckte er unter einem Baum ein flaches, längliches Stückchen Holz und setzte es aufs Wasser. Er kauerte sich nieder, pustete, und das Stückchen Holz schwamm davon. Er konnte es sich wieder heranholen, indem er mit einem Ästchen leicht darauf schlug. Anschließend rannte er zum Waschhaus, nahm einen Hammer und die Schachtel mit den Nägeln und ging in die Küche. »Armanda, schlagen Sie mir einen Nagel ein . . .« Armanda war mit dem Putzen von

Langustinos beschäftigt; sie zeigte ihm einen, der noch zappelte. »Siehst du? Wenn ich ihn im Spülbecken lasse, wird er böse. Komm gleich noch mal wieder.« Er setzte sich auf den Boden. Armanda fragte ihn nach einer Weile, was er wolle. »Daß Sie mir ein Loch in das Holz machen, um ein Stöckchen hineinzustecken.« Armanda machte das Loch, achtete darauf, nicht das Holz zu durchbohren, spitzte einen Kienspan, steckte ihn in das Loch und band zuoberst ein Stückchen Stoff fest: »Na, sogar mit einem Fähnchen!« Jaume kehrte zum Wasser zurück und setzte das Holz darauf, das sich ein wenig auf die Seite legte; er blies es an, und es glitt schön dahin. An diesem Nachmittag machte Fräulein Rosa Aufnahmen von den Kindern, um sie dem Papa zum Geburtstag zu schenken. Jaume stand vor seinen Geschwistern und hielt das Schiffchen, als ob er es präsentierte.

Einen Tag, nachdem er den Ast mit dem gabelförmigen Ende gefunden hatte, zeigte Ramon ihn Maria; er spazierte eine Weile umher und hielt ihn in der Luft. Bald gesellte sich Jaume zu ihnen, der ihnen gefolgt war. Maria ging in die Küche, um ein Messer zu holen, und Ramon, mit dem Rücken gegen einen Baumstamm sitzend, fing an, die Spitzen zu schälen. Jaume ließ sein Schiffchen fahren; mit einemmal hatte er genug und schaute nach, was seine Geschwister machten. Maria stieß ihn zum Wasser und schrie: »Spiel allein und stör uns nicht.« Er stand da, mit vorgeschobenen Lippen, nahe daran zu weinen, und schaute zu, wie Ramon den Ast schälte. Er hatte seine Augen auf die Schneide des Messers gerichtet, auf die Stückchen grauer Rinde, die zu Boden fielen, auf das weiche, hellweiße Holz. Maria schrie noch einmal: »Hau ab!« Aber er war wie verzaubert und hörte sie kaum. Sein Schiffchen drehte sich ganz allein friedlich auf einem glänzend-finsteren Himmel. Plötzlich stand Ramon auf, setzte ihm die Gabel an den Hals und ließ ihn langsam zurückweichen. »Wirf ihn ins Wasser!« sagte Maria. Ramon stieß ihn weiter, und er war erschrocken; seine Hände waren verkrampft, der Hals steif zwischen den zwei Astspitzen. Am Wasser nahm Ramon die Gabel von seinem Hals und ging zurück, um sie zu Ende zu schälen. Jaume fuhr sich mit der Hand über die feuchte Haut, und ohne die Hand vom Hals zu nehmen, wandte er sich um: das Schiffchen hatte sich im Schlamm festgefahren.

Nach der Anweisung des Arztes sollte Jaume soviel wie möglich im Freien sein. Rechnen und Schreiben würde er später schon lernen. Immer wenn Fräulein Rosa die Großen unterrichtete, ging er in den Park. Er war gerne ganz allein dort. Immer fand er neue Dinge: eine Blume, die er noch nie gesehen hatte, eine tote Biene, einen glänzenden Weg am Stamm hinauf, der vom Schleim einer Schnecke herrührte. Eines Tages ging er noch weiter als bis zum verrosteten Käfig. Die Tür hing lose, nur noch von einem Scharnier gehalten: die anderen hatten Ramon und Maria abgerissen, fest, fest ziehend, vor langem schon, weil sie die Tür flach auf den Boden legen wollten. Nicht ein Lüftchen wehte. Aus einiger Entfernung sah er einen Baum, umflattert von kleinen Schmetterlingen, halb weiß, halb grünlich. Er blieb stehen, mit hängenden Ärmchen, und wandte den Kopf nach oben. Die Schmetterlinge jagten einander, flogen aus den Ästen ein und aus, als wären sie Blüten, die sich nicht ruhig halten können. Er kam ein bißchen näher und legte sich auf den Boden; mit angehaltenem Atem schaute er dem Kommen und Gehen der Schmetterlinge zu, alle gleich, alle von derselben Größe; ganz geschäftig um die Blätter herum, die sie zu fressen begonnen hatten, als sie Raupen waren. Manch einer flog davon, hinauf in den Himmel, kam wieder herunter und gesellte sich zu den andern, mitten unter sie, so daß er nicht herausfinden konnte, welcher allein davongeflogen war. Am nächsten Tag war alles anders. Ein paar waren noch da, aber die große Wolke war davongeflogen. Dinge wie diese bekam er selten zu sehen, aber bei gutem Wetter war der Park voller Überraschungen. An Regentagen, wenn ihn die Großen zu sehr plagten, besuchte er, da er sich langweilte und nicht wußte, was er machen sollte, die Großmutter. Er klopfte mit der flachen Hand an die Tür, und Miquela ging öffnen. Die Großmutter schaute ihn an, und wenn sie sah, daß er nicht wagte, hereinzukommen, sagte sie zu ihm: »Herein, herein, Herr Jaume, nur keine Umstände.« Dann rückte Miquela den Hocker zum Sessel der gnädigen Frau, und er kletterte allein hinauf. Seine Füße berührten den Boden nicht und waren schwer. Er trug ziemlich hohe Knöpfstiefel, damit seine Knöchel gestützt wurden. Ramon hatte ihm erklärt, er müsse diese Schuhe tragen, weil er schwache Knochen habe; trüge er sie nicht, würden seine Beine einknicken. Fräulein Rosa hatte ihm beigebracht, sie zuzumachen. Es fiel ihm schwer zu lernen, wie man die Knöpfe erwischt und durch das Knopfloch zieht, mit diesem Instrument, das mit einem Haken aufhörte; oft entschlüpfte ihm der Knopf, aber Fräulein Rosa sagte ihm: »Du bist schon alt genug und mußt deine Schuhe und die Kleider ganz allein anziehen.« Niedergekauert, die Nase über dem Stiefel, den Knöpfhaken in der Hand, füllten sich seine Augen mit Tränen, und während er sich abquälte, um jeden Knopf in das entsprechende Knopfloch hineinzubringen, kamen Ramon und Maria springend und rennend aus ihren Schlafzimmern zum Frühstück und suchten sich die schönsten Toastscheiben aus. Wenn er dann auf dem Hocker saß, schaute die Großmutter wortlos seine Ohren an. Er wuchs schlecht: schmächtig, mit großem Kopf. Er wartete, bis die Großmutter etwas zu ihm sagte, bis sie Miquela um das kleine Glas bat. »Würdest du so gut sein und Herrn Jaume das kleine Glas geben?« Miquela nahm es aus dem Schrank mit den Soldaten, die den Säbel aus Gold in der Hand hatten. Am Tag, an dem die Großmutter zu ihm sagte: »Herr Jaume, Ihr Großvater Salvador, der mein Mann war, reiste sehr viel und hat in Wien einen Satz Gläser gekauft. Das hier ist das letzte; alle andern sind nach und nach zerbrochen«, war er ganz erstaunt: er wußte, was eine Großmutter war, aber von einem Großvater hatte er noch nie sprechen hören. Von da an hielt er das Glas, ohne zu wagen, die Finger allzusehr zusammenzudrücken, aus Angst, es zu zerbrechen. Miquela füllte es ihm bis zur Hälfte, und die Großmutter trank, um ihn zum Lachen zu bringen, direkt aus der Flasche: »Herr Jaume«, sagte sie zu ihm, »trinken Sie nie so, Sie sind aus gutem Hause.« Er nahm ein wenig, verharrte still, ohne hinunterzuschlucken, den Mund voller Wein, der ihm in der Kehle brannte, und schaute auf die Knöpfe am Kleid der Großmutter. Wenn er zu große Lust zu lachen bekam, schluckte er den herben, duftenden Wein hinunter; er ruhte einen Augenblick und trank von neuem. Die Großmutter sagte ihm: »Schlürfen Sie, Herr Jaume, vor allem schlürfen müssen Sie ...« Eines Tages, als er sehr traurig war, stieg er vom Hocker, kam zur Großmutter und verkroch sich in ihre Röcke. Und die Großmutter merkte, daß er sehr traurig war, und strich

ihm einige Male mit der Hand übers Haar; danach ließ sie sie flach auf seinem Kopf ruhen, aber ohne daß sie auf ihm lastete, und sagte, sich ein wenig vorbeugend: »Großmutter hat dich sehr lieb.« Und er bekam Lust, ganz und gar in die Großmutter hineinzukriechen und Großmutter zu sein, groß und dick, und einem kleinen Jungen wie ihm, der an der Türe warten würde, sagen zu können: »Herein, herein, Herr Jaume ...«
Manchmal fragte ihn Miquela, ohne von ihrem Schal aufzublicken: »Was hast du dieser Tage draußen gesehen?« Im Augenblick wußte er nicht, was er antworten sollte, aber bald faßte er sich ein Herz und sagte: »Ich habe viele Blätter gesehen und einen verrückten Marienkäfer.« Und er sprach vom Drachen aus dem Buch, den Ramon und Maria, sowie sie umblätterten und das Tier herauskam, schlugen, weil er böse war und weil er, wenn sie ihn nicht ab und zu ein bißchen betäubten, zischend und die Nase voller Feuer aus dem Buch herauskommen und ihnen Schwanzhiebe gegen die Beine versetzen würde. Wenn er seinen Wein bereits ausgetrunken hatte und sie nichts zu ihm sagten, trat er ans Fenster, stieg auf das Kissen und drückte seine Nase an die Scheiben, um dem Regen zuzuschauen. Im Salon (die Großmutter hatte es ihm gesagt) gab es drei Dinge, die ihm gehörten: das kleine Glas, der Hocker und das Kissen vom Fenster. War die Scheibe beschlagen, kehrte er, da es verboten war, sie mit der Hand abzuwischen, zum Hocker zurück. Eines Tages ließ ihn die Großmutter sehr schnell zwei Gläser Wein trinken, und er erzählte ihr etwas, was er ihr eigentlich nicht erzählen wollte: daß da ein Baum war, der weiße Schmetterlinge hervorbrachte, die immerzu umherflogen und hinein- und herauskamen und sich zu zwei und zwei faßten und eine Weile tanzten und sich lachend jagten. Er sah sofort, daß sie ihm nicht glaubten. Die Großmutter ließ Miquela herzutreten: »Schaun Sie, sehn Sie? Vom Wein werden sie rot.« Miquela berührte sein eines Ohr: »Und ganz schön heiß.« – »Gießen Sie ihm noch ein Gläschen ein.« Sobald er es geleert hatte, hielt er es eine Weile hoch, weil es ihm sehr gefiel, es anzuschauen, aber Miquela nahm es ihm ab, ohne ihm etwas zu sagen. Er ließ die Beine baumeln, und in einem Augenblick, als sich die Großmutter halb umgedreht hatte, berührte er mit den Fingerspitzen ihren Rock: er war

weich. »Warum berühren Sie mich, Herr Jaume?« Er gab keine Antwort, weil er nicht wußte, was er sagen sollte; er sah die Großmutter als einen großen Berg mit dem Kopf zuoberst, der aus einem roten Loch redete und Dinge sagte, die ihn zum Lachen brachten, als ob sie ihn mit den Goldfedern aus der Vase kitzelte. Am Tag, als er erzählte, daß Ramon ihm die Libelle weggenommen habe, fragte ihn die Großmutter: »Und was hat die Libelle gesagt, Herr Jaume?« Er bekam eine solche Lust zu lachen, daß er eine Hand vor den Mund hielt, ganz fest, damit sie es nicht merkten. Als die Mädchen sich zum ersten Mal in der hellen Sonne abgespritzt hatten, ging er, als Armanda ihm trockene Kleider angezogen hatte, die Großmutter besuchen und erzählte ihr alles, was sie gemacht hatten, und daß Ramon und Maria ebenfalls gewollt hatten, daß Armanda sie begoß. Die Großmutter, die las, sah ihn über ihre Brille hinweg an: »Und zeigten sie ihre Scham?« Er dachte eine Weile nach und nickte mit dem Kopf. Und die Großmutter, mit der Hand voller Ringe, zog ihn an ihren Rock heran, und er nahm jenen guten Geruch nach Großmutter und nach Wein wahr, der aus dem Sessel kam: »Das, Herr Jaume, dürfen Sie niemandem sagen; den Mund halten und still sein!« Und als er schon unter der Tür war, hörte er, daß die Großmutter zu Miquela sagte: »Ich glaube, dieses Kind sieht Gespenster ...«

Im Herbst, wenn die Blätter feuerfarben wurden, spielten sie Begraben. Sie streckten sich unter den Bäumen auf den Boden aus, legten ein paar Handvoll Blätter auf sich und warteten darauf, daß noch mehr fielen. Wenn eins herabflog, riefen sie: »Komm!« Und Maria sagte, das Blatt falle immer auf den, der es am besten hatte rufen können. Sie atmeten voller Wonne den fauligen Geruch ein und rissen die Pilze von den Baumstämmen. Maria wußte schon, daß diese Welt der Schatten und der Zweige nicht ewig dauern würde. Papa und Mama sagten: »Wenn Maria einmal groß ist ... wenn Maria einmal heiratet ...« Sie hätte nicht gewollt, daß sich die Dinge änderten: das Puppenhaus, die Spieldose, der Efeu und die Blumen ... und Ramon. Sie fühlte auf eine unbestimmte Art, daß sie für immer nur das wollte und wollen würde; als ob das stehende Gewässer alle anderen Wünsche ertrinken ließe. Jaume schlief

ein, wenn nicht viele Blätter fielen. Dann kletterten die beiden Großen auf die Platane und von der Platane auf die Mauer und sprangen aufs Feld, heiter, voller Licht. Sie kamen zurück, sich an herunterhängenden Efeu anklammernd und die Fußspitzen in die Höhlungen zerbrochener Ziegelsteine setzend. Unter den Bäumen war alles dunkler. Das Moos und das Farnkraut mit den Knötchen auf der Unterseite der Blätter, die Wedel bildeten, waren von dunklem Grün. Auf dem Feld schlugen sie Zauneidechsen tot. Ramon hatte Jaume weisgemacht, er müsse sie töten, weil es Spione des Drachen seien: eines Tages, als er sie eine ganz kleine am Käfig töten sah, hörte er bis zur Schlafenszeit nicht mehr auf zu stöhnen. Ramon warf mit Steinen nach ihnen und traf sie fast immer. Hatte er sie betäubt, schnitt er ihnen mit einem Draht den Schwanz ab. Wenn Jaume aufwachte und allein war, litt er. Er wußte, was sie mit den Eidechsen machten. Er ging fort, um das Wasser zu betrachten; das Schiffchen, verlassen und ganz schräg, verfaulte.
An manchen Tagen ging er, statt im Park herumzulaufen oder die Großmutter zu besuchen, in das Zimmer von Maria: es roch nach verdunstetem Kölnischwasser, vermischt mit dem Geruch nach altem Karton vom Puppenhaus, das seinen Glanz ganz verloren hatte. Auf beiden Seiten der Tür waren Rosenstöcke aufgemalt, die an den Wänden hochkletterten. Die Fassade kippte nach vorn, wenn man einen kleinen Haken hob, der unter dem Dach verborgen war; drinnen sah man das Eßzimmer. Das Büfett war voller Regale mit aufgereihten Tassen, klein wie Fingerhüte. Auf dem Tisch stand eine Vase aus Messing; Maria hatte ein paar grüne Federn vom Osterkuchen hineingesteckt, denn als Papa das Haus kaufte, war nichts in der Vase. Im Schlafzimmer standen zwei Bettchen, im einen ein Junge, im andern ein Mädchen, unter Leintüchern mit gestickten Überschlägen. Einmal nahm Maria den Jungen aus dem Bett und legte ihn sofort wieder zurück, weil er keine Füße hatte. Nahe bei der Treppe, die in die Wohnung hinaufführte, standen die Eltern; die Meinung war, daß sie aus dem Theater zurückkehrten und daß sie nachschauten, ob die Kinder schliefen; sie standen da, mit dem Rücken zum Eingang, und ihre Kleider waren ein bißchen mottenzerfressen. Die Großmutter rief, als er ihr sagte, daß die Kleider der Puppeneltern

löchrig seien, aus: »Daran sind die Motten schuld. Das muß aber eine böse Motte sein, die einer Puppe Schaden zufügt. Was mich wundert, Herr Jaume, ist, daß sie nicht alles aufgefressen haben.« Jaume kniete mit gefalteten Händen vor dem Puppenhaus nieder. Man hatte ihm verboten, irgend etwas anzufassen, und während er sich nach vorn beugte, schnupperte er. Aber eines Tages konnte er sich nicht mehr beherrschen und drehte die Eltern um, um ihr Gesicht zu sehen. Der Mann trug einen Schnurrbart, aber es fehlte ihm ein Auge. Die Frau trug eine Halskette, die ihr bis zu den Knien reichte, und im Haar ein Brillantsternchen. Ihm war, als hörte er ein Geräusch, er schloß das Haus und ging weg. Am Abend sagte Fräulein Rosa zu ihm: »Warum hast du die Herrschaften umgedreht?« Er sagte, er hätte sie nicht angefaßt. Niemand hatte ihn gesehen. Und nie wieder mehr hatte er Lust, das Puppenhaus zu öffnen.
Wenn sich Ramon und Maria auf eine der Bänke unter den Glyzinien setzten, ging er gleich dorthin. Bei schönem Wetter hatten die Glyzinien offene Dolden, und er lauschte dem Gesumm der Bienen um die Blüten. Sobald sie ihn sahen, sagte Ramon zu Maria: »Da haben wir den lästigen Kerl.« Damit sie ihn nicht pufften, hielt er sich ein wenig abseits und schaute sie an. Dann schauten beide nach oben, als ob sie etwas sehen würden, und er auch; er konnte nicht anders, obwohl er wußte, daß Ramon mit der Zunge ein komisches Geräusch machen und sie lachen würden. Ein paar Spatzen flogen in den Lorbeerbaum und kamen rasch herausgeschwirrt.
Die Mädchen in der Küche sangen. Gegenüber von der Bank, auf der seine Geschwister saßen, befühlte Jaume sein Ohr. Ramon hatte ihn sehr fest daran gezogen, weil er erfahren hatte, daß er der Großmutter alles erzählt hatte, und die Großmutter hatte es Miquela weitererzählt, und Miquela hatte es Fräulein Rosa erzählt, und die war es sofort den Eltern sagen gegangen. »Aufs Dach?« Und Papa hatte gesagt, es würde gehörig was setzen: »Keinen Nachtisch und mit den Hühnern ins Bett.« Jaume saß in einer Ecke und war noch erschrockener als die andern. Danach war Papa ein bißchen auf und ab gegangen und hatte hinzugefügt: »Wenn ihr das wieder tut, werde ich euch jeden Abend am Balkongitter festbinden.« Jaumes Ohr war sehr heiß, und der Hintern juckte ihn. Von den

Glyziniendolden fielen Blüten herab. Und plötzlich, während er vor sich hinsah und einer Biene zuschaute, die Blütensaft saugte, kam Maria auf Zehenspitzen zu ihm heran und stach ihn. Vergnügt ließen ihn Ramon und Maria allein. Er setzte sich auf die Bank . . . Es war schön hier mit diesen Blüten, die um ihn herabrieselten . . . Die Sonne schien auf den Vorplatz, und die Mädchen hatten, obwohl es noch nicht sehr heiß war, schon vor zwei Tagen damit begonnen, sich abzuspritzen.

Er kauerte sich ein bißchen fester hinter dem Vorhang zusammen. Mama kam die Treppe herunter und knöpfte sich dabei die Handschuhe zu. Sie trug immer lange Handschuhe, und wenn sie sie zugeknöpft und schön straffgezogen hatte, ließ sie sie in ein paar wohldurchdachten Falten herabrutschen. Wie Papa ging sie, wenn sie die Handschuhe angezogen hatte, schneller herunter. Aber wenn jemand in der Eingangshalle war, wurde sie nie fertig. Alle drei waren ganz überrascht, weil sie, statt fortzugehen, ins Eßzimmer trat. Sie schoben den Vorhang ein wenig beiseite, um zu sehn, was sie machte: sie betrachtete sich in einem der Spiegelleuchter, die sich auf beiden Seiten des Kamins befanden. Die mit Goldrahmen umgebenen Spiegel verzerrten die Züge: als ob der, der sich in ihnen anschaute, Grimassen schneiden würde. Dem Spiegel gegenüberstehend, bemerkte Sofia, daß die Kinder sie belauschten. Und sie ging ganz langsam fort: als ob sie sie nicht gesehen hätte. Jaume gefielen die Knöpfe an Mamas Kleidern: die an den Blusen, aus Muschelperlmutter, die kugelrunden aus Glas – Mama beklagte sich, sie taugten nichts, weil sie aus dem Knopfloch schlüpften . . . die an den Mänteln, die manchmal golden, ein andermal silbern waren; so durchbrochen, daß sie aussahen wie aus steifer Spitze. Und die hörnernen, wie das Horn im Wohnzimmer, das eine Vase zum Blumeneinstellen war. Knöpfe, Spitzen, Federn . . . eine ganze weiche, durchduftete Welt. Maria wollte wie Mama werden, um mit Steinchen bestickte Kleider tragen zu können . . . Wenn Mama ausging, lief sie schnell, sich diese Kleider anzuziehen, während Papa, der spät aufstand, im verriegelten Bad sang. Mama öffnete die Eingangstür. Im Salon saß die Großmutter in ihrem roten Sessel und trank Wein, dick und mit traurigen Augen. Jedermann

dachte, sie wüßten nichts, und sie wußten alles. Und Miquela, wie eine erschreckte Taube, immer die Augen offen, immer die Füße sprungbereit, immer ihre Strümpfe hochziehend. Miquela, mit ihrem blitzenden Blick, allem aufmerksam lauschend, was im Salon der Großmutter gesagt wurde, mit ihren Übereiltheiten, mit ihrem peinlich sauberen Kleid und der gestärkten Latzschürze und dem mit Stecknadeln im Haar befestigten Häubchen. Maria hatte eine der Nadeln auf dem Boden gefunden: sie trug sie auf der Rückseite der Krawatte ihres Schottenkleides festgesteckt. Ab und zu fuhr sie sich mit einem Finger unter die Krawatte und strich über das Köpfchen der Nadel, um sich zu vergewissern, daß sie sie nicht verloren hatte. Miquela leistete der Großmutter Gesellschaft, dieser Frau, die so hübsch gewesen war, daß alle Männer ihr zu Füßen lagen. Sie schimpfte nie mit ihnen. Sie war nicht wie Fräulein Rosa, die böse wurde, wenn sie ihre Aufgaben nicht konnten.
Wenn sie zu Mittag gegessen hatte, ging Fräulein Rosa nach oben und verschloß ihre Tür mit dem Riegel, weil der Schlüssel verschwunden war. Um sie beobachten zu können, wenn sie sich Talkumpuder auf den Bauchnabel streute, der sich entzündete, weil er wie ein Loch war, hatte Ramon den Schlüssel in den Brunnen geworfen. Und im Brunnen lag auch ein silbernes Armband mit Glöckchen aus der Zeit, als Maria klein war. Jaume hatte es hineingeworfen, heimlich, eines Tages, als Maria zu ihm gesagt hatte, er sei eine eklige Eidechse.
Sobald Mama fort war, rannte Jaume hinter dem Vorhang hervor und schlug noch drei Purzelbäume. Nun waren sie allein und konnten spielen. Draußen war der Wind, und an windigen Tagen spielten sie Räuber. Maria war eine reiche Frau, die aus der Kirche kam. Jaume tat so, als sei er ein Bettler, und wenn die Frau stehenblieb, um ihm ein Almosen zu geben, nahm er ihr im Nu das Portemonnaie weg. Ramon spielte den Polizisten. Aber an diesem Tag hatte Jaume keine Lust, Räuber zu spielen: »Ich geh' lieber in den Garten.« Ramon gab ihm einen Stoß und stellte ihn an die Scheiben: »Siehst du denn nicht, was für ein Wind weht?« Der Wind pfiff; die Zweige des Lorbeerbaums streiften die Mauer; ab und zu flog wie ein Vogel ein Blatt vorbei. Jaume schaute Maria an; sie war sehr hübsch. Jeder sagte das. Eines Tages, als sie Fieber hatte und ihre Hände

glühten, hatte sie der Arzt, während er ihren Puls fühlte, angeschaut und sie, bevor er fortging, auf die Nase getupft: »Das hier ist ein ganz hübsches Mädchen ...« Und Mama hatte sich gerade aufgerichtet und hatte ihn so angeschaut, wie sie schauen konnte, wenn sie mit einem Mann sprach. »Finden Sie?« Ramon dachte an den Tag, an dem sie beide ins Wasser gefallen waren, einander an den Händen haltend, weil sie Rückwärtsgehen spielten, und beim Fallen hatte Ramon Maria noch fester gehalten, damit sie auch fiel. Das Wasser war kalt, und das Kleid war ihr hochgerutscht, und die Spitze vom Unterrock hatte sich an ihren Schenkel geklebt: Gitterchen und Wellen und Blumen. Zähflüssig umgab sie das Wasser, aufgewühlt, ohne Himmel und ohne Blätter, und sie waren verloren mitten in diesem Meer der Fische die springen und der Wale die langsam schwimmen den Rücken über dem Meer das keinen Grund hat die Wale die mit einem Schnauber ihrer Doppelnase spritzen denn es gibt Wale die viele Nasen haben und die mit der Harpune in der Fettwand schwimmen, die alles umgibt, was sie in sich haben ... Därme und Leber und Herz alles was in den Leuten drin ist aber groß denn der Wal ist der König des Meeres stärker als eine Fregatte mit all dem was er mit sich führt an zerbrochenen Masten und zerrissenen Segeln und verfaultem Holz mit allem, was in ihm arbeitet, und den Säften von so vielen das kommt und geht und dem Blut das kein richtiges Blut ist und das Herz schlagen läßt wenn du zu schnell rennst, dem roten Wasser das die Leber tränkt und einen Beutel wie der Klammerbeutel den sich die Mädchen um die Hüfte binden um die mit Seifenschaum gewaschenen Leintücher aufzuhängen ... Das Wasser um den Schenkel und die Spitze aus Gitterchen und Blumen und alles zart und sie mit Schlamm beschmutzt und noch immer hielt er ihre Hand, hab keine Angst und eine Spinne hing von einem Ast und streifte klebrig ihre Stirn und sie kreischten und kamen langsam unter den Bäumen hervor und gingen in die Küche und dann begann Armandas Geschrei: was soll all der Schlamm? und sie hob ihr den Rock hoch und wieder die Blumen, die Wellen, die glänzende, straffe und schmutzige Haut ...
Und Maria, während Ramon die Nase an die Scheibe drückte und ins Helle schaute, tat so, als ginge sie die Treppe hinunter und zöge dabei ihre Handschuhe an, und Armanda kam ins

Eßzimmer: »Spielst du schon wieder Theater?« Und Jaume sagte: »Wenn Mama erfährt, daß wir im Eßzimmer spielen, wird sie uns bestrafen.« Wie könnte Mama das je erfahren, wenn nicht er es ausplauderte? Und als Armanda fortging, sagte Jaume immer noch, er wolle nach draußen gehn und mit Holzstücken spielen, und damit er still wäre, versetzte ihm Ramon einen Schlag mit der Faust auf den Kopf, und um ihm Angst zu machen, sagte er zu ihm, er würde ihn dem Nachtwächter geben, damit er ihn zu den Ratten einsperre ... »Es sind keine Ratten da.« Der Verlobte von Marta, einem der Mädchen, das sie gehabt hatten, war ins Gefängnis gesperrt worden, und sie hatte ihnen erzählt, er sei von Ratten umgeben, die ihn beißen wollten. Aber Fräulein Rosa sagte, es gebe keine Ratten im Gefängnis. Maria trat zu Ramon und gab ihm die Stecknadel: »Stich ihn in den Hals!« Jaume konnte, wie sein Vater, kein Blut sehen. Ramon und Maria spielten manchmal Blutvergießen; sie stachen sich absichtlich in die Finger, und glänzend, rot und rund trat das Blut aus der Haut. Ohne etwas zu ihnen zu sagen, ging er zur Tür und schaute sie eine Weile mißtrauisch an, und auf einmal brach er in Tränen aus und schrie, sie wollten ihm weh tun. Fräulein Rosa erschien, wie aus dem Erdboden aufgetaucht: »Kaum zu glauben, armer Jaume!« Und er klammerte sich an ihren Rock und sagte, daß sie ihm an einem Nachmittag lebendige Ameisen in den Nacken geschüttet hätten, und Maria zog ihn an den Haaren, und Fräulein Rosa sagte wieder, es sei kaum zu glauben, sie werde mit dem Papa sprechen müssen, und Maria entgegnete ihr, das sei ihr egal, weil Papa nur das glauben werde, was sie ihm sagen würde. Da schrie Jaume, und die Augen traten ihm aus dem Kopf: »Du Findelkind!« Fräulein Rosa wurde schamrot und befahl ihm, dieses Wort nie wieder zu sagen: »Woher hast du das?« Und sie nahm Jaume auf den Arm, und er sagte leise zu ihr, Maria gehöre nicht zu ihnen, sie gehöre zu einer anderen Familie ... In diesem Augenblick kam Mama herein, die ein paar Muster vergessen hatte, und Maria stürzte auf sie los: »Mama! Mama!« Und Sofia fragte, was sie denn hätten, mit all diesen Aufregungen: »Sie sind nervös, gnädige Frau, das muß dieser Wind sein ...« Jaume war ruhig geworden: Die Prinzessinnen-Mama war da. Nun hatte er keine Angst mehr.

Er hörte sie auf dem Dach lachen. Der Balkon stand offen, und der Mond schien. Die Hitze hatte ihn aufgeweckt. Am Nachmittag hatten sie sehr schön gespielt: sie hatten aus Mamas Schrank Schuhe hervorgeholt und sie sich angezogen. Seine wechselten die Farbe: bald waren sie golden, bald violett. Maria hatte die mit den Brillanten angezogen. Die von Ramon waren Schnürstiefel, die ihm bis über die Knie reichten und deren Spitzen und Absätze aus Lackleder waren. Sie stöckelten eine Weile im Zimmer hin und her. Plötzlich merkte Jaume, daß er allein war. Er ging ins Spielzimmer, um sich den Kreisel anzuschauen. Er wurde an einer Kurbel aufgezogen, und während der Kreisel wie verrückt tanzte, drehte sich langsam die Kurbel. Der Kreisel hatte rote, gelbe und blaue Streifen; sobald er abgelaufen war, wackelte er hin und her, bis er sich zur Seite neigte und liegenblieb: er roch muffig. Als er ihn schön ruhig unter dem Sofa gehabt hatte, war er zur Großmutter gegangen, aber Fräulein Rosa, die aus dem Salon kam, hatte ihm gesagt, sie schlafe. Er wollte ihr erzählen, daß sie ihn gestochen hatten. Da er nicht wußte, was er machen sollte, hatte er sich ins Bett gelegt, ohne irgend jemandem was zu sagen. Es war nicht schön da. Er hatte eine Mücke im Mückennetz, und während er lauschte, wie sie herumflog, hörte er Lachen auf dem Dach. Er wollte aus dem Bett steigen, verwickelte sich aber in den Tüchern. Die Mücke war still, sie bereitete sich wohl darauf vor, ihn zu stechen. Es war kein Mondschein mehr zu sehen, und wie ein Peitschenhieb zuckte von oben nach unten ein Blitz über den Himmel. Schließlich gelang es ihm, das Mückennetz mit den Füßen zu heben, und er sprang auf den Boden. Als er den Gang erreichte, ließ ihn ein Donner den Kopf einziehn.

Im Finstern tappend stieg er die Treppe hinauf. Er war froh, daß er diesen Blitz hatte sehen können; er blieb stehen und hielt sich mit den Händen die Ohren zu, falls noch ein Donner käme, und dachte dabei: »Sie sind oben und lachen«, und er begann, die Treppe mit den Windungen hinaufzusteigen: die Stufen waren auf der einen Seite breit und auf der andern liefen sie fast in eine Spitze aus. Er hielt sich gut am Geländer fest, durch die Dachluken kam ein matter Schein und Nachtgeruch herein; die Tür, die aufs Dach hinausführte, stand offen, und er schaute nach unten. Er traute sich nicht, die kleine Eisentreppe hinabzusteigen. Der Mond, rund wie eine Orange, stand ruhig, von einem Meer schwarzer Wolken umgeben. Er sah die beiden Schatten und das Seil, das zwischen zwei Kaminen angebunden war; sie lagen auf dem Rücken, die Füße gegen das eiserne Dachgesims, das vom Garten aus so durchbrochen aussah wie ein Stück Spitze. Er bekam Lust, zu ihnen zu gehn, aber es gruselte ihn vor dieser kleinen Treppe, die ganz steil war und nur eine Stange als Geländer hatte. Er rief: »Was macht ihr?«, und sie antworteten nicht. Er ging den Weg zurück und dachte daran, daß er die Mücke wieder antreffen würde, wie sie im Mückennetz herumflog. Er trat auf den Balkon, und ein neuerlicher Blitz ließ ihn die Augen schließen. Ein großer Tropfen fiel auf seine Stirn, und er ging hinein; bald hörte er das Geräusch des Regens auf den Blättern der Lorbeerbaums. Am nächsten Tag sagten sie ihm, sie hätten die Nacht auf dem Dach verbracht, um zu sehen, wie es Tag würde. »Und jetzt geh und erzähl's!« Er ging unter die Bäume und hörte sie hinter sich her laufen. Ein feiner Regen fiel; von den Blättern lösten sich Wassertropfen, und das Gurren der Turteltauben begleitete ihn. Er dachte: »Sie haben gesehn, wie es Tag wurde auf dem Dach, aber ich habe Schmetterlinge gesehen und sie nicht.« Sobald er aufgewacht war, war er zur Großmutter gerannt, die beim Frühstück saß, um es ihr zu sagen. Die Großmutter hatte zu ihm gesagt: »Da muß ich mich aber wirklich wundern, Herr Jaume ... Dächer sind da, daß man darunter ist. Sie, Sie dürfen nie dorthin gehn.« Er hatte den Kopf geschüttelt, und dann hatte die Großmutter zu Miquela gesagt: »Zeigen Sie Herrn Jaume den Kardinal.« Miquela hatte ein Schränkchen geöffnet und einen Ast mit einem roten Vogel herausgenommen. »Den hebe ich für Sie auf, wenn Sie groß sind; es ist ein Vogel, der lebendig war und nun tot ist. Fassen Sie ihn an, fassen Sie ihn an, Herr Jaume.« Er hatte es nicht gewagt; Anschauen und Anfassen war zweierlei. Er fragte die Großmutter, ob Ramon und Maria ihn gesehen hätten. »Die haben ihn nicht gesehen und werden ihn nie zu sehn bekommen!« Er schaute sie mit seinen kleinen Augen von der Seite an und lachte. Als er an der Stelle mit den Turteltauben ankam, hob er den Kopf, aber wie immer hörte er nur ihr Gurren. Ramon und Maria mußten ihm auf Zehenspitzen folgen ... Er war zu Tode geängstigt, aber er wollte sich nicht umdrehn. Er ging langsam, die Hände an die Oberschenkel gepreßt, und wagte kaum zu atmen. Er hatte vergessen, der Großmutter zu sagen, daß sie mit Mamas Schuhen Schuhe-Anziehn gespielt hatten. Er würde es ihr sagen, bevor ihn Fräulein Rosa zu Bett brachte; und er würde ihr auch sagen, daß sie ihm unter den Bäumen gefolgt waren, um ihm weh zu tun. Ramon war an seine Seite gekommen, und ohne ihn anzuschauen, fragte er ihn: »Bist du schon hin und hast erzählt, daß wir heut' nacht auf dem Dach waren, alter Schwätzer? Du hast noch keine Zeit gehabt, was?« Und er versetzte ihm einen Schlag mit der Faust mitten auf die Brust, wie ein Schlag mit einem Stein. Jaume rannte los, zum Wasser hin, aber Ramon hatte längere Beine und fing ihn sofort ein. Er hatte die Gabel vom Boden aufgehoben und setzte sie ihm an den Hals. »Ruhig!« Er stieß gegen einen Baumstamm. »Laß mich, du tust mir weh!« Maria strich ihm mit einer Hand über die Wange, wie Mama, und sagte: »Du armer Schwächling ...« Ihre Hand war sanft, und ihre Augen glänzten wie die Sternchen, die von den Blättern fielen. Ramon schrie: »Jetzt!« Maria hielt die Stecknadel in den Fingern. Als er den Stich im Hals spürte, schaute er sie an, als ob er es nicht begreife, und brach mit offenem Mund in Tränen aus. Seine Hände waren verkrampft, er schaute sie beide an; er wollte die Gabel von seinem Hals entfernen, und Ramon stieß ihn. Er fiel zu Boden, und sie waren eine Weile ruhig. »Findelkind ...« Und mit einemmal erhellte sich der Wald. Eine kleine runde, orangefarbene Sonne hüpfte in den Bäumen und in den Blättern, die rot geworden waren. Er konnte noch daran denken, wie er vor einer Lampe seine Hände anschaute und man den Schatten der Knochen sah, umgeben von rosigem Fleisch. Die Gabel hatte ihn nah ans Wasser gebracht. Er lag im Wasser, rücklings, und die Blätter und die Zweige wurden allmählich kleiner, und alles sah aus, als wäre es weit weg. Er machte eine Anstrengung, sich zu bewegen, blieb aber, mit dem Gesicht halb auf dem Boden, liegen und spürte starke Schmerzen hinten am Kopf und eine große Kälte.

XVIII
EINE TURTELTAUBE AM FENSTER

Das erste, was Teresa Valldaura sah, als sie die Augen öffnete, war eine Turteltaube auf der Fensterbrüstung. Kleiner als eine Haustaube, das Gefieder in der Farbe von Milchkaffee und mit einem schwarzen Band auf der halben Höhe des Halses. So eine Unverschämte. Eine plötzliche Angst schnürte ihr die Brust zusammen: am Tag, an dem Valldaura gestorben war, hatte eine Turteltaube am Fenster gegurrt. Sie wußte, daß es eine Turteltaube war, weil Sofia sagte: »Schauen Sie, Mama, eine Turteltaube. Und dabei sind die doch so scheu ...« Sie hatte nie mehr daran gedacht. Die Turteltaube lachte, bevor sie zu ihrem Flug aufbrach. Teresa rieb sich die Augen, hielt eine Hand vor den Mund, um ein Gähnen zu unterdrücken, und berührte schließlich ihre Knie: aus Holz. Wenn sie kurz vor dem Aufbruch zu der großen Reise stehen würde, würde sie gerne alles verbrennen: daß alles, was sie liebgehabt hatte, Möbel, Bäume, Haus, den Flammentod stürbe. Geläutert. Weg mit den Erinnerungen! Und sie mittendrin, vermengt mit den Auberginen und dem Kaninchen vom Stilleben. Es schien ihr, die Farben seien dunkler geworden ... oder wurden ihre Augen schlechter?

Mit einem Ruck ging die Tür auf, und Sofia, ohne den Knauf loszulassen, fragte, ob sie Jaume gesehen habe. Sie mußte eine Weile nachdenken: »Heute morgen, glaube ich ... ich weiß nicht, was er mir gesagt hat von irgendwelchen Schmetterlingen und Würmern mit Laternchen ... Würdest du mir sagen, was aus Miquela geworden ist?« Sofia hatte die Tür geschlossen, ohne ihr zu antworten.

Vor den Scheiben, an der gleichen Stelle, wo die Turteltaube gelacht hatte, bevor sie zu ihrem Flug aufgebrochen war, sah sie Marias Gesicht, weiß und traurig wie eine Erscheinung. Diese tiefen Augen mit den unbeweglichen Pupillen in ihrem See von dunklem Wasser ... Sie beugte den Körper vor, um sie zu rufen, aber Maria verschwand langsam, rückwärts. Und die Angst kehrte wieder: dazusitzen, sich nicht rühren zu können, das noch immer sich regende Herz zum Schweigen bringen zu müssen. Sie bekam Durst, aber sie war zu weit vom Tisch entfernt und erreichte die Klingel nicht. Sie machte eine heftige Bewegung, und der Sessel rückte ein Stückchen nach vorn, aber ein Bein knackte, und sie hatte Angst, es würde brechen. Ihre Unruhe wuchs immer mehr. Warum wollte sie auch nicht in den Rollstuhl gesetzt werden? Da könnte sie jetzt hin, wohin sie wollte: zum Tisch, zum Fenster, zur Tür und sie mit einem Stoß aufmachen. Armanda war ausgegangen, um ihr Süßigkeiten zu kaufen. Was machte Miquela? Sie hörte in der Eingangshalle jemanden reden, wagte aber nicht, zu rufen, und es schien ihr, die Turteltaube lachte in den Zweigen, die bräunliche, mit dem schmalen schwarzen Streifen um den Hals, ganz feine, ganz zarte ... Sie verspürte den Wunsch, dorthinaus zu fliehen, sich in wer weiß welche Gefahr zu begeben und ihr die Stirn bieten zu können. Als wäre Marias Gesicht vor den Scheiben das Gesicht der toten Maria gewesen und gekommen, um sie zu holen, damit sie ihr folge ins Land der Schatten. Sie bekam keine Luft. Sie öffnete zwei- oder dreimal mit zurückgelegtem Kopf den Mund. Sie durfte an nichts denken. Nichts denken war ihre Rettung gewesen; oder dummes Zeug denken. Und sie nahm sich zusammen. Welch perlfarbener Himmel zum Abschluß des Nachmittags ... Sie erinnerte sich an die Perle auf der Seide der Krawatte ihres Geliebten, die die Perle der Krawatte ihres Mannes gewesen war, und an die weißen Blüten des Kirschbaums, der am Balkon der Villa blühte, wo sie und Amadeu sich trafen, um sich wild zu lieben, als ginge die Welt in herrlichen Nachmittagen von roten Sonnenuntergängen und schwarzen Wolken unter. Warum mußten sie sich so sehr lieben, und warum hatte einer dem andern verlorengehn müssen, und warum hatten die Jahre vergehen müssen und hatte das ganze die Farbe falschen Lebens angenommen, daß nicht sie es war, die es gelebt hatte? Es gab mehr weiße Blüten in ihrer Jugend. Eine Vase mit weißem Flieder. Wo? Mein Gott, sagt mir doch, wo es eine Vase mit weißem Flieder gab! Gibt es denn weißen Flieder? Oder waren das Blüten, die sich ihr Gedächtnis ausgedacht hatte, um sie zu quälen? Sie würde Armanda danach fragen, sobald sie hereinkäme. »Gibt es weißen Flieder, oder ist das etwas, das ich geträumt habe?«

Armanda würde sie ganz ruhig anschaun und ihr antworten, daß es ja weißen Flieder gab oder keinen. Und wenn es welchen gab, würde sie zu ihr sagen: »Um Gottes willen, Frau Teresa, wissen Sie nicht, daß es am Gitter welchen gibt, mit dem lilafarbenen zusammen?« Und wie sie an die Antwort dachte, die ihr Armanda geben würde, fiel ihr ein, ja, es gab weißen Flieder und daß sie, wenn aller blühte, begleitet von einem Mädchen welchen pflücken ging und sie einen Korb mit Zweigen und mit Duft füllten. Zum Verlieben.
Ohne daß sie sie gehört hatte, fand sie Fräulein Rosa neben sich stehen, mit tief in dramatischen Augenhöhlen liegenden Augen. »Ach, bitte, Frau Valldaura, wissen Sie die Adresse von Doktor Falguera? Die Kinder müssen das Adreßbuch versteckt haben, und niemand weiß mehr, wo er wohnt.«

Armanda und Miquela setzten Frau Valldaura in den Rollstuhl und schoben sie bis in die Bibliothek, wo Jaume, zwischen Kerzenflammen, zu schlafen schien. Neben ihrem toten Enkel wußte sie nicht, was sie tun sollte, als ob das alles nicht wahr sei und die kleinste Gebärde etwas wiederaufleben lassen müsse, was man besser nicht wisse. Sie bat, man möge sie etwas näherschieben, und legte eine Hand auf die kalte, gewölbte Stirn des Kindes. Nun würde sie ihn nie mehr mit jenen großen Schuhen und dem erschrockenen Gesichtchen in den Salon hereinkommen sehn: »Trinken Sie, trinken Sie, Herr Jaume ...« Sie unterdrückte ein Schluchzen. In den Fingerspitzen spürte sie die Eiseskälte des Todes. Ihre Hand rutschte weg, Armanda nahm sie und legte sie ihr in den Schoß. »Darf ich ihn nicht mehr berühren? Er ist mein Enkel ...« Miquela begann zu beten. Frau Valldaura bat Armanda, sie möge ihr eine Feder aus der Vase bringen: »die größte«. Armanda gab sie ihr, und sie schaute sie, bevor sie sie ihr wiedergab, eine Weile an: schillernd, am Ende ein Auge von geheimnisvollem, kräftigem Blau. »Da, Herr Jaume, zeigen Sie sie den Engeln ...« Armanda legte die Feder in den Sarg, ganz nah an den Körper des toten Kindes. Sie schlug ein Kreuz über seine Stirn. »Das Wasser hat ihn getötet ... aber, Frau Valldaura, Gott möge mir meine Verdächtigungen vergeben ... Vielleicht sollte ich schweigen ... der Arme, er war ein wehrloses Geschöpf.« Sie zog das weiße Seidentuch nach unten, das Jaumes Hals bedeckte, und Teresa konnte ein dunkles Mal sehen, das die Haut zerschnitt, ein dunkelviolettes Band, wie das schwarze Band der Turteltaube. »Als ihn der Arzt untersucht hat, war das Mal noch nicht hervorgekommen.« Armanda folgte prüfend mit einem Finger der dunklen Linie: »Wasser macht so etwas nicht, Frau Teresa.«

ZWEITER TEIL

Leave, O leave me to my sorrows!
Blake

I
DER NOTAR RIERA

Beim Eingang, bevor er den Schirm aufmachte, fuhr er mit einem Finger über die Perle seiner Krawatte: er hatte sie schon lange nicht mehr angesteckt, aber an diesem Tag hätte er sie nicht weglassen können ... Der Marmor der Schwelle war mit Schlamm beschmutzt: wenn dort Fußspuren zu sehen waren, sah das ganze Haus, er wußte nicht warum, ärmlicher aus. Er atmete einige Male tief durch, zog den Bauch ein, wenn er die Luft einatmete, und streckte ihn langsam vor, wenn er sie ausstieß. Sauerstoff. Mit offenem Schirm trat er auf die Straße hinaus. In der Nacht hatte es stark geregnet, aber seit Mittag nieselte es nur noch, und ein scharfer Windzug strich über seine Wangen und das traurige Doppelkinn. Er lief, fast ohne die Füße zu heben, um sich nicht den Saum seiner neuen Hose zu bespritzen. Ab und zu löste sich ein Tropfen von einem Balkon, fiel auf seinen Regenschirm, platsch!, dessen Griff mit einer vollkommenen Krümmung endete und an der Spitze mit einer Eichel aus Gold besetzt war, die manchmal absprang. Da er nicht wußte, wer sie ihm festmachen konnte, und er sich zu fragen schämte, berührte er die Eichel, wenn er sich den Regenschirm über den Arm hängte, um sich zu vergewissern, daß sie nicht abgefallen war. Der Sauerstoff frischt das Blut auf, geschmacklos, geruchlos. Die Zellen erneuern sich mit den Jahren nur mühsam ... alles, Stückchen für Stückchen, wird zu Lebzeiten zerstört ... platsch! der Tropfen. Er erinnerte sich, daß seine verstorbene Frau, Constància, als sie jung waren und abends ausgingen, sagte, daß die Lichter an Regentagen auf dem Boden mit mehr Farben lebten als oben in den Straßenlampen. Die Arme ... Er war sicher, daß sie nie im Leben geahnt hatte, daß er und Teresa ... Die Zweige des Kirschbaums blühen noch immer, Teresa Goday de Valldaura. Am Tag, an dem er sie kennenlernte, schien ihm, eine frische Woge sei nun in sein Leben gekommen. Sie war einen Augenblick lang, ihren Rock haltend, an der Tür zum Büro stehengeblieben, ganz rosa und weiß, mit üppiger Büste, einen breitrandigen Hut auf ihrem

Haarturm. Duftend. Reizender, als sich beschreiben läßt. »Ich bin Teresa Valldaura; ich weiß nicht, ob Sie sich an mich erinnern, damals, als mein Mann die Villa kaufte.« Der Notar Riera schüttelte den Kopf, ohne daß er aufhörte, sie fasziniert anzuschaun. »Sie sehen natürlich so viele Leute ... Ich jedoch erinnere mich an Sie und hätte sie unter Tausenden erkannt. Einmal gingen mein Mann und ich mit Freunden in ›La Traviata‹, und im Zwischenakt sagte meine Freundin zu mir: Schau, der Notar Riera, und immer, immer ... Sie waren in Begleitung einer sehr schönen Dame; Marina, sagte mir Eulàlia, heiße sie ... immer, immer ... denn Sie hatten ... nein, natürlich. Ich habe Sie nicht kennengelernt, als die Villa gekauft worden war, sondern an jenem Abend im Liceu ... einige Zeit danach ...« Sie schwieg und warf einen zerstreuten Blick auf die Papierstöße, die auf dem Tisch lagen, und auf das Väschen mit der halberblühten roten Rose. Seit ein paar Tagen war Constància erkältet, und in der ganzen Wohnung hatte sich der Geruch von Holunderblüten verbreitet, und der Notar Riera bemerkte es plötzlich, und es war ihm sehr unangenehm, daß ausgerechnet an diesem Nachmittag ... »Und einige Zeit nach dem Abend im Liceu, als wir aus einer Ausstellung kamen, stellte mein Mann uns einander vor«, Teresa zeigte mit einem Finger nach vorn, »Sie waren in Begleitung Ihrer Gattin, ja, ja ..., die ein graublaues Kleid trug und Ohrringe aus Brillanten und Aquamarinen. Daran müßten Sie sich doch erinnern. Nein? Ich weiß es noch wie heute, denn Sie hatten, Verzeihung, haben einen so romantischen Kopf ... Niemand würde meinen, daß ... Oh! ich will damit nicht sagen, ein Notar könne die Haare nicht ... nun ja, Sie verstehn mich schon, und wenn Sie sich schon nicht an mich erinnern, dürften Sie wissen, wer ich bin.« Der Notar Riera sagte zu ihr, ob sie so freundlich sein und sich setzen wolle, und er setzte sich ebenfalls, denn wenn er auch, um Eindruck zu machen, die Gewohnheit hatte, seine Klienten sitzend zu empfangen und so zu tun, als lese er, hatte er sich beim Anblick Teresas halb unbewußt erhoben und war zu ihr herangetreten, um sie zu begrüßen.

Teresa hatte ein Tüchlein aus ihrem Portemonnaie genommen, nachdem sie eine Weile darin herumgesucht hatte, und saß mit dem Tüchlein in der Hand da, so als wisse sie nicht, woher es gekommen sei, noch was sie damit anfangen solle, und schaute dabei diesen Herrn Notar mit runden Augen und halboffenem Mund an, darauf wartend, daß er, der Herr Notar, errate, warum sie ihn aufgesucht habe. Schließlich murmelte sie: »Oh, wie ich mich schäme!« Sie begann, von einem Besitz zu sprechen, den ihr Mann verkaufen wolle, ohne große Lust dazu zu haben, nur weil einer seiner Freunde darauf dringe, ihn zu kaufen. »Und ich komme, um Sie zu bitten, weil ich sicher bin, daß mein Mann Sie aufsuchen wird, damit Sie ihn über den Preis orientieren, den er dafür verlangen soll ...« Sie wußte, daß er nicht nur der Notar ihres Mannes war, sondern auch sein engster Berater. »Ich meine also, daß Sie ihm, wenn er kommt, um Sie zu konsultieren, vom Verkauf abraten. Es wäre ein Riesenunsinn, wenn er das Landgut abstoßen würde. Mein Mann ist ein eher schwacher Mensch ...« Sie schlug die Augen nieder und fuhr sich mit dem Tüchlein über die Lippen. Lebhaft hob sie den Kopf: »Der Herr, der sich für das Landgut interessiert, ist ein guter Freund, nämlich eben der Schwager der Freundin, die im Liceu zu mir gesagt hat: Schau, der Notar Riera. Sie kennen ihn vielleicht ... Joaquim Bergadà.« Der Notar Riera lächelte wohlwollend: »Ich kenne nur diesen einen.« Teresa seufzte, beugte sich ein wenig nach vorn und fuhr mit einem Finger über die Tischkante. Sie zog ihn zurück und fuhr dann von neuem darüber. »Ich kann weder bitten noch befehlen, zuletzt gebe ich immer nach und mache all das, was mein Mann für richtig hält. Aber ... Wenn ich es wagte, zu ihm zu sagen ›verkauf das Gut nicht‹, würde er nicht auf mich hören. Und es wäre mir so unangenehm ...« Sie sah dem Notar Riera in die Augen. »Ich brauche einen mächtigen Verbündeten, und ich habe gedacht, dieser Verbündete könnten Sie sein.« Und sie fragte, als ob sie sich nicht traute: »Wäre es sehr schwierig für Sie, mir zu helfen?«

Das Büro füllte sich mit Schweigen. Teresa Valldaura verwahrte das Tüchlein in ihrem Portemonnaie aus besticktem Stoff und mit Silbergriff und blieb nachdenklich wartend sitzen. Am anderen Ende der Wohnung hörte man eine Tür schlagen. Der Notar Riera fuhr sich ein paarmal mit der Hand über die Haare, und bevor er sich erhob, sagte er, während er einige Papiere zurückschob: »Ich kann Ihnen nichts versprechen.«

Er begleitete sie bis zur Tür. Auf dem Treppenabsatz raffte Teresa ihren Rock, und bevor sie die erste Stufe hinunterging, wandte sie den Kopf und lächelte mit einem engelsgleichen Lächeln. »Er hat mir weder beim Eintreten noch beim Fortgehn die Hand geküßt. So ein Dummkopf!« dachte sie, während sie die Treppe hinunterging.

Und Salvador Valldaura verkaufte Quim den Bauernhof von Vilafranca nicht, weil der Notar Riera, ein gescheiter und vollkommen redlicher Mann, ihm riet, er solle es sich überlegen, das Landgut würde jeden Tag mehr wert und das Geschäft solle lieber er machen und nicht ein anderer. Und dieser berühmte Herr Notar und diese Frau wie Milch und Seide ... nun ja ... jemand hatte erraten, daß sie sich über Jahre hinweg getroffen hatten, um vorzutäuschen, sie liebten sich, oder um sich wirklich zu lieben, denn solche Dinge weiß Gott allein ... Er ging über die Straße und blieb bei der Straßenbahnhaltestelle stehen. Den Wagen hatte er nicht gewollt. Dieser Besuch würde sein Geheimnis sein ... Sie waren alt. Die Jahre hatten ihnen jenes vergängliche Etwas genommen, welches bewirkt, daß ein Mann und eine Frau sich in einen Reiz verlieben, den es nicht gibt. Er konnte nicht sagen, daß sie gestritten hätten. Sie würden immer, auch wenn Jahre vergingen, ohne daß sie sich sähen, Freunde bleiben ... Der Beweis. Teresa hatte ihm geschrieben und ihn gebeten, er möge doch kommen: sie müsse mit ihm sprechen. Und er ging hin. Und hatte die Perle angesteckt. Es regnete fein und gleichmäßig. Teilnahmslos wanderten seine Augen über das Schild einer Bar, das Reklameschild einer Apotheke ... die leuchtenden Steine, die lackschwarzen Wagen ... Die Regentropfen, die überall hingen, spielten Fall-ich-oder-fall-ich-nicht. Alles glänzte in einem zarten Grau; mit einer Traurigkeit, die durch den sauberen Geruch der Luft gemildert wurde und durch eine Wolkenlücke, die allmählich größer wurde. Die Spatzen saßen still oben auf den Zweigen ... er legte ihnen immer Brotkrumen auf das Geländer der Galerie. Die Jahre hatten ihn allmählich den kleinen Dingen zugeneigt, und an Tagen der Lustlosigkeit kam er sich vor wie jene englischen Damen, die, glücklich in der Gesellschaft einer Katze oder mit einer Tasse Tee neben sich, den Zeitungen schreiben, um mitzuteilen, daß sich in ihrem

Garten die erste Lilie geöffnet oder daß der erste Vogel auf dem Dachsims gesungen hat. Er hatte von einem anderen Leben geträumt, ganz anders als das, das er dann gelebt hatte, ganz verschieden vom Leben seines Vaters, ein eher durch seinen Willen als durch bestimmte Umstände vorgezeichnetes Leben, immer mit dem Gedanken, er werde schon noch Zeit haben, um es zu korrigieren, im Grunde aber ohne große Lust, irgend etwas zu ändern. Er hatte so viel Elend gesehen, so viele schlechte Menschen und so viel von allem, daß es sein größtes Vergnügen war, den Spatzen Brotkrumen hinzuwerfen, die nicht nur davonflogen, wenn sie ihn sahen, sondern ihm auch noch das Geländer beschmutzten. Ein Mensch ist etwas Rätselhaftes; eine Maschine, von der man nie ganz weiß, wie sie beschaffen ist. Denn die Ärzte und die Wissenschaftler sagen, es ist dies und es ist das, und immer ist es mehr, als sie sagen; die gleichen Körpersäfte, die gleichen verschlungenen Wege im Innern, aber jeder Mensch, mit seiner Seele, wie ... Und je mehr er versuchte, es zu begreifen, desto mehr schien ihm, er wisse nichts ... Der Beginn der Einsamkeit, dachte er, ist die ganz besondere Eigenart eines jeden einzelnen, seine Maschine zu gebrauchen. Ja, alle Menschen sind auf wer weiß welche Arten gleich. Jahrelang hatte er mit Teresa geschlafen: eine unendliche Wiederholung der gleichen Gebärde und der gleichen Worte. Wie der Kohlenträger, wie der Tabakverkäufer, wie der Präsident des Ministerrates. Die gleiche Gebärde, aber jeder mit einem von den anderen verschiedenen Akzent. War Teresa sein Lebensquell gewesen? Vielleicht war sie nur ein Vorwand gewesen, um sich in dieser Welt, die ihn nach und nach zerstörte, bis zum Überdruß zu wiederholen, in der dieser feine, sanfte Regen fiel, der leise auf den Bezug seines Schirms, dieses Schirms eines alten Notars trommelte. Er war Teresas nicht müde geworden; der Beweis, daß er mit bewegtem Herzen zu ihr ging und daß er um nichts in der Welt es unterlassen hätte hinzugehn.

Seiner selbst war er müde geworden, einer seiner automatischen Angewohnheiten. Als ob er mit einem Mal gepackt und in den Sessel hinter seinen Tisch gesetzt und gezwungen würde, mit der flachen Hand aufs Holz zu trommeln, ein-, zwei-, drei-, viermal, hundertmal, zweihundertmal ... Halt! würde er schreien, und wenn mit der flachen Hand auf den Tisch trommeln die höchste Lust der Welt wäre. Und plötzlich, in dem Augenblick, als die Straßenbahn vor ihm hielt, ging etwas in ihm auf und füllte seinen Mund mit einer nutzlosen Süße von einstigen Küssen und zarten Lippen. Er klappte den Schirm zu und stieg ein. Mit seinen Augen, die vom Testamente- und Verträgeaufsetzen müde waren, sah er die Häuser vorüberziehn, die Schaufenster, die Straßenlampen, alles halb verwischt vom hinunterrinnenden Wasser. Ein wenig leer, ein wenig träumerisch ließ er sich unter teilnahmslosen Menschen dahintragen, schwindelig vom starken Lackgeruch, er, der einen romantischen Kopf und eine feurige Jugend gehabt hatte.

Bevor er dem Zimmermädchen seinen Schirm reichte, nahm er unauffällig die goldene Eichel und steckte sie in seine Tasche. Er warf einen flüchtigen Blick auf die Eingangshalle, die er so oft gesehen hatte, auf die schmalen, hohen Farbfenster, auf die große, mit Früchten aus Alabaster angefüllte Steinschale. Die Zeit hatte dieses herrschaftliche Haus übergangen, das von hundertjährigen Bäumen umstanden, mit Schornsteinen gekrönt war, mit seinen Giebeln und Türmchen, gastfreundlich wie Teresa . . . Teresa da, im Gegenlicht sitzend, umgeben von einem Nimbus grauen Schimmers, unbeweglich, als lausche sie dem Regen. Sie waren da, einer vor dem andern, ohne Vorwurf, mit einer Art erwürgter Freude. O mein Gott, so viel Leiden, warum? Da war das Leben, von Falten zerfurcht, mit leicht zitternden Händen, noch immer voller Brillanten, die Augen erfüllt von Verstand und Erwartung. »Setz dich.« Halb waren sie Fremde und halb Bekannte, mit den Worten der Liebe jenseits der Zeit wie die Einschläge von Gewehrfeuer in eine müde Mauer. »Setz dich.« Teresas Stimme hatte sich nicht verändert. Der Notar Riera nahm ihre Hand in seine Hände. »Nein. So viel Wasser, so viel, unter den Brücken . . . Ich habe dich gebeten zu kommen, weil ich mein Testament machen will.« Jemand schlug gegen die Tür, die halb aufgeblieben war. Der Notar Riera hob den Kopf. »Es ist nichts. Die Gesellschafterin hat die schlechte Angewohnheit zu horchen. Das kennt man ja.« Teresa drückte auf die Klingel und ließ Wein und Gebäck servieren. Und sie aßen und tranken. »Noch mehr?« –

»Wird dir das nicht schaden?« Teresa verbarg die Flasche nicht unter dem Schal wie zu Lebzeiten des kleinen Jaume. »Schaden? Siehst du nicht, daß es Zucker und Sonnenglut ist?« Sie ließ sich den Wein in einer kleinen Karaffe aus Kristall und Silber servieren. Aus Kristall und Silber wie jenes Väschen mit der roten Rose, das der Notar Riera immer auf seinem Bürotisch stehen hatte. Sie trafen sich in allen Kirchen zur Frühmesse, außer in Santa Maria del Mar. »Du glaubst wohl, ich bete nicht? Ich bete aber«, sagte er zu ihr, während er ihr Weihwasser reichte. Eines Morgens, als Teresa sich verspätet hatte, verbarg er sich halb hinter einem Beichtstuhl, denn ihm schien, eine alte Frau schaue ihn verwundert an. Flink trat Teresa ein. Ganz in Grau. Er sah, wie sie zum Weihwasserbekken ging, und statt die Finger einzutauchen, fuhr sie immerzu den Rand entlang. Was sie wohl dachte?

»Ich habe dich gebeten zu kommen, weil ich mein Testament machen will. Ich will, daß die Kleine, Maria, dieses Haus bekommt. Wenn nicht ich daran denke, wird niemand daran denken. Maria«, fuhr Teresa fort, »liebt mich nicht. Ich schon. Man braucht nur zu sehen, mit welch tiefer Angst sie meine Hände anschaut. Das ist mir gleich.« Der Notar Riera erinnerte Teresa daran, daß sie einen Sohn hatte; daß sie, wie Eladi, eine Jugendsünde begangen hatte. »Du könntest ihm das Geld aus den Häusern Roviras hinterlassen.« – »Das Geld ist mir immer zwischen den Händen zerronnen.« – »Du mußt bedenken, daß dein Sohn dein Blut ist.« Und Teresa, so ganz das Mädchen, das sie gewesen war, sagte: »Was interessiert mich mein Blut und das Blut von jedermann?« Und sie lachten. Über sich, über das, was sie über sich wußten und was sie nicht wußten und das sie, statt sie zu trennen, miteinander verband. »Kommenden Donnerstag kannst du zum Unterzeichnen kommen.« Teresa nahm ihren Fächer, und während sie die grünen Blätter des Apfels betrachtete, sagte sie, sie könne weder am Donnerstag noch an sonst einem Tag kommen, denn sie habe keine Beine. Er verstand nicht ganz, und sie mußte ihm sagen, daß ihre Beine abgestorben seien, daß sie schon seit Jahren nicht mehr aus dem Haus könne, daß er ihr das Testament vorbereitet und von den Zeugen unterzeichnet bringen solle ... es wäre besser, wenn er statt am Donnerstag am Freitag käme, weil Freitag der

Tag sei, an dem Fräulein Rosa ausgehe, und ihr sei es lieber, wenn sie nicht zu Hause wäre. Bevor er fortging, fragte sie der Notar Riera, was mit ihren Beinen geschehen sei. Teresa zögerte eine Weile, bevor sie sprach. Sie habe einen Freund gehabt, sagte sie schließlich, und als der begonnen habe, sie zu vernachlässigen, sei ihr Schmerz so heftig gewesen, daß die Nerven ihrer Beine abgestorben seien. »Es ist für immer.« Sie schauten sich an wie Schiffbrüchige, er nahm ihre Hand, um sie zu küssen, und sie gab ihm einen leichten Schlag mit dem Fächer: »Nicht nötig.«

II
VERGANGENE ZEIT

Trunken von alten Dingen trat er auf die Straße hinaus. Es war die Stunde der Pfauenschreie gewesen, die Stunde der Liebe mit Teresa. Die Stunde der unendlichen Dankbarkeit. Der Notar Riera betrachtete den Himmel; die zurückweichenden Wolken hatten sich im Westen in ein Feuerfeld verwandelt. Den Regenschirm überm Arm, ging er über die Straße und blieb bei der gegenüberliegenden Mauer stehen, um das Haus anzuschauen. Er atmete Geruch von feuchter Erde ein, von nassen Blättern, von frischem Regen. Eine Efeuranke streifte die eine Seite seiner Stirn. Mit einer unwillkürlichen Bewegung streichelte er die Blätter, und in seine Hand schob sich ein Büschel Kügelchen. Er wußte, daß es hinten im Park, in der Nähe des Wassers, Efeu wie diesen gab, und er wußte, daß er glänzte. Vom Weiß des Kirschbaums zum Schwarz des Efeus. Vom Weiß der Haut zur Schwärze des Blicks. Große, aber intelligente Augen, mit unbeweglicher Pupille, erwartungsvoll in der Stunde des Beisammenseins und sich erweiternd, nachdem sie sich geliebt hatten. Alles bekam einen anderen Sinn, rief andere Empfindungen hervor, andere Kräfte. Teresas Nägel, rosig und sanft, schienen in den Augenblicken der Leidenschaft aus Raserei zu bestehen. Teresas Zähne, aus Schnee, hinterließen dunkle Spuren auf seinen Schultern. Ein ganzer geheimnisvoller Vorgang, der ihn erschütterte und jedesmal mit neuen Empfindungen erfüllte, mit reicherem Leben. Warum war er es müde geworden, sich so zu fühlen, wie er sich in der Stunde des Beisammenseins mit Teresa fühlte? War er mit Teresa der Mann gewesen, der er hatte sein wollen und der zu sein er nie gewagt hatte, oder war er der berühmte, angesehene Notar gewesen? Das Gesicht der Liebe hatte sich in ein müdes Gesicht verwandelt; jede Falte, wieviel Mühe, Zeit, damit sie an den Ort gelangte, an den sie gehörte. Wieviel dauernd kreisendes Blut, wieviel glühende Flüsse unter der Haut, die langsam erschlaffte ... Ein alter Wunsch erwuchs ihm mitten im Herzen, gab ihm Kraft, machte, daß er sich mächtig fühlte wie der rote Schein des Sonnenuntergangs, wie der nachdenkliche Efeu oben auf der Mauer. Aber alles war falsch, alles war unter der Erde einer vergangenen Zeit. Teresas Lippen, Teresas Mund, das rätselhafte Lächeln und das glückliche Lächeln. Das hingebungsvoll verwirrendste Lächeln der Welt. Teresas Lippen zur Stunde des Liebeskusses offen, und ihre Lippen zur Stunde des Freundeskusses ein wenig ironisch, ein wenig mütterlich. Teresas Stimme, ein Murmeln von ruhigem Wasser, und Teresas Liebesschreie ein Wassersturz von Gefühlen. Teresas Hände mit der immer unverhofften Liebkosung. Die Körper beisammen, die offene Hand an seiner Wange, mit den Augen in den Augen und dem dargereichten Mund. Teresas Zunge, lau und klug, der Speichel wie Honigwaben. Teresas Brüste, unbefangen, herrlich, alle Magnolien, verlassen . . . Ein leichter Wind ließ Regentropfen von den Efeublättern fallen. Langsam begleiteten die ersten Sterne ein nebliges Stück Mond über die Wogen. Warum mußte er Träume träumen? Wie er so dastand unter dem Efeu, kehrten die herrlichen Jahre seiner Liebe zurück. Er konnte sich nicht entschließen, fortzugehn. Der Kirschbaum blüht noch immer, Teresa Goday de Valldaura. Alles wird gegenwärtig am Ende eines Regentages, einfach so; das verlorene Glück. Der Himmel und die Hölle des Gewissens kämpfen, um zu siegen. Unsichtbar versuchen der Engel und der Teufel, wer ist der Schönere?, einander zu vernichten. Beide siegen; bald der eine, bald der andere. Triumphierend oder bezwungen mäßigen sie sich und dämmern vielleicht eine Sekunde, vielleicht Jahre vor sich hin, bis sie sich wieder aufrichten und mit Flügelschlägen, in einer Schlacht, von der sie nicht wissen können, ob sie aus Liebe oder aus Haß geschieht, einen alten Notar unter Efeuranken lähmen. Ein Wagen hielt vor dem Gitter. Der Notar Riera hatte ihn nicht kommen hören. Obwohl ihn die Dunkelheit schützte, drückte er sich noch enger an die Mauer. Der Chauffeur stieg aus dem Wagen, ging außen herum, trat in den Garten und öffnete die beiden Flügel des Gitters. Er stieg wieder in den Wagen. Im Innern sah man zwei Schatten. Eladi und Sofia? Langsam bog der Wagen in die Kastanienallee ein und verlor sich leise ins Dunkle. Nach einer Weile sah er, daß sich das Gitter allmählich schloß. Und in der Ferne hörte er Stimmen. In zwei Balkonen im Haus war soeben das Licht angegangen. Und er stand noch immer da, versunken in einer Welt, die es nicht gab. Die Villa der Valldauras mit Teresa darin, die nicht Teresa war, war während einer ganzen Weile zu seinem Schwerpunkt geworden.

III
DER KLAVIERLEHRER

Er würde mit Frau Valldaura darüber sprechen müssen. Er war nicht der Mann, um auch nur noch einen Tag länger die Späße von Ramon und Maria zu ertragen. Er war Mitschüler von Granados gewesen. Granados' Freund. Wäre der Unfall nicht gewesen, durch den sein Fuß verunstaltet und sein Bein kürzer geworden war, er wäre ein großer Konzertpianist geworden. Er besaß ein Äußeres, welches das anspruchsvollste Publikum gewinnen mußte: Damen vor allem. Groß, breitschultrig, mit schwarzen Haaren und vergißmeinnichtblauen Augen. Und er besaß das, was sich nicht mit Geld kaufen läßt: Begabung. Und Persönlichkeit. In die Innentasche seiner Jacke hatte er, bevor er von zu Hause fortging, einen Brief von Granados gesteckt. Den herzlichsten, und zwei Zeitungsausschnitte. Der eine handelte von Granados' tragischem Tod, als er an Bord der Sussex nach Spanien zurückfuhr und sie ein deutsches Unterseeboot torpediert hatte. »Frau Valldaura«, würde er sagen, »Granados war mein bester Freund, und um seine Frau zu retten, die ertrank, stürzte er sich ins Wasser, und sie ertranken alle beide.« Danach würde er ihr den Brief zeigen, damit sie sah, daß er nicht irgend so ein kleiner Klavierlehrer war und daß die Späße, die die Kinder mit ihm trieben, ein Ende haben mußten. Wenn er sich niedergeschlagen fühlte, dachte er an die Nachmittage, die er in der Nähe dieses arglosen Menschen zugebracht hatte ... Vielleicht würden ihn Ramon und Maria geachtet haben ... »Er war ein Mensch, Frau Valldaura, den alles überraschte, als ob er gerade die Welt entdeckte.« Er schätzte Granados' Musik nicht besonders. Er verehrte Marcello, Corelli, Bach ... Mozart seiner Anmut und Melancholie wegen ... Nein. Es gab Dinge, die man mit ihm nicht machen konnte. Gewiß würde Frau Valldaura, die so menschlich war, sich darum kümmern, wenn er ihr davon erzählte. Sie würde auf Frau Sofia Einfluß nehmen und Frau Sofia auf ihre Kinder, die unfolgsam waren und mit dem Teufel im Leib heranwuchsen. Er hatte viele Schüler; reiche und weniger reiche, und alle achteten ihn. Recht begabte und fleißige Kinder. Wenn er einen zu kleinen Schüler nahm, der die Oktave nicht erreichte, wurde er ganz gerührt und nahm seinen Unterricht noch ernster. Ein seelenguter Mensch wie er, ein Mann wie er, geduldig wie Hiob, der so lief, der nicht rennen konnte ... Den anderen Zeitungsausschnitt, und den würde er Frau Valldaura zuerst zeigen, hatte ihm seine Schwester gegeben: es war das Bild einer Künstlerin, Lady Godiva, die Maria glich wie ein Ei dem andern. Diese Künstlerin war, wie so viele, im Krankenhaus gestorben, nachdem sie während Jahren die Königin des Paral-lel gewesen war. »Verlier es nur nicht«, hatte Angeleta zu ihm gesagt, »ich habe es so gern, weil das Gesicht der Künstlerin haargenau das Gesicht der Muttergottes ist.« Was für eine treuherzige Person, seine Schwester, still und sanft, nie hatte einer um sie geworben, denn sie war eine auserwählte Seele, dem Himmel näher als der Erde. Wie er; wenn er sich einmal verliebt hatte, so waren seine Liebeleien immer platonisch gewesen: ein Lächeln, ein zärtlicher Blick, ein vielsagender Händedruck ... das allein erfüllte sein Herz mit Wohlbehagen. Er lebte ein einfaches Leben; er aß bescheiden: zum Abendessen ein weiches Ei und ein Glas heiße Milch mit einer Zitronenschale darin. Seine Kleider hielten eine Ewigkeit, aber immer waren sie sauber und gut gebügelt. Nur einen Luxus erlaubte er sich: die Bettücher. Er mußte in Bettücher eingehüllt schlafen, die oft gewechselt wurden und nach Äpfeln rochen. Nicht zu alt und nicht zu neu, weich, damit sie ihn umschmeichelten. Sie mußten einen gestickten Überschlag haben, mit einem Saum aus breiten geklöppelten Spitzen. Einmal erzählte er Frau Valldaura von seinem Luxus, und an seinem Namenstag überreichte sie ihm zwei Garnituren leinene Bettücher. Er war äußerst dankbar für das Geschenk, aber seine Schwester machte ihn darauf aufmerksam, daß sie sie wohl nicht sehr viel gekostet hätten, da sie wohl aus Herrn Farriols' Geschäft stammten und der sie en gros einkaufte. Seitdem erwartete er seinen Namenstag mit großer Vorfreude – er hieß Joan –, weil seine Schwester sein Bett mit den leinenen Bettüchern überzog, frisch wie Gebirgswasser. Er empfand eine große Zuneigung zu Frau Valldaura, die, wie Granados, eine Art wärmende Anmut besaß, die seine Seele mit Wogen des

Friedens erfüllte . . . und die unbefangene, melancholische Freude der Musik Mozarts. Des öftern, wenn Ramon und Maria lange nicht herunterkamen oder sich im Park herumtrieben, und sie taten das absichtlich, weil es ihnen lästig war, Klavier spielen zu lernen, führte ihn das Zimmermädchen in den Salon von Frau Valldaura. Mehrmals war er nahe daran gewesen, ihr von seinen Künstlerträumen zu erzählen, und nie hatte er es gewagt. Eine Art unerklärliches Schamgefühl überwachte seine vertraulichen Äußerungen. Aber das war vorbei. Er würde ihr den Zeitungsausschnitt und den Brief zeigen. Er war sicher, daß sie gerührt sein würde und daß sie, ihn mit diesen traumwasserfeuchten Augen ansehend, die, als sie jung war, tödlich gewesen sein mußten, mit ihrer Samtstimme zu ihm sagen würde: »Das war ein großer Verlust.« Er, und Frau Valldaura wußte das, erinnerte sich Herrn Valldauras voller Ehrfurcht. Er hatte ihn bei Vilaltas kennengelernt, und immer sprachen sie über Musik – ohne auch nur im entferntesten denken zu können, daß er eines Tages der Lehrer seiner Enkel sein würde –, über Wien, über jenes Beethoven-Konzert, welches er, gestand ihm Herr Valldaura eines Tages, nicht hören könne, ohne daß es ihm die Kehle zuschnürte.
Freitags kam der Fußpfleger zu Frau Valldaura, und sein Besuch fiel mit einem seiner Unterrichtstage zusammen. Selbst wenn der Fußpfleger bei ihr war, ließ ihn Frau Valldaura, wenn die Kinder lange ausblieben, in den Salon bitten, und während das Zimmermädchen ihr Schuhe und Strümpfe auszog, trat er zum Fenster und schaute in den Garten. Die arme Frau . . . er hatte zwar einen verkrüppelten Fuß, aber das war besser, als den ganzen Tag herumsitzen zu müssen, ohne sein Brot verdienen zu können. Abends, wenn er sich auszog, versteckte er den Schuh mit dieser riesendicken Sohle unter dem Bett.
»Sehn Sie, schon seit geraumer Zeit« – sie saßen sich gegenüber; sie mit dem Gesicht, er mit dem Rücken zum Fenster –, »ärgern mich Ihre Enkel, wo sie nur können. Sie werden mich verstehen. Maria ist ein sehr begabtes Kind, mit feinem Gehör, flinken Fingern . . . aber sie übt nicht. Und Ramon ebenso. Wenn Sie wüßten, wie leid es mir tut, daß ich darüber sprechen muß . . . Oft, während ich Maria Unterricht gebe, zucke ich zusammen, weil ich neben meinem Ohr ein Tätteretä höre, und

das ist Ramon mit einer Kindertrompete. Beim ersten Mal bin ich sehr erschrocken. Entsetzlich. Und keiner von beiden lacht. Sie tun es ganz ungerührt.« Teresa Valldaura hielt sich den Fächer vor den Mund, danach machte sie ihn ein paarmal auf und zu: »Das tut mir wirklich leid ... wir werden dafür sorgen müssen, daß etwas geschieht. Aber Sie, Herr Rodés, schimpfen Sie doch mit ihnen. Machen Sie ihnen Angst und schreien Sie sie ein bißchen an!« – »Frau Valldaura, um Gottes willen, wie soll denn ein behinderter Mann wie ich«, und ohne zu merken, was er tat, streckte er das kurze Bein mit dem verkrüppelten Fuß am Ende aus, »sich Achtung verschaffen vor zwei Kindern, die wie Erzengel aussehn?« Das Schwierigste hatte er nun gesagt, und er fuhr fort: »Ich wollte Ihnen etwas Seltsames zeigen.« Er holte den Zeitungsausschnitt mit Lady Godiva hervor und reichte ihn Frau Valldaura. »Sehn Sie sich dieses Gesicht doch einmal genau an.« Sie nahm das Bild und betrachtete es eine Weile sehr nachdenklich. »Sehn Sie sich diese Augen an, die Nasenflügel, die Zeichnung dieser Lippen ... Das sind Marias Lippen, dem Kind mit dem bezauberndsten Mund, den ich je auf der Welt gesehen habe ... Da ich ein bißchen kurzsichtig bin, habe ich zuerst gedacht, es sei das Bild von Maria; daß sie vielleicht auf einen Kostümball gegangen wäre ... aber ein feines Mädchen wäre nie auf den Rücken eines als Pferd verkleideten Mannes gestiegen ...« Er wollte den Zeitungsausschnitt gerade nehmen, aber Teresa schob seine Hand mit einer raschen Bewegung zur Seite. »Herr Rodés, denken Sie daran, daß Bilder täuschen.« – »Meinetwegen ... aber dieses Mädchen ist Marias Doppelgängerin ... Sehn Sie sich die Hand auf dem Schenkel an: die langen, schmalen Finger, die viereckigen Nägel.« Teresa Valldaura ließ das Bild umgekehrt auf ihrem Schoß liegen und legte die Hand darauf. »Eine Ähnlichkeit ist da ... aber so gering ...« Herr Rodés wurde ungeduldig und ging zum Angriff über: »Um von etwas anderem zu reden, habe ich Ihnen nie erzählt, daß ich in meiner Jugend mit Granados befreundet war? Daß ich, ohne den Unfall mit der Straßenbahn, ein bedeutender Konzertpianist geworden wäre? Granados und ich, wir waren eng befreundet ... er vertraute mir seine Träume an, und wenn Berühmtheiten bei ihm waren, stellte er mich ihnen als künftige Größe vor ... er übertrieb natürlich ... als ich Ihren Gatten kennenlernte, Gott hab ihn selig ...« Und er sprach vom Beethoven-Konzert und von einem Konzert im Konzerthaus: Herr Valldaura trug ein Konzerthaus-Programm in der Brieftasche, alt und vergilbt. »Oft ging Herr Valldaura, um das Konzert mit geschlossenen Augen hören zu können, ganz allein in den Palau ...« Ihm schien, Frau Valldaura höre ihm nicht zu. »Und außer der Trompete ... ich möchte Sie nicht langweilen ... aber es ist ein zu starkes Stück ... Eines Tages ließen sich zwei Tasten nicht spielen. Wissen Sie warum? Weil sie die Hämmer festgebunden hatten.«

Das Zimmermädchen kam herein und sagte, daß Herr Ramon und Fräulein Maria Herrn Rodés im Klavierzimmer erwarteten. Nun konnte er den Untergang der Sussex nicht mehr zeigen, noch Granados' Brief, der anfing: »Liebster Freund«. Er ging mit dem Zimmermädchen aus dem Salon und verzieh es Frau Valldaura nie mehr, daß sie den Zeitungsausschnitt mit dem Bild von Lady Godiva behalten hatte. Halb verstohlen hatte er gesehen, wie sie ihn in das Album steckte, das sie immer auf dem Tisch liegen hatte.

IV
ELADI MIT EINEM MÄDCHEN

In dem Augenblick, als er den Türklopfer fallen ließ, bemerkte er, daß ein Paar neben ihm stand. Er lächelte ihnen zu. Sie sahen nicht so aus, als ob sie das Bedürfnis hätten, sich zu lieben. Madame Filo öffnete die Tür, wie wenn sie dahinter gestanden hätte. Sie schaute Eladi an und schaute den Mann und die Frau an. Sie nahm Eladi, etwas nervös, beim Arm: »Sie gehören zur Familie. Den Weg kennen Sie ja. Nur keine Umstände.« Das Zimmer, in das er gehen sollte, kannte Eladi auswendig: mit dem Sessel gegenüber dem Fenster, dem Mahagonibett mit der riesigen Daunendecke, dem Nachttisch mit dem fest zusammengefalteten Blatt Zeitungspapier unter einem der Beine, weil es sonst wackelte. In dem Augenblick, als er seinen Regenmantel auszog, hörte er Schritte. Madame Filo streckte den Kopf zur Tür herein und sagte dabei: »Die Herrschaften, die mit Ihnen hereingekommen sind, sind Käufer und möchten die Villa besichtigen ... Würde es Ihnen sehr viel ausmachen, wenn Sie in den Garten gingen? Wenn Sie wüßten, wie außerordentlich leid mir das tut ...« Madame Filo war seit Jahren verwitwet, hatte eine kleine Rente, und um leben zu können, vermietete sie Zimmer. In der Villa gab es deren fünf, welche die gute Frau gemütlich zu machen suchte mittels Damastvorhängen, glänzenden Bettüberwürfen, zwei, drei Blumen in ein paar Väschen, mit Reißzwecken aufgehängten Postkarten, strategisch angebrachten Spiegeln und so viel Sauberkeit, wie es ihr möglich war und wie ihr schwaches Kreuz es ihr erlaubte. Es war noch keinen Monat her, da hatte sie Eladi, den sie als ihren besten Kunden ansah, denn wenn er kam, mietete er ihr ganzes Haus, erzählt, daß sie die Villa verkaufen wolle. Sie konnte nicht mehr. Mit dem, was sie dabei herausschlagen würde, würde sie eine Lebensversicherung abschließen, würde in eine Wohnung ziehen und nicht soviel Arbeit haben.

Der Garten war schmal und tief. In der Abenddämmerung, im grauen Licht, das vom Himmel herabkam, sahen die Bäume und alles, was grün war, so aus, als seien sie versunken. Er

stand neben dem Mispelbaum, und ein Zittern von Wasser erschien vor seinen Augen, und der Schatten einer blauen, von Algen verschmutzten Sirene schaute ihn neugierig durch eine Minzenstaude an. Er rieb sich die Augen. Hinten im verwahrlosten, durstigen Garten standen zwei Haselsträucher voller grüner Haselnüsse, die nur schlecht von den Blättern verborgen wurden, wie die Sirene von der Minze, von einer rauhen Hülle geschützt und mit großen Kräuseln am oberen Ende. Er hörte ein Flügelschlagen oben im Baum und blickte empor, doch einen Vogel sah er nicht, obwohl der Zweig zitterte. Die Sirene war nirgends. Hatte er sie pfadabwärts verloren, oder war sie, vom Flug dieses unsichtbaren Vogels erschreckt, geflohen, sie, die nur silberne Fische liebkoste? Versunkener Garten. Er hob den Arm und pflückte eine Haselnuß. Madame Filo, geräuschlos und flink trotz ihrer Fettleibigkeit, sagte strahlend zu ihm: »Sie sind schon fort. Sie sind aus Lérida gekommen, und es sieht so aus, als ob ihnen die Villa ziemlich gut gefiele, sie ist für einen Sohn, der sich verheiratet.« Die Luft war mild und trug Geruch trockener Erde mit sich. Eladi steckte die Haselnuß in die Tasche und brach im Vorbeigehn einen Stengel Minze ab. Ein köstliches Gemisch, der Geruch nach Garten, Nachmittag und Minze. Wo war die Sirene? Er war versucht, Madame Filo, die schon das kleinste Etwas aus der Ruhe brachte, zu fragen, ob sie in irgendeinem Winkel eine Sirene an der Kette liegen habe. Passen Sie auf, sie ist Ihnen entwischt. Sie hörten läuten, und Madame Filo sagte, während sie zum Haus hin forteilte: »Das wird jetzt für Sie sein.«
Eladi trat in sein Zimmer; es tat ihm leid, wenn er daran dachte, daß er eines Tages nicht mehr darüber würde verfügen können. Luxushäuser gefielen ihm nicht besonders. Er war in so viele gegangen und so oft, daß er sie auswendig kannte. Er war es leid geworden, Bekannte dort zu treffen, die ihm entweder zuzwinkerten oder so taten, als ob sie ihn nicht kennten. Er konnte sich nicht so richtig erklären – was konnte er sich denn richtig erklären? –, warum Madame Filo, mit künstlichen Haarteilen von anderer Farbe als ihre richtigen auf dem Kopf, dienstfertig, unvorteilhaft gekleidet und alt, mit ihrer bloßen Gegenwart ein anreizendes und zugleich beruhigendes Klima schuf. Es war ein glücklicher Fund gewesen, und

die Bettücher waren sauber. Diese gute Frau brachte ihn den Dingen näher, entfernte ihn von Stolz und Berechnung. Je öfter er herkam, desto größer wurde sein Wunsch, nicht aufzufallen. Er trat vor den Spiegel, der ihm sein Gesicht mit den ernüchterten Augen zurückwarf, mit der breiten Stirn, mit den eingefallenen Wangen. Er fuhr zwei-, dreimal mit dem Kamm über sein lichter werdendes Haar und merkte, daß ihm ein Nagel abgebrochen war. Das konnte er nicht ausstehn. Sitzend, ein Bein über das andere geschlagen, fing er an, ihn mit der größten Umständlichkeit zu feilen. In dem Augenblick, als die Tür aufging und dieses Mädchen vor ihm stand, das ihn aufsuchte, damit er mit ihm mache, was er wolle, spürte er, wie der Luftzug vom Flügel der Dummheit seine Stirn streifte. »Kommst du nicht rein?« fragte er, ohne mit dem Nagelfeilen aufzuhören. »Doch, gnädiger Herr.« – »Nenn mich nicht gnädiger Herr.« Er beschloß, alle seine Nägel zu feilen, um sie ein bißchen aufzuregen. »Wie soll ich Sie denn nennen?« Er spürte, daß sie gehemmt war, bebte; es war das erste Mal: eine Anfängerin. Das Mädchen kam nun ganz herein, lehnte hinter sich die Tür an und machte sie schließlich zu. Wenn all das aufhörte, wenn er eines Tages nicht mehr solche Nachmittage wie diesen erwarten dürfte, würde er sich den Schädel an der Wand einschlagen. Er feilte seinen Daumennagel. »Elisa . . .« – »Ja, gnädiger Herr?« Er hatte die Nägel der einen Hand rund gefeilt und fing an, die der anderen auszugleichen. Er tat es langsam, mit Bedacht, in scheinbarer Versunkenheit und spürte, daß Elisa nervös wurde. Es machte ihm Spaß, sie schmoren zu lassen, als ob er einen Teufel im Leib hätte. Als kein Nagel mehr übrig war, den er hätte feilen können, zog er ein Taschentuch hervor und fing an, die Nägel zu polieren. Ab und zu blies er sie sauber und schaute dann plötzlich, die Hand ein wenig von sich haltend, ob sie glänzten. Noch ein bißchen. Ich muß so lang machen, als ob ich allein wäre, sagte er sich. Schließlich, einen tiefen Seufzer ausstoßend, erhob er sich. »Ach, du bist da? Ich hab' für dich gearbeitet.« Er trat zu Elisa und faßte sie lächelnd bei den Schultern. Sie war weder zu hübsch noch zu häßlich; sie hatte, was sie haben mußte, damit die Angelegenheit die nötige Würze für ihn bekam. Allzu reich ausgestattete Mädchen lähmten seine Begierde. Elisa umarmend atmete er den Geruch nach Jugend und den lästigen Geruch nach Rosenwasser ein. »Entschuldigen Sie, wenn ich mich ein bißchen verspätet habe, aber Fräulein Rosa hat mich aufgehalten ... Das ist vielleicht eine, das Fräulein Rosa ... Sie ahnen ja nicht ...« Er hielt ihr mit einer Hand den Mund zu. Noch nie hatte er sie so nah gehabt, und er hatte bis jetzt nicht gemerkt, daß sie sommersprossig war. Winzige rote Sommersprossen, auf den Backenknochen. Sie hatte kleine, aber lebhafte, weit auseinanderliegende Augen, fleischige Lippen und dichte Brauen. Sie trug ein schwarzes Jackenkleid mit sehr eng anliegendem Rock, das Sofia gehört hatte. Und das Portemonnaie aus Schlangenleder auch. Er zog ihr die Jacke aus, küßte sie in den Nacken, ganz lang, so daß sie einen kleinen Schrei ausstieß, und warf die Jacke zu Boden. Er hob sie in den Armen hoch nach oben und ließ sie langsam hinunterrutschen, wobei ihr Körper seinen berührte. Er warf sie aufs Bett. Er hatte sich über sie gebeugt und schaute sie an, ohne mit den Wimpern zu zucken. Elisa deckte ihr Gesicht halb mit einem Arm zu. »Ist es dir unangenehm, wenn ich dich anschaue?« Sie schüttelte den Kopf und hauchte: »Ich bin das halt nicht gewohnt.« Er zog ihr die Schuhe aus. Ganz behutsam, damit er sie nicht allzusehr erschreckte, hob er ihr den Rock hoch. Waden und Schenkel ließen die Strümpfe, die mit vier Haltern am Hüftgürtel befestigt waren, stramm sitzen. Er zog sie ihr aus. Kniend näherte er seine Wange einem kleinen Fuß: ein Spielzeug. Plötzlich fuhr er mit der Zungenspitze über die Unterseite ihrer Zehen. Elisa quiekste. All die Mädchen mit abgearbeiteten Händen, die er kennengelernt hatte, besaßen an den verborgenen Stellen eine Haut, die weicher als Seide war. Sein Herz begann zu klopfen, inmitten dieser vollkommenen Stille, die im Zimmer herrschte, konnte er es fast hören. Er stand auf und ließ sie aufstehn. Er zwang sie, einen Fuß auf den Sessel zu stellen. Niedergekauert küßte er ihn auf seine gerundete Wölbung. »Ich bitte Sie, gnädiger Herr, was soll das ...«, sagte sie, indem sie den Kopf wandte, leise, aber wütend. »Ruhig, ruhig«, murmelte Eladi. »Ruhig!« Seine Stirn war von Schweiß überperlt und seine Lippen ganz trocken; er näherte sie erneut ihrem Fuß und konnte ihn nicht mehr küssen. Eine Faust krampfte ihm den Magen zusammen, die

Krawatte würgte ihn; fast riß er sie sich ab, und den Kragenknopf auch. »Gib deinen Fuß her!« Sie stand da und schaute ihn verständnislos an. »Nein! Wenn Sie meinen, ich sei hergekommen, damit Sie mir die Füße küssen und ich Sie schwitzen sehe, dann haben Sie sich getäuscht!« Eladi packte ihren einen Arm und zog sie heftig an sich. Und sie schien zuckersüß ... Elisas Bluse war dünn, durchsichtig, ihr Unterrock rosa. »Lassen Sie mich, Sie tun mir weh!« Sie war in eine Ecke zurückgewichen, zeigte mit dem Finger auf ihn. »Fräulein Rosa hatte mich gewarnt: er spielt nur und sonst nichts.« Ihre Augen waren klein und dunkel geworden, sie sprühten Funken; ihre Lippen zitterten ein wenig. »Ich wußte ja, daß Sie das machen, aber ich hab's nicht geglaubt. Ich dachte nicht, daß Sie das mit mir machen könnten. Und der Witz mit den Fingernägeln ... Man merkt, daß Sie nicht über die Füße hinauskönnen.« Eladi näherte sich ihr mit hervorgetretenen Augen, und sie streckte einen Arm aus, um ihn abzuhalten. »Ich mag es nicht, daß man sich über mich lustig macht, auch wenn ich nur ein Dienstmädchen bin. Und auch nicht, daß man mich für etwas hält, was ich nicht bin. Genug!« Eladi sah sie an, unbeweglich; er keuchte. Er fuhr sich ein paarmal mit der Hand über die Stirn. Nach einer Weile gab er ihr, entschlossen, einige Banknoten, welche sie nahm. »Da, du kannst jetzt gehn.«

Er hatte sich gesetzt, dem gänzlich dunklen Garten zugekehrt, mit leerem Kopf. Er atmete das bißchen Luft ein, das den muffigen Geruch, den das Zimmer verströmte, forttrug, und den Geruch von Rosenwasser. Er ging hinaus. Auf halber Höhe der Straße steckte er die Hand in die Tasche: da war die Haselnuß. Bei einer Straßenlampe entfernte er die Hülle. Die Schale zwischen seinen Zähnen war weich, und in der Mitte war eine dicke, bittere Haut und in der Haut drin ein bißchen Saft. Alles in allem nichts.

V
ARMANDAS OHRRINGE

Sie war sehr froh. Sie hatte erreicht, wovon sie nicht einmal zu träumen gewagt hatte. Nie mehr als Köchin arbeiten und im Haus wohnen bleiben. Sie las das Arztzeugnis noch einmal. Es stimmte, daß die Hitze des Kochherdes ihren Magen reizte. Wenn sie nicht mehr so viele Stunden stehen müßte und wenn sie die Küche nicht mehr besorgte, würde ihr Bauch wieder gut werden. Sie hatte Frau Sofia Zeit gelassen, sich eine andere Köchin zu suchen; sie hatte ihr gesagt, daß sie, immer wenn sie in einer Verlegenheit wären, sei es, weil die neue Köchin krank war oder weil sie fortging, ohne daß sie eine andere gefunden hatten, sich wieder in die Küche stellen würde, solange es nötig wäre. Frau Sofia hatte gesagt: »Ich danke Ihnen sehr dafür, aber Sie gehen nicht; Sie bleiben. Es gibt Arbeit für alle im Haus.« Von nun an würde sie die Aufsicht der Mädchen übernehmen; ihnen den Monatslohn auszahlen, der Köchin das Marktgeld geben und mit ihr abrechnen. Und vor allem Frau Teresa zeitweise Gesellschaft leisten, denn den anderen wurde das langweilig. Armanda war zur Vertrauensperson des Hauses geworden. Sie verdiente das, denn sie hatte einiges aushalten müssen. Sie legte das Arztzeugnis in die oberste Schublade des Schrankes und nahm das Etui mit den Ohrringen hervor. Sie drückte auf das goldene Knöpfchen, und der Deckel hob sich. Sie machte es ganz auf. Diese Ohrringe hatte sie wegen übertriebener Schamhaftigkeit nie anstecken können. Und wegen des Verschlusses. Die beiden kleinen Brillanten, schön gefaßt in der Mitte eines goldenen Sterns, entzückten sie. Sie waren sehr geschmackvoll. Sie, sie hatte sich nie für Schmuck begeistert. Wäre sie, statt zum Dienen, dazu geboren worden, die Rolle der Herrin zu spielen, hätte sie keinen Schmuck getragen. Wie Frau Sofia. Sie hätte es nie so gemacht wie Frau Teresa, der Schmuck stand und die manchmal wie ein Schaufenster aussah. Es hatte viele Mädchen gegeben, die über sie lachten, wenn sie sie ausgehn sahen, bevor ihre Beine krank geworden waren, lauter Ringe an allen Fingern und mit der

Brillantnadel, die mit den Blumen, die wie ein Tablett aussah. Herr Eladi hatte mit diesen Ohrringen einen sehr guten Geschmack bewiesen; mit seinem Geschenk hatte er ein Schmuckstück getroffen, das ihr gleich Freude machte. Aber sie hatte sie nie anstecken können. Gefallen hätte ihr das schon, wenn Frau Sofia zu ihr gesagt hätte: »Sie tragen da sehr schöne Ohrringe, Armanda.« Und sie wäre innerlich vor Lachen schier zerplatzt beim Gedanken, daß ihr Mann sie ihr geschenkt hatte. Und sie hätte geantwortet: »Es sind sehr klare Brillanten ... die kosten mich meine Ersparnisse.« Soviel sie wußte, hatte Herr Eladi einem anderen Mädchen des Hauses nie Schmuck geschenkt. Einmal fragte sie Olívia, halb im Scherz: »Hat er Ihnen nie ein Schmuckstück geschenkt, der gnädige Herr?« Olívia sah sie über die Schulter weg an: »Ich bitte Sie, was denken Sie auch!« Aber sie traute dem nicht, und bei der ersten Gelegenheit ging sie hin und durchstöberte in aller Ruhe ihre Koffer und das ganze Schlafzimmer. Sie fand nichts von dem, was sie gesucht hatte. Sie atmete auf. Herr Eladi, das war ihr klar, hielt sie für etwas anderes als die anderen, und deshalb hatte er ihr diese Artigkeit erwiesen, kurze Zeit bevor es ganz aufgehört hatte, weil er sich für ein Zimmermädchen begeistert hatte, das Paulina hieß, hübsch, aber sehr dumm. Wie sie in der Sonne glänzten, diese kleinen Brillanten; wie zwei Teufel sahn sie aus. Sie nahm einen Ohrring aus dem Etui und betrachtete den Verschluß: das Goldstäbchen hörte mit einem zu spitzen Ende auf; wenn sie es in das Loch in ihrem Ohrläppchen einführte, tat es weh. Da sie nie Ohrringe getragen hatte, waren die Löcher in ihren Ohrläppchen klein und halb zugewachsen, das Stäbchen ging schwer durch, und wenn sie es ein Stück weit drin hatte, blieb es stecken. Bisweilen, auf dem Balkon stehend, dem Garten zugewandt, hatte sie es mit aller Kraft hineingestoßen, und dann kam gleich Blut heraus, weil sie sich das Ohr durchbohrte. Hätte das Stäbchen mit einer abgerundeten Spitze aufgehört, wäre es dem Weg des Loches vielleicht bis zum Ausgang gefolgt, statt abgelenkt zu werden und ein neues zu machen. Eines Tages, wenn sie Lust dazu hätte, jetzt, wo sie nicht mehr so viel zu tun haben würde, würde sie sie zu irgendeinem Juwelier bringen, damit er sie in Ordnung brachte. Sie wollte nicht sterben, ohne sie getragen zu haben. Es war fast ihre Pflicht, sie zu tragen, weil sie ein Liebesandenken waren und weil die anderen sehen sollten, daß sie eine angesehene Person war, die Brillanten trug. Wenn nun aber der Juwelier, wie das manche anscheinend machten, sie mit häßlichen vertauschte? Sie lachte über ihren Verdacht. Sie würde sie vor allen Dingen anstecken, um Fräulein Rosa in Rage zu bringen.

VI
EULÀLIA UND QUIM BERGADÀ

Sie fühlte sich schrecklich niedergeschlagen. Richtig alt. Richtig hieß, daß sie sich innerlich alt fühlte. Teresa war krank und schlief. Sofia entschuldigte sich gleich nach dem Mittagessen: sie habe einen Termin beim Friseur und bei der Schneiderin, und da sie abends eingeladen seien ... »Warum hast du uns nicht eher gesagt, daß du kommen würdest? Du verzeihst mir doch, meine liebe Patin?« Eladi war gegangen, nachdem er Kaffee getrunken hatte. Ramon und Maria hatten sie die ganze Zeit prüfend beobachtet. Sie war wehrlos. Als sie jung war, machte es sie stolz, daß sie angeschaut wurde. Sie wußte, warum sie angeschaut wurde. Aber jetzt ... Maria war ihr sehr hübsch vorgekommen; mehr noch als hübsch, verwirrend. Ein Gesicht von lauterer Schönheit und gleichzeitig ein bißchen teuflisch. Ein Mädchen, das zu allem fähig war. Zu allem was? Sie konnte es sich nicht erklären. Fähig, zu erlangen, und fähig, zu verzichten. Kein alltägliches Gesicht, ungewöhnlich im Ausdruck. Eulàlia hatte Ahnungen. Wenn es ihre Tochter wäre, würde ihr dieses Mädchen ein bißchen Angst machen. Ramon schien ihr ein Junge, wie es viele gibt. Mit herrlichen, aber nicht sehr ausdrucksvollen Augen, mit sinnlichen Lippen, wie die von Eladi, der bei weitem attraktiver war als sein Sohn. Ramon hatte nichts von Sofia. Wenn man lange suchte, hatte er vielleicht etwas, wenig, von Teresa. Einen gütigen Blick, vielleicht ... Sein Ausdruck wechselte oft, wie ein Blitz, als ob er mit einemmal vergessen würde, sich zu kontrollieren. Für eine Sekunde schien es Eulàlia, als habe sie Ramon und Maria bei einem Blick geheimen Einverständnisses überrascht; einen tiefen, bedeutungsschweren Blick, der sie beunruhigte. Sie dachte, daß sie es peinlich genau nehme und daß alles nur von der Unmöglichkeit rührte, die ganz Jungen zu verstehen ... In einem Sessel in der Bibliothek sitzend, sehnte sie sich nach Quim, der in Paris geblieben war. Sie sehnte sich nach ihrem Haus. Sie sehnte sich nach dem feinen Regen und der fahlen Sonne von Paris. Sie war auf einer Art empfindsamen Reise nach Barcelona gekommen und hatte den Eindruck, sie würde dabei zerstört werden, falls sie nicht rechtzeitig eine Möglichkeit des Reagierens fände. Der Passeig de Gràcia war nicht ihr Passeig de Gràcia. Ihr Bekanntenkreis hatte sich nach und nach aufgelöst. Alles hatte sich verändert, ohne sich richtig verändert zu haben. An solchen Tagen klammerte sie sich an die Erinnerungen, als hinge von ihnen ihr Leben ab; das, was ihr noch an Leben blieb ... Der Luxembourg war grau an jenem Tag; die Orangenbäume in ihren großen Kübeln aus grüngestrichenem Holz kümmerlich; all die Statuen der Königinnen von Frankreich auf ihren Sockeln hatten einen leeren Blick, und an den Händen fehlten ihnen Finger. Sie und Quim, dicht am Geländer sitzend, sahen den Teich und einige Schiffchen mit weißen Segeln, die darauf fuhren. Quim hatte sie abgeholt und zum Hotel begleitet. An diesem Tag, sie war so müde!, würde er sie ausruhen lassen; am nächsten würde er es schon so einrichten, daß er sich besser um sie kümmern könnte. Sie trug Halbtrauer um Rafael und hatte den Wunsch, zu weinen. Nicht weil Joaquim sie an Rafael erinnerte, sie sahen sich gar nicht ähnlich, sondern weil er sie mit einer von Aufmerksamkeit erfüllten Freude empfangen hatte, die sie gerührt hatte. Am nächsten Tag aßen sie zusammen zu Mittag. Sie trug ein Kostüm aus Gabardine und einen weißen Strohhut mit einem schwarzen Schleier, der ihr auf den Rücken hing. Und an den Aufschlag hatte sie sich die Brosche gesteckt, die ihr Mann ihr in der ersten Zeit ihrer Ehe geschenkt hatte – es war das erste Mal, daß sie sie seit jenem Drama trug –: ein Hufeisen aus Brillanten und Topasen, das Teresa verabscheute, weil, so sagte sie, Hufeisen noch nicht einmal den Pferden Glück bringen. Eulàlia hatte Teresa gern, doch ihre Heirat mit Salvador Valldaura hatte sie bedauert: Sie hatte sie zu einem Teil begünstigt, ohne sich vorzustellen, daß ein so ungeheuer reicher Mann mit Vergangenheit wie Valldaura sich von Teresas spektakulärer, nicht sehr kultivierter Schönheit rühren lassen könnte. Vielmehr hatte sie bisweilen, in bestimmten Augenblikken, gefühlt, daß er zu ihr hingezogen wurde, und seine Zuneigung hatte sie wie eine Huldigung entgegengenommen. Trotz dieses Überrests an Eifersucht hatte sie Teresa und hatte sie Valldaura gern, und im Grunde hatte sie es bedauert, daß

Teresa ihr Leben mit einer Liebschaft verunziert hatte, die ihr nichts Gutes bringen konnte. Eine Zeitlang verspürte sie ihr gegenüber ein wenig Abneigung, wie bei jemandem, der aus der Bahn geworfen ist und auf den man einen gewissen Einfluß ausüben möchte, um ihn wieder auf den rechten Weg zurückzuführen. Salvador – sie und Rafael hatten das besprochen – verdiente das Los nicht, das ihm zuteil geworden war. Sie aßen Ente Nr. Soundsoviel, und danach ging Quim mit ihr an die frische Luft. Später würden sie sich »Tartuffe« ansehen. Doch sie gingen nicht hin, und die Eintrittskarten blieben zum Andenken in Joaquims Brieftasche. Quim. Denn Quim hatte genug von seinem Leben als schon etwas angegrauter Junggeselle, von den Enttäuschungen, von den Hoffnungen, vom ewigen Bald-ja und Bald-nein, von seiner Wohnung, in der es an Liebe fehlte, von dem wenig beruhigenden Gefühl ziellosen Lebens. Er mußte lieben und geliebt werden, und die von Einsamkeit und Schmerz verklärte Eulàlia war in jenem friedlichen Augenblick gekommen, in dem es die einfachste Sache der Welt ist, das Schicksal eines Menschen zu ändern. Quim nahm sie jedes Mal beim Arm, wenn sie eine Straße überquerten, und sie war ihm zutiefst dankbar dafür. Bis er ihren Arm schließlich auf die gleiche Art und Weise nahm, wie Rafael es während ihrer Brautzeit getan hatte. Er legte nicht seine Hand über ihren Arm, sondern nahm ihren Arm mit der Hand, und sie spürte den kleinsten Druck seiner Finger: vertrauensvoll oder wachsam beim geringsten Anzeichen von Gefahr. Und da sie schweigend einhergingen, vielleicht, weil er nicht wußte, was er sagen sollte, oder weil er ihr Schweigen respektierte, fiel ihr auf brutale Art und Weise wieder der Blutfleck vor dem Eingang bei sich zu Hause ein, im Carrer Consell de Cent, wo Rafael eines Morgens ermordet worden war, als er mit dem Werkleiter der Fabrik das Haus verließ, um über das Schicksal einiger Arbeiter zu sprechen, die man entlassen hatte. Auf diesen Blutfleck trat sie jeden Tag, auch wenn sie es nicht wollte, denn er versperrte ihr den Weg, und es schnürte ihr das Herz zusammen und sie wünschte sich zu sterben. Sie schrieb an Quim, der zur Beerdigung gekommen war und sich ihr gegenüber sehr gut betragen, ja, ihr sogar alles angeboten hatte, was ihr etwa fehlte, ihr, der doch nur ihr Mann fehlte, daß sie gern nach Paris kommen würde, auch wenn es nur für wenige Tage wäre, weil Barcelona sie erdrücke und weder ihr Landhaus noch die Wälder sie von ihrer Wahnvorstellung befreiten: diesen dunklen Fleck, auf dem jeder herumtrat, auf dem Steinpflaster des Bürgersteigs vor ihrem Eingang zu sehen. Sie konnte nicht mehr. Und während sie durch den Luxembourg liefen, löste sie sich von der Hand, die ihren Arm gefaßt hielt, und faßte Joaquims Arm mit beiden Händen und brach in Tränen aus, jene Tränen, die sie so lange hatte zurückhalten müssen, als ihre Bekannten angefangen hatten, sie zu meiden, weil es jedermann Mißbehagen verursacht, mit einer Frau befreundet zu sein, deren Mann ermordet worden ist. Eulàlia empfand ihren Schwager als einen Ort der Zuflucht, und jetzt, wo sie ihn neben sich hatte: »Es tut mir so leid, Quim, verzeih mir . . .«, quälte sie ihn mit einem Weinkrampf, einem von jenen, die ein ganzer Bach zu sein scheinen. Und sie weinte einfach so. »Ich weine einfach so.« Schließlich beruhigte sie sich, und Quim tat etwas, was er noch nie bei einer Frau getan hatte: er faßte sie um die Schulter, als ob sie ein Kamerad wäre, und führte sie dicht ans Geländer, damit sie sich setzen konnte, während einige Kinder Segelschiffchen auf dem Teich schwimmen ließen, und bevor sie gingen, zeigte er ihr ein paar marmorne Königinnen von Frankreich, alle von großer Schönheit, alle mit vielen abgebrochenen Fingern. Und während er Eulàlia anschaute, die die Königinnen anschaute, gewahrte Eulàlia, daß Quim sie entdeckte, daß er die zartrosa Haut ihres Gesichts bewunderte, ihr weizenblondes Haar, die grünlichen Augen, die schön gezeichneten Brauen. Eines von jenen Gesichtern – Rafael hatte es ihr mehr als einmal gesagt –, die um hundert Prozent gewinnen, wenn man sie ganz nah vor sich hat. »Ich lass' dich nie mehr nach Barcelona zurück!« Und nun, schon alt und in der Bibliothek der Valldauras sitzend, wurde sie von einer jähen Sehnsucht nach Quim überfallen, sie, die vor wenigen Wochen einen Anfall von Sehnsucht nach Barcelona gehabt hatte. Nach Quim, der sie wie eine Blume gehegt hatte und der noch immer die beiden Eintrittskarten aufbewahrte, welche er gekauft hatte, um in »Tartuffe« zu gehen. Und sie lachte trotz dem Schleier von Traurigkeit, der ihr Herz bedrängte, wenn sie daran dachte, daß sie ihn, als sie jung waren, verabscheut hatte und ihn gar nicht mochte. War ihre Liebe deshalb so schön gewesen, weil er in ihr das liebte, was sie von dem eines gewaltsamen Todes gestorbenen Bruders in sich trug, und sie in ihm das, was er seit seiner Geburt von jenem Mann in sich trug, der die erste Liebe ihres Lebens gewesen war?

Das Zimmermädchen trat ein, um ihr zu sagen, die gnädige Frau sei aufgewacht und wünsche sie zu sehen. Sie trat in Teresas Zimmer und bedauerte sie aufrichtig. Sie fühlte, daß sie jene alte Verirrung, die man besser vergaß, verzeihen müsse, denn im Innern des Gewissens ist jeder allein mit sich selbst.

VII
SOFIA

Sílvia hatte die Fensterläden geöffnet und begann, ihr mit einem feuchten Wattebausch die Maske zu entfernen, die am Gesicht klebte und trocken war. Sofia, ein Handtuch um den Hals, hatte das Gefühl, ihre Haut sei wie neu. Als ihr Gesicht sauber war, richtete sie sich ein wenig auf, rückte die Kissen zurecht und nahm den Spiegel mit dem Rosenrahmen. Ihre Wangen waren glatt, die Lippen noch immer zart, der Brauenbogen hübsch, die Stirn ohne eine einzige Falte; und die Augen, ausgeruht von der im Dunkeln verbrachten Zeit, leuchteten halb geschlossen. Japaneraugen, hatte dieser arme Joaquim immer zu ihr gesagt, der zu guter Letzt ihre so vergeistigte und hauchzarte Patin für sich gewonnen hatte. Einer Japanerin, nein. Eigenartig, ja. Sie konnte sie nicht so ganz richtig aufmachen wie die anderen Leute. Einmal hatte ihr der Arzt gesagt: »Ein Schnitt mit dem Skalpell in jeden Winkel und sie sind völlig normal.« Sie hatte es sich nie machen lassen wollen. Sie mochte ihre Augen, die sie nicht ganz öffnen konnte; mit ihnen kokettierte sie. Würden sie offen so leuchten? So verwirrend, weil ungewöhnlich, sein wie ihre heisere Stimme? Sie sprang schlank und rank vom Bett auf. Sílvia hatte ihr das Bad bereitet. Mit einem Fuß fühlte sie das Wasser. In ihren Körper, in ihr Gesicht, in ihre Ländereien mit den erntereifen Trauben, mit dem schnittreifen Weizen, mit den hiebreifen Pappeln und Pinien war sie verliebt und stolz darauf. Und in ihre Korkeichen. Sie war so richtig Herrin über alles, was ihr gehörte. Vollkommene Herrin. Der Herrschaft und der Befriedigung wegen, mit der sie es beherrschte. Sílvia war ihr beim Anziehn des marineblauen Kleides behilflich. Sie hatte sich in aller Ruhe geschminkt. Sie steckte den Smaragdring an. Sie parfümierte sich mit Mitsouko, weil es das Parfüm war, das Eladi nicht ausstehen konnte. Sie nahm ihr Portemonnaie, und unter der Tür wandte sie sich um und lächelte Sílvia freundlich zu. Sie wußte, daß Sílvia, wenn sie außer Haus war, ihre Kleider und ihren Schmuck anzog. Sie wußte, daß Sílvia, hübscher, unendlich viel jünger als sie, von ihrem Tun und Lassen, von ihrem Kommen und Gehen abhängig war. Deshalb war sie so freundlich zu ihr; denn sie wußte, daß sie sie quälte. Sie trat in Eladis Schlafzimmer. Obwohl es gelüftet worden war, roch es durch und durch nach Tabak. Der Geruch von holländischem Tabak, gemischt mit dem Geruch vom englischen Tabak der Zigaretten war ihr unerträglich. Das Grau des Tages milderte alles: den Behälter für die Pfeifen, die in einem Antiquitätenladen in München gekaufte Barockuhr, die Bücherrücken. Eladi las Proust. Er hatte ihn in einem kleinen Büchergestell stehen, links neben dem Bett, in Reichweite. Er las ihn stückchenweise: nie einen Band von vorn bis hinten. Sofia hatte für diese Vorliebe Eladis für Proust nur ein verächtliches Lächeln übrig. Ihr gefiel Proust überhaupt nicht, weil er an Körper und Seele krank gewesen war. Sie mußte außer dem Werk auch noch den Autor bewundern können. Vielleicht gefiel ihr Proust in Wirklichkeit deshalb nicht, weil er Eladi gefiel. Vieles, was ihm gefiel, mißfiel ihr, und sicher war dieses Gefühl gegenseitig. Seit wieviel Jahren schliefen sie getrennt? Wer konnte das wissen. Sie hätte ihm nie gesagt, er solle sie nicht mehr aufsuchen. Er war es, der verzichtet hatte, müde so vielen Fernseins und so vieler Leere.

Wie immer knöpfte sie sich die Handschuhe zu, während sie die Treppe hinunterging. Eine deutliche Erinnerung ließ sie auf halber Treppe stehenbleiben. Als sie Maria zum ersten Mal auf den Arm nahm, war Maria sieben Monate alt, und sie selbst war gerade von ihrer Hochzeitsreise zurückgekehrt. In irgendeinem schwarzen Winkel ihrer Seele wußte sie, daß dieses Annehmen ihre Stärke sein würde. Dieses Kind, das sie mit einer solchen Beharrlichkeit gewollt hatte, würde Eladis Schmach sein. Manchmal, wenn sie ihn versunken lesen sah, bekam sie Lust, ihm sein Buch aus der Hand zu schlagen und ihm zu sagen, daß er ein armer Kerl sei, der mit einer X-beliebigen ein Kind gehabt habe. Maria lebte bei ihnen, weil Sofia sie brauchte, sie stimulierte ihre bösartige Herrschsucht. Sie, sie hatte Eladi zwei Söhne geschenkt: zwei Männer. Während Eladi sich mit seinen fixen Ideen immer mehr schwächte, hatte sie ihm zwei Söhne vor die Nase gesetzt. Aber ihr Stolz verlor an Kraft, als sie merkte, daß Eladi Maria liebte und daß Maria allmählich zu einem wunderschönen Kind heranwuchs. Sie hätte nicht genau sagen können, was sich in Maria heranbildete: die Anmut, die ruhige Selbstbeherrschung, die Eleganz . . . Lady Godivas Tochter war, von einer entfernten Urgroßmutter der Farriols gezeichnet, in die Welt eingetreten. Nachdem Jaume tot war, konnte sie ihren Mutterinstinkt lediglich auf Ramon richten. Eine Portion Gewöhnlichkeit mußte er von jener guten Frau haben, die Fischhändlerin gewesen war. Ramon mußte sie in sich tragen, dachte sie gequält, wenn sie ihn mit diesen heftigen jungenhaften Bewegungen sah. Das war nicht wahr. Es war weniger wahr, als sie sich vorstellte, aber für sie war es eine unumstößliche Wahrheit. Es gab Tage, an denen diese Wahrheit sie nicht schlafen ließ. Schuld daran war Maria, die sie zwang, Vergleiche anzustellen. Manchmal, angesichts einer spontanen, liebevollen Gebärde Marias, fühlte sie sich erobert. Maria, dachte sie, liebt mich, als wäre ich ihre richtige Mutter. Und in solchen Augenblicken waren Marias tiefe schwarze Augen der Honig der Welt für sie. Es war eine vorübergehende Dankbarkeit. Maria war größer geworden, und im Heranwachsen hatte sie sich von ihr gelöst . . . sie roch an ihrer Hand, atmete den Duft ein und sah sich, wie sie vor Jahren in der Eingangshalle mit Fräulein Rosa sprach, die mit Ramon schimpfte. Maria, sowie sie sie erblickt hatte, war auf sie zugestürzt und hatte sie umarmt: »Mama, Mama . . .« Und Sofia hatte in ihrem Innern eine tiefe Freude empfunden: Maria gehörte ihr. Sie ging die restlichen Treppenstufen hinunter. Fräulein Rosa kam aus dem Eßzimmer. »Fräulein Rosa, heute abend möchte ich mit Ihnen sprechen.« Am Abend würde sie ihr sagen, daß sie sie nicht mehr brauchten.

VIII
FRÄULEIN ROSA

Sie saß in ihrem Sesselchen am Balkon und heulte vor Wut. Es blieben ihr nur noch vierzehn Tage hier im Haus. Man hatte ihr drei Monate gegeben, und als Frau Sofia es ihr sagte, verursachte es ihr großen Kummer; aber ihr schien, drei Monate würden nie zu Ende gehen. Sie stand auf, ohne so recht zu wissen, warum sie aufstand, ach ja, wegen des Koffers. Sie nahm ihn aus dem Schrank und legte ihn aufs Bett. Sie holte ein Tuch und machte sich daran, ihn zu säubern. Die Schlösser glänzten wie damals, als sie ihn gekauft hatte. Ab und zu mußte sie ihre Tränen trocknen, weil sie nichts sah. Sie ließ den Koffer liegen; ihr fehlte die rechte Laune. Sie hatte mehr als genug Zeit, um ihre Sachen zu packen. Die größten Sachen sollten in den Schrankkoffer kommen, der im Keller stand und der, wer weiß, wohl schimmelig geworden war. Sie trat auf den Balkon hinaus und schaute melancholisch auf das Häuschen des Chauffeurs. Die Sonne brannte wie Feuer, und sie merkte es nicht. Wie würde sie mit Marcel verbleiben, wenn sie nicht mehr hier wäre? Er hatte ihr versichert, daß ihm schon etwas einfallen würde, damit sie sich weiter sehen könnten ... Wie manche, manche Nacht hatte sie den Garten durchquert, um zu dem Häuschen zu gehn! Sie ging durch die Küche hinaus, immer in der Angst, entdeckt zu werden. Marcel war ein guter Junge und sympathisch; er hatte nie von Heirat gesprochen, aber sie war sicher, daß schließlich die Gewohnheit, wenn auch nicht der Wille, den Sieg davongetragen hätte, wenn sie weiterhin im Haus geblieben wäre. Jetzt schien ihr alles verloren. Sie dachte an die neue Herrschaft; offenbar waren es gute Leute. Die Frau sagte ihr, sie hätte sich um ein Mädchen von fünf Jahren zu kümmern, sie hatte es nicht gesehen, weil es gerade in diesen Tagen mit seinen Großeltern aufs Land gefahren war. Aber die Frau erzählte ihr, das Mädchen sei sehr folgsam, sehr zärtlich, ein bißchen kränklich, das arme, kleine Ding, weil es zu schnell wachse. Es sei fünf Jahre alt, aber seiner Größe nach sehe es wie sieben aus. Nie mehr würde sie in einer Villa wie dieser wohnen. Sie hatte so manche Tortur ausgestanden, um weiter dableiben zu können. Und plötzlich, wie sie an das Talkumpuder dachte, stieg eine Woge der Entrüstung in ihr hoch. Ramon und Maria hatten sich ein Vergnügen daraus gemacht, ihr jenen rosafarbenen Topf zu verstecken, den sie so dringend brauchte, vor allem im Sommer, denn sie hatte einen tiefen Bauchnabel, der sich oft entzündete. Sie hatte sich mit Geduld gewappnet, aber sie verzieh es ihnen nicht, daß sie noch, als sie schon groß waren, mit dem Unfug fortfuhren. Sie hatte bei ihnen gewacht, wenn sie krank waren, sie hatte ihnen Französisch beigebracht, sie hatte ihnen alles beigebracht, was sie wußte, und immer hatten sie ihr die Aufmerksamkeiten und Zuneigung mit derben Späßen heimgezahlt, reicher Leute Kinder unwürdig. Sie setzte sich wieder in das Sesselchen und bekam einen neuerlichen Weinkrampf. Sie trocknete ihre Augen und den Mund und warf einen melancholischen Blick auf den Koffer; sie hatte ihn schon vor Jahren gekauft, in einem Augenblick der Auflehnung, entschlossen, das Haus zu verlassen. Er war aus Schweinsleder und hatte sie ein Vermögen gekostet. Sie wollte, daß man sie wie eine große Dame fortgehn sähe. Schließlich war vom ganzen Dienstpersonal sie die wichtigste Person. Sie hatte immer alles getan, was sie konnte, um zu jedermann freundlich zu sein, schlicht zu sein, sich keinen Anstrich der Überlegenheit zu geben. Sie kleidete sich einfach, damit Frau Sofia nicht eifersüchtig würde. Sie hatte ein glanzloses Leben führen müssen. Ihre Mutter war Plätterin gewesen, sie hatte sich zu Tode gearbeitet, um ihr die Ausbildung zu bezahlen. Sie hatte ein Fräulein aus ihr gemacht. Sie sprach korrekt französisch, ohne Akzent; bevor sie für Farriols gearbeitet hatte, war sie bei Leuten gewesen, die aus Perpignan stammten, und immer sagten sie zu ihr, ihr Französisch sei tadellos. Seit Jahren schon gab sie Ramon und Maria keinen Unterricht mehr, leistete nur noch Maria Gesellschaft und war damit beauftragt, ihre Kleider in Ordnung zu halten, was zwar auch ein Zimmermädchen hätte tun können, aber die Güte der Frau hatte sie davor bewahrt. Was hatte sie dann nicht alles für Launen Marias ertragen ... wenn sie ihr geholfen hatte, sich zum Ausgehn anzukleiden, sagte sie, sie wolle nicht ausgehn, sie habe Kopfweh. Und sie mußte das Kleid wieder aufhängen, die

Schuhe wieder einräumen ... Nie war es ihr in all den Jahren gelungen, auch nur das geringste Gefühl der Zärtlichkeit in diesem Mädchen zu wecken. Maria betrachtete sie als eine Person, die man erniedrigen darf. Und Ramon noch mehr. Jetzt nannten sie sie den Anstandsdrachen. Und dieses schreckliche Wort geisterte immer wieder durch ihr Gehirn, wie eine Wahnvorstellung. Sie hatte vieles mit Stillschweigen übergangen, war verständnisvoll gewesen. Sie stand über diesem Jungen und diesem Mädchen, die mit den anderen ihre Späße trieben, um sich selbst bewundern zu können: Ramon tat alles mögliche, um Marias Bewunderung zu erwecken, und Maria, um Ramons Bewunderung zu erwecken. Sie erhob sich wie eine Schlange und ging wieder zum Balkon, dem Garten zugewandt, den Kastanien zugewandt, die sie hatte hoch und höher werden sehen, mit ihrer weißen Blüte im Frühling; jedes Blütenbüschel war wie eine Flamme aus Schnee. Bevor sie fortginge, würde sie reden! Sie ging zum Waschbecken, putzte sich die Zähne. Sie strich ihre Haare glatt; hübsch war sie nie gewesen, aber sie hatte Hände, um die sie jeder beneiden konnte. Die Finger waren lang und schlank, die Haut von aristokratischer Weiße und Zartheit. Sie betrachtete sie lange und brach erneut in Tränen aus. Sie betrachtete das Schlafzimmer, geräumig, mit hellen Möbeln und geblümten Vorhängen ... Sie trat auf den Balkon hinaus, hielt sich am Geländer fest und rüttelte wild daran. Alles würde gleich bleiben: die Mädchen, Armanda, die Kinder; Marcel würde weiter den Wagen chauffieren ... und sie würde in einem winzigen Zimmer landen, unter dem Dach, mit einem Waschbecken, in dem man mit knapper Not die Hände waschen konnte. Sie war sehr verliebt gewesen in Herrn Eladi, der sie nie angeschaut, nur gerade so viel mit ihr gesprochen hatte, daß er nicht unhöflich erschien. Aber eines Tages, kurze Zeit nach Marias Erster Kommunion, schien ihr, er schaue sie so an, wie er die andern Mädchen anschaute, die im Haus herumliefen. Und sie machte sich Hoffnungen. Zugegeben, sie war nichts wert, aber mehr als Armanda doch ... Sie öffnete den Koffer: darin lag zusammengefaltet eine Garnitur Unterwäsche aus himmelblauem Musselin. Lange Zeit wartete sie mit klopfendem Herzen darauf, Schritte im Gang zu hören. In einer Mondnacht hätte sie schwören können, daß sich der Knauf an ihrer Türe drehte ... aber sie sah nie jemanden, und das war, als sie vom Haus und von den Streichen, die ihr die Kinder mit dem Talkumpuder spielten, langsam genug hatte. Von da an, als Frau Sofia ihr gesagt hatte, sie brauche ihre Dienste nun nicht mehr, fühlte sie sich unbehaglich, hatte keine Lust, jemanden zu sehen, spürte, daß jedermann zufrieden war, daß sie wegging. Und an jenem Tag hatte sie keine Lust, ihr Schlafzimmer zu verlassen; aber sie mußte der Situation die Stirn bieten, und sie ging zum Mittagessen und drückte ihr Essen lustlos hinunter, damit sie nicht lachten. Am Abend ging sie nachschaun, ob unter der Tür zur Bibliothek Licht zu sehen war. Der Streifen war sehr hell, alle Lampen schienen zu brennen. Sie ging, bevor sie Marcel aufsuchte, ein paar Mal nach unten und schaute nach, nicht, um einzutreten, sondern um sich mit dem Gedanken vertraut zu machen, daß sie eintreten würde, um Mut zu fassen. Acht Tage, bevor sie fortging, entschloß sie sich. Sie badete, zog die Garnitur Unterwäsche aus himmelblauem Musselin an, die ihr nie zu etwas genützt hatte, die sie sich gekauft hatte, falls Herr Eladi ... hätte sie sie für Marcel angezogen, auf ihn, der so nüchtern war, hätte es eher einen schlechten Eindruck gemacht ... und ging die Treppe hinunter, eine Hand auf dem Herzen. Der Streifen unter der Tür war schwach. Sie klopfte zaghaft, niemand gab Antwort. Vielleicht ... Bisweilen war der Herr, zerstreut, schlafen gegangen und hatte das Licht angelassen. Sie klopfte lauter. Sie hörte Eladis Stimme, die herein! sagte. Sie öffnete die Tür und blieb mitten da stehen. Eladi schaute sie überrascht an und sagte, sie könne hereinkommen, und weil sie weder den Mund auftat noch sich rührte, fragte er sie, die Augen voller Langeweile, was sie wünsche, und da riß sie sich zusammen und antwortete, daß sie mit ihm sprechen müsse. Sie kam langsam näher, dachte mehr an jene Zeit, in der sie darauf wartete, Schritte im Gang zu hören, als an das, was sie im Begriff stand zu tun. Eladi schaute sie starr an, und es fiel ihr schwer, diesem Blick, der sie elektrisierte, zu widerstehen. Mit niedergeschlagenen Augen setzte sie sich. Preßte die Knie eng zusammen. Sie fuhr sich mit einer Hand über das Gesicht, den leicht verschwitzten Hals hinab. Als ob geheimnisvolle Mächte ihr diktierten, was sie sagen sollte, sprach sie von den Kindern, aber viel direkter, als sie je geglaubt hätte, es tun zu können. Es war das erste Mal, daß Maria ohne sie wohin gegangen war, allein mit Ramon; daß es besser gewesen wäre, wenn er sie nicht hätte gehen lassen, damit sie den Sommer im Hause der Balsarenys verbrächten, jenen übermütigen Freunden von Frau Sofia ... daß er vielleicht nicht gemerkt habe, daß es zwischen Ramon und Maria mehr gebe als nur gerade einfache Geschwisterliebe ... denn sie wisse alles. Sie log. Sie hatte Frau Valldaura und Herrn Riera, den Notar, darüber reden hören; aber sie hatte es nicht weitergesagt. Das nun doch nicht. Sie hatte nie gewagt, die Frage aufzuwerfen, aber sie hatte sie beobachtet. Eladi schaute sie mit einem schwer zu beschreibenden Ausdruck an: einer Mischung aus Neugierde und Entrüstung. Und Fräulein Rosa wickelte ihren Strang schwarzer Wolle ab ... bis sie zuletzt, angesichts Herrn Eladis Gleichgültigkeit, ein gewagtes Spiel trieb; daß die Kinder sich zu sehr liebten und daß eines Abends, bei den Fliederbüschen ... Und sie erhob sich. Eladi sagte kein einziges Wort: sein Gesicht war wie Feuer. Und Fräulein Rosa, stehend, fügte noch hinzu, er solle einmal ein bißchen darüber nachdenken, warum Ramon schlechte Noten habe. »Er wird sein Studium nie abschließen.« Es war, als stieße sie eine Verwünschung aus. Sie verließ die Bibliothek, stieg mit versagenden Beinen die Treppe hinauf, und warf sich oben aufs Bett, ganz erschöpft von der Anstrengung und von der Heftigkeit, die notwendig gewesen waren. Aber es lohnte sich. In diesem Haus würden sie nie mehr in Frieden leben.

IX
ELADI HOLT SEINE KINDER

Er sagte Marcel, er solle beim ersten Café, an dem sie vorbeikämen, anhalten, er komme um vor Durst. Sein Jackett und die Krawatte hatte er schon ausgezogen. Und er hatte etwas gemacht, was er seit seinem vierzehnten oder fünfzehnten Lebensjahr nicht mehr gemacht hatte: während er darauf wartete, daß sich der Autostau auflöse, wegen dem sie länger als eine halbe Stunde in Premià hatten stehen müssen, hatte er unwillkürlich begonnen, an seinen Fingernägeln zu kauen, weil er keine Lust zu rauchen hatte. Einen hatte er zu sehr abgekaut, er blutete ein bißchen. Der Anblick von Blut erfüllte ihn mit Entsetzen. Onkel Terenci hatte, bevor er starb, zwei Blutstürze gehabt, und er hatte das Zimmer verlassen müssen, um nicht ohnmächtig zu werden. Und er erinnerte sich an eine Nacht in einem ungestümen Sommer, in der Armanda mit einem eingebundenen Finger zu ihm gekommen war, den Verband leicht blutbefleckt ... Er bekam Lust, sie mit Gewalt aus seiner Nähe zu schaffen. Fortan sah er, wenn sie bei ihm war, immer diesen blutbefleckten Verband. Vielleicht hörte er deshalb mit Armanda auf. Er bedauerte es, denn Armanda war gut im Bett. Marcel hielt den Wagen an, und sie tranken in einem Café in der Umgebung von Llavaneres ein paar Biere. Ihm war davon so übel geworden, daß er sich kaum halten konnte. Vielleicht, weil er eine schlaflose Nacht hinter sich hatte, daran denkend, was er tun und was er sagen würde. Außerdem hatte er nicht gefrühstückt. Das Meer war spiegelglatt. Die Hitze weichte seine Haut auf. Der Wagen fraß die Kilometer, und er verlor allmählich den Faden von all dem, was ihn in der Nacht gequält hatte. Und wenn Fräulein Rosa Gespenster gesehen hätte? Der Wagen bremste, er prallte gegen die Scheibe. Marcel schimpfte, er wandte den Kopf und, halb lachend, entschuldigte er sich. Ein offener Wagen, der aus der Gegenrichtung kam, war, um ein Lastauto überholen zu können, auf sie zugefahren. Er schloß eine Zeitlang die Augen, und es wurde ihm noch übler. Er öffnete das andere Fenster. Mal sehen, ob diese paar Biere, die der Schweiß mit Mühe und Not ausschied, ihn in Ruhe lassen würden. »Ist Ihnen das Bier nicht schlecht bekommen?« Marcel schüttelte den Kopf und sagte dann: »Überhaupt nicht.« Das Meer nahm ein leuchtenderes Blau an. Ohne es zu merken, begann Eladi halblaut vor sich hinzuträllern: Oh, celeste Aida . . . Er schwieg schnell, sonst dachte Marcel noch, er wäre verrückt geworden. Er hätte gern gewußt, was Marcel zu Fräulein Rosas Fortgehn meinte. Er war sicher, daß er sie gern aus seinem Gesichtskreis verschwinden sah; ein zufriedeneres Gesicht konnte er gar nicht machen. Er fühlte zutiefst, daß, hätte er aus vollem Halse singen können, wie wenn er badete, viele der ihn störenden Gedanken verfliegen würden. Und vielleicht würden die Biere ihm nicht mehr schwer im Magen liegen. Daß er sich diesen Nagel vom Mittelfinger bis auf das rohe Fleisch abgenagt hatte, verursachte ihm vollends Übelkeit. Fünf hatte er noch zum Abkauen: die der rechten Hand. Einige sehr weiße Segel, weit weg und schön hingesetzt zwischen Meer und Dunst, heiterten sein Gemüt einen Augenblick lang auf. Als Maria klein war und sich auf seinen Schoß setzte und zu ihm sagte: »Papa, ich hab' dich bis an den Himmel lieb«, heiterte sich sein Gemüt in ebendieser Weise auf. Sie war sein Liebling, mehr als die Söhne, mehr als Ramon. Den Kleinen, Jaume, hatte er nicht besonders geliebt; er hatte ihn beklommen gemacht mit diesen Beinchen und dieser fahlen Haut . . . sein vorzeitiger Tod hatte ihn eher beruhigt. Wer weiß, was mit Jaume geschehen wäre, wenn er groß geworden wäre, so kränklich . . . ein Kind, das eher eine Strafe zu sein schien. Er hatte so getan, als ob er ihn bevorzuge, um zu vermeiden, daß Sofia auf seine Liebe zu Maria allzu eifersüchtig würde. Mit einem Mal ließ er den Wagen anhalten. Er stieg aus und ging zum Meer. Er mußte freie Luft atmen, stehen. Doch es wehte nicht ein Lüftchen, und der Sand glühte. Er mußte Ramon und Maria trennen. Auch für den Fall, daß Fräulein Rosa übertrieben hatte. Er müßte Ramon erklären, daß er und Maria Geschwister waren. Die Wahrheit. Es hatte ihm schon gar nicht gepaßt, daß sowohl Sofia als auch die Kinder die Einladung von Balsarenys angenommen hatten. Alle hatten gedrängt. Es würde eine Zeit des reinen Glücks sein. Sie könnten schwimmen. Weder er noch Sofia gingen gern aufs

Land. Ins Ausland reisen, ja. Aber aufs Land gehn ... Wie es auch dem alten Valldaura nicht gefallen hatte. Sie waren Stadtmenschen. Und wenn sie Grün und Bäume brauchten, gab es in der Villa mehr als genug davon. Er würde sie trennen müssen ... eine Welle der Scham ließ ihn die Augen schließen; er bedeckte sie mit seiner Hand. Als er die Hand von den Augen nahm, gewahrte er, daß die Wellen, die fast seine Füße leckten, klein und ruhig waren. Wäre er nicht glücklicher gewesen, wenn er ein armes Mädchen geheiratet hätte, jene sanfte Pilar, Marias Mutter, die ihn nie gestört hatte, die so in ihn verliebt gewesen war? Maria war eine ausgewachsene Farriols. Wenn er es jetzt entscheiden mußte ... Nein. Wenn er es jetzt zu entscheiden hätte, würde er ebenso handeln. Er konnte nicht wissen, was er verloren hatte, wußte aber doch, daß er sich Privilegien verschafft hatte, an die er nicht einmal im Traum denken könnte, wenn er ein armes Mädchen geheiratet hätte.

Sein Leben war vielleicht wirklich ein trauriges Leben, aber sind nicht alle Leben traurig, gleich, wie man sie lebt? Gesellschaftlich war er ein Mann, der Beziehungen hatte zu einer wichtigen Familie. Die Seiden und der Samt? Wie geht es Ihnen? Bitte, treten Sie ein, was wünschen Sie? Schon vor langem hatte er den Laden verkauft. Und die Fabrik. Natürlich besaß er ein kleines Privatvermögen. Alles, was dem Vater und dem Onkel gehört hatte ... Es schien ihm, er fühle sich nun besser. Als er wieder im Wagen war und sie fuhren, betrachtete er Marcels Nacken: mit der dicken, gebräunten Haut, mit drei sehr deutlichen Querfalten. Marcel war ein kräftiger Mann. Warum trug er nur sein Haar so lang? Der Notar Riera auch. In Gedanken verglich er es mit dem von Marcel. Fräulein Rosa gefielen sie wohl ... Sie war eine anständige Person, die sich immer sehr korrekt betragen hatte und sehr erfolgreich gewirkt hatte, als Ramon und Maria klein waren. Nach und nach verlor die Szene, die ihm Fräulein Rosa gemacht hatte und die ihn während der ganzen Nacht in der Hölle hatte braten lassen, vor lauter Himmel, Meer und Hitze an Eindrücklichkeit. Er mußte sich eingestehen, daß er sich nicht für Dramen eignete. Er, er schätzte es in erster Linie, den größtmöglichen Gewinn aus jeder Stunde zu ziehen, die er lebte. Er dachte an Valldaura.

Kurz vor seinem Tod hatte er ihm von Wien erzählt, von den Veilchen ohne Duft, von den Geigen ... Allerdings, vertraute er ihm an, hätte er sich nie vorstellen können, daß sein doch so romantisches Abenteuer so viele Leute hatte belustigen können. Vielleicht würde auch er wie ein kleines Kind werden und jedermann erzählen, daß er ganz verrückt nach einem Mädchen gewesen war, welches sang. Oder vielleicht würde er es voller Boshaftigkeit erzählen, um zu sehen, was für ein Gesicht der Idiot machte, der ihm zuhörte. Nein, darüber lachte man nicht. Er merkte, daß seine Übelkeit vorbei war und daß er Hunger bekam. Wie immer, wenn er niedergeschlagen war, hatte er eine Abneigung gegen Tabak und bekam Hunger; einen unbändigen Hunger. Er hielt es nicht mehr aus. Ein gutes Mittagessen war jetzt sein dringendstes Bedürfnis. »Na, Marcel, Sie haben keinen Hunger?« Und er verspürte ein ungeheures Verlangen, auserlesene Dinge zu essen: Fisch aus diesem tiefblauen Meer. Einen Wolfsbarsch vielleicht, garniert mit orangefarbenen Miesmuscheln und rosa Langustinos ... »Sagen Sie, Marcel, kennen Sie hier nicht irgendein Eckchen, wo man gut essen kann?« Und Eladi Farriols holte seine Kinder nicht. Er beschloß, ihnen zu schreiben und ihnen zu sagen, sie sollten sofort zurückkommen; er wolle sie zu Hause haben, da er krank sei. Und bei Balsarenys würde er sich entschuldigen.

X
RAMON UND MARIA

Abseits vom Haus, umgeben von Pinien, die sie halb verbargen, stand die Kirche. Von innen erblickte man durch zwei Fenster zu beiden Seiten des Portals, die wie zwei Bullaugen aussahen, das Meer. Auf dem Altärchen standen immer unschuldige Blumensträuße in allen Farben. Und brennende Kerzen, von denen das Wachs tropfte. Und eine kleine Jungfrau mit einem Kindergesicht, Schutzheilige gefährdeter Seeleute, in einem blauen Kleid, und zu ihren Füßen zwei gekreuzte Ruder. Über den Haaren und dem Schleier schwebte eine Krone aus weißen Rosen. Ramon und Maria traten für einen Augenblick ein, um die Jungfrau anzuschaun. Die Sonne schien durch die Fensterscheiben und fiel wie eine Kugel auf die Fliesen. Am Strand erwartete sie die Gruppe. Sie liefen eine Weile, stiegen zwischen Ginsterbüschen durch die Felsen hinab; das Meer war wie ein Brett; ganz blau, mit blitzender Sonne besprengt. Der Schatten unter den Pinien war heiß. Ihre Füße versanken im Sand. Maria schaute Ramon an. Das Meer gehörte ihnen, mit seinen Buchten voll schläfrigen Wassers, mit seinen Steinen in der Tiefe, immer und immer wieder von der Geduld des Wassers poliert ... Sie würden den Sommer zusammen verbringen: ohne Fräulein Rosa, wie gut; ohne Armanda, ohne Eltern ... Unter dem Bademantel trug Maria ihren Badeanzug. Die Gruppe der jungen Leute empfing sie mit Freudengeschrei, und Màrius, der sie ununterbrochen angeschaut hatte, während sie durch die Felsen herabstiegen, trat lachend zu ihnen. Sie gingen langsam ins Wasser, zerteilten es mit den Beinen. Mit einem Mal tauchten sie ein in dieses Meer, das sie umgab. Maria, im roten Badeanzug, eine Ähre, das Haar auf ihren weizenfarbenen Schultern ausgebreitet. Maria im Wasser, ganz aus Gold und Feuer; mit ihren Füßen wie Muschelschalen. Maria, Knospe, Jungfrau wie die Jungfrau vom kleinen Altar. Die Maria von den Bäumen und vom Efeu und vom Park und vom Mond auf dem Dach. Maria allein, flach wie eine Steinplatte unter dem Blätterwerk des Herbstes, darauf wartend, daß es von den Zweigen Blätter regnete. Maria im blauen Wasserbett und weit weg ein Segel ein Boot ringsum die Blasen der Welle nur du und ich bis ans Ende der Welt allein mit dem Regen allein mit den Stürmen jeder Blitz um deinen Namen zu ehren Maria du meine Schwester. Maria, Ramon, Màrius. Maria zwischen den beiden Jungen. Màrius schlank, schwarz wie ein Kohlenträger, sein Gesicht mit den schmalen Wangen vom weißesten Lächeln der Erde zerteilt. Màrius mit Ramon an der Universität. Màrius Balsareny. Freunde, Kameraden, so verschieden einer vom andern. Màrius rennend, hinter ihm her ein berittener Polizist. Màrius vorgeladen. Màrius eingesperrt. Màrius Rebell, Màrius Revolutionär ... Maria und Màrius waren aus dem Wasser gekommen und saßen glücklich nebeneinander auf dem heißen Sand, und Màrius malte ein sehr großes M in den Sand, und daneben malte er noch eins. Màrius malte zwei M, während die anderen schwammen und schrien und lachten. Ramon schaute sie an, eifersüchtig, sie so nah beisammen zu sehen Maria du meine falsche Schwester. Du meine falsche falsche Schwester. Maria machte zum Spaß die Längsbalken der M immer länger, welche Màrius außerhalb der Reichweite der Wellen gemalt hatte, damit das Wasser sie nicht davontrüge. Màrius hob von Zeit zu Zeit seine Augen und suchte die von Maria, welche fasziniert mit den M spielte. Màrius schlank, mit eingefallenen Wangen, mit zitternden Nasenflügeln, mit Adern und Nerven unter der verbrannten Haut, mit einem unbestimmten Etwas von Hase und Vogel. Ramon schaute sie an. Ein Holzsplitter war ihm in eine weit entfernte Stelle seines Inneren gedrungen, von der er nicht einmal wußte, daß sie existierte. Er schloß die Augen, um den Strand nicht zu sehen, der sich drehte und drehte mit dem roten Fleck von Maria in der Mitte wie im Zentrum eines Strudels. Maria weit weg unter den Stürmen unter der beweglichen Helle der Zweige Turteltauben und Schmetterlinge Komplizen sie beide du meine Jungfrau ... und die geraden Längsbalken bedeuteten Màrius und Maria beisammen. Ein bitterer Geschmack füllte seinen Mund, wie in jener Nacht, als er seine Eltern hörte. Er schaute durch das Schlüsselloch. Er wollte wissen. Auch durch das Schlüsselloch von Fräulein Rosas Zimmer hatte er geschaut ... Das Licht auf dem Nachttisch brannte, sie lagen im Bett. Es war, als hätte man ihn am Boden festgenagelt, er atmete nicht. Er hörte sie. Ganz allein stieg er aufs Dach hinauf. Die Übelkeit würgte ihn in der Kehle. Die Welt der Großen war eine häßliche Welt. Er lief mit ausgebreiteten Armen über das Dach, von Turm zu Turm. Die Blätter des Lorbeerbaums waren voll Wind, und ihr Rauschen beruhigte ihn langsam. Unter seinen Füßen, unter dem Zement, unter den Balken schlief Maria. Über seinem Kopf wanderte mit kleinen Wolken, die von Mondschein umgeben schwebten, die Nacht ... irgendeine verlorene Stimme, die der Wind vor sich her trieb, murmelte Jaume ... Plötzlich mit seinem Bruder verbunden durch die Stimme, die der Wind hertrug. Er und Maria sprangen heimlich aufs Feld, ohne es Jaume zu sagen, hin zur Freiheit, hin zu den Abfällen mit den leeren Konservenbüchsen, mit den Schätzen ... Die Großmutter und der Wein. Er ging zu ihr und schnitt Grimassen. Sie wollte nicht, daß Miquela ihn hereinließ, weil dieser Ramon ich weiß nicht wem ähnlich sieht. Mit den Armen und mit den Beinen zerteilte er das salzige Wasser das Wasser hinten im Park war grün mit Mücken die flogen die Eier legten. Es gab immer mehr Mücken, und sie hatten Mückennetze aufgehängt. Jaume wie ein Fötus im grünen Wasser mit den Mückeneiern und er in salzigem Wasser wie ein Riesenfötus in einem Wasser ohne Bauch ... er würde allein herauskommen allein geboren werden nicht zwischen den Schenkeln einer Frau mit Blut ins Leben hinausgespuckt ... im Wasser einen Tod ohne störende Leiche sterben hinein hinein wo das Wasser keine Farbe hat Salz in den Lungen ... Er streckte den Kopf aus dem Wasser und spuckte aus. Die weiße Helligkeit ließ ihn die Augen schließen noch weißer war die Gabel nach dem Schälen und Jaume wich immer weiter zurück und er schaute sie mit vorgeschobenen Lippen an hatte Pickel unter den Achseln Pickel am Hals die nicht trocken wurden floß Eiter und dunkelviolettes Blut aus ihnen schaute sie an dem Weinen nahe ohne zu weinen dieses Hindernis. Jaume-Màrius wie ein eitriges Geschwür zwischen ihm und Maria ... Sie saßen bei den Buchstaben im Sand. Er fing an, kräftig loszuschwimmen, als ob hinter ihm alle Toten des Wassers ihn an den Füßen ziehen müßten und seine Rettung jener rote Fleck du meine Schwester wäre und er kam keuchend aus dem Wasser und statt sich Màrius und Maria zu nähern, rannte er los zu den Pinien hin in den blauen Schatten mit seinem ganzen Leid im Innern, das an ihm nagte und an ihm nagen würde wenn er studieren wenn er laufen wenn er sich an eine Jungfrau erinnern würde die an einem Sommermorgen am Strand saß denn der Täuschung halber hatten sie ein Mädchen aus ihr gemacht aber es war eine Jungfrau und zwischen den Schenkeln aus Blut und Gold lagen die Nacht und die Träume. Maria näherte sich. Sie kam aus der Helligkeit. Màrius schwamm weit entfernt. Maria fuhr ihm mit der Hand über die Stirn, hast du Fieber? und aller Frieden der Welt entstand zwischen Marias Hand und der Haut seiner Stirn aller Frieden du und ich für immer unter den Bäumen wo die Turteltauben Dinge sagen die man nicht versteht weil es Gespräche in aller Unschuld des Lebensmorgens sind ... Maria ... was wissen die andern schon davon die sie nicht gesehn haben als sie klein war verlorener Vogel auf dem Dach schließ die Tür daß die Puppen nicht fortlaufen Duft des Lorbeerbaums schlafbringender Atem Maria Zentrum von allem. Was konnten sie schon von diesen sanften Augen wissen von diesen Wangen wo der Regen unter der Haut verloren hinten im Park sich an den Händen haltend im hellen Licht geboren aus dem Grün ausgespien in die Sonne vom Schatten. Was wußten die andern schon, die von der Straße, die, welche ein Mädchen anschaun Stadt zur Eroberung ... und er rannte los und Maria auch und sie gingen zusammen ins Wasser Spritzer von Sonne und Blau sie sauber und glänzend wie Oliven ohne Krankheit ohne Gift im Innern nur du meine Schwester. Als sie aus dem Wasser kamen, lag der Strand verlassen da. Der Sand glühte. Maria, zerstreut, lief über die Buchstaben und löschte sie halb aus. Ramon rieb mit seinen Füßen darüber. Sie drehte sich um und lächelte, aber als sie sah, daß Ramon die Buchstaben auslöschte, trat sie zu ihm und gab ihm einen Stoß ... Als sie in Barcelona ankamen ... Ihr Vater hatte den Balsarenys geschrieben; er teilte ihnen mit, es gehe ihm schlecht und er wolle die Kinder zu Hause haben ... Maria entferte das Puppenhaus aus ihrem Zimmer und brachte es in den Raum, wo sie gespielt hatten, als sie klein waren. Sie mochte es nicht mehr sehen. Sie war nun eine Frau.

XI
RAMON GEHT VON ZU HAUSE FORT

Sein Vater tat ihm leid, und er selbst tat sich leid, und alles tat ihm leid. Er hatte den Wunsch, sich aufzulösen, diesen Sommer aus seinem Leben auszulöschen. Sein Vater schaute ihn an, er wußte nicht, wie er ihm sagen sollte, daß er und Maria Geschwister waren. Daß Maria nicht die Tochter von Cousins war, die bei einem Unfall getötet worden waren, wie er es die Mädchen hatte erzählen hören, als er klein war. Dasselbe Blut. Sein Vater war, bevor er die Wahrheit hatte über die Lippen bringen können, bis zum Fenster gegangen, hatte sich gesetzt und hatte sich erhoben, mit dem Rücken zu ihm hatte er ihm das gesagt, was er schon immer hätte wissen sollen. Er hatte den Wunsch, zu fliehen, aber die Stimme seines Vaters nagelte ihn am Boden fest, die Beine beisammen, den Kopf gesenkt. Als sein Vater aufhörte zu reden, ging er rückwärts aus der Bibliothek, ohne richtig zu wissen, was er tat, mit umnebelten Gedanken wie in einem Alptraum ... er war klein, er spielte mit Maria und Jaume hinter dem Samtvorhang im Eßzimmer, die Großmutter hatte ihn nicht lieb, weil er ihr einmal eine Feder aus der großen Vase zerzaust hatte, die neben dem Eingang im Salon stand ... Wie irrsinnig rannte er die Treppe hinauf, er wollte Maria sehen, aber die Tür war zugeschlossen. Seine Schwester war eingesperrt, weil sie ihn lieb hatte und er sie lieb hatte und sie sich nicht liebhaben durften. Er rammte seine Schulter gegen die Tür, und die Tür gab nicht nach. »Maria ...«, rief er leise, und niemand antwortete. Da drückte er einen Kuß auf das Holz der Tür, um jener Maria adieu zu sagen, die so sehr ihm gehörte und die er nie mehr wiedersehen würde. Er mußte atmen, mußte all diesen Dreck, mit dem man ihn gefüllt hatte, aus seinen Lungen entfernen. Die Treppe nach oben aufs Dach, die er als kleiner Junge hinaufstieg, ohne zu merken, wie sie war, kam ihm zu schmal vor, die Stufen zu hoch, ihre Windungen heftig. Die Nacht war klar, voller Feuer. Aus seinem Herzen stieg eine Wolke von Melancholie auf, all der auf diesem Dach verbrachten Stunden wegen. Einer lag neben dem anderen, Bruder und Schwester, von Sternen bedeckt, die ihre Kreise zogen. Ein ganzes Leben war eben gestorben. Er hatte den Wunsch, über das Dach zu laufen, bis zum anderen Turm, bis in die Mitte, dort, wo Marias Haare seine Wange streiften, wenn sie ausgestreckt dalagen und der Wind wehte. Ihm fehlte der Mut dazu. Er ging wieder nach unten, blieb vor Marias Türe stehen; dort drinnen war seine Kindheit ... Er trat ins Spielzimmer. Er schaute auf die Tischchen, an denen sie beide Schreiben gelernt hatten. Maria war nicht eingeschlossen worden. Maria hatte ihn nicht sehen, hatte ihm nicht öffnen wollen. Das wußte er auch, das hatte man ihm auch gesagt. Er gab dem Kartonpferd einen Tritt, so daß es anfing, zu schaukeln. Er öffnete den Schrank mit den Spielsachen. Er betrachtete sie, eines nach dem andern. Auf dem unteren Regal lag der bunt gestreifte Kreisel. Die Feder zum Aufziehn war kaputt. Er nahm den Schrank und schleppte ihn bis unter die Lampe, kippte ihn, und die ganzen Spielsachen zerstreuten sich über den Boden. Er zertrat sie in aller Ruhe; er zertrat den Kreisel, tat sich am Fuß weh, packte das Kartonpferd und schlug es gegen die Scheiben. Mit einem Stück Glas schnitt er sich in die Hand ... dasselbe Blut. Rot, glänzend, dick. Mit erhobener Hand, damit keine Blutstropfen auf den Boden fielen, trat er zum Balkon. Der Garten war schwarz, mondscheckig. Als sie klein waren, war der Garten von ihm und Maria endlos. Er verspürte den Wunsch, laut den Namen seiner Schwester zu rufen: daß er durch die zerbrochenen Scheiben träte und sich hoch in die Nacht hinauf ausbreitete wie Hundegeheul. Er trat zum Puppenhaus. Er packte den Mann und riß ihm den Kopf ab. Mit umnebelten Gedanken ging er die Treppe hinunter, als ob der Alptraum andauere. Ohne stehenzubleiben, durchquerte er die Eingangshalle und lief wie ein Schatten unter den Kastanien dahin. Beim Gitter setzte er sich, um auf die Straße zu schauen, auf die Efeuranken an der gegenüberliegenden Mauer. Er merkte, daß er etwas in der Hand hielt, und wußte nicht, was es war. Er mußte eine Weile überlegen, bevor er es wußte: es war der Mann ohne Kopf aus dem Puppenhaus. Er steckte ihn in die Tasche, gerade rechtzeitig, um sich die Ohren zuhalten zu können. Hinter ihm stürzte alles zusammen; die Steine des Hauses flogen in die Luft und fielen, Äste brechend, in seiner Nähe herunter, ohne ihn zu treffen, aber sie taten ihm weh. Er wußte nicht, wie lange er wie gelähmt war. Er ging wieder hinein. Er folgte der Kastanienallee, stieg auf die Bank bei den Glyzinien; eine Zeitlang schaute er auf Marias Balkon und sah kein Licht im Zimmer. Er verlor das Gefühl für die Zeit, wanderte die Straßen hinunter wie eine Seele im Fegefeuer, verfolgt von der Stimme seines Vaters, von Erinnerungen, die ihn in eine Sackgasse trieben. Um acht Uhr morgens, halb krank, klingelte er bei Marina, der Schwester vom Notar Riera. Marina, die älteste Tochter, und er waren Studienkollegen. Ein kleines Mädchen, das er nicht kannte, öffnete ihm die Tür. »Ich bin das Patenkind von Frau Marina und heiße Marina.«

XII
MARIA HORCHT AN DER TÜR

Sie hörte Ramon vorbeigehn und öffnete die Tür, um ihn zu rufen, aber er lief so schnell die Treppe hinunter, daß sie es bleiben ließ. Sie ahnte, daß etwas Schlimmes bevorstand. Ihr Vater war nicht krank, wie er in seinem Brief an Balsarenys geschrieben hatte. Sie blieb eine Weile auf dem Treppenabsatz stehen, ohne zu wissen, was sie machen sollte; schließlich ging sie hinunter, hielt aber ab und zu inne . . . als ob sie erraten wolle, was geschah, ohne daß sie dazu ganz nach unten zu gehen brauchte. Die Tür zur Bibliothek war nicht richtig zu. Ihr Vater sprach, aufgeregt, und sie konnte verstehen, daß er von ihr und von Ramon sprach. Sie durchquerte die Eingangshalle und näherte sich der Tür. Nie war ihr das Wasser, das aus der Schale floß, so geräuschvoll vorgekommen. Sie erinnerte sich an einen Nachmittag, an dem das Fräulein, mitten im Französischdiktat, ihren weißen Kragen zurechtgerückt, ihre Manschetten nach vorn gezogen und, den Kopf hebend, leise zu ihr gesagt hatte, während sie ihr in die Augen sah, daß sie in diesem Hause niemand sei. »Du bist niemand, niemand . . . das sag' ich dir, um dich für die Grimassen zu bestrafen, die du mir geschnitten hast, als du klein warst. Du bist gar nichts.« Sie hatte Lust gehabt, ihr ins Gesicht zu spucken. Sie gab ihr wütend zur Antwort, sie denke sich Lügen aus, weil sie häßlich sei und neidisch. Und Fräulein Rosa, mit glühenden Wangen und zusammengekniffenen Lippen, hatte gebieterisch gesagt: »Diktat.« Und sie korrigierte es in ihrer Gegenwart, fehlerübersät, und bei jedem Fehler, den sie unterstrich, ließ sie ihre Zunge gegen den Gaumen schnalzen. Als sie den Unterricht für beendet erklärte, murmelte sie: »Ich werde mit deiner Mama sprechen müssen; ich werde ihr sagen, daß du wenig lernst, weil du andere Dinge im Kopf hast . . . häßliche Dinge.« Sie lief zur Großmutter hin, blieb neben ihr stehen und brach in Tränen aus. Als sie dazu imstande war, erzählte sie der Großmutter, daß Fräulein Rosa gesagt habe, sie sei niemand. Die Großmutter hatte ihr viele Male mit der Hand übers Haar gestrichen: »Weine nicht, weine nicht, du bist mein Liebling, mein Liebes, bist es immer gewesen ...« Sie durfte die mittlere Schublade des japanischen Möbels aufmachen und das dunkelviolette Etui herausnehmen. Und die Großmutter hatte das Etui aufgemacht und den Brillantstrauß genommen. Er lag auf ihrer Hand: »Wenn ich sterbe, wird er dir gehören.« Maria hatte noch größere Lust zu weinen und legte das Etui wieder weg. Die Großmutter zog sie ganz nah zu sich heran, streckte den Arm aus, und auf das zeigend, was sie umgab, sagte sie, daß alles ihr gehören werde: das Haus mit den Bäumen und den Vögeln.

Sie hörte eine große Stille in der Bibliothek und rannte, mit unruhigem Herzen, hastig die Treppen hinauf. Nach einer Weile klopfte Ramon an ihre Tür. Sie hielt sich mit den Händen den Mund zu, um nicht antworten zu müssen, schaute auf diese Tür, hinter der ihr Bruder stand, der der Sohn ihres Vaters war, wie sie die Tochter seines Vaters war. Und sie machte nicht auf, weil sie kein angenommenes Kind war; Ramon und sie waren Geschwister. Einmal hatten sie sich am Rand des Wassers geküßt, wo vor Jahren ... Jaume ... Sie schaute, die Arme auf den Rücken verschränkt, aufs Wasser, die Tierchen, die sich darin bewegten und es erzittern ließen, faszinierten sie. Ramon stellte sich neben sie. »Ich weiß mehr als du. Weißt du, was die Großen machen, wenn sie sich liebhaben? Sie spielen mit den Zungen.« Er hatte sie genommen und zu sich herumgedreht. »Weißt du das, daß deine Augen und meine aus Wasser sind? Es wäre schön, wenn sich das Wasser von deinen Augen und das von meinen vermischen würde.« Maria sah Blätter in Ramons Augen: ein dunkles, leuchtendes Paradies, das ihren Willen einsog. »Wenn sich das Wasser von deinen Augen und das von meinen vermischen würden, wäre ich du und du wärst ich. Würde dir das gefallen?« Sie hatte mit schwacher Stimme ja gesagt. Da küßte er mit einem kurzen, zärtlichen Kuß ihre Lippen. »So werde ich dich küssen; immer so.« Maria hatte ihre Lippen ein wenig vorgeschoben und, mit Wasser in den Augen, gebeten: »Noch mehr.« Sie hörten ein Geräusch von brechenden Zweigen und versteckten sich rasch hinter einem Geißblattbusch. Nachdem sie eine Weile den Atem angehalten hatten, sagte Ramon leise zu ihr, daß ihnen jemand gefolgt sei und sie belausche. »Ich weiß schon, wer das ist.« Traurig und getrennt waren sie zurückgegangen ... das war nun drei oder vier Jahre her. Sie hob den Kopf und lauschte: Ramon war auf dem Dach. Danach hörte sie ihn im Spielzimmer. Das ganze Haus war eine von jenem Sturm im Spielzimmer unterbrochene Stille. Mit einemmal legte sich der Sturm. Ramon kam, Stufen überspringend, die Treppe herunter. »Maria ... Maria ... Maria ...« Jemand rief so weit entfert ihren Namen, daß sie nicht erraten konnte, wessen Stimme es war. Sie öffnete den Balkon und sah den Himmel an, die Bäume. Ramon stand auf der Bank bei den Glyzinien, und trotz der Dunkelheit konnte sie den weißen Fleck seines Gesichtes erkennen. Sie zog sich rasch zurück. Zusammengekauert am unteren Bettende konnte sie nicht einmal denken. Die Angst preßte ihr das Herz zusammen. Sie stand auf, wandte sich nach draußen ... »Maria ... Maria ... Maria ...« Woher kam diese Stimme, die nirgends war und die ihren Namen nannte, um sie merken zu lassen, daß sie nicht allein war? Ramon durchquerte den Garten und verlor sich unter dem Schatten der Kastanien.

XIII
ELADI FARRIOLS UND DER NOTAR RIERA

Er stieg aus dem Wagen, folgte dem Bürgersteig und blieb vor dem Haus des Notars stehen. Das Treppenhaus war herrschaftlich, aber finster; der Fahrstuhl altmodisch. Er würde zu Fuß hochgehen, dabei könnte er sich mit Mut wappnen. Er ging gemächlich hoch; alle zwei oder drei Stufen blieb er stehen, um auszuruhn. Er steckte die Hand in die Innentasche seiner Jacke, um zu überprüfen, ob er den Brief bei sich habe. Er bekam eine unwiderstehliche Lust, alles zum Teufel zu jagen, sich aus dieser Schlinge der Verantwortung zu lösen, die ihn erwürgte. Wenn jemand anders das für ihn hätte tun können, was er gerade tat . . .

Er stand vor der Wohnungstür und las Buchstaben für Buchstaben den Namen des Notars Riera auf dem Messingschild. Ein schmales Mädchen öffnete ihm, mit sehr großen Augen, oder vielleicht wirkten sie nur so groß, weil es ein so kleines Gesicht hatte. Es trat zur Seite, damit er eintreten konnte. »Weiß Herr Riera, daß Sie zu ihm möchten?« – »Nein.« Und er gab ihm seine Karte. Im Wartezimmer saß ein Paar: ein dicker Mann und ein blondes Mädchen mit schwarzen Brauen, das seine Tochter zu sein schien. Eladi trat zum Balkon und schob die Gardine ein wenig zurück. Der Tag begann sich zu neigen, ein wenig grau, ein wenig windig. Von seinen Gedanken lenkten ihn die kleinen roten Rücklichter an den Autos ab, welche die Straße hinunterfuhren. Plötzlich befiel ihn eine Art Übelkeit. Eine Glasscheibe des Balkons hatte, auf der rechten Seite, im unteren Teil, einen Fehler: ein Bläschen, welches die kleinen roten Lichter reflektierte. Dieser Fehler brachte ihm eine Erinnerung, grau wie der Nachmittag, die aus wer weiß welchen Tiefen kam, von wer weiß welch finsteren Wegen, vielleicht aus der Zeit, als er klein war? Er wandte den Blick von dem Bläschen. Der Kanzlist, seine Visitenkarte in der Hand, betrat das Arbeitszimmer des Notars. Er setzte sich. Die isabellinischen, mit erdbeerfarbenem Samt gepolsterten Stühle waren durch eine auf dem Boden befestigte Holzleiste von der

Wand getrennt. Der Kanzlist trat zu ihm, um ihm zu sagen, daß Herr Riera ihn bald empfangen werde; und er ließ das Paar eintreten.

Der Notar Riera schaute die Rose an: er hatte sie zwei Tage zuvor von seinem Landsitz in Cadaqués mitgebracht. Er selbst hatte sie in dieses Väschen aus Kristall und Silber gestellt, das er von einer Vorfahrin mütterlicherseits hatte. Es war eine rote Rose, offen, einige Blätter in der Mitte hielten noch knospenförmig zusammen. Er nahm die Visitenkarte: Eladi Farriols. Dieser Name sagte ihm nichts. Er fragte den Kanzlisten: »War dieser Herr schon einmal hier?« – »Nein, Herr.« – »Führen Sie ihn herein.« Er nahm ein Schriftstück und tat so, als ob er lese. Plötzlich hob er den Kopf und bedeutete Eladi mit der Hand, er möge sich setzen. Er hatte vergessen, zu welcher Person der Name auf der Karte gehörte, aber als er ihn vor sich hatte, erkannte er ihn sofort. Er sah sehr schlecht aus. Eladi zog seine Handschuhe aus; wenn es heiß war, brauchte er sie besonders, denn es störte ihn, wenn sich seine Hände verschwitzt anfühlten. Ein Handschuh fiel ihm zu Boden, er hob ihn auf und schaute den Notar an. Er komme wegen einer Angelegenheit, die mit dem Notariat nichts zu tun habe. »Es handelt sich um meinen Sohn Ramon, an den Sie sich erinnern werden. Als er klein war, haben Sie ihn oft gesehen.« Der Notar Riera verspürte den Wunsch, die Rose anzuschauen. Er sagte zu Eladi, daß »in der Tat, ja, natürlich ... ich erinnere mich sehr gut an Teresa Valldauras ältesten Enkel. Er wird jetzt schon ein Mann sein.« Das Büro roch nach geschlossenem Raum, und dieser stickige Geruch vermischte sich in Eladis tiefstem Innern auf gewaltsame Art und Weise mit dem Unbehagen wegen des Bläschens. »Ramon, Sie verstehen ...« Und Eladi sagte, daß sein Sohn, in einem unglücklichen Augenblick, von zu Hause fortgelaufen sei. »Und Marina, Ihre Schwester, hat mir geschrieben und erklärt, daß er bei ihnen ist. Da Ramon und die älteste Tochter von Marina, Marina, Studienkollegen sind ...« Der Notar Riera nahm den Brief, den Eladi ihm reichte. Er erkannte sofort die Schrift seiner Schwester. Mit den Augen fragte er Eladi: »Was soll das alles bedeuten?« – »Ihre Schwester schreibt mir, daß mein Sohn bei ihnen zu Hause sei, also, nachdem ich ... Nach einem Gespräch, das ich mit ihm geführt habe.« Der Notar Riera hörte sich dieses Gestammel ohne großes Interesse an. Teresa hatte ihm so viel von ihrem Schwiegersohn erzählt und hielt ihn für einen Mann von so geringer Bedeutung ... sie war sicher, daß er Sofia aus Gewinnsucht geheiratet hatte. Letzten Endes, wenn Eladi Farriols mit seinem Sohn ein Drama durchmachte, war es seine Schuld. Eladi sprach von Maria, von dem, was es möglicherweise zwischen den Geschwistern gebe ... Ab und zu wischte er den Schweiß von Stirn und Hals. Dieser Geruch nach geschlossenem Raum und dieses Bläschen und der Notar Riera, der gar nicht dazusein schien ... Der Notar Riera kannte die Geschichte, nicht die von jetzt, sondern die von vorher, die mit der Chansonette. Die mit Lady Godiva. Er, er hatte sie sich mehr als einmal angesehen, nie allein, immer mit Freunden. Sie sang nackt auf einem Mann mit Pferdekopf, bedeckt von einer üppigen schwarzen Haarpracht. Sie hatte ein klein wenig Bauch, fest und ganz reizend. Aber warum zum Teufel hatte Eladi das Kind der Künstlerin zu sich genommen, zusammen mit seiner Frau und seinen ehelichen Kindern? Es hätte tausend andere Möglichkeiten gegeben, um dieses Problem auf eine klügere Art zu lösen. Sehr hübsch natürlich, das uneheliche Kind bei sich ... aber jetzt bekam er die Folgen zu spüren. Immer bekommt man die Folgen einer Dummheit zu spüren, urteilte er in Gedanken. Ein Inzest fehlte in dieser Familie gerade noch. Eladi sagte ihm eben, daß es, wenn er ihn aufgesucht habe, in der Absicht geschehen sei, seinem Sohn zu helfen. »Ich gebe Ihnen einen Scheck, damit Sie ihn, ohne daß mein Sohn es erfährt, Ihrer Schwester zukommen lassen. Deswegen habe ich Sie bemüht.« Während er den Scheck nahm und ihn, ohne ihn anzuschaun, zusammenfaltete, sagte der Notar Riera: »Warum versuchen Sie nicht, zu meiner Schwester zu gehen und Ihren Sohn zu sehn? Manchmal lassen sich die schwierigsten Situationen mit zwei, drei Worten beheben.« Er merkte sofort, daß er annehmen mußte, worum Eladi ihn bat, falls er ihm helfen wollte: ohne Moralpredigt oder Ratschläge. Eladi war nicht der Mann, um irgend etwas in Angriff zu nehmen, das eine Anstrengung verlangte. Im Grunde tat ihm Eladi trotz allem leid. Er versicherte ihm, daß er selbst, höchstpersönlich, Marina den Scheck geben werde; er werde alles tun, was nötig sei, damit Ramon nicht auf die Vermutung käme, daß sein Vater ihm helfe. Eladi begann mit gesenktem Kopf seine Handschuhe anzuziehen, um die Rührung zu verbergen, die ihm die Kehle zusammenschnürte. Sobald Eladi durch die Tür zum Büro gegangen war, atmete der Notar Riera tief auf, nahm das Väschen, hielt die Rose an seine Nase und roch begierig daran. Arme Teresa . . .

XIV
MARIA

Kein Herbst war ihr je traurig vorgekommen: nur dieser. Die Villa war von Gittern umgeben, von Wolken, die sie nicht atmen ließen. Warum starb nicht alles? Mama schaute sie an, als ob sie sie nicht sähe. Die Großmutter schlief immerzu. Ihr Vater war wie betäubt und lief hin und her, mit Augen so voller Leid, daß sie seinen Anblick nicht ertragen konnte. Ihre einzige Gesellschaft waren das Dach und der Himmel. Dort stieg sie jede Nacht hinauf, und, den Glyzinien zugewandt, stand sie weiß in ihrem duftigen Nachthemd da, »Brautnachthemd« hatte Armanda vor langer Zeit gesagt, und rief und rief leise den Namen ihres Bruders; es war, als sähe sie ihn wieder, wie er auf die Bank gestiegen war, wo im Sommer die Bienen und die lila Blüten, die fielen und flogen, süßer waren als Honig. Sie rief ihn mit schwacher Stimme, damit er, wenn er weit fort war, wo immer er auch hingegangen sein mochte, sie mit der Seele hören konnte und zurückkam, auch wenn sie Geschwister waren. So wie seine Seele sie gerufen hatte im Sternenlicht. Eines Nachts versuchte sie, sich dem Dachgesims zu nähern, dort, wo sie sich an einem Seil gehalten, das sie zwischen zwei Kamine gebunden hatten. Sie konnte zurückweichen, und als sie bei der kleinen Eisentreppe ankam, hielt sie sich an ihr fest und schloß die Augen, denn das Herz klopfte ihr. In diesem Augenblick faßte sie den Entschluß.

Hinten im Park warteten all die goldenen und roten Blätter auf sie. Sie schüttelte einen Ahorn, und ein Propellerregen fiel auf sie herab. Sie fing ihn mit geschlossenen Augen auf. Sie trat ans Wasser und beugte sich vor; ihr Gesicht im Wasser war das Gesicht eines Kindes. Sie warf eine Handvoll Erde ins Wasser, und ihr Gesicht verschwand. Sie begann ihre Füße über den Boden zu ziehen, Linien in die weiche Erde zu zeichnen. Ab und zu stieß sie gegen eine Wurzel (wie eine Schlange, sagten sie und Ramon), und sie rissen an ihr, weil die Wurzel, die von einem Baum in der Nähe zu sein schien, sie zu einem Baum in der

Ferne führte. Eine tote Schlange, von der Zeit und von den Gezeiten in eine Wurzel verwandelt. Und plötzlich sah sie die Gabel zu ihren Füßen: schmutzig und weiß, Moospolster am Ende des halb eingesunkenen Griffs. Sie tat ein paar Schritte zurück und sah alles wieder. »Ruhig!« sagte eine Stimme in ihrem Innern. »Ruhig!« Oben in den Bäumen schienen die Vögel ihr zu lauschen. Sie bückte sich und nahm die Gabel. Sie hieb ein paarmal auf den Boden, damit das Moos abfiel. Sie schlug kräftig aufs Wasser. Wieder schlug sie darauf, und Wasser spritzte auf ihre linke Wange. Sie wischte es mit dem Handrücken ab und leckte sich den Handrücken ab. Es schmeckte nach nichts: nur nach Speichel und nach Zunge und nach Himmel. Wieder schlug sie aufs Wasser, und das Wasser spritzte in ihr linkes Auge. Sie wischte es sich mit den Fingerspitzen ab und fuhr sich mit dem feuchten Finger über das Lid. Das Wasser auf dem Lid und das Wasser einer Träne waren gleich, doch das eine war süß und das andere salzig. Ihr Gesicht im Wasser war das Gesicht eines Kindes mit Augen aus Wasser, mit Speichel aus Wasser: ein Kind aus Wasser und Feuer. Eine Flamme erhob sich in ihrer Seele: hoch. Eine Flamme der Liebe, ohne zu wissen, was Liebe war. So gut sie konnte, zerbrach sie den gegabelten Ast und warf ihn ins Wasser, das ihr Gesicht und ihre Lippen wieder auslöschte, die nie von der Liebe eines Mannes geküßt worden waren, die nie von der Liebe eines Mannes geküßt werden würden. Ihre Brüste, zart wie der Frühling, ihre Knie, süßer als der Kelch des Geißblatts. Eine Wüste. Beim allerältesten Baum schaute sie die Veilchen an. Sie zertrat sie eines nach dem andern. Mit einem Stein zerkratzte sie den Baumstamm tief, um jene vom Saft bucklig gewordenen Buchstaben auszulöschen, von denen sie nie gewußt hatte, was sie bedeuteten. Und sie ging in den Vogelkäfig. Sie setzte sich auf den Boden und unterhielt sich damit, die Flecken von Licht und Schatten auf ihren Händen zu betrachten. Hier drin hatte es sehr große Vögel gegeben, bunte Vögel ... Pfauen, den Schwanz zu einem schillernden, blaugefleckten Rad aufgeschlagen. Herbstfarbene Fasane, alle mit kleinem Kopf. Die Großmutter hatte ihr erzählt, daß sie sie gern hatte, doch die Mädchen konnten sie nicht ausstehn, weil sie ihnen Arbeit machten, und sie hatten sie verdursten lassen.

Sie hätte sie auch gern gehabt; doch Ramon hätte ihnen die Augen ausgestochen. Er hatte gehört, daß blinde Vögel mehr sängen. Sie hätte gerne einen auf dem Schoß gehabt: einen blinden Fasan mit offenem Schnabel und rauhem Zünglein. Die Schatten auf ihren Händen bebten, und ihr bebte das Herz, gut geschützt von Knochen und Haut. Sie hätte gewünscht, es nehmen zu können und einem Tiger hinzuwerfen. Da, Tiger. Und der Tiger hätte es mit einem Prankenschlag umgedreht, um zu sehen, was darunter sei. Danach hätte er es mit den Zähnen genommen, sehr vorsichtig, damit es ganz bliebe, und hätte es seinen Jungen gebracht, die hungrig auf ihn warteten. Ein gelber, schwarzgefleckter Tiger mit glühenden Kohlen in den Augen. Mit einem Satz auf einem Baum oben . . . Sie stand auf, zögerte und setzte sich wieder. Sie zog Schuhe und Strümpfe aus, um die Erde zu fühlen. In ihrer Nähe lag ein halb zerquetschtes Veilchen. Sie nahm es behutsam; wären ihre Augen ein Vergrößerungsglas, was für eine Verästelung von Nerven, was für eine Unmenge von Fasern würden sie nicht sehen . . . Sie legte das Veilchen auf ihre Lippen, nahm es mit der Zunge und schluckte es hinunter. An ihren Händen war Moos von der Gabel hängen geblieben. Es wurde dunkel. Fort war das Licht und die Nacht sank hernieder. Ihr gefiel die Nacht. Maria . . . Maria . . . Maria . . . Sie stand auf. Sie berührte das Türchen, das halb herabhing, und trat mit geducktem Kopf hinaus. Barfuß grub sie ihre Füße in die verfaulten Blätter, in die dürren Blätter, und sie fühlte sich als verfaultes Blatt und als dürres Blatt. Maria . . . Maria . . . Maria . . . Sie blieb stehen und rief, die Hände am Mund, als müßte sie sich von einem Ast oder von einem Stern herablassen: Jaume! Jaume! Jaume! Es gab ihr niemand Antwort, und ihren Namen hörte sie nicht mehr rufen.

Sie ließ die Tür auf und machte den Balkon sperrangelweit auf. Der Wind wirbelte ihr das Nachthemd zur Seite: ein weißer Flügel im Spiegel. Ihre kleine Büste und ihre herrlichen Schenkel zeichneten sich ab. Gefangen in der Liebe zu sich selbst betrachtete sie ernst ihr Spiegelbild. Plötzlich war sie nackt. Eine unsichtbare Hand auf der andern Seite des Spiegels hatte ihr das Nachthemd fortgerissen, als ob der Wind es ihr fortgerissen hätte. Sie hatte kelchförmige Brüste, mit leicht rötlichen Brustwarzen, einen schlecht abgebundenen Bauchnabel . . . Die unsichtbare Hand legte ihr das Meer zu Füßen. Nackt wurde sie aus toten Wellen geboren, mit einem Ring über dem Kopf wie eine Krone, übersät mit Brillanten und Rubinen. Hochzeitsfarben. Das Rot der zerrissenen Jungfräulichkeit und das Weiß der vorherigen Jungfräulichkeit. Der Ring fiel herunter. Sie streckte die Arme aus, machte die Beine breit, hob den Kopf. Sie machte den Stern. Wenn sie und Ramon vom Rennen und Schreien genug hatten, blieben sie plötzlich stehen und machten den fünfzackigen Stern. Unbeweglich, wer es wohl länger aushielte. Jaume kam zu ihnen und stieß sie an: »Bewegt euch! Bewegt euch!« Ring, Meer und Stern, alles verschwand aus dem Spiegel, der trüb wurde. Und sie. Auf halber Höhe der Treppe mußte sie sich am Geländer festhalten, einen Augenblick lang. Vor dem Zimmer von Großmutter Teresa blieb sie stehen und lauschte. Sie drehte den Knauf und stieß die Tür auf. Der Atem der Großmutter ging schwer. Der Atem von jemand sehr Müdem. Wovon mochte sie müde sein, die Großmutter? Das Zimmer lag völlig im Dunkeln, aber ein Lichtschimmer von den Fenstern in der Eingangshalle ließen sie den Tisch und den goldroten Sessel erkennen. Auf dem Tisch lag das Fotoalbum, das Großmutter Teresa so oft anschaute. Sie nahm es. Bevor sie die Tür zumachte, verspürte sie den Wunsch, Großmutter Teresa auf die Hand zu küssen, aber sie konnte nicht.

Mit dem Album beladen, zündete sie die kleine Lampe auf dem Tisch in der Bibliothek an und setzte sich auf den Boden. Sie suchte etwas Bestimmtes. Sie blätterte die Seiten rasch um. War da nur die Großmutter? Die Großmutter, als sie jung war, eine Rose an der Brust. Die Großmutter dekolletiert, juwelenbehängt. Die Großmutter im Jackenkleid und die Nadel mit den Blumen aus Brillanten am Aufschlag. Die Eltern. Mama wie eine Taube, den Tennisschläger in der Hand. Sie in Windeln auf den Armen einer Amme. Sie mit einem Sträußchen Gartenjasmin in der Hand. Jetzt! Ramon und sie nebeneinander; Jaume vor ihnen beiden mit seinem kleinen Gesicht, mit seinen dünnen Beinen, mit seinen großen Knien. Als ob er ein Tablett trüge, hielt er mit beiden Händen ein flaches Holz mit einem Stück weißen Stoff, das an einem Stöckchen festgebunden war und ein Fähnchen sein sollte. Jaumes Schiffchen. Als sie das Photo nahm, um einen Kuß darauf zu drücken, fiel ein Zeitungsausschnitt auf den Boden. Ein Mädchen mit offenen Haaren, auf einem als Pferd verkleideten Mann, rief ihre Aufmerksamkeit hervor; sie war ganz hingerissen von den Augen dieses Mädchens, die ihren eigenen ähnlich waren. Warum hatte die Großmutter dieses Stück Zeitung mit diesem Bild versteckt? Sie gab Jaume einen langen Kuß und ließ alles so, wie sie es vorgefunden hatte. Sie schloß das Album. Sie hatte die Hände darauf gelegt und dachte eine Weile an die traurigen Augen dieses Mädchens. Sie ging hinaus, trat zur Bank bei den Glyzinien. Sie beugte sich über den ausgetrockneten Brunnen. Ein Mondstrahl fiel hinein, bis auf den Grund hinab. In einer Ecke sah sie irgend etwas glänzen. Etwas, das Jaume wohl hineingeworfen hatte. Alles, was ihm nicht gefiel, warf er in den Brunnen.

Mit der einen Hand am Eisengeländer, mit der andern sich die Haare haltend, die ihr der Wind ins Gesicht blies, stieg sie aufs Dach hinab. Der straffe Himmel, verschleiert auf der einen Seite von Sternenstaub, durchlöchert auf der andern von großen Sternen, machte ihr Mut. Mit ausgebreiteten Armen, um das Gleichgewicht nicht zu verlieren, und mit den Haaren vor den Augen, näherte sie sich dem wie ein Stück Spitze durchbrochenen Dachgesims; sie schaute wieder auf die Steinbank, die sie nur mit Mühe ausmachen konnte, auf die Bäume, die sich dem Himmel näherten, und den Himmel, der sich den Bäumen näherte . . . sie fuhr sich ein paarmal mit der Zunge über die Lippen. Wenn du die Zunge eine gute Weile gegen den Gaumen gerollt hältst, wirst du den Geschmack von Nektar schmecken. Der Lorbeerbaum, den der Wind schaukelte, belaubt unter ihr, sah wie ein Meer aus schwarzem Wasser aus. Ein Ziegel löste sich, und ihr einer Fuß rutschte aus. In dem Augenblick, da sie sich von oben hinunterstürzte, kam ein Stöhnen aus ihrem offenen Mund.

XV
DER LORBEERBAUM

In der Küche glänzte alles: das Messing, das Glas, die in Reihen an der Wand aufgehängten Stielpfännchen. Armanda trat ein, um einen Blick darauf zu werfen: alles war im Rückstand. Jacinta war noch nicht wieder vom Markt zurückgekommen; sie ging von Júlia begleitet dorthin, damit die ihr die Körbe tragen half. Bevor sie die Straßenbahn nahmen, gingen sie in eine Bar und tranken in aller Ruhe Kaffee. Und beide zusammen, manchmal half ihnen der Kellner, stellten sie die Rechnung ihrer Einkäufe auf, erhöhten die Preise ein bißchen, und wenn sie zu Hause ankamen, gaben sie die Liste Armanda. Armanda stellte fest, daß Jacinta die Küche blitzblank hielt. Sie ging in die Vorküche: sie öffnete eine Schublade jenes Möbels, das vor Jahren extra angefertigt worden war, um die Silbersachen darin aufzubewahren. Es war entsetzlich, wieviel Silber es in diesem Haus gab: die Bestecke aus den beiden Ehen von Frau Teresa, die von Sofia, die von Herrn Eladis Vater und von seinem Onkel ... Sie machte die Schubladen zu und zog die unterste auf, in der das flüssige Putzmittel und die Lappen waren. Sie nahm einen, rieb damit kräftig über den Stiel eines Löffels ... nicht ein Hauch von schwarzem Schatten. Das nannte sich gut Silber putzen. Sie öffnete den Schrank mit den Tabletts, den Suppenschüsseln, den Tee- und den Kaffeeservicen, alles massiv ... Und im Keller gab es noch das ganze Ziersilber von Frau Teresas erstem Mann, an dessen Namen sie sich nie erinnern konnte. Sie trat an den Tisch; im Garten hatte sie Stimmen gehört. Jacinta und Júlia sprachen mit dem Mann, der die Kisten mit dem Mineralwasser trug.
Armanda führte ihn in die Vorküche und zündete die Kellerlampe an. Die Mädchen hatten begonnen, die Körbe zu leeren: der Fisch für Frau Sofia, Langustinos, die sich noch bewegten ... das Fleisch, der Speck, Würste, zwei Hühner, das Kaninchen für sie zum Reis ... Júlia ging ins Eßzimmer, um die Obstschalen zu holen und zu füllen. Sie erinnerte sich noch an den Verdruß, den Frau Teresa gehabt hatte, als sie erfuhr, daß

die alten Obstschalen weggestellt worden waren: die offenen Magnolien. Júlia brachte die Obstschalen ins Eßzimmer zurück und legte danach das Obst, das übriggeblieben war, in den Kühlschrank, der bis an die Decke reichte: wie in einem Hotel. Aus dem Keller rief der Mann mit dem Mineralwasser, daß drei leere Flaschen fehlten, und Júlia, über die Treppe gebeugt, sagte ihm, sie hätten sie zerbrochen.

Jacinta räumte die Körbe fort, band ihre Schürze um und sagte zu Armanda: »Ich werd' Ihnen einen Reis kochen, daß Sie sich die Finger danach lecken werden.« Während sie den Herd anmachte, schlug Armanda vor, ihnen beim Zwiebelschneiden und Tomatenschälen zu helfen; sie hatte nicht viel zu tun und würde sich dabei noch zerstreuen. In diesem Haus Mittagessen zu kochen war kompliziert; jeder aß etwas anderes. Frau Teresa hatte ihre Periode mit Pommes frites und gegrilltem Fleisch, und wenn sie sich auf ein bestimmtes Gericht versteifte, hörte sie nicht damit auf, bis es ihr zuwider war. Der gnädige Herr schwärmte für Hirn im Teig, und die Frau war wie eine Eßfabrik für Langustinos und Langusten; Jacinta tat vom vielen Mayonnaiserühren der Arm weh. Als Ramon noch zu Hause war, waren die Kinder wie alte Leute: immer wollten sie Fleischbrühe, und Jacinta setzte ein Suppenhuhn auf, und vom Suppenfleisch machte sie für sich und Anna Kroketten, denn die Herrschaften mochten nichts, was aus Resten verwertet war. An diesem Tag würden Armanda, Júlia, Anna, Jacinta und Virgínia Reis essen. Sílvia hatte frei. Der Lorbeertopf war leer, Júlia wusch ihn ab. »Ich geh' Blätter holen.« Armanda erinnerte sich an jene Sturmnacht: Tante Anselma hatte erzählt, daß der Wind das Dach forttrug und daß Sofia, ganz klein, ununterbrochen weinte. Der Blitz spaltete den Hauptast des Lorbeerbaums ... doch jene große Verstümmelung diente dazu, daß sein Laub dichter wurde. Als der Blitzableiter montiert wurde, atmeten alle beruhigt auf. Es war eine Tollkühnheit gewesen, ohne Blitzableiter in diesem Haus mit diesen hohen Türmen zu leben. Júlia ging nach draußen. Sie war völlig erledigt; ein paar Stunden hatten sie auf dem Markt zugebracht, immer auf den Beinen, von hier nach dort, weil Jacinta, bevor sie sich entschloß, irgend etwas zu kaufen, alle Stände anschaute und nie fertig wurde. Und sie, Júlia, war nicht sehr kräftig. Herzlich gern hätte sie sich, wäre sie bei sich zu Hause gewesen, aufs Bett ausgestreckt, das taten sie und ihre Mutter nämlich, wenn sie vom Einkaufen zurückkamen. Beim Küchenausgang blieb sie stehen und schaute auf den Park. Nachts hätte sie sich nicht dort hineingewagt. Seit zwei Jahren war sie im Haus, und noch immer machten ihr die Bäume Angst; es kam ihr vor, als ob sie alle gleichzeitig wüchsen und sie sich Dinge zuflüsterten. Einmal hatte ihr Herr Eladi gesagt, daß ganz hinten im Park drei Libanonzedern stünden, und sie hatte ihm geantwortet, sie habe noch nie eine gesehen. »Wenn Sie wollen, können wir sie einmal zusammen ansehen.« Sie bedankte sich ... Auf den Lorbeerbaum dicht am Haus schien nur morgens die Sonne. Er besaß niedrige Zweige und Triebe, welche die Herrschaften nie schneiden ließen, damit die Mädchen Blätter pflücken konnten, ohne eine Leiter zu brauchen. Sie schaute ihn ein wenig beunruhigt an. Etwas war anders als sonst. Der Stamm des Lorbeerbaums war von einigen rötelfarbigen Rinnsalen überzogen. Und die Erde rundherum war feucht und von roten Streifen gefleckt. Diese Bächlein glänzten. Sie berührte sie mit der Spitze eines Fingers, roch an ihrem Finger, und der Finger roch nach nichts. Sie schaute nach oben. Zwischen den dichten Blättern sah sie etwas Weißes, wie wenn ein Bettuch von einem Balkon gefallen und mitten im Lorbeerbaum hängengeblieben wäre. Sie strich erneut mit dem Finger über die Bächlein und rannte wie irrsinnig fort und schrie, daß am Stamm des Lorbeerbaums Blut herabfließe. Armanda, die dasaß und Tomaten schälte, und Jacinta, die unter dem offenen Wasserhahn Langustinos wusch, wandten jäh den Kopf. Armanda sagte: »Laß uns nach oben gehen und sehn, was los ist«, während sie Júlia einen bösen Blick zuwarf, weil sie so außer sich war. Sie stiegen in den dritten Stock, traten auf den Balkon und beugten sich hinunter. Armanda bedeckte ihr Gesicht mit den Händen und krümmte sich ganz zusammen, als hätte sie einen Schlag mit der Faust in den Magen bekommen. Die beiden andern bekreuzigten sich mit geschlossenen Augen.

XVI
ADIEU, MARIA

Am Morgen hatte es heftig geregnet, und zu Beginn des Nachmittags hatte sich der Himmel ein wenig aufgehellt, aber noch immer zogen Wolken vorüber. Der Regen hatte die Hitze nicht gelindert, und der Wind war heiß wie aus der Wüste. Zwei Wagen wurden ganz mit Sträußen und Kränzen zugedeckt; die Männer, die sie aus dem Haus heraustrugen, liefen etwas gebückt von dem Wind, welcher Totengeruch verbreitete. Eladi, leichenblaß, drückte den Leuten die Hand, die anstandshalber seinen Händedruck erwiderten. Schließlich, dachten sie, war Maria nicht die Tochter der Farriols ... von Cousins ... soll einer wissen. Sofia, abgezehrt, doch mit glänzenden Augen, nahm die Kondolenzen entgegen, als wäre sie die Mutter des Mädchens, das man zur Beerdigung forttrug. In einer Ecke in der Küche saß auf einem niedrigen Stuhl Armanda und weinte bittere Tränen. Ab und zu trocknete sie ihre Augen mit dem Schürzenzipfel. Sie hatte ihr das Gesicht gewaschen ... jener Faden trockenen Blutes auf der einen Seite des Mundes war an ihr kleben geblieben, als ob es Wundschorf wäre. Und der Bauch, mein Gott ... Sie hatte geholfen, sie anzukleiden. Die Männer, die das tote Mädchen heruntergenommen hatten, waren einer Ohnmacht nahe gewesen; sie hatte ihnen Kognak geben müssen. Sie hatte sie gekämmt; jenes schwarze Haar, das sie ihr so oft, ohne Fräulein Rosas Wissen, heimlich aufgehellt hatte ... Sie saß da, tränenblind, und lauschte dem Wind. Der Wind gefiel Maria und war gekommen, um sie zu begleiten, sich in die schwarze Feier zu mischen. Maria hatte sie nie geliebt. Wen hatte sie geliebt, die Maria? Von wem ließe sich sagen, Maria habe ihn geliebt? Eines frühen Abends war sie in die Küche gekommen, um ein Messer zu holen, vor Jahren. »Was willst du?« Und Maria hatte kurz geantwortet: »Ein Messer.« – »Was willst du damit machen?« hatte Armanda sie arglos gefragt. »Ich brauche es.« – »Du hast mit einem Küchenmesser nichts zu machen.« – »Die andern schneiden nicht.« Maria hatte recht. Und Armanda zeigte ihr ein kleines. »Paßt dir das hier?« Maria sagte, und Armanda stand da wie gelähmt: »Darf ich Sie bitten, mich nicht mehr zu duzen; ich bin kein kleines Kind mehr.« Und nachdem sie eine Weile darin herumgewühlt hatte, nahm sie ein Messer aus der Schublade. »Ein Fleischmesser? Das ganze Leben lang habt ihr beide, du und Ramon, immerzu Messer aus der Küche fortgetragen. Ich verstehe nicht, wozu ihr sie braucht.« – »Um Mama zu töten«, erwiderte sie ungerührt. »Schweig! Du willst es, um Böses zu tun, ich kenne dich von klein auf.« – »Ich will es, um die Seiten eines Buches aufzuschneiden.« – »Wenn du Bücherseiten aufschneiden willst, so nimm ein Papiermesser. Mich legst du nicht herein.« Sie wollte ihr das Messer wegnehmen, und bei dem Hin und Her schnitt sie sich. »Siehst du? Magst du Blut gern? Du bist böse. Schau nur, das Blut.« Und Maria stand vor ihr, so hoch aufgerichtet, wie Sofia es gewesen wäre, und sagte: »Daß Sie eine Zeitlang mit Papa geschlafen haben, gibt Ihnen nicht das Recht, mich so zu behandeln, als ob ich ein Dienstmädchen wäre.« Armanda fühlte sich zutiefst getroffen. »Schau nur, das Blut, schau nur ...« Da nahm Maria das Messer, das Armanda auf dem Tisch hatte liegenlassen, tat es in die Schublade und ging langsam fort, weinend ... Am nächsten Tag, als sie zu ihrem Ladenbummel ausging, blieb Sofia vor einem Kastanienbaum stehen. In halber Höhe des Stammes befand sich ein großes Loch, das fast ganz durch ihn hindurchging, noch frisch, und auf dem Boden drei Küchenmesser mit zerbrochener Schneide. Sie kehrte zurück, rief die Kinder und fragte sie, wer den Stamm der Kastanie durchbohrt habe. Sie antworteten, daß sie es nicht wüßten. »Ihr seid wohl schon ein bißchen zu groß, um so idiotisch zu sein!« Warum, dachte Armanda, während sie ihre Augen trocknete, hatte sie sich an diese häßliche Begebenheit erinnern müssen, an dem Tag, an dem Maria für immer von zu Hause fortgetragen wurde? Sie stand auf, ging halb unwillkürlich nach draußen und trat mit kummervollem Herzen zum Lorbeerbaum; sie schaute ihn von oben bis unten an, strich einige Male mit der Hand über den Stamm, adieu, Maria. Und sie brach in untröstliche Tränen aus.

Als aller Besuch gegangen und Eladi noch nicht vom Friedhof zurückgekehrt war, ging Sofia zu ihrer Mutter und fand sie schlafend, den Kopf auf der Brust. Sie räusperte sich ziemlich laut, um zu sehen, ob sie sie aufwecken könne, aber Teresa rührte sich nicht einmal. Sofia verließ das Zimmer, schloß die Tür und begann die Treppe hinaufzusteigen, wobei ihr Herz in einer seltsamen Freude schlug. Der Balkon ihres Schlafzimmers stand offen, und es hatte hereingeregnet. Auf dem Gartenweg waren Blumen zu sehen, die von den Kränzen abgefallen sein mußten. Sie atmete den heißen, mit Sonne und Wolken vermischten Wind ein ... alles verging ... Entschlossen trat sie an ihren Schreibtisch und setzte sich, so ruhig, daß es ganz unwirklich aussah. Die Griffe der Schublädchen waren rund ... sie zog am Griff eines Schublädchens und fuhr mit der Hand unter ein Bündel Rechnungen: da war das Schlüsselchen. Es war ganz klein und ganz flach. Sie fuhr einige Male mit dem Zeigefinger darüber, als wolle sie es zum Glänzen bringen. Die einzige Schreibtischschublade, die man mit einem Schlüssel schließen konnte, war die mittlere. Es fing wieder an zu regnen, und dazwischen guckte die Sonne hervor. Das Geräusch des Regens auf den Blättern erfüllte sie mit Glückseligkeit. Sie griff mit der Hand in die Schublade und nahm ein Bündel Briefe heraus, die mit einer verblichenen Schleife zusammengebunden waren. Sie zog an der Schleife, und es gab einen Knoten; sie brauchte eine Weile, um ihn aufzubekommen. Sie legte die Briefe in einer Reihe vor sich hin; ein jeder in seinem Umschlag, den die Zeit hatte vergilben lassen. Sie nahm einen heraus und las, die Augen voller Zärtlichkeit: liebe Sofia ... Sie nahm alle Briefe aus ihren Umschlägen, zerriß diese und warf sie in den Papierkorb. Die Briefe lagen aufgefaltet auf dem Schreibtisch, jeder Brief war wie eine Woge von Jugend, die Pfefferminzgeschmack in ihren Mund trug, eine deutliche Erinnerung an weiße Kleider, an Bälle und Tennisschläger ... an blühende Akazien und an Mauern mit Kletterrosen ... Das Gittertor war breit, grün gestrichen, zuoberst, quer darüber, ein Schild ... Tennisklub. Liebe Sofia ... Sie waren von Lluís Roca. Er hatte sie umworben, aber Eladi hatte ihr gleich gefallen. Sie nahm einen Brief und zerriß ihn mit einer gewissen Melancholie, und dann zerriß sie alle. Bevor sie sie in den Papierkorb warf, überlegte sie ein wenig. Wenn eines der Mädchen ... Bah, na und? Ihre Stirn glühte, als hätte sie Champagner getrunken; immer hatte sie Fieber, wenn sie Champagner trank. Sie bekam Lust, ein kühles Getränk zu trinken, im Freien, neben einem Jungen in weißen Hosen ... In Marias Zimmer stand der Balkon offen. Das Bett, der Betthimmel, die Volants am Toilettentisch, alles war aus weißem Organdi ... Alles in Marias Zimmer war arglos. Und sie dachte: warum hab' ich die Briefe zerreißen müssen? Warum, nachdem ich sie so viele Jahre aufbewahrt habe? Sie würde die Stückchen holen, sie auf gummiertes Papier aufkleben, würde sie wieder aufbewahren ... Warum? Aus ist aus. Diese Briefe hatten sie gerührt, und sie mochte es nicht, wenn sie sich gerührt fühlte. Ein Zweig des Lorbeerbaums war ganz nah. Er roch überhaupt nicht, und das, obwohl der Regen und der Wind, dachte sie, seinen Duft hätten anregen müssen. Sie pflückte ein Blatt und preßte es kräftig zwischen ihren Fingern zusammen. Das zerquetschte Blatt steckte sie sich in den Ausschnitt und roch an ihrer Hand. Wie gut das roch ... Es hätte ihr gefallen, wenn sie ihre Mutter wach angetroffen hätte, um ihr ins Ohr zu sagen: »Die Mühe mit diesem Testament hätten Sie sich sparen können.« Über dem Balkon war der vom Blitz gespaltene Ast, der mit einer splitterförmigen Spitze endete. Und Sofia lächelte, den Kopf nach oben, und roch dabei an ihrer duftenden Hand. Immer, wenn sie allein war, hielt sie den Kopf so weit nach oben, wie sie konnte, damit sie keine Falten am Hals bekäme. Adieu, Maria.

XVII
DIE STEINPLATTE

Eladi mußte sich zusammennehmen, um zu leben. Seine Begeisterung für Mädchen hatte nachgelassen. Irgendein Rad in seinem Innern lief nicht mehr so richtig. Eine krankhafte Leidenschaft für Bücher ergriff ihn; er faßte sie an, als ob es Schmuckstücke wären, er stellte sie um, ordnete sie ununterbrochen. Die seltenen Male, die er ausging, war es, um in Buchhandlungen unauffindbare Bücher zu suchen und zu bestellen. Er verschwand hinter Essays über Proust. Da er ihn manchmal faszinierte und bisweilen langweilte, suchte er verzweifelt nach dem Schlüssel zu diesem Geheimnis. Er versuchte, einzelne Teile davon zu übersetzen, die er später zerriß. Den Dienstmädchen war es verboten, die Bibliothek zu putzen. Es roch entsetzlich nach Staub. Auf dem Boden standen Stöße von Büchern, seltene Ausgaben, Luxusausgaben, halb erstellte Karteikarten, noch auszufüllende Karteikarten ... Er bürstete die Bücherrücken ab. Er kletterte auf die Leiter, auf die Valldaura Sofia hatte steigen lassen, als sie klein war, damit sie auf Reisen ginge; die Bücher, welche ihn weniger interressierten, stellte er in die oberen Regale: ohne daß ein Rücken einen Millimeter mehr vorstand als ein anderer. Doch er las keine einzige Zeile. In stockfinsterer Nacht stand er auf, um zu arbeiten, eine Zigarette nach der andern rauchend. Sofia betrachtete manchmal das Licht aus den Fenstern der Bibliothek auf dem Sand und dachte, daß die Nächte, die Eladi dort eingeschlossen verbrachte, die Nächte eines Verrückten seien. Eines Tages verschwanden alle Bilder von Ramon aus dem Haus. Danach die von Maria. Er verbrannte sie unter Tränen. Einmal fand er bei Tagesanbruch hinter der Reihe mit den Bänden der »Comédie Humaine« ein Notizbuch Valldauras. Er schlug es aufs Geratewohl auf. Da stand eine ausführliche Beschreibung der Besitzungen. Auf den letzten Seiten las er: »Ich setze mich an meinen Tisch, zur Stunde, in der die Pfauen schreien, und denke an meine Welt. Klein: eine goldene Kugel, nicht größer als eine Orange. Die Landschaft füge ich hinzu, ich gebe ihr Leben.« Eladi spürte einen Schauer über seinen Rücken laufen und beschloß, den Kamin anzuzünden. Er schichtete kleines Holz auf, tat zusammengeknülltes Zeitungspapier darunter, bedeckte das ganze mit großen Scheiten und zündete ein Streichholz an. Als die Flammen aufstiegen, rückte er einen Sessel ans Feuer und nahm das Notizbuch. Er begann noch einmal: »Ich setze mich an meinen Tisch, zur Stunde, in der die Pfauen schreien, und denke an meine Welt. Klein: eine goldene Kugel, nicht größer als eine Orange. Die Landschaft füge ich hinzu, ich gebe ihr Leben. Einen Fluß, einen Kanal und Berge mit Flieder, der im Frühling blüht. Mein Traum ist nicht tot; je mehr Zeit vergangen ist, desto heftiger ist die Erinnerung geworden. Ich habe Teresa geliebt, aber ich bin nicht der Mann, den sie brauchte; denn ein wichtiger Bereich meiner Seele war ihr immer unzugänglich. Manchmal, wenn ich mit Teresa hatte schlafen wollen, wie armselig ›schlafen‹ . . . verschmelzen, sich völlig hingeben bis zum Verlust des Bewußtseins, das nennen sie ›schlafen‹, spürte ich in meinem Handteller die Süße von Bàrbaras Brust, die mich verbrannte. Dieses Feuer auf diesem Stückchen Haut verschloß mir die Tore der Lust. Aus diesem Grunde habe ich Teresas Gefühlsverirrung verstanden und manchmal, nicht immer, geachtet.« Eladi schloß das Notizbuch und wendete seine Aufmerksamkeit den Flammen zu. Die brennenden Bäume hatten Sonnenglut und Mondschein gespeichert, Millionen Regentropfen . . . was da vor ihm verbrannte, war die ganze Schönheit des Universums, verwandelt in rote und blaue Zungen, Himmel und Sonne, die aufwärts flohen, um zu finden, was sie gewesen waren. »Ich glaube nicht, daß ich Sofia je so geliebt habe, wie Eltern ihre Kinder gewöhnlich lieben. Mir hat der Sinn fürs Vatersein gefehlt. Daß ich mich so auf sie zurückgezogen habe, als sie klein war, war eine Notwendigkeit. Mit Sofia auf dem Schoß, mit Sofia die Pfauen anschaun, mit Sofia Veilchen pflücken, das war, als nähme ich bei einem Wesen Zuflucht, vor dem ich das Tor der Sehnsucht auftun konnte, ohne Neugier oder Beunruhigung zu erwecken. Hinten im Park habe ich stundenlang dem Gurren der Turteltauben gelauscht. Und das verschlammte, efeuumwachsene Wasser hat mich wegen Ophelia traurig werden lassen. Jeder Lichtreflex ließ sie aus ihrem leuchtenden Bett hervorkommen, abgezehrt, mit veilchengeschmücktem Haar, das von schwarzem Wasser troff. Ophelia, vom Mond vergiftet, in ihrer Totennacht treibend. Die Süße der Erinnerung an Bàrbara läßt sich keiner anderen Süße vergleichen.«

Zur halben Winterszeit war Eladi krank. Seine Genesung dauerte lange. Er sah mitgenommen aus. Im Frühling erholte er sich ein wenig. Er bemühte sich, die Treppe mit dem gleichen Gehabe wie zuvor hinunterzugehen, seine Handschuhe zuknöpfend und den Stock überm Arm ... traf er einen Bekannten, grüßte er ihn, aber nie blieb er stehen, um sich mit jemandem zu unterhalten. Eines Morgens im April ging er beizeiten aus dem Haus. Er wollte etwas in Ordnung bringen, was er sich fest vorgenommen hatte. Er trat einen Augenblick bei Teresa ein, die von Marias Tod schwer getroffen worden war. Er fand sie gealtert, und sie, wenn sie ihren Schwiegersohn sah, dachte: »Was für ein Wrack.« Er lief straßenabwärts, mit geradem Rücken, mit erhobenem Kopf, mit eingezogenem Bauch. Vor dem Geschäft des Herrn Jeremies blieb er stehen. Zwei Jungen bearbeiteten eine große Figur mit einem Blumenkranz. Herr Jeremies befand sich irgendwo im Hof, umgeben von Marmorblöcken, und einer der Jungen ging ihn holen. Er begrüßte Eladi mit großer Ehrerbietung. »Was wünschen Sie?« – »Etwas ganz Einfaches: eine Platte aus Stein, um sie unter dem Baum hinzulegen, wo meine Pflegetochter starb. Mit großen, ganz deutlichen Buchstaben, nur der Name, *Maria*. Machen Sie sie so bald wie möglich.« Herr Jeremies dachte ein wenig nach: »Ich hab' den Grabstein für den kleinen Jungen gemacht, ich erinnere mich, daß er Jaume hieß. Und den für Herrn Valldaura. Und den für das Mädchen, die Maria ... ich habe immer meine Pflicht erfüllt, aber ich bin mit Arbeit überhäuft. Verlangen Sie nichts von mir, was schnell gehn soll.« – »Aber eine Platte mit einem Namen ... ist das so schwierig?« Sie sprachen noch eine Weile über die Maße und kamen überein, daß die Platte neunzig mal sechzig messen und die Buchstaben aus Feingold sein sollten. »Vielleicht wird die Zeit sie auslöschen, aber man kann sie immer wieder nachmalen. Und wissen Sie, ein bißchen verwischt sieht das sogar noch hübsch aus.«

Auf dem Tisch in der Eingangshalle fand Eladi einen Brief des Notars Riera. Er schrieb, daß Ramon nicht mehr bei seiner Schwester wohne und daß er arbeite. Doch erwähnte er nicht, was er tue, noch wo er arbeite. Eine Woche nach dem Besuch beim Marmorhändler lag die Platte unter dem Lorbeerbaum. Sofia fand sie schrecklich geschmacklos, sagte aber nichts. Und von diesem Tag an saß Eladi stundenlang auf der Bank bei den Glyzinien, vor dem Lorbeerbaum, versunken im Anblick der Platte. Bevor er zu Bett ging, vor dem Badezimmerspiegel, der ihm sein zerstörtes Gesicht zurückwarf, schien ihm, es lägen in seinen schwarzen, noch immer leuchtenden Augen die gleichen Seen der Melancholie wie in den Augen Prousts. Was mit Ramon geschehen war, war ein Schmerz für das ganze Leben. Marias Tod war etwas ganz anderes. Der Tod seiner Tochter hatte seine Jugend getötet: die Cabarets, die Künstlerinnen, die Chansons ... Jene Nächte, in denen er mit erregtem Gemüt, voller Hoffnungen aus dem Haus ging. Und die Erinnerung an Pilar, die unschuldige, sanfte, war die große Liebeserinnerung jenes Eladi, der er gewesen war und der er nie wieder sein könnte ...

XVIII
ANDERE DIENSTMÄDCHEN

Armanda ging, wie immer nach dem Mittagessen, nach oben und legte sich aufs Bett. Die Hitze brachte sie um. Sofia war zum Friseur gegangen und zur Massage. Virgínia hatte in Teresas Salon gründlichen Wochenputz gemacht. Wenn sie Wochenputz machten, setzten zwei von Armanda beaufsichtigte Mädchen sie in den Rollstuhl und fuhren sie ins Eßzimmer. Sobald sie sie in den Salon zurückbrachten, kontrollierte Armanda, ob alles schön sauber geworden sei und auch die Ecken, denn die Mädchen von heute waren nicht so zuverlässig wie die von früher. Sie rückte die Pfauenfedern zurecht, die der Durchzug immer auf eine Seite wehte, und blieb da, um ihr Gesellschaft zu leisten, bis sie einschlief. Der gnädige Herr, dachte sie, wird bald ausgehen. Einen Augenblick später hörte sie riiing, riiing. Es war kaum zu glauben, daß er bei all dem Kummer und dem vielen Sitzen vor der Grabplatte noch immer dazu aufgelegt war. Lediglich eine Zeitlang nach dem Drama mit Ramon unterließ er es, auf die Zunge des Löwen zu drücken, und ein paar Monate nach dem Tod Marias. Er konnte es wohl nicht lassen, denn sobald er sich ein bißchen erholte, fing er wieder damit an. Vielleicht tat er es aus reiner Gewohnheit . . . Man konnte es nicht wissen. Wo mochte wohl Ramon hingekommen sein? Er hatte nie wieder ein Lebenszeichen gegeben. Wie tot. Er war ungezogen, aber er war nicht böse. Was sowohl er als auch Maria gebraucht hätten, war, daß man sie geliebt hätte. Sie selbst hatte nie richtig geglaubt, daß sie etwas Böses getan hätten, wie es dieses Lästermaul von Fräulein Rosa angedeutet hatte. Vielleicht hätte mit der Zeit wirklich Gefahr bestanden . . . Sie drehte sich mit dem Rücken zum Balkon: das Licht, das durch den Vorhangspalt hereinkam, störte sie. Eine Gefahr war es schon gewesen. Und was für eine. Der Stein mit Marias Namen unter dem Lorbeerbaum sagte es nur zu deutlich. Plötzlich hörte sie die Mädchen vor der Küche draußen schreien: sie spritzten sich wohl schon ab. Und lustiger konnten sie nicht sein. Sie lachten über alles. Wenn eine Neue kam, übernahm sie sogleich die Gewohnheiten der alten. Das Wasser auf der Haut unter der Sonne war nämlich so schön ... Sobald die Herrschaften verschwanden, zogen sie sich eilends aus und befestigten den Schlauch am Wasserhahn bei der Küchentür. Unter dem Strahl lachten sie wie verrückt und machten Lärm, denn sie hatten junge Körper, mit Schenkeln wie aus Stein ... Sie döste langsam ein. Frau Teresa fragte nun nicht mehr, ob die Kohlenmänner da seien, sie hörte nämlich sehr wenig, die Arme ...

Jacinta verkündete lauthals, sie könne nicht in den Bottich hinein; sie habe Angst, daß ihr der Bauch wieder weh täte wie beim letzten Mal. Ganz unten und ganz innen drin. Sílvia drängte sie: »Das macht nichts, du wirst schon sehen, wenn es so heiß ist, ist es egal. Zieh deine Kleider aus!« Die Klingel hatte schon vor einer Weile geläutet, und Anna wußte, daß Herr Eladi, der ihr ein bißchen nachlief in seinem Alter sollte er sich schämen ein junges Mädchen wie sie siebzehn Jahre mit Milch und Honig auf den Lippen ... durch das Gittertor hinausging ... eines Tages hatte er ihr das gesagt, daß sie Milch und Honig auf den Lippen habe; sie staubte ein Gemälde mit drei Frauen ab, alle mit Schleier vor dem Gesicht. Er ging durch das Gittertor hinaus, lief über das Feld außen herum und kam durch die kleine Tür bei den Abfällen herein. Ganz verstohlen, wie ein Wolf, schlich er sich ins Waschhaus. Eines Tages, es war einige Zeit her, sie wußte nicht mehr, was sie dort holen gegangen war, sah sie im unteren Teil einer Scheibe des Fensters, das zur Küche hinging, einen runden Fleck, nicht größer als die Öffnung eines Likörgläschens. Diese Scheiben putzten sie nie, und dieses blitzblanke kleine runde Rund erregte ihren Verdacht. Und unter dem Fenster, wo den ganzen Winter lang lauter Zeug herumgelegen hatte, war nun gar nichts. Von hier aus beobachtete sie der gnädige Herr. Sie konnten ihn nicht sehen, da sie von der Sonne geblendet wurden. Es war, als hätte sie ihn vor sich, halb geduckt, mit seinen schwarzen Augen und den buschigen Brauen mit ein paar grauen Haaren, groß und mager, mit wäßrigem Mund ganz und gar verloren vor soviel Brüsten und soviel Schenkeln. Sie hatte es den andern nicht erzählt, die an jenem Nachmittag wie toll waren. Alle. Vielleicht weil sie zu viel gegrilltes Kaninchen und zu viel Knoblauchmayonnaise gegessen hatten. Als sie dann nackt mitten in der Sonne waren, gesellte sie sich zu ihnen und sagte, sie sollten vor allem nicht zum Waschhaus hinschaun, weil der gnädige Herr, immer wenn sie sich abspritzten, sie durch ein Loch beobachte. Er tue so, als ob er fortginge, drücke zum Schein die Klingel, und heimlich schleiche er sich durch Bäume und Gräser ins Waschhaus, und dann drauflosgeschaut. Er lasse sich nichts entgehen. Sie glaubte, sie würden, sich zu Tode schämend, in die Küche gehn, aber Sílvia, Armanda nannte sie Königin Nelkenschön, weil sie sonntags eine Nelke an ihrem Kleid trug, was Frau Sofia nicht ausstehen konnte, schamlos wie nur sie es war, die sie beim Lachen die Zungenspitze zwischen den Zähnen hervorstreckte, rannte los und blieb mitten vor dem Fenster stehen. Sie lachten alle los, daß sie schier platzten. Plötzlich drehte sie sich mit dem Rücken nach hinten und drehte sich wieder nach vorn, damit Herr Eladi, der Handschuhe und Stock trug, sie ganz genau sähe. Sie ging wieder zu den Mädchen hin, ganz langsam, und sie wurden noch toller, und wenn sie vor dem Wasserstrahl davonliefen, rannten sie und drehten sich vor dem Fenster. Armanda wachte auf und ging nachsehen, was los sei. Sie übertrieben ein bißchen. Sie rannten und sprangen über den Vorplatz, von Wasser glänzend, mit straffer Haut, so gut war sie begossen, nicht vom Wasser, sondern vom Feuer des jungen Blutes darunter. Sie ließ sie schreien, soviel sie wollten, und ging wieder nach oben. Sie war todmüde und legte sich erneut auf jenes Bett, in dem der junge Herr sie mehr als einmal aufgesucht hatte, wenn er wer weiß wann heimkam. Frau Sofia, dumm genug, daß sie sich das entgehen ließ, schlief schon seit Stunden, denn, so sagte sie, zeitig schlafen gehn hält jung und am nächsten Tag hat man glänzende Augen.

XIX
ELADI FARRIOLS AUF DER TOTENBAHRE

Um Mitternacht betrat Armanda in ihrem schwarzen Seidenkleid, der Spitzenschürze und den Ohrringen mit dem Stern und dem Brillant mit einem Strauß künstlicher Rosen die Bibliothek. Masdéu, mit dem Rücken zur Tür, erhob sich, sowie er Schritte hörte. »Setzen Sie sich, setzen Sie sich ... ich bin's nur.« Die Vorhänge waren zugezogen. Man hatte den Tisch und die Sessel beiseite geräumt und das niedrige Podest aufgebaut, um den Sarg daraufzustellen, riesige Kerzen zu Kopf und Füßen. Masdéu putzte sie von Zeit zu Zeit. Die Kerzenflammen ließen die goldenen Buchstaben auf den Bücherrücken aufleuchten. Armanda legte den Strauß roter Rosen auf den Bauch des Toten und dachte: ein Mann, der wie ein Gott aussah, und sieh her, lang ausgestreckt und ein Auge halb offen. Sie bekreuzigte sich und begann mit einem Finger über das widerspenstige Lid zu streichen. Der Augapfel sah im Widerschein einer Kerzenflamme aus, als ob er lebendig wäre. Armanda strich weiter mit dem Finger über das Lid. Masdéu sagte: »Sehn Sie, sein Bauch bläht sich schon auf.« Armanda hob den Rosenstrauß hoch und schaute nach. »Das geht wirklich schnell; bald ist er höher als die Brust.« Behutsam legte sie den Rosenstrauß wieder hin und rückte die Schleife zurecht, die steif herabhing und auf der mit Goldbuchstaben stand: »Für Eladi Farriols, Armanda Valls.«

Am unteren Ende des Podests, das von schwarzem Samt mit weißen Fransen bedeckt war, häuften sich die Kränze und Blumensträuße, die seit dem frühen Abend eingetroffen waren. Frische Rosen und blaue Iris mit einem gelben Pinselstrich in der Mitte eines jeden Blütenblattes. Die Bibliothek wurde allmählich vom faden Geruch von Totenblumen erfüllt, die, dem Nichts geopfert, dahinwelkten. Eladi hatte man einen schwarzen Anzug angezogen und die Fliege, weil sie leichter festzumachen gewesen war. Der Mann, der ihn angezogen hatte, konnte keine Krawatten binden, und die Fliege wurde von zwei Zelluloidbändern gehalten. Armanda erzählte Masdéu, sie habe erst ziemlich spät am Morgen erfahren, daß der gnädige Herr tot sei, und sie war sicher, daß er in den frühen Nachmittagsstunden des Vortags gestorben sei. Niemand jedoch wisse etwas Genaues; die Krankenschwester flößte ihnen Respekt ein und hatte ihnen nichts gesagt. Sie konnte sie weder leiden noch ausstehn; sie ließ sich wie eine große Dame bedienen und sah sie von oben herab an, als ob sie keine Menschen wären, ließ sie auch nicht ins Krankenzimmer. Júlia erzählte, daß die gnädige Frau – Sofia – ihr befohlen habe, Doktor Falguera anzurufen, und als er gekommen sei, habe ihn die gnädige Frau ins Schlafzimmer des gnädigen Herrn geführt. Den ganzen Nachmittag hatte ein gewisses Unbehagen auf dem Haus gelastet. Niemand wußte so richtig, was vor sich ging, bis die gnädige Frau ihnen sagte, daß der Herr gestorben sei. Er sei ohne geistlichen Beistand gestorben, und sie alle hätten das sehr merkwürdig gefunden. Júlia sagte: »Den ganzen Nachmittag habe ich gespürt, wie der Tod umging; den Tod spürt man kommen ... der Beweis, die Hunde ... es ist ein Schatten, den niemand sieht, doch er geht herum.« Und sie wußten nicht, ob der gnädige Herr friedlich oder unter Schmerzen gestorben sei, das war unklar geblieben, aber jemand, den die gnädige Frau sofort benachrichtigt haben mußte, schickte einen Kranz gelber Rosen mit einer über zwei Spannen breiten dunkelvioletten Schleife, als sie noch nichts wußten und die Bibliothek noch nicht hergerichtet hatten. Niemand aus seinem Bekanntenkreis war gekommen, um Totenwache bei ihm zu halten, nur dieser Herr, der Maler und Frau Teresas Patensohn war und von dem Frau Teresa sagte, daß er sehr schlecht male. Masdéu hob den Ellenbogen und legte den Daumen an die Lippen und sagte zu Armanda: »Sie meinen also, daß der junge Herr Eladi, wie Sie ihn nennen, nicht ...?« Und Armanda, die endlich das Auge hatte schließen können, welches sich immerzu geöffnet hatte, erwiderte, während sie aufpaßte, daß es sich nicht wieder öffnete: »Wie vor Jahren Frau Teresa? Nein. Andere Dinge, glaub' ich.« Masdéu fragte, wie lange es her sei, daß sich Maria vom Dach gestürzt habe, denn er besitze kein Zeitgefühl. »Sie meinen, der Kummer um den Tod des Mädchens möchte ihn verzehrt haben? Kann schon sein.« Armanda faltete die Hände über ihrem Bauch, schob die Lippen vor: »Schaun Sie, das einzige Kind, das er wirklich geliebt hat, war Jaume, der im Wasser umkam. Ich weiß noch, wie er geboren wurde. Das war eine Taufe, meine Güte ... Vielleicht weil die junge Frau verstimmt war, daß sie so schnell ein zweites bekommen hat, setzte ihr der junge Herr eine große Taufe vor die Nase. Schöner als die von Ramon. Das Taufkleid war aus Mechelner Spitzen.« Masdéu konnte sich nicht daran erinnern, weil er nicht zur Taufe eingeladen worden war. Er betrachtete die Bücherrücken und dachte an Frau Teresa, die er nun nicht mehr sehr oft besuchte. Er hatte Angst, sie zu stören. »Und Frau Teresa, was sagt sie zu diesem Todesfall?« – »Sie weiß wohl noch nichts, und ich glaube, sie wird es bedauern.« Nein, Masdéu kam nicht sehr häufig hierher, aber sowie Armanda ihm die Nachricht gebracht hatte, daß Eladi gestorben sei, war er herbeigeeilt und hatte sich für alles, was nötig wäre, zur Verfügung gestellt. Er hatte geholfen, das Podest aufzubauen und den schwarzen Samt darüber zu breiten. »Manchmal«, sagte Armanda, »wenn ich daran denke, wie die Kinder klein waren ... Maria hat Ramon gleich liebgehabt; sie sagte: ich hab' ein Kindchen ganz für mich, und dabei war sie doch noch sehr klein. Aber als dann der arme Jaume kam, wurde sie gleich eifersüchtig. Und Ramon auch. Sie haben ihn sehr gequält.« Masdéu unterbrach sie, um ihr zu sagen, daß Eladis Tod für Sofia ein sehr schwerer Schlag gewesen sein müsse. Und während sie auf jenes Auge schaute, das so aussah, als ob es sich wieder öffnen wollte, sagte Armanda, er kenne den Lauf der Welt und des Lebens schlecht. »Ich warte nur darauf, was Frau Teresa sagen wird, wenn sie es erfährt. Aber in diesem Augenblick wüßte ich gerne etwas: woran der gnädige Herr gestorben ist, denn seit ein paar Wochen hatte er sich sehr verändert, so sehr, daß er fast schon wie tot aussah.« Und Masdéu sagte: »Wenn Sie es nicht wissen, die Sie doch sozusagen zur Familie gehören ...« Und als sie diese Worte vernahm, zog Armanda ein Taschentuch aus ihrer Schürzentasche und sagte, indem sie sich eine Träne abwischte: »Es ist wahr, daß ich sozusagen zur Familie gehöre.« – »Und ich«, sagte Masdéu, »zu mir hat mein Vater immer gesagt, daß ich Frau Teresa besuchen solle, daß sie sehr gut sei und ich ihr Patensohn ... vielleicht denkt sie an dich ... Mir wäre das einerlei, ob sie an mich dachte oder nicht, ich bin immer ganz uneigennützig hierhergekommen ...« Nachdem sie ihr Taschentuch wieder in die Tasche gesteckt hatte, zog Armanda mit geheimnisvoller Miene ein Fläschchen daraus hervor und sagte: »Schaun Sie mal«, es war ein Arzneifläschchen, ohne irgendein Schildchen, das verraten hätte, was für ein Mittel darin war. Seit Jahren lag es im Badezimmerschrank herum. Sobald es leer wurde, füllte es sich wieder, ohne daß irgendeines der Mädchen es zur Apotheke gebracht hätte. Dieses Fläschchen schien ganz allein in die Apotheke zu gehen und von dort zurückzukommen. »Ich glaube, Herr Eladi hat es spazierengetragen. Riechen Sie.« Masdéu sagte, es rieche sonderbar, und Armanda sagte, mal sehn, ob er nicht einen Bekannten habe, der herausfinden könne, was es sei ... oder es zur Apotheke bringen und die paar Tropfen, die noch darin waren, analysieren lassen könne. Masdéu wurde rot und sagte, daß er für manche Dinge nicht tauge. Armanda wagte es auch nicht, aber sie hatte sich eine fixe Idee in den Kopf gesetzt: zu erfahren, woran der junge Herr gestorben sei. Sie erzählte, daß sie vor langer Zeit ein Zimmermädchen gehabt hätten, Paulina, mit Brüsten wie eine Statue, die nur ein Jahr hier im Haus gewesen sei; an einem Sonntag, als sie Ausgang gehabt hatte, sei sie in ihr Schlafzimmer gegangen, und in der Schublade ihres Nachttischchens sei ein Fläschchen gewesen wie dieses, vielleicht dasselbe, und sie habe daran gerochen und es habe den gleichen sonderbaren Geruch gehabt. Dieses Mädchen sei plötzlich über Nacht fortgegangen, ganz geheimnisvoll, und sowie es fortgewesen sei, sei im Badezimmerschrank des jungen Herrn dieses Fläschchen aufgetaucht.

Auf einmal legte Armanda ihre Hände auf die Brust, bückte sich ein wenig und sagte Masdéu ins Ohr: »Meinen Sie nicht, er hat sich bewegt? Schaun Sie die Finger an seinen Händen.« Masdéu sagte, er habe immerzu ausgestreckte Finger gehabt. Und Armanda schaute eine Weile auf den Toten, und der Docht einer Kerze begann zu flackern, und Masdéu stand auf, um ihn mit den Fingernägeln zu putzen, die ein bißchen versengt wurden, und er sagte, er habe sie sich verbrannt. »Ein Toter macht Eindruck«, sagte Armanda, »und wer weiß, wie weit wir überhaupt tot sind, wenn wir sterben.« Sie strich dem Toten mit der Hand über die Stirn und murmelte: »Wie Rauhreif. Maria, die war auch wie Rauhreif, als ich sie ankleidete. Erinnern Sie sich an sie, als sie acht oder neun Jahre alt war?« Masdéu sagte, ziemlich gut, und er habe damals gerade den Wunsch gehabt, ihren Kopf zu zeichnen, habe es aber nicht gewagt, darum zu bitten, aus Angst vor einer Absage; und da er sehr empfindlich sei, habe er, um keine Absage zu bekommen, nicht darum gebeten. »Sie hatte schwarze Augen, ja.« Und Armanda fragte ihn, ob er eine Tasse Kaffee wolle, und Masdéu sagte zu ihr, ob sie vielleicht ein bißchen Brot mit Butter dazutun könne oder Gebäck, denn er habe seit acht Uhr nichts gegessen und habe ein Loch im Bauch. »Die Nacht bei einem Toten ist so lang, daß sie nie mehr aufhört ...« Armanda ließ ihn allein. Ihr Schatten zitterte über die Wand und folgte ihr bis zur Tür. Das Profil des Toten hatte Bücherreihen zum Hintergrund; das Licht der Flammen hob alles hervor, was die Zeit in das glatte Gesicht der Jugend hineingearbeitet hatte: die tiefen Augen, den bitter verzogenen Mund, eine Art Erschlaffen des Fleisches, das durch die Beseeltheit des Lebens gemildert worden war und das der Tod für immer mit sich nehmen würde. Masdéu betrachtete das Profil des Toten: die schön gezeichneten Lippen, die durchsichtigen Nasenflügel ... Die Blumen im Sterbezimmer waren immer trauriger, und hinter den Blütenblättern, den Stempeln und den Stengeln, die herabhingen, kam das Geflecht aus Spargelkraut und Drähten zum Vorschein, welches das Gerüst der Kränze bildete. Die Lippen des Toten waren weiß, ihre Haut von ganz feinen Falten zerschnitten; zwischen den Lidern tränte eine Flüssigkeit hervor, die nicht vom Kummer des Herzens rührte, denn das war vor Stunden schon stehengeblieben. Hinter dem rechten Ohr breitete sich allmählich ein dunkler Fleck aus und begann sich rasch über die Wange auszudehnen. Dicht neben dem Strauß aus Papierrosen ruhten die Hände des Toten. Und dicht am Holz des Sarges ruhten die Füße, die so empfindlich gewesen waren, daß sie nur wenige Stunden nacheinander hatten laufen können, ohne daß die Sohlen nicht wund wurden ... Masdéu betrachtete diese Füße. Die Bibliothek roch nach verbranntem Docht, nach traurigen Blumen, nach Fleisch, das sich zersetzte ... Er holte seinen Block aus der Tasche und nahm den Stift. Eladis Profil mit den Büchern als Hintergrund besaß einen Ausdruck von Würde, der es mehr als interessant machte. »Und Sie hier ganz allein, Masdéu?« Erschrocken wandte er sich um; unter der Tür stand Sofia und schaute ihn an. Ganz in Schwarz, gelassen, groß, schlank. Mit zurückgekämmten und aufgestecktem Haar, tadellos, wie sie es immer getragen hatte. Ohne sich auch nur ein einziges abschneiden zu lassen. »Es tut mir sehr leid, daß man Sie allein gelassen hat ... Ich war so erschöpft.« Masdéu erhob sich, Sofia bat ihn, er möge sich setzen; und er, der sehr wenig wahrnahm, gewahrte, daß sie eine Frau war, die einiges hinter sich hatte. Sofia trat zu dem Toten. »Ich sehe, daß seine Augen geschlossen sind. Das eine war immerzu offengeblieben. Ich habe zur Krankenschwester gesagt, sie solle es lassen, es werde sich schon von alleine schließen, denn es machte mich schaudern, daß sie es mit Gewalt schließen wollte ... Machen Sie eine Skizze?« – »Ja, das Profil.« Sofia sagte, die Jahre hätten es zerstört, aber früher habe ihr Mann ein außergewöhnliches Profil besessen. Die einzige, die sein Profil vielleicht geerbt hatte, sei ... und sie schwieg unvermittelt. Sie hatte eine der Schleifen von Armandas Strauß genommen: »Ich glaube, er war einer der elegantesten Männer von Barcelona ... ich meine nicht unbedingt wegen der Kleidung, nein, obwohl er sich schrecklich gut kleidete ... Mama sagte: meine Tochter hat einen Prinzen geheiratet.« Ohne es zu merken, streichelte sie die Schleife, bis sie sie zu sich herumgedreht hatte, und las die Goldbuchstaben. Sie schaute auf den Rosenstrauß, den sie nicht gesehen hatte, und rief aus: »Was ist denn das für ein Karneval?« Masdéu senkte den Kopf ein wenig und wußte nicht, was er sagen sollte. »Was macht dieser Papierrosenstrauß hier drauf?« Armanda kam mit einem Tablett beladen herein. Sowie Sofia sie sah, schrie sie mit harter Stimme, sie solle sofort diese Blumen wegtragen, sie wolle sie nicht mehr sehen. »Die Blumen! Die Blumen!« Armanda warf ihr einen raschen, von Haß erfüllten Blick zu, stellte das Tablett auf den Tisch, nahm liebevoll den Strauß und trug ihn weg. Sofia setzte sich, um den Toten anzuschauen. Auch sie aß und trank zudem zwei Tassen heißen Kaffee. Sie aß langsam, wobei sie sich mit Masdéu unterhielt, den Oberkörper gerade, den kleinen Finger von der Tasse spreizend, wenn sie trank, als befände sie sich auf einer Bühne und ein ganzes Publikum schaute ihr zu. Der Tote? In diesem Haus war er es vom ersten Tag, von der ersten Nacht an gewesen. Ein Krieg ihre Ehe? Eher Gleichgültigkeit. Und nun war sie da, saß sie da, und der, welcher dalag, war er und war gestorben wie jedermann. Ende der Vorstellung. Sie erhob sich und wischte die Krümel von ihrem Rock. Sie trat zum Fenster. Sie zog den Vorhang auf. Dämmrige Helle begann sich auf den Sand zu legen, durch die Scheiben aufzusteigen; matte Helle, die sich nach und nach in Triumph verwandeln würde. Bald würde man die Todesanzeigen in den Zeitungen lesen können, bald käme die Stunde der Beerdigung. Man müßte an die Trauerfeier und an das Witwenkleid denken. Und man müßte mit Mama sprechen. Während sich die Helle über den Himmel ausbreitete, überkam sie eine Ruhe, die sie selbst als übertrieben empfand. Masdéu hatte seine Arbeit auf dem Papier an Eladi Farriols' Profil wiederaufgenommen, das, einmal beendet, niemand erkennen würde, denn Masdéu war ein armer Kerl, der aus reiner Gefälligkeit Zutritt zu ihrem Haus bekommen hatte und weil Mama nun einmal so war . . .

XX
SOFIA

Noch am Tag nach der Trauerfeier stellte sich Armanda vor sie hin und zeigte ihr ein Fläschchen: »Was soll ich damit machen?« Es war ein Arzneifläschchen. Sofia nahm es halb automatisch, machte den Verschluß auf und roch daran. Sie spürte, daß Armanda kein Auge von ihr ließ. Sie wandte den Kopf ab und schnitt eine Grimasse dabei. »Woher haben Sie das?« Und Armanda sagte: »Aus dem Schrank mit dem Rasierzeug des gnädigen Herrn, er ruhe in Frieden; es war immer voll, und am Tag vor seinem Tod war es leer ...« Sofia gab ihr die Flasche zurück: »Werfen Sie sie weg.« Armanda war gegangen, und Sofia wußte nicht, warum sich dieses Fläschchen, an dem doch nichts Besonderes war, in ihren Gedanken festgesetzt hatte. Warum maß Armanda ihm Bedeutung bei? Die paar Worte Armandas, in einem Tonfall gesagt ... als ob sie sie mit dem Tonfall zwingen wollte zu denken, daß sich hinter den harmlosen Worten eine schändliche Wahrheit verbarg. Warum hatte sie an diesem Fläschchen gerochen? Warum mußte sie sich den Kopf zerbrechen? Doch ohne es zu wollen, dachte sie von Zeit zu Zeit an das Fläschchen und an Armandas Worte.

Consol, die Maniküre, schaute vom Balkon aus auf den Garten: die Garage hinter den Kastanien, das Waschhaus mit den alten Rosenstöcken voll großer fleischfarbener Rosen. Rasch wandte sie den Kopf und trat vom Balkon zurück, da Marcel zu ihr emporschaute und lachte. Sofia kam, ihren Bademantel übereinanderschlagend, herein und setzte sich. Nachdem Consol ihr Arbeitskästchen auf das Tischchen gestellt hatte, setzte sie sich neben sie. Sílvia kam mit einer Schüssel voll Seifenwasser herein. Sofia hatte keine große Lust, sich zu unterhalten, aber sie sah sich verpflichtet zu fragen, was ihre Mutter mache, die herzkrank war. »Sie lebt in großer Angst ... Frau Farriols, ich muß Ihnen etwas sagen: Marcel läuft mir nach. An den Tagen, an denen ich herkomme, schaut er mich an und lacht ...« Um etwas zu sagen, sagte Sofia: »Mal sehn, ob ich nicht bald an eine Hochzeit kommen muß.« Consol wurde schamrot. Sie nahm ihre eine Hand aus dem Wasser, trocknete sie ab und begann, ihr die Haut am Nagelsaum zurückzuschieben. »Natürlich finde ich ihn nett, aber ich glaube, ihm gefallen alle, und da ich sehr eifersüchtig bin, wäre das der Tod bei lebendigem Leib. Ich weiß nicht, warum ich Ihnen davon erzähle, schließlich will das nichts heißen, wenn er mir Komplimente macht.« Sofia lächelte gezwungenermaßen; die Lust zu lächeln ging ihr allmählich aus. An der Trauerfeier hatte sie der Notar Riera auf eine Art und Weise angeschaut, die ihr sonderbar vorgekommen war ... und das war Monate her. Sie hatte fixe Ideen, sah Dinge, die es nicht gab ... sie konnte dieses Unbehagen, das das Fläschchen bei ihr hinterlassen hatte, einfach nicht ganz loswerden. Der Notar Riera hatte sie angeschaut, wie hatte er sie angeschaut? Wie wenn er sagen wollte: sie räumt sich die Hindernisse allmählich aus dem Weg. Natürlich waren sie und der Notar einander immer unsympathisch gewesen. Mit offenen Händen und weit gespreizten Fingern wartete sie darauf, daß der Nagellack trocknete. Consol nahm ihren einen Fuß und stellte ihn sich auf den Schoß. Mit einer Nagelzange schnitt sie ihre Nägel. »Von allen Damen, denen ich die Füße mache, haben Sie die schönsten.« Sofia schaute auf ihren Fuß und bemerkte, daß sie einen Fleck darauf hatte. »Consol, was ist das für ein Fleck?« Consol rieb mit einem Zipfel des Handtuchs darüber: »Den habe ich noch nie gesehen, und es ist ein Fleck in der Haut.« Sofia schaute besorgt auf den Fleck. »Meinen Sie nicht, das sei ein Leberfleck? Zur rechten Zeit bekäme ich Leberflecken ...«

Als Sofia wieder allein war, schlug sie ein Bein über das andere und schaute eine ganze Weile auf ihren Fleck. Das war sehr seltsam. Wann hatte sie ihn wohl bekommen? Es war wohl noch nicht sehr lange her, denn sonst hätte sie es gemerkt. Sie fuhr mit der Spitze eines Fingers darüber. Was für ein Witz, wenn er größer würde. Sie ging ins Badezimmer und nahm das Fläschchen mit Wasserstoffsuperoxyd und ein bißchen Watte. Mit Ausdauer und Geduld würde sie es vielleicht erreichen, daß er ein bißchen heller wurde. Sie stellte ihren Fuß auf den Schemel. Ihreaufgelösten Haare fielen ihr über die Schultern. Sie befeuchtete die Watte und drückte sie fest gegen den Fleck ... ließ sie darauf liegen. Sie stützte sich halb am Waschbecken auf, den Kopf geneigt, als ob es ihr Mühe mache, das Haar zu halten. Blaß, ein bißchen ärgerlich, nahm sie die Watte: der Fleck sah noch dunkler aus. Da unten, auf dem weiß emaillierten Schemel, war ihr Fuß, ein bißchen weit weg am Ende des Beins. Auf einmal warf sie den Kopf zurück und brach in Lachen aus. Nach Jahren hatte sie auf dem Stückchen Haut, an dem Eladi in der Hochzeitsnacht seine Wange gerieben hatte, einen Fleck bekommen, der ihr gar nicht gefiel.

XXI
TRÄUME

Teresa Valldaura streckte im Schlaf einen Arm aus dem Bett und seufzte. Ein Druck auf ihren Füßen zwang sie, sich nicht aus einem wer weiß wo gezeichneten Kreis zu bewegen. Die Sandwogen würden sie schließlich begraben. Der Pulvergestank erstickte sie, bevor die Schüsse hallten, und ein sehr heftiger Hustenanfall hetzte die Wolken, und alles wurde porzellanblau, aber unwirklich. Ein Blau ohne Schwingungen. Himmel und Sand vermischten sich. Sie betrachtete ihre Brust: ganz blau. Die Füße: blau. Sie fand einen Wasserspiegel vor sich mit ihrem Gesicht darin, das ganz blau war. Sie hob eine Hand: blau. Sie bekam Angst, sie möge auch innen blau sein. Herz, Lungen, Leber, alles blau. Sie hob ihren Rock hoch; der Schenkel? Blau. Und das Blut? Eine lange Nadel stach sie in einen Finger. Nach einer Weile kam aus dem Stich ein Tropfen blaues Blut. Auf welche Welt hatte es sie verschlagen? Sie träumte, und sie träumte, sie sei eingeschlafen und sie könne nicht aufwachen, weil der Himmel und das Wasser nicht schlafen. Wo waren die Sonne und der Mond und all das, was irgendwo ist und was man nicht sieht? War es Tag, oder war es Nacht? Und die Wogen daneben, die Wogen ... sie vernahm noch mehr Schüsse, und ein Kreis von blauen Lampen umgab sie. Soviel Bläue störte sie, weil es sie an etwas Unbestimmtes erinnerte, das sie ängstigte. Eine fünfblättrige Blume legte sich dicht an ihre Lippen, blau war sie, roch nach Minze, und mit einem Zweiglein Minze zwischen den Zähnen näherte sich ihr ein verbrannter Soldat, der ein Gewehr mit aufgepflanztem Bajonett schleppte. Masdéu warf das Gewehr fort und sagte zu ihr, mit einer heiseren Stimme, die Sofias Stimme zu sein schien, du mein Stupsnäschen. Sie umarmten sich und waren schon nicht mehr neben den Wogen, sondern oben auf Sant Pere Màrtir, vom Sturmwind zerzaust. Sie mußten sich auf den Boden legen, damit sie der Wind nicht davontrug. Der Soldat knüpfte ihr die Bluse auf, mein Herz, mein Liebling ... Ein heftiger Regen von Apfelblüten fing an auf sie herabzufallen, keine Apfelblüten,

sagte der Soldat, doch, doch ... alle. Der Apfel vom Anfang leuchtete mitten in einem von Sonnenuntergang geröteten Himmel, grün auf der einen, rosig auf der andern Seite, wie der Apfel auf dem Fächer. Sich für immer an den Händen haltend, o ja, mein Herz, mein Herz, stiegen sie zur Stadt hinab, durchdrungen von einer Liebe, die nie zu Ende ging, bis sie rund wurde mit dem Apfel im Innern, hart, mit Kernen aus Eisen. Ein Arzt machte ihr den Bauch auf, es ist der größte Apfel der Welt. Er legte ihn auf einen Tisch, und er wurde so klein wie eine Haselnuß, und wieder hinein damit. Mit den Händen machte sie ihren Bauch auf und schaute nach, was der Apfel machte ... bis ein alter Mann den Apfel fortwarf und sie mit Brillanten bedeckte, die auch in sie hineingingen, während sie schlief und der alte Mann sie adernaufwärts liebte, jede Ader ein Fluß aus Brillanten, wie weh sie ihr taten ... die Tür blieb vor ihr stehen, eine Tür mitten in einer drei Kilometer langen Mauer, das stand auf dem Schild, jenseits der schmalen Tür war der Garten blau: Stämme, Zweige, Blätter ... alles ging von einem zarten Blau in ein frostiges Blau über. Sie wagte sich nicht in den Garten hinein, weil sie wußte, daß sie nie und nimmer herauskommen könnte. Eine Stimme rief: spuck die Brillanten aus! Sie spuckte dreimal aus. Spuck nicht mehr aus, es reicht. Die Hand zu dieser Stimme zog sie heran, und unter einem Baum wieviel Äpfel, murmelte die Stimme, du erregst meine Leidenschaft und besänftigst meine Seele, du erregst meine Leidenschaft und besänftigst meine Seele ... du erregst und besänftigst mich, du erregst und besänftigst mich, du erregst und besänftigst mich ...
Sie wachte auf, ohne zu wissen, wo sie war. Vor ihr stand Armanda: »Was tut Ihnen weh, Frau Teresa?« – »Ich habe geträumt; nichts, ich habe geträumt.« – »Wissen Sie, daß es schon Zeit für den Imbiß ist?« Armanda machte die Schnur auf, die um das Päckchen mit den Süßigkeiten gebunden war. »Schaun Sie, was ich Ihnen mitgebracht habe. Frisch aus dem Ofen; riechen tun die ...« – »Träumen Sie nie, Armanda?« – »Fragen stellen Sie mir ... wissen Sie nicht mehr, daß Sie immer wollen, daß ich Ihnen meine Träume erzähle? Was ist denn in dem von heute passiert?« Frau Teresa schaute sie an, die Augen voller Verlangen, sie möge ihr glauben. Ihr fiel ein,

was Valldaura manchmal über das Geheimnis der Zeit gesagt hatte; und sie fing an: »Seltsam. Das war einer der seltsamsten Träume, die ich gehabt habe.« – »Erzählen Sie ihn mir. Ich hätte es so gern ...« Frau Teresa ließ sie eine Weile zappeln, während sie sich überlegte, was sie ihr erzählen würde. »Ich weiß nicht, ob ich mich erinnern werde ... warten Sie ... ich glaube, ja. Ich befand mich im Finstern am Rand eines Abgrunds, und um mich herum stöhnte der Wind: es gibt keine Zeit ... es gibt keine Zeit ... Und ich hatte sie in den Händen, ich konnte damit machen, was ich wollte. Ich hielt sie zwischen den Händen, und sie fing an, mir wie Wasser aus den Händen zu rinnen zwischen dem Gestern und dem Heute: es gab sie. Der Wind schwieg eine lange Weile, bis er sich daran machte, mit Donnerstimme die Zeit zu rufen, und da die Zeit nicht kam, weil sie dabei war, das Gewicht der bleibenden Dinge zu wiegen, ging der Wind hin und her und stöhnte kreuz und quer herum; es gibt sie nicht ... es gibt sie nicht ...« Frau Teresa biß in ein Stück Gebäck, ohne Armanda aus den Augen zu lassen, die besorgt bemerkte: »Das ist wirklich ein seltsamer Traum ...« Frau Teresa lächelte: »Jetzt sind Sie dran und müssen mir Ihren Traum erzählen.« Armanda sagte mit einer gewissen Melancholie: »Ich träume immer das gleiche; Sie wissen ja. In der vergangenen Nacht auch.« – »Der Engel?« – »Der Engel«, bestätigte Armanda. »Sie flogen nach oben, wie immer?« – »Aber nein. Ich lag in meinem Bett, und aus meinem Bauchnabel begann ein Rauch herauszukommen in meiner Gestalt, und das war ich und war's doch nicht ganz.« – »Die Seele?« fragte Frau Teresa, während sie ein angebissenes Törtchen auf Mundhöhe hielt. »Die Seele. Und sobald sie durchs Dach hindurch war, näherte er sich.« Frau Teresa wußte, und Armanda wußte, daß Frau Teresa wußte, daß der Engel den Kopf von Eladi Farriols trug. »Ich, Seele, hatte keine Brüste, so klein waren sie ... Der Engel, dessen Flügelfedern an den Spitzen ein wenig blond waren, hatte Haare wie ein Schluck Nacht.« Frau Teresa unterbrach sie: »Sie haben mir nie gesagt, daß er Haare hat.« – »Die letzten Male ja. Und er faßte mich um die Hüften, mit einem einzigen Arm wie ein Gürtel, und mit dem andern Arm in die Luft und einen Finger ausgestreckt, bahnte er sich den Weg zum Himmel. Ich, mit herabhängenden Füßen, halb ohnmächtig und halb betäubt vom Schlagen der Flügel, ließ mich umfassen; wir flogen über den Himmel hinaus und setzten uns auf den Mond, bis der Engel fortging, wobei er mir sagte, er käme zurück. Ich hatte mich auf einem Haufen Mondstaub ausgestreckt, der hart wie Fels war ... und er kam verliebt zurück. Und jetzt, Frau Teresa, genug.« – »Aber die anderen Male hörte der Traum auf, wenn Sie beide sich setzten.« – »Ja doch, aber ein Traum, wenn er auch immer derselbe ist, ändert sich offensichtlich. Es ist schon rätselhaft genug, daß ich ihn so oft träume. Er ist jedoch jedesmal anders, wenn ich ihn träume, und wenn ich zu Bett gehe, denke ich schon immer: wie wird er sein?« – »Schaun Sie, Armanda, die übriggebliebenen Törtchen; essen Sie sie vor dem Einschlafen, damit Ihnen die Süße Ihren Liebestraum bringt. Lassen Sie ihn nicht sterben, Armanda ... lassen Sie ihn niemals sterben.«

DRITTER TEIL

But time past is a time forgotten.
We expect the rise of a new constellation.
T. S. Elliot

I

AN EINEM MORGEN

Sie öffnete die Nachttischschublade und nahm den Kopf des Mannes aus dem Puppenhaus heraus; sie bürstete ihn mit einer ganz kleinen und ganz feinen Bürste ab. Nachdem sie ihn eine Weile betrachtet hatte, tat sie ihn wieder in die Schublade. Um elf Uhr ging sie nachsehen, ob die gnädige Frau aufgewacht sei. Sie fand sie halb auf dem Bett sitzen, im Dunkeln. »Sehn Sie denn nicht, daß Sie fallen können?« Sie zog die Vorhänge auf, und der ganze Salon wurde von Sonnenlicht überflutet. Frau Teresa, die Augen wegen der plötzlichen Helle, von der sie geblendet wurde, halb geschlossen, lächelte. »Ist das denn schlimm, fallen? Als ich jung war, bin ich oft gefallen.« – »Schon geht's wieder los«, dachte Armanda, »dabei war sie früher so feinfühlig.« – »Wissen Sie, was mir gefiele? Zwanzig Jahre alt sein und herumalbern.« Armanda ging zum Waschbecken und holte alles, was sie brauchte, um Frau Teresa zu waschen. Sie wischte ihr über das Gesicht, die Brust, die Arme ... »Die Hände, Sie allein.« Sie zog ihr den Morgenmantel an, die wollenen Strümpfe: »Sie sollen nicht an den Füßen frieren.« Als sie schon unter der Tür war, rief Frau Teresa: »Bringen Sie mir keinen Milchkaffee; ich will Schokolade, auch wenn sie mir schadet.« Armanda warf ihr einen traurigen Blick zu und ging hinaus.

Sie saß in ihrem goldroten Sessel und blickte nach draußen. Unbeweglich lauschte sie auf etwas, das ihr der Garten in einem Augenblick wie diesem gerade sagen wollte, was er ihr vielleicht schon immer gerade hatte sagen wollen, seit dem ersten Tag ... ein Geheimnis, bewahrt von der Luft, das aus einem rissigen Baumstamm hervorkam und, Blüten und Blätter von Kastanien überwindend, sich ihrem Elend beharrlich näherte. Sie hob die Augen: Armanda stand mit dem Frühstückstablett neben ihr.

»Während Sie schliefen, ist Masdéu gekommen, mit einer roten Krawatte und einer schwarzen Armbinde. Er ist gekommen, um zu sagen, daß sein Vater gestorben ist ...« Frau Teresa nahm ein Stückchen Brot, bestrich es mit Butter, brummelte ein paar Worte, die Armanda nicht verstand, und seufzte, bevor sie das Stückchen Brot in den Mund steckte. Armanda schaute ihr, die Hände in den Schürzentaschen, beim Essen zu. »Er hat mir erzählt, die Republik sei ausgerufen worden. Daß er die rote Krawatte angezogen habe, um das zu feiern, obschon er sehr traurig sei.« Frau Teresa steckte ein weiteres Stück Brot in den Mund, trank ein paar Schluck Schokolade und wischte sich die Lippen ab. Sie legte die Serviette auf das Tablett und sagte mit einem tiefen Blick: »Wenn man so dran ist wie ich, ist das, obschon ich mich nie beklage, trauriger, als es aussieht.« Sie wurde ganz still. Langsam rückte sie den Löffel in der Tasse zurecht und murmelte, als ob sie jedes Wort abwäge: »Nicht wahr, Sie wissen doch, daß ich als junges Mädchen Fisch verkauft habe? Und daß ich mich in einen Mann verliebte, von dem ich nicht wußte, daß er verheiratet war? Der Jugend werden vielerlei Schlingen gelegt ...« Sie ruhte einen Augenblick, ließ den Löffel einige Male in der Tasse herumgehen; auf einmal sagte sie zu Armanda, sie könne das Tablett ruhig forttragen. Der Garten war von einem leuchtenden Grün. Jedes Blatt bildete einen Teil jenes großen Heeres, das die Herbstregen sterben lassen würden. Sie schaute ihre Fingernägel an: aufgewölbt. Sie würde in einem Sarg aus feinstem Holz aus diesem Haus getragen werden. Darin würde sie verfaulen wie die Blätter. Sie verspürte den Wunsch zu weinen. Wegen dieser Woge von Frühling, die mit der Helle hereinkam und ihr nichts nützte? Armanda, das Tablett in den Händen, konnte nicht gehen. »Warum sehen Sie mich so an?« Und mit erstickter, fast kindlicher Stimme fragte sie: »Sagen Sie mir die Wahrheit, Armanda, Sie kennen mich ja seit Jahren: bin ich böse?«

II
JUGEND

Sie konnte nicht schlafen. Es tat ihr nichts weh, aber sie konnte nicht schlafen. Sie begann, mit den inneren Augen, die Umrisse von marineblauen Blumen in der Mitte weißer Fliesen zu sehen, welche an der Vorderseite hoher Stufen mit abgenutzten Holzkanten angebracht waren. Nachts mußte man die Treppe im Finstern tappend hinaufsteigen und dabei gut abschätzen, wann die Kehre kam: bei der Stufe, mit der es sechzehn waren ... Teresa Valldaura lag im Bett und sah die Wohnung ihrer Mutter vor sich. Ihr war, als höre sie wieder den Stieglitz in seinem Käfig drin, den sie nachts mit einem leinenen, mit Klöppelspitze eingefaßten Tuch zudeckten, damit der Stieglitz gut schlafen konnte. Ein Stieglitz mit lebhaften Augen, immer herumflatternd, das Gesicht von blutroten Federn eingefaßt. »Vom vielen Dornenausreißen aus der Krone des gekreuzigten Herrn«, sagte Tante Adela, wenn sie ab und zu zum Mittagessen kam; beladen mit Süßigkeiten traf sie ein: mit Biskuitrollen und Kranzkuchen. Teresas Mutter hatte das Sieb schon bis zum Rand voll mit Langustinos. Das Eßzimmer war klein, schön tapeziert. Die Gaslampe war eine Leier. Der runde Tisch, die Wiener Stühle, das Büfett aus gutem Holz mit der Vitrine, die ganz mit Porzellan angefüllt war und mit Gläsern aus gewöhnlichem Glas, unter welche sich ein halbes Dutzend solcher Kristallgläser mischten, die kling! machen, wenn man mit dem Fingernagel an den Rand stubst. Die Möbel in Teresas Schlafzimmer waren schwarz, der Bettüberwurf geblümt, die glänzende Daunendecke strohfarben. Am Fußende des Bettes stand ein Schaukelstuhl. Alles war sehr sauber, ordentlich. Auf dem Balkon hatten sie schon seit Jahren einen Blumentopf ohne Pflanze darin stehen. Eine Lilie hatte darin gelebt, und da weder sie noch ihre Mutter wußten, daß man eine Pflanze gießen muß, ging die Lilie ein. Und der Blumentopf blieb dort, mit ein paar vertrockneten, halb zerrupften Blättern, die der Wind, wenn er in die Gasse blies, ein wenig schaukelte. Teresa Valldaura lauschte: irgendwo im Salon klopfte was ... vielleicht die Federn in der Vase? Vielleicht verloren die Blumen, die ihr Armanda zusammen mit dem Imbiß gebracht hatte, die Blätter? Irgend etwas, das sie nicht genau bestimmen konnte, war bemüht, ihre Aufmerksamkeit auf sich zu ziehen: ein Schatten von jenen, die einen nicht erschrecken, ein Schatten, der sie selbst war, vor vielen, vielen Jahren. Warum hatte er kommen müssen, ohne daß sie ihn gerufen hatte? Wie viele verborgene Winkel der Erinnerung hatte er durchqueren müssen, bevor er zu etwas Gegenwärtigem wurde? Was machte dieses Mädchen im dunklen Salon, in einem Kleid aus gestreiftem Perkal, mit Stehkragen, mit langen Ärmeln, welche mit Manschetten aufhörten, die bis zu den Ellbogen reichten? Mit einem Volant am Rocksaum, der über gelben, spiegelblanken Halbstiefeln schwebte. Dieses Mädchen, welches ihre Mutter, seit Jahren Witwe eines Lokomotivführers, der bei einem Unglück ums Leben gekommen war, zu einer Kusine schickte, die Isabel hieß, damit es bei ihr Sticken lernte, und sich selbst nachmittags von Camila am Stand helfen ließ, die sie bezahlen mußte, obwohl sie seit Jahren mit ihr befreundet war. Teresa verließ das Haus adrett und schön frisiert, mischte sich unter die Leute, ging langsam, voller Verlangen, die Freiheit des Denkens zu genießen, ohne daß ihre Mutter, die sie behütete, ihre Gedanken erriete. Sie hatte gleich schön gestickt; mit Händen, die im Sommer hübsch, im Winter verdorben waren, mit rauher Haut, rote, unmögliche Arme-Mädchen-Hände, gewohnt, sich mit Wolfsbarschen und Zahnbrassen herumzuschlagen, mit schleimigen, schlüpfrigen, wie das Wasser glänzenden Aalen; Hände, gewohnt, stumpfe Augen aus allen möglichen Fischen zu nehmen, jene gallertartigen Augen ohne Blick, die, außerhalb des Wassers, wenn der Fisch um sein Leben zappelte, wohl nichts mehr sahen ... gewohnt, regelmäßige Kiemen herauszureißen, Eingeweide aus den Bäuchen zu ziehen, welche sie mit einer Riesenschere aufschnitt ... als sie klein war, mit den Fangarmen der Tintenfische zu spielen, die sich festklammerten, die ihr ein winzig kleines Stückchen Haut wegsaugten, mit den Schuppen, die glänzend und fröhlich absprangen, die sich in ihre Haare verkrochen, die sich in ihren Kleidern festsetzten. Aus diesen Fingern, die sie anhauchte, damit sie auftauten, waren bald Wunder hervorgegangen:

verschnörkelte Buchstaben, schlafende Blumen, Sträuße und Sträuße von Rosen und von Stiefmütterchen. Schauend und träumend kehrte sie nach Hause zurück, betrachtete den Himmel, die Straßenlampen mit den Gasflämmchen darin, die sie wie eine Leibwache bis nach Hause begleiteten, als ob sie eine Königin wäre. Sie wäre es gern gewesen; mit einem Zepter, in einen blauen Mantel gehüllt, ganz von Brillanten und bunten Steinen leuchtend. Mit Jasmin parfümiert, ohne jeglichen Fischgeruch, verloren in einem Felsschloß, das die Sonne beim Untergang orange färbte. Wo hatte sie eine Königin gesehen? Wer hatte ihr von einer Königin erzählt? Sie konnte es nicht herausbekommen, aber ihr gefiel der Gedanke, daß die Königinnen hoch oben thronten, damit sich ein jeder in sie verlieben könne.

»Alles an dir lacht«, hatte Miquel Masdéu eines Tages zu ihr gesagt, »der Mund, die Augen, das Blut, das dir in die Wangen steigt.« Sie hatten sich einst im Spätherbst kennengelernt, als sie sticken ging. Unter einer Straßenlampe, in einer einsamen Straße mit niedrigen Häusern, erblickte sie, während sie sich in ihr Tuch aus schwarzer Wolle einhüllte, das Tante Adela ihr gemacht hatte, ein Bild auf dem Boden und bückte sich, um es aufzuheben: es war das Bild eines als Soldat gekleideten Jungen, der ein Gewehr mit aufgepflanztem Bajonett auf einen Schemel stützte. Sie bekam Lust, wegen der so unkriegerischen Miene des Jungen zu lachen, der gerne Eindruck gemacht hätte, und doch gelang es ihm nicht. Sie war in die Betrachtung des Bildes versunken, als sie dicht neben sich eine Stimme hörte: »Gefällt es Ihnen?« Sie drehte sich langsam um und fand den Soldaten vor dem auf den Schemel gestützten Gewehr vor sich stehen, als Lampenanzünder gekleidet; mit dem dunkelblauen Kittel, der bis auf die Knie reichte, mit einem aufgesteppten Stück auf den Achseln, mit viel angekraustem Stoff auf dem Rücken, mit einer Kappe, mit Hanfschuhen, mit Augen, die ihr wie Wolfsaugen vorkamen, mit einem Zweiglein Minze hinter dem Ohr, und er hielt den Stock zum Lampenanzünden stolzer als das Gewehr, mit dem Krieg geführt wurde. »Es hätte mir leid getan, wenn ich's verloren hätte . . . da Sie es nun gefunden haben, möchten Sie es?«

Sie reichte ihm, ohne den Mund aufzumachen, das Bild, und er, ohne es zu nehmen, drängte: »Wenn Sie es behalten, machen Sie mich glücklich.« Zunächst behielt sie es nicht, aber er ließ sie nun nicht mehr in Ruhe. Ab und zu blieb er stehen, um eine Straßenlampe anzuzünden, und danach beschleunigte er seine Schritte, um sie einzuholen. Plötzlich stellte er sich vor sie hin und nahm ihr behutsam einen Faden vom Arm. »Dieser Faden wird uns verbinden.« Und er steckte ihn in seine Kappe. Und sie, sie ging an diesem Nachmittag nicht mehr den Strauß Lilien sticken, den sie auf dem Überschlag eines Leintuchs begonnen hatte. Am Abend, vor dem Ausziehn, schaute sie das Bild eine lange, lange Weile an. Er gefiel ihr, oh! wie gefiel ihr dieser Junge mit den glänzenden, milchweißen Zähnen, mit einem harten und zärtlichen Blick, der einem das Herz raubte ... ein wenig traurig ... Sie sagte leise: »Miquel ...«
Im flackernden Schein der Kerze legte sie ihr Kleid auf den Schaukelstuhl, und in Unterrock und Mieder trat sie zum Schrank, nachdem sie Miquels Bild unter das Kopfkissen gesteckt hatte. Sie drückte das Gesicht gegen die Kälte des Spiegels. »Miquel ...« Der heilige Erzengel Michael in goldenem Harnisch und mit unbesiegbarem Schwert, mit dem Satan und mit einer ganzen Legion rasender Engel streitend, hätte sie nicht mehr beeindruckt.

Sie sahen sich sehr oft, und die Dinge, die er ihr sagte, machten ihr den Kopf schwindlig. »Du bist eine Puppe im Schaufenster der Welt.« In der Nacht, als er ihr das gesagt hatte, konnte sie nicht schlafen. Sie lauschte den Geräuschen im Haus: der Stieglitz war auf das Zinkblech gesprungen, ein wenig Wind ließ die Wäsche schaukeln, die auf dem Balkon im oberen Stock hing. Ihre Mutter atmete gleichmäßig ... Am nächsten Tag, beim Frühstück, fing ihre Mutter an, sie prüfend anzuschauen: »Du siehst aber schlecht aus ...« Sie lachte zum Schein, konnte aber nicht verhindern, daß all das Feuer ihres Herzens ihr in die Wangen stieg. Sie stand in aller Eile auf und ging sich ankleiden. Während sie die Zipfel ihres Wolltuches auf dem Rücken zusammenknotete und die Schürze umband, sagte ihr der Spiegel, daß sie sehr hübsch sei. »Puppe«, murmelte sie ganz leise, als wäre es ihr Lampenanzünder, der ihr das sagte.

Eine Puppe im Schaufenster der Welt. An diesem Nachmittag sagte er, sowie sie sich sahen, »Moschusrose« zu ihr. Danach kam das »Du mein Stupsnäschen«. Der erste Kuß schmeckte nach Minze, nach Leben. Während sie die finstere Treppe hinaufstieg, fuhr sie sich mit der Zunge über die Lippen. Und beim Einschlafen auch. Sie kam spät nach Hause: »Wir mußten eine Aussteuer fertig machen«, »wir sind mit Arbeit überhäuft«. Jedesmal kam sie später. Zu guter Letzt hörte ihre Mutter nicht mehr, wenn sie kam. Sie mußte, wie Teresa, bei Tagesanbruch aufstehen, aber Teresa war es einerlei, wenn sie nicht schlief. Bei ihrem Besuch, den sie ihrer Kusine alljährlich abstattete, um ihr zum Namenstag zu gratulieren, erfuhr ihre Mutter, daß Teresa an vielen Nachmittagen beim Sticken fehlte. Wie bei ihr brachte Teresa auch bei Isabel Entschuldigungen vor: »Meine Mutter fühlte sich gestern nicht wohl«, »meine Mutter wollte, daß ich mit ihr wollene Strümpfe kaufen ginge, weil sie, wenn sie am Stand steht, eisige Füße bekommt.« »Meine Mutter brauchte mich.« »Meine Mutter will nicht ...« Am folgenden Sonntag sperrte ihre Mutter sie hinter Schloß und Riegel ein. Sie verbrachte den Nachmittag auf dem Balkon und betrachtete das bißchen Himmel da oben. Gelassen, denn sie und Miquel sahen sich sonntags nie. Und ein paar Sonntage lang sperrte ihre Mutter sie ein. Jeden Tag begleitete sie sie zu Isabel. Sie fragte sie nie, was los sei. Sie wußte es nur allzu gut. Da war ein übler Galan im Gebüsch, der ihrer Tochter den Hof machte, wer weiß wie ... ohne es zu wagen, sich der Mutter zu zeigen. Eines Tages konnte Teresa der Bewachung entgehen. Sie flog durch die Straßen.

Sowie Miquel sie sah, packte er sie wütend beim Arm, und ohne sie zu fragen, was mit ihr los gewesen sei, sagte er leise und zähneknirschend zu ihr: »Heute, sowie ich mit der Arbeit fertig bin ...« Teresa erschrak. Sie gingen zum Hang des Tibidabo. Sie liebten sich zwischen Ginsterbüschen und trockenen Gräsern. Sie liebten sich und sie liebten sich.

Es war kalt, ein milchiger Nebel umgab die ruhig gewordenen Flämmchen der Straßenlampen. Die Bäume in den Gärten hatten ihre Blätter verloren. Manchmal wehte Wind, manchmal regnete es. Teresa wurde ganz verrückt. Zu ihm konnten sie nicht gehen. Zu ihr auch nicht. Und wie an eine Rettung dachte Teresa an ihre Tante Adela, die allein wohnte. Und zitternd ging sie zu ihr. Mit Leidenschaft und Tränen setzte sie ihr ihre Liebe zu Masdéu auseinander. »Warum heiratet ihr nicht?« fragte Tante Adela sie, während sie die Schokoladenkanne auf den mit einem blütenweißen Tischtuch gedeckten Tisch stellte. Teresa saß da wie gelähmt. Natürlich, warum heirateten sie nicht? Warum hatte Masdéu nie zu ihr gesagt, daß sie heiraten könnten? Sie erwiderte zum Schein: »Wir sind zu jung.« – »Und was sagt deine Mutter dazu?« – »Meine Mutter«, erwiderte Teresa verwirrt, »weiß nichts davon.« Tante Adela schüttelte ganz traurig den Kopf: »Du verlangst da etwas von mir, das voller Gefahr ist ... und Schande.« Aber sie willigte ein, besiegt von den flehenden Augen Teresas, die sich ihr an die Brust warf und ihr das Gesicht mit Küssen bedeckte. Gerührt goß Tante Adela Schokolade in die Tassen: »Trink.«

Bis sie eines Nachts beim Nachhausekommen ihre Mutter traf, die im Eßzimmer stand und auf sie wartete, mit dem Bild Miquel Masdéus in den Händen, dessen Gesicht von den vielen Küssen, die Teresa darauf gedrückt hatte, halb verwischt war. Es war drei Uhr früh. »Warum mußt du mir verheimlichen, daß du einen Freund hast? Ich üb' mich nun schon lange genug in Geduld! Es reicht!« Wieder und wieder im Eßzimmer herumlaufend, verzweifelt die Hände ringend, gestand sie die Wahrheit. Sie war im dritten Monat. Am nächsten Tag sprach sie, auf den Rat ihrer Mutter hin und nur mit großer Überwindung, ein ernstes Wort mit Miquel. Er war ganz niedergeschmettert. Zunächst glaubte sie ihn nicht zu verstehen. Bis er deutlich wurde: er habe schon eine Familie. Nein, keine Kinder. Er war verheiratet. Aber er liebte sie, »wenn sie wüßte, wie sehr er sie liebte ...« Er wollte sie küssen, und Teresa schob ihn weg. »Ich will dich nie mehr sehen.« Die ganze Nacht lang weinte sie. Sie hätte sterben wollen. Für immer. Sie sah sich auf den Straßen, eng umschlungen mit Miquel Masdéu, mit rosa Himmel, mit blauem Himmel, mit Sternen, ohne Sterne, mit Flügeln an den Sohlen, entrückt ... Nie mehr.

Ihre Mutter sagte, daß sie für die Niederkunft zu Camila gehen werde; sie habe schon mit ihr gesprochen. Teresa schlug vor: »Warum nicht zu Tante Adela?« – »Was würde meine Schwester wohl sagen? Ich mag nicht einmal daran denken. Es reicht schon, daß sie es wird erfahren müssen.« Und Armanda war mit dem Frühstückstablett hereingekommen und hatte gesagt: »Während Sie schliefen, ist Ihr Patensohn gekommen, um zu sagen, daß sein Vater gestorben ist. Er trug eine schwarze Armbinde.«

Nach und nach verging die Liebe. Zuletzt durchlitt Teresa sämtliche Qualen. Der Fischstand war ihr zuwider. Damit man ihren Bauch nicht sah, schnürte ihr die Mutter das Korsett, bis sie keine Luft mehr bekam. Die Nachbarn redeten. Einmal, denn wenn er nicht als Lampenanzünder angezogen war, trug Miquel Masdéu irgendwelche Kleider und hatte zerzauste Haare, sagte sie »zerlumpter Engel« zu ihm, Lippe an Lippe, ohne so recht zu wissen, warum sie das sagte. Er, der sonst nicht sehr viel lachte, lachte und umarmte sie. Warum mußte ihr nun, auf ihre alten Tage, dieses Stückchen Jugend gegenwärtig werden, das sie im tiefsten Grunde ihrer Seele vergraben hatte, so als ob nicht sie es wäre, die es gelebt hatte? Mit seinem Tod hatte Miquel Masdéu alles, erstarrt im Innern, mitgenommen, was Teresa ihm gegeben hatte.

Sie hatte ihm nie gesagt, wo sie wohnte, noch wußte sie, wo er wohnte, aber eines Sonntagnachmittags, während sie im Eßzimmer bügelte, sah sie ihn an der Ecke gegenüber ihrem Haus. Er mußte ihr gefolgt sein, und nur schon bei der Vorstellung hätte sie laut schreien können. Was machte er da, an die Mauer gedrückt, so unbeweglich, so ganz ohne nach oben zu schauen, wo er doch wissen mußte, welches ihre Wohnung war? In sich gekehrt und still, wie er war, kam es ihr vor, als rufe sein ganzes Wesen: »Erinnere dich meiner.« Nervös, bemüht, nicht an seine Anwesenheit zu denken, ging sie in der Küche das heiße Bügeleisen holen, um ihren Unterrock zu bügeln. Sie nahm die Feuerzange, schürte die Glut und legte Kohlen nach; darauf stellte sie das kalte Eisen. »Erinnere dich meiner.« Sie kehrte mit dem vor Hitze roten Eisen ins Eßzimmer zurück, und als sie es abstellen wollte, schaute sie nach draußen. Masdéu war noch immer da. Sie konnte sich nicht länger beherrschen. Sie würde ihm sagen, er solle fortgehn, er solle doch bitte fortgehn. Sie warf sich das Tuch über die Schultern und öffnete die Wohnungstür. Auf dem Treppenabsatz stieg ihr ein Schluck Galle in den Mund. Sie trat in dem Augenblick auf die Straße, als eine alte Frau vorbeiging, gab ihr, ohne es zu wollen, einen Stoß, und die Frau taumelte. Beschämt zog sie sich wieder ins Treppenhaus zurück. Dicht beim Eingang, in einer Ecke, blieb sie stehen. Sie spürte den Luftzug von der Straße, sie spürte, daß auf der anderen Seite Masdéu an sie dachte, unaufhörlich an sie dachte. Ihren Sinn verloren in dem seinen, welcher sie einsog, ließ sie ein Gewirr von Erinnerungen auf sich einstürmen, die sie mit Verlangen erfüllten. Weit kehrte sie zurück, floh hin zur Nacht der Ginsterbüsche, zu den Umarmungen und Küssen. Mit zurückgelegtem Kopf, mit den Händen sich die Schläfen haltend, gegen die Tür gelehnt, sich der Liebe darbietend, dem Nichts, der Finsternis des Treppenhauses, begann sie leise zu stöhnen, offen wie eine Blüte, mit klopfendem Herzen, mit trockenem Mund ... Schritte auf dem Pflaster rissen sie aus ihrer Versenkung. Sie stieg die Treppe hinauf, sich mit der einen Hand den Rock haltend, mit der anderen das Kreuz stützend, das ihr zerbrechen wollte; sie öffnete die Wohnungstür, und der Rauch und der Gestank von Verbranntem warfen sie zurück. Sie stürzte ins Eßzimmer. Das Bügeleisen hatte ihren Unterrock verbrannt, das alte Leintuch und die Decke, welche das Brett bedeckten. Sie nahm das Eisen und stellte es auf den Boden. Sie riß allen verbrannten Stoff herunter und tat ihn in einen mit Wasser gefüllten Bottich; die Rauchwolke brachte sie zum Husten. Sie goß Wasser auf das Brett. Sie öffnete die Fenster, den Balkon, ohne auf die Straße zu schauen. Sie hängte den Käfig mit dem Stieglitz nach draußen, damit er nicht erstickte. Sie setzte sich und wedelte den Rauch weg. Er war noch immer da? Noch immer?

Und jeden Sonntag war es dasselbe. An der Ecke, an der Mauer des gegenüberliegenden Hauses, schien Miquel Masdéu Wache zu halten. Eines Nachmittags ging Teresa fort, damit sie ihn nicht sehen, nicht an ihn denken mußte. Sie lief schnell, dicht an den Häusern entlang. Er mußte gesehen haben, wie sie hinausging. Beim Hafen trat er an sie heran: »Sag nichts, wenn du nicht willst. Aber laß mich dich anschaun. Auch wenn es das letzte Mal ist.« Sie wußte nicht, was sie sagen sollte. Sie zitterte am ganzen Körper. Auf einmal gab ihr Masdéu ein Päckchen, das sie halb unwillkürlich nahm. Sie stand wie am Boden festgenagelt, ohne Kraft in den Beinen, um sich loszureißen. Neben ihr, unten, größer als ihr eigener Schatten, war der Schatten von Miquel Masdéu. Sie schloß die Augen, um ihn nicht zu sehen; als sie sie öffnete, war der Schatten nicht mehr da. Sie lief lange, lange Zeit. Müde geworden, kehrte sie zum Hafen zurück und trat heran, um das mit kleinen Lichtern übersäte Wasser zu betrachten; die Masten, die Fahnen, so viele Taue, so viele Büge, soviel Entkommen, soviel Flucht ins Weite. Der Geruch von Teer und Miesmuscheln machte ihr ein wenig übel, doch das Wasser beruhigte sie, und sie kehrte über die Ramblas hinauf nach Hause zurück. Sie betrat die Wohnung. Ihre Mutter war noch nicht da. Sonntags ging sie zu Isabel, und gemeinsam nähten sie Wäsche für das Kind. Teresa konnte nicht einen Stich tun. Sobald sie die Nadel nahm, drehte sich etwas in ihrem Innern um. Als sie die Streichholzschachtel nehmen mußte, um die Lampe anzuzünden, bemerkte sie, daß sie das Päckchen trug, das ihr Masdéu gegeben hatte. Mit unsicheren Händen, mit erregtem Gemüt, riß sie die Schnur weg. Eingewickelt in dreifaches Seidenpapier war da ein Schächtelchen und in dem Schächtelchen ein Stück Seife in der Form eines Herzens. Sie stand da und schaute es an, überrascht, ohne zu merken, wie die Zeit verging. Schließlich hielt sie sich das Seifenherz an die Nase. Es war fliederfarben und roch nach Flieder. Sie nahm es aus dem Schächtelchen, und fast wäre es ihr aus den Händen geglitten; sie fuhr sich mit ihm über die Wange, über den Hals, es war weich . . . über die Stirn . . .

Als ihre Mutter sagte, sie könne nun ihre Wäsche zurechtmachen, um zur Niederkunft zu Camila zu gehen, fand Teresa, weggeräumt unter einem Stapel Hemden, das Seifenherz. Wütend nahm sie es und strich sich über die Wange damit: es war hart, es war kalt, es roch nicht mehr. Sie bekam Lust, es wegzuwerfen. Nicht in den Abfall. Nicht an einen häßlichen

Ort. Sie nahm es mit, in die Wäsche gewickelt, die sie brauchen würde. Camilas Wohnung war so ähnlich wie die ihrer Mutter: in einem der allerschmalsten Gäßchen, nah bei der Boqueria und dem Carrer de la Petxina. Sobald sie, als Camila fortging, um ihrer Mutter am Marktstand zu helfen, allein war, nahm sie einen Glaskrug, der verstaubt auf dem obersten Küchenregal stand, füllte ihn mit Wasser und warf das Seifenherz hinein. Sie versteckte ihn im Nachttischchen. Lange Zeit danach, als sie ihr Kind schon bekommen hatte und zu ihrer Mutter zurückmußte, die bereits kränkelte, sah sie nach dem Krug. Das Seifenherz hatte sich aufgelöst und das Wasser war trüb geworden. Sie schüttete es ins Spülbecken hinunter. Sie war sich vollkommen bewußt, daß sie gerade ihre Jugend weggeschüttet hatte.

III
TERESAS TOD

Sie versuchte, sich halb herumzudrehen, und konnte nicht. Ihre wundgelegene Haut brannte, und sie stöhnte leise. Als sie der Arzt besucht hatte, hatte sie zu ihm gesagt: »Sie sehen sehr gut aus, und Ihre Gegenwart ist Balsam für mich, aber gegen meine Krankheit kann kein Arzt etwas ausrichten.« Er hatte gelacht und ihr ein paarmal leicht auf die Wange geklopft, und wie hatte es geschmerzt, oh! wie hatte es sie geschmerzt, daß ihre Wange nicht mehr jung war. Der Arzt war der Sohn Doktor Falgueras, der sie immer behandelt hatte und schon vom bloßen Anschauen erriet, was sie hatte. Der Sohn war gelehrt, wirklich gelehrt; es fehlte ihm natürlich jene Gabe des Diagnostizierens, die den großen Ruf seines Vaters begründet hatte, doch wie sein Vater beherrschte er die Kunst, glauben zu machen, für ihn gebe es nur den Kranken, den er vor sich hatte, und dessen Krankheit. Sie hatte keine jener Krankheiten, die sich heilen lassen, sie hatte es ihm schon gesagt: »Doktor Falguera, was ich habe, das ist Gevatter Tod in mir drin, und gegen diesen klugen Herrn kann niemand etwas ausrichten: kein Kraut, kein Mineral, kein Chirurgenmesser. Und alle Ihre Wissenschaft nicht.« Sie wollte sich herumdrehen, weil ihr alles weh tat, und konnte nicht. Wütend versuchte sie es von neuem. Es quälten sie die großen Stellen, die sie sich in so vielen Wochen wundgelegen hatte, mit dem Gesicht zur Decke, mit zerstörten Nieren, mit Wasser, das aus der Haut ihrer Beine trat, die ein einziges Geschwür und abgestorben waren.

Das Nachtlicht flackerte. Armanda hatte es erneuert, bevor sie schlafen gegangen war, aber sie hatte gleich gesehen, daß dieses Nachtlicht schlecht brennen würde. Wo sie doch so gern die kleine Flamme betrachtete. Auf dem runden Tisch stand die Apotheke. »Die Apotheke« nannte sie all die Flaschen und Fläschchen, die sich eins neben dem andern drängten, so viele, daß sie auf dem Nachttischchen keinen Platz fanden. Sie nahm den Gummiball zum Klingeln, den sie unter dem Kopfkissen hatte, mit einer so langen Schnur, daß sie sich manchmal darin verwickelte; sie betrachtete ihn und legte ihn auf den Überschlag. Was hätte sie davon, wenn sie die arme Armanda weckte, damit sie ihr half, sich umzudrehen, wenn sie doch, sobald sie sie auf die eine Seite gelegt haben würde, schon wieder auf der anderen sein wollte? Sofia hatte vorgeschlagen, sie solle im Salon schlafen, in einem kleinen Bett, das man tagsüber in den Waschraum stellen würde, und sie hatte es nicht gewollt. Ein paar Wochen lang hatte sie eine Krankenschwester gehabt; sofort bat sie Sofia, sie solle sie ihr aus den Augen schaffen. Immerzu fragte sie sie: »Wie fühlen Sie sich?« mit einer solchen Kälte in den Augen, daß es ihr auf die Nerven ging. Am ersten Tag sagte die Krankenschwester zu ihr: »Bald werden Sie draußen spazierengehn und an der frischen Luft sein können.« So dumm war sie auf die Welt gekommen, daß sie nicht merkte, daß sie gelähmt war? Sofia hatte dann gesagt, sie würde ihr eine Klingel mit einer Schnur und einem Gummiball am unteren Ende anbringen lassen, welche direkt in Armandas Schlafzimmer klingeln würde. Sie würde sie nie aufwecken. Wenn sie in der Nacht stürbe, wollte sie einzig in der Gesellschaft ihrer Krankheit sterben. Als es gerade hell geworden war, hatte ihr Armanda Blumen im Garten gepflückt; sie hatte einen gemischten Strauß gemacht, in allen Farben, so wie sie es gern hatte. Nach einem Augenblick hatte sie sie gebeten, den Strauß fortzutragen, weil sie die Blumen, so in der Nähe und eingesperrt, traurig werden ließen. »Es riecht nach Toten. Die Kränze werden schon genug danach riechen.« – »Warum sagen Sie so etwas? Sie werden schon sehen, wie Sie wieder gesund werden und wir Sie mit all den Ringen in Ihrem Sessel sitzen sehn.« Und als Armanda »Sessel« sagte, sah sie nicht den Sessel, sondern sie sah, neben sich und das Händchen unter ihren Schal steckend, um die Weinflasche berühren zu können, jenen armen Jaume, der Augen wie Sofia hatte, in der Form von Knopflöchern, und der ertrunken war in dem immer mit Wasser gefüllten Bassin, das sich hinten im Park befand und nur dazu diente, Mücken zu züchten und Tiere, die mit großem Kopf und spitzigem Schwanz herumschwammen. Sie konnte keine Ringe tragen; ihre Finger waren geschwollen. Beim letzten Mal hatte man sie ihr abziehen müssen, indem man Seife zwischen Finger und Ring tat. Keine Ringe tragen zu können machte sie niedergeschlagen. Es war ihr ein Bedürfnis, schöne Dinge zu sehen, und die Brillanten waren Tautropfen. »Tautropfen auf einer Blüte«, hatte der Notar Riera eines Spätnachmittags zu ihr gesagt, als sie sich sehr geliebt hatten. Sie betrachtete, noch ganz verloren in der Welt der Liebkosungen, die Blütenbüschel des Kirschbaums. Unwillkürlich hatte sie die Hand gehoben und ließ sie fallen, als ob sie einen Stein fallen ließe. Sie steckte die Hand unter das Bettuch und berührte ihren Bauch. Woher war soviel unnützes Fleisch gekommen? Sie, die sie auf ihre Wespentaille stolz gewesen war, Hummeltaille, sagte sie zum Spaß, und auf ihren Bauch, der flacher als ein Brett war ... Wo war all das, was hübsch gewesen war, hingeraten? Sie ließ ihre Hand gleiten, und in diesem Augenblick packte sie dieses schreckliche Etwas, diese Beklemmung, die sie den Körper hochheben ließ, sie, die sich nicht herumdrehen konnte. Der Farbgeruch trug noch zu ihrer Beklemmung bei; vor kurzem waren alle Balkone gestrichen worden. Und sie öffnete den Mund und öffnete den Mund und fühlte, wie ihr die Augen aus dem Kopf quollen. Das Herz ging mit ihr durch, und dieser Tod bei lebendigem Leib kam ihr wie eine Ewigkeit vor.

Mit der einen Wange auf dem Kissen und so atmend, als hätte sich die Luft der ganzen Welt erschöpft, sagte sie sich, daß sie diese Nacht nicht überstehen würde. Am nächsten Tag würde sie der Arzt erkaltet vorfinden, und sie würde nicht wie jeden Morgen zu ihm sagen können: »Guten Tag, Herr Doktor«, und wenn sie noch am Leben wäre, würde sie sagen: »Hier haben Sie einen Kranken, der seine Trümpfe ausgespielt hat.« Und während sie es lächelnd, aber mit dem Tod in der Seele sagen würde, würde der Arzt sofort merken, daß ihr Herz blutete, denn er war so klug, wie einer nur sein kann. »Frau Valldaura, spaßen Sie nicht. Berufen Sie es nicht.« Wenn er ihren Arm nahm, konzentrierte er sich stark und sagte schließlich: »Ich finde Ihren Puls nicht.« Und sie sagte ihm dann, er sei nicht verschwunden, er verstecke sich nur ... und der arme Jaume berührte immer, bevor er den Salon verließ, die Federn mit den blauen Augen und trank seinen Wein langsam, damit er noch ein Weilchen bei ihr und Quimeta im Salon bleiben konnte. Und sie, die den Salon nicht mehr verließ, bat Armanda zwei Jahre nach dem Tod des armen Jaume, sie möge sie zum Bassin bringen, dorthin, um zu sehen, wo er ertrunken war, und er war traurig, o wie traurig war jener Winkel mit den so hohen Bäumen und dem so grünen Wasser und dem grüngrünen Efeu und alles so düster. Sie hatte gleich wieder fortgewollt, aber ein Rad ihres Rollstuhls versank im Schlamm, und Armanda mußte Hilfe holen, und während sie geschoben wurde, mußte Armanda einen Ast wegziehen, der wie eine Gabel aussah und ihnen den Weg versperrte: weiß und glatt wie ein Knochen ... und als Maria und der Ast des Lorbeerbaums ... Sie rieb sich die Augen, denn sie wußte nicht, ob das Nachtlicht halb erloschen war oder ob die Dunkelheit, die sie umgab, von ihren sich nun schon trübenden Augen rührte. Und in der Nacht auf den Tag, an dem sie sich hatte nach hinten in den Park bringen lassen, dachte sie immer an jenen seltsamen Ast, der ihr den Weg versperrt hatte. Schmetterlinge. Der arme Jaume hatte ihr erzählt, er hätte viele Schmetterlinge gesehen, Wolken und Wolken von Schmetterlingen, und sie hatte ihm nicht geglaubt.

Schon seit drei Wochen durfte sie nicht essen. Sie spürte auf einmal eine große Ruhe und dachte an ein paar schöne Dinge; sie wollte beim Sterben an schöne Dinge denken von Blumen und von beginnender Liebe und von Flammen weder blau noch rot sondern orangefarbene Feuerzungen die Flammen die sie so oft zu Anfang ihres Lebens in der Villa betrachtet hatte als die Fliederbüsche klein waren und die Rosenstöcke wenig Rosen trugen. Drei große Schmerzen hatte sie in ihrem Leben gehabt: jenes Kind von Masdéu, den Tod des armen Jaume und den Tod von Maria, aufgespießt ... Und ein starker Schmerz ist wie ein Wassertropfen, der ständig aushöhlt, aushöhlt ... Sie schloß die Augen und sah die Perle von der Krawatte. Schimmernd und groß. Sie sah sie in einer dunklen Krawatte stecken ... Sofia hielt Totenwache bei ihrem Vater und war um Mitternacht nervös aus der Bibliothek gekommen: »Wo ist Papas Perle? Am Morgen, als man ihn heruntergebracht hat, trug er sie noch. Ich habe sie mit eigenen Augen gesehen« – und sie zeigte auf sie –, »ich selbst habe sie ihm angesteckt, denn es war sein Wunsch, mit der Perle begraben zu werden, und die Perle ist verschwunden.«

Sofia hatte alle Mädchen in Verdacht, und sie war es gewesen, Teresa Valldaura, Salvador Valldauras Frau, die die Perle von der Krawatte des Toten genommen hatte. Zu schön, um auf einem Friedhof zu enden. Sie hatte sie sich ans Mieder gesteckt, bevor sie die Bibliothek verlassen hatte, und nie wieder sollte sie jemand finden. Nie wieder. Diese Perle hatte zwei Männer geschmückt. Und dem zweiten hatte sie sie geschenkt, um den ersten zu vergessen. Eine graue, rosa-blaue Perle, die wie etwas Lebendiges aussah ... Sie wollte ihren Bauch berühren und konnte den Arm nicht bewegen. »Da haben wir's«, murmelte sie, »wie die Beine.« Sie versuchte den anderen Arm zu bewegen, aber es fehlte ihr die Kraft, um ihn ins Bett hineinzustecken. Sie hätte gerne ihren Bauch berührt, der von dem vielen guten Essen dick geworden war ...

Sie hatte sich Berge von Schlagsahne und Creme in den Mund gelöffelt. Wenn ihr Armanda das Kartontellerchen brachte, auf dem sich die Leckereien häuften, sagte sie zu ihr, und die Komödie dauerte Jahre, »lassen Sie mich«. Armanda wußte, daß Frau Teresa die Süßigkeiten allein essen wollte, ohne Zeugen, damit sie sie ganz in den Mund stecken und spüren konnte, wie er voller Süße war; die Augen starr auf das Tellerchen gerichtet, um auszusuchen, welche als nächste folgen sollte. Sie schwärmte für kandierte Früchte, die Farben von Wassermelone und Birne. Und für mit Butter bestrichenes Honigbrot und Pinientörtchen; von denen aß sie sechs auf einmal. Und die Weinbiskuits. Ganz weich wurde sie beim Kleingebäck, das Schleifchen vorstellte, und bei jenen Kugeln ... es gab gelbe und weiße, und sowohl die weißen als auch die gelben waren aus Kokosnuß. Armanda sagte: »Die gelben sind nicht aus Kokosnuß, Frau Teresa; sie sind aus Eigelb.« Und sie ließ sie reden, denn ihr war es einerlei, was Armanda dachte, aber sie waren aus Kokosnuß. Und die großen Süßigkeiten ... ihr lief, trotz des Schmerzes, der ihr die Haut auf dem Rücken verbrannte, das Wasser im Mund zusammen, wenn sie nur schon daran dachte; sie schnitt sie in Stücke und leckte danach das Messer ab ... Süßigkeiten mit Butterschichten und Schokoladeschichten und obendrauf ein verschnörkeltes Muster aus Schokolade ... Sie war auf die schlaffe Art alt geworden. Alles an ihr hing herunter: die Wangen, das Doppelkinn, das Fleisch unter den Armen ... Auch Sofia begann langsam alt zu werden, aber auf eine andere Art. Wie bei einer Mumie spannte sich ihre Haut über die Knochen. Sie hatte gelebt und lebte umgeben von Cremes und Parfums. Lohnte es sich? Sie seufzte. Der alte Rovira hatte sich in ein bescheiden gekleidetes Mädchen verliebt, das seiner Mutter Fisch verkaufen half. Er hatte sich in sie verliebt, während er auf der Terrasse des Liceu Kaffee trank und sie, bei ihrer guten Freundin eingehängt, vorbeiging, so gut, daß sie sich nicht erinnern konnte, wie sie hieß. Bis sie eines Tages allein vorbeiging. Er folgte ihr und sprach mit ihr, und sie hatte einen Geliebten und ein Kind. Sie ließ sich lieben. Bald einmal kamen Schmuck und Verehrung ... Drei Männer hatte sie gekannt. Der erste, der wie ein zerlumpter Engel aussah; und die andern, zwei große Männer. Nicolau Rovira war das Sprungbrett gewesen, das sie in die Welt Salvador Valldauras geschnellt hatte. Nein. Nicht drei. Vier. Amadeu Riera hatte ihre Gier nach Liebe gestillt ... die andern ... Die Liebe, die sie für Valldaura empfunden hatte, war geschwunden, und noch immer konnte sie sich nicht erklären, warum. Masdéu war der Traum einer Verrücktheit gewesen, gelebt in öden Straßen zur Stunde der ersten Sterne und zur Stunde der letzten Sterne, wenn der vergehende Himmel und der entstehende Himmel die gleiche Farbe besitzen. Sie stieß einen kleinen Schrei aus. Der schreckliche Schmerz kam wieder, und wieder kam die Erstickungsnot, die sie den Mund öffnen ließ, um einen Hauch Luft zu suchen, der mit Mühe und Not bis in die Lungen gelangte. Ihre ganze Haut war aus Feuer und ihr ganzes Innere eine Hölle. Nun war es, daß sie sich Gott anempfahl, ihn bat, er möge ihr vergeben; alle Sünden ... Sie hatte noch Zeit zu denken, daß er ihr schon seit Jahren vergeben habe; um sich ihr zu verstehen zu geben, hatte er ihr den Tod in die Beine geschickt: »Ich erinnere mich deiner.« Sie hätte den Fächer haben wollen, um ihn sich vor das Gesicht zu halten, damit die Wände sie nicht sterben sähen. Er lag auf dem Sessel ... sie kam nicht hin ... Ein paar Schweißtropfen rannen ihr den Hals hinunter. Eine glänzende, heiße Träne blieb in ihrem einen Augenwinkel hängen.

IV
DIE VERSCHLOSSENEN ZIMMER

Sofia Valldaura de Farriols hatte den Wunsch, die Trauer abzulegen. Zwei Jahre hatte sie für ihren Vater Trauer getragen, zwei Jahre für Jaume, zwei für Maria, zwei für Eladi und, seit wenigen Monaten, für ihre Mutter. Die Trauer, die ihr so gut gestanden hatte, machte sie nun alt. Aber es gab noch einen tieferen Grund, warum ihr die Trauer gefiel: weil sie sie abschloß, sie beschützte. Sie fand es merkwürdig, welch gute Erinnerung ihre Mutter ihr hinterlassen hatte. Sie sah sie mit ihrem wunderschönen Gesicht, mit diesem Ausdruck dessen, der sich glücklich fühlt mitten im Leben, obschon in ihrem Leben nicht immer alles aus Gold gewesen war. Letzten Endes, dachte sie, verdanke ich es Teresa Goday, wenn ich mächtig bin. Durch ihren Tod wurde sie gewahr, daß ihre Mutter ein außergewöhnlicher Mensch gewesen war, und sie, sie fühlte sich, angesichts dieses verschwundenen Glanzes, kleiner geworden. Der Respekt, den sie einflößte, verdankte sie jenem Schatten, den niemand vergessen konnte. Sie hatte aufgehört, Sofia zu sein. Sie hätte gern Teresa geheißen. Und auf einmal, in der Hülle ihrer schwarzen Kleider, verlangten das Blut, die Muskeln, die Nerven ein unbestimmtes Etwas, das mehr wäre: in vollen Zügen den Tag und die Nacht, die Luft und die Sonne einatmen, wie die Pflanzen, wie die Erde, wie das Meer. Sie versöhnte sich mit ihrem Haus, das sie häßlich und alt fand; mit zu vielen Erinnerungen, mit Zimmern, die sie aufgehört hatte zu betreten, weil sie von einer Atmosphäre erfüllt waren, die sie ängstigte. Sie würde ihre alten Beziehungen wiederaufnehmen. Sie würde nach Paris gehen und ihre Patin Eulàlia und den bisweilen so unsympathischen Paten Quim besuchen. Sie würde anfangen, den Schmuck ihrer Mutter zu tragen; besonders jenes Kollier aus Brillanten und Rubinen, das ihr unerhört gut gestanden hatte. Als sie klein war, eines Abends, als ihre Mutter heraufgekommen war, um ihr einen Kuß zu geben, bevor sie ausging, hatte sie es ihr mit einem Ruck heruntergerissen und das Schloß beschädigt: »Warum hast du mein Kollier kaputtgemacht? Warum?« Ihre Mutter, das Kollier in der Hand, hatte die Türe geschlossen, nachdem sie das Licht ausgemacht hatte. Allein in ihrem Bett, dachte sie, daß ihre Mutter, die so gute Seide trug, daß es ein Geräusch gab, das blendende Kollier aus Wasser und Feuer hatte zu Hause lassen müssen.

Sie verspürte den Wunsch, in Marias Zimmer zu gehen. Sie fand die Tür verschlossen und verriegelt. Und die Ramons. Und die ihrer Eltern. Sie rief ein Zimmermädchen: »Sagen Sie bitte Armanda, daß ich sie sehen will.« Sie trat auf den Treppenabsatz hinaus und stand eine Weile still da, die Schönheit ihres Hauses ermessend. Armanda säumte. Sie ging die Treppe hinunter und blieb vor der Tür zum Salon ihrer Mutter stehen. »Sie haben mich rufen lassen, gnädige Frau?« Armanda war dick geworden, naiv, ihr ganzes Wesen atmete Güte; sie mußte sich bei ihrer Mutter angesteckt haben, so lange hatte sie ihr gedient. Sie verlangte die Schlüssel der leeren Zimmer von ihr, und Armanda sah sie an, als ob sie sie nicht verstanden hätte. Schließlich holte sie unter ihrer Schürze einen Schlüsselbund hervor und gab ihn ihr. An jedem Schlüssel hing ein Schildchen: »Maria«, »Hr. u. Fr. Valldaura«, »Hr. Eladi«.

Der Salon lag im Halbdunkel. Sie zündete das Licht an. Die Vase mit den Pfauenfedern, das japanische Möbel, der vergoldete Tisch, alles war sauber und lebte. Halb in Gedanken öffnete sie den japanischen Schrank; auf einem Regal stand ein rosa Glas mit grünem Fuß. Sie erinnerte sich, daß es früher viele solche gegeben hatte und einen dazu passenden Krug. Sie wußte nicht, daß es noch eins gab, das ganz war. Auf eine unbestimmte Art und Weise fühlte sie, daß etwas da drin verändert war, aber sie fand nicht heraus, was es war. Bis sie den Überzug auf dem Sessel erblickte. Zu Lebzeiten ihrer Mutter war er nie aufgesetzt worden. Auf Zehenspitzen ging sie hinaus. Bei dem »M« von *Maria* war auf dem Schildchen an jedem Fuß eines jeden Schenkels ein Blümchen gemalt. Die Balkone, die sperrangelweit geöffnet waren, ließen die Sonne herein. Jeder Volant aus Organdi am Bettüberwurf, an den Himmelbettpfosten und am Toilettentisch sah wie frisch gebügelt aus. Armandas Liebe zu den Toten dieses Hauses war rührend. Sofia wußte, daß sie jeden Freitag vor dem Bild ihrer Eltern, welches sie auf der

Kommode in ihrem Zimmer stehen hatte, ein Wachslicht anzündete ... Und es geschah etwas Seltsames. Nicht ein Blatt bewegte sich, doch auf der rechten Seite des Toilettentischs bewegte sich ein Volant. Unmerklich, doch er bewegte sich. Sofia rieb sich die Augen. Das war nicht möglich. Mitten auf ihren Rücken heftete sich ein Blick, scharf wie ein Stilett, der sie zwang, sich umzudrehen. Hinter ihr war niemand, doch sie fühlte, daß etwas gegenwärtig war. Sie würde dieses Zimmer bald ausräumen lassen. Sie wollte keine Erinnerungen mehr an Eladis Tochter. Armanda wartete auf dem Treppenabsatz, und sie fühlte sich verärgert. »Nehmen Sie die Schlüssel; aber in Zukunft will ich keine verschlossenen Zimmer mehr in meinem Haus.«

Dieser Volant aus Organdi mit Wind im Innern hatte sie in Unruhe versetzt. Sie hob den einen Fuß aus der Badewanne, und im selben Augenblick kam Miquela herein, eine entfernte Verwandte jener Miquela, die sie vor Jahren gehabt hatten, und sagte mit dem Stimmchen einer verwöhnten Katze zu ihr, daß Herr Fontanills soeben gekommen sei und sie ihn in die Bibliothek geführt habe. Dieser gute Kerl von einem Verwalter besaß die seltene Tugend, sie immer an den Tagen zu besuchen, an denen sie überhaupt keine Lust hatte, sich mit ihm zu unterhalten. Er war der zur ungelegensten Zeit auftauchende Mensch, den sie je kennengelernt hatte. Sie fühlte einen Stich in einem Backenzahn, genau in dem neben dem linken Eckzahn. Sie müßte zum Zahnarzt gehen, etwas, das sie verabscheute. Eines Tages sagte sie es ihm. Und der Zahnarzt, der sehr nett war, antwortete ihr, wenn sie, statt dann zu kommen, wenn ihr die Zähne nicht weh täten, mit ihrem Besuch wartete, bis sie sie nicht mehr schlafen ließen, sie ihn vielleicht mit gefalteten Händen bitten würde, er möge sie empfangen. Sie hatten gelacht. Sie kleidete sich in Ruhe an. Herr Fontanills, sollte er warten. Sie hatte in diesem Augenblick so wenig Lust, über Landgüter zu reden ... und über Mieter ... Und über dieses Dach an der Rambla, das immer undichte Stellen hatte wie ein Alptraum. Sie betrat die Bibliothek gut gekleidet, parfümiert. Herr Fontanills hatte seine berühmte schwarze, mit Papierkram angefüllte Aktenmappe neben den Sessel gestellt, in den er sich gesetzt hatte. Er wollte aufstehen, aber Sofia verwehrte es ihm mit einer Gebärde. Sie wußte, daß er an Rheuma litt und es in den Knien hatte. Sie drückte ihm die Hand. Fontanills hatte sowohl im Sommer als auch im Winter feuchte Hände. Eine andere Feuchtigkeit als die von Eladis Händen: klebriger. Sie setzte sich ihm gegenüber, ohne so recht zu wissen, was sie mit der Hand machen sollte, die Herrn Fontanills Hand berührt hatte, der wie immer vom Wetter zu sprechen anfing, von der Hitze, die ihn so sehr niederwarf ... seinetwegen brauchte es nur den Winter zu geben. »Die ersten kalten Tage lassen mich aufleben. Und zu Weihnachten, wenn die Luft dünn und schneidend ist, Sie mögen es vielleicht nicht glauben, aber dann werde ich wieder jung.« Sofia wußte nicht, wo sie hinschauen sollte, denn diese Geschichte war die von immer. »Am Nachmittag, von meinem Büro aus, sowie ich einen Augenblick Ruhe habe, und wenn ich ihn nicht habe, nehm' ich ihn mir, schaue ich auf das göttliche Licht auf dem Sant Pere Màrtir ... da vergehn mir die Sorgen.« Und zum Schluß kam dieses so energische »Zur Sache!« Dann nahm er seine Mappe und breitete den Papierkram aus. »Das Haus an der Rambla schafft es nicht länger. Es ist zwecklos, wenn man die undichten Stellen zumachen läßt; das wird uns zu einem Faß ohne Boden. Man muß das Dach erneuern. Die Häuser sterben durchs Dach.« Und fast ohne Atem zu holen, fuhr er fort: »Die ganzen Rohre, die ganzen Abwasserleitungen, die durch den Lichtschacht des Hauses an der Porta Ferrissa gehen, müssen erneuert werden. Der Bauleiter hat gesagt, man könne sie nicht mehr ausbessern; damit verliere man Zeit. Und die Spülbecken im Hauptgeschoß, im dritten und vierten Stock des Hauses im Carrer de Viladomat müßten auch erneuert werden ... und man müßte daran denken, einen Fahrstuhl einzubauen, weil ...« Herr Fontanills hatte eine Schwäche für Frau Munda, die im vierten Stock lebte und sehr alt war. Er hatte ihr versprochen, sein Möglichstes zu tun, damit die Besitzerin einen Fahrstuhl in das Haus einbauen ließe. »Der Marmor in den Spülbecken hat sich allmählich ganz abgenutzt, und man kann sagen, daß kaum noch welcher vorhanden ist ...« Sofia hörte ihm gelangweilt zu und sagte, er solle Kostenvoranschläge machen lassen, und da zog Herr Fontanills triumphierend einen Pack Papiere aus seiner Mappe, die mit einer Büroklammer zusammengeheftet waren: »Schauen Sie sie sich an!« Weil Sofia Herrn Fontanills für einen grundehrlichen Mann hielt, nahm sie die Papiere, warf einen flüchtigen Blick darauf, und ohne zu wissen, was in ihnen stand, gab sie sie ihm zurück. »Lassen Sie die Reparaturen sogleich machen.« – »Wenn wir noch dazu kommen«, brummelte Herr Fontanills, während er das Bündel mit den Kostenvoranschlägen wegsteckte. Sofia schaute ihn an, als wäre er gerade verrückt geworden. »Was soll das heißen, wenn wir noch dazu kommen?« – »Doch, schaun Sie, da gibt es ein paar Generäle, die sich in Afrika erhoben haben, und jedermann sagt, daß es Krach geben wird.« Sofia lächelte und sagte, die Leute seien Gerüchtemacher und die Generäle würden schließlich mit einem Bankett ihr Glück feiern, daß sie zu Generälen ernannt worden seien. »Außerdem«, fügte sie hinzu, »pflege ich mir keine Sorgen zu machen, bis ich nicht meinen Kopf drei Schritt von mir entfernt sehe.«

V
KOMMEN SIE BALD WIEDER, FRAU SOFIA

Miquela saß am Küchentisch und fädelte die Nadel ein. Sie setzte den Fingerhut auf und begann die Naht eines Täschchens zu nähen. Fünf hatte sie fertig. Fünfzehn fehlten noch. Für die wichtigsten Schmuckstücke. Die anderen würden sie in der Schatulle lassen. Armanda, die ihr gegenüber saß, schaute ihr beim Nähen zu. Niemand vom Dienstpersonal war mehr im Haus: nur noch sie beide. Die Köchin war als erste gegangen. Danach folgte Marcel. Er hatte die gnädige Frau sitzenlassen, ohne zu sagen, wohin er gehe, noch was er zu tun gedenke. Die anderen Mädchen, angeführt von Rosalia, waren alle auf einmal gegangen: Blut spenden in den Krankenhäusern. Das Täschchen, das Miquela aufmerksam, die Zungenspitze zwischen den Lippen, nähte, war für die Nadel mit dem Brillantstrauß bestimmt. Armanda unterhielt sich damit, die Etuis zu betrachten. Sie öffnete ein sehr großes und sehr flaches. Dieses Diamantengeschmeide hatte sie noch nie gesehen. Das hatte wohl eine vor Jahrhunderten verstorbene Valldaura zur Schau getragen, eingebildet und stolz. Wenn Miquela alle Täschchen fertig hätte, würde sie sie an ihren Hüftgürtel und an den Hüftgürtel von Frau Sofia nähen müssen. Schön verteilt. Am Tag zuvor war Frau Sofia sehr früh aus dem Haus gegangen und war sehr spät zurückgekehrt, närrisch vor Freude. »Gesegnet sei Marcel. Er ist jetzt nämlich einer der Beauftragten für die Pässe. Er hat alles für mich arrangiert, daß ich weggehen kann. Um Mitternacht wird er uns abholen. Für diese Gefälligkeit wird er den Wagen behalten und ihn dem Komitee zur Verfügung stellen.« Sofia hatte beschlossen, ins Ausland zu gehen. Es wurde alles immer verwickelter. Herr Fontanills war höchst beunruhigt. Die Häuser in der Stadt waren ohne Besitzer, und auf dem Land sagten die Pächter, die Höfe gehörten ihnen. Miquela, die sehr besorgt war, vertraute sich Armanda an: »Jedermann wird merken, daß wir versteckten Schmuck dabei haben, und man wird uns töten, bevor wir Andorra erreichen. Sie werden einen Baumstamm quer über die

Straße legen, uns aussteigen lassen, die Hände hoch, Marcel ebenfalls, eins mit dem Gewehrkolben über den Kopf, um Munition zu sparen, und dann macht's gut, Miquela und Frau Sofia. Mir schlottert das Herz im Hemd.« – »Und ich, die ich hierbleibe«, sagte Armanda, indem sie mit der Hand über den abgegriffenen Samt eines Etuis strich, »glauben Sie, ich bin nicht in Gefahr? Die von der Revolution behalten alle Villen, die ihnen gefallen; heute die eine, morgen die andre . . . Herr Fontanills hat das ganz deutlich gesagt.« – »Diese Villa werden sie nicht nehmen, da können Sie ruhig sein. Was wollten sie damit anfangen?« – »Was sie damit anfangen würden? Andere Leute hineinsetzen. Ich werde jedoch nicht gehen. Wenn schon, dann sollen sie mich hier töten. Letzten Endes bist du, wenn du merkst, daß du kurz vor dem Tod stehst, schon so gut wie tot. Und ich habe auch nicht vor, meine Ohrringe abzulegen. Wenn sie etwas gegen mich haben, weil ich Brillanten trage, ist mir das egal. Gott wird mir beistehn. Gott, der mich klein erschaffen hat, damit ich gut an den Herd komme. Und dick, nicht wegen dem, was ich gegessen habe, sondern weil ich mich beim Abschmecken der Gerichte so oft überessen mußte. Ein bißchen mehr Blut, ein bißchen weniger, was soll's?« Blut war für Armanda das tägliche Brot gewesen. Das Blut der Fische, das eindrucksvollere Blut der Hühner, das Blut der Täubchen und der Kaninchen, die lebendig aus Vilafranca gebracht wurden. Und auf einmal war das Blut Blut von Männern, die fielen. Glänzend.

Eine purpurne Aureole umgab Barcelonas Dunkelheit, sank herab wie langsame Lava, das Blut, das Leben war, das verborgene Blut. Während sie Zwiebeln hackte, um Suppe zu kochen, dachte Armanda unaufhörlich an das Blut. Von oben bis unten war sie ein Krug mit Blut. Wenn der Krug zerbrach, floß das Blut fort und rann den Lorbeerbaum hinab. Ihre Augen tränten von den Zwiebeln; sie sah nichts. Vielleicht brannten ihre Augen deshalb so sehr, weil sie eine schlaflose Nacht hinter sich hatte. Des Wachseins überdrüssig, war sie ins Bügelzimmer gegangen und hatte in Schränken herumgestöbert. Sie nahm den violetten Domino aus der großen Schachtel. Hinter der mit schuppenartig übereinanderliegenden Pailletten umrandeten Maske mußten Frau Teresas Augen wie Feuer erscheinen . . . Sie hörte die Stimme von Frau Sofia hinter sich. »Woran denken Sie, daß Sie mich nicht hören? Kommen Sie näher.« Frau Sofia hatte ein Bündel Banknoten auf den Tisch gelegt. »Hier haben Sie fünfzigtausend Peseten. Ich nehme an, daß ich wieder zurücksein werde, bevor sie aufgebraucht sind. Sie gehören Ihnen. Beeilen Sie sich, Miquela . . . Heute nacht, Armanda, wenn wir fortsein werden, möchte ich, daß Sie eine Flasche Champagner trinken. Wünschen Sie mir Glück.«

Die Hände gegen die Brust gepreßt und mit geöffnetem Mund ging sie unter den Kastanienbäumen und unter der Nacht. Die Hitze war drückend. Zum Glück hatte sie die Flasche Champagner schon kalt gestellt. Der Garten war wie ein Schmelzofen. Sie würde die Scheine auf die Bank bringen, sie auf ihr Sparbuch tun, zu ihren eigenen Ersparnissen. Das Haus war, als ob es ihr gehörte. Frau Teresa hatte es ganz deutlich ins Testament geschrieben: »Die treue Armanda soll bis zu ihrem Tod in der Villa wohnen. Und bis zu ihrem Tod sollen ihr meine Erben das Monatsgehalt zahlen.« Wenn sie die fünfzigtausend Peseten zum Aufbewahren brächte, würde der Direktor der Sparkasse, der sie seit Jahren kannte, vielleicht denken, sie hätte sie gestohlen. Nein! Sie würde sie nicht auf die Bank bringen. Sie würde sie vergraben! Sie würde sparen, damit viele übrigblieben. Allmählich überkam sie eine heftige Freude. Fast hätte sie geschrien: Jalousien und Fensterläden geschlossen! Schlafenszeit! Sie begann alles zu durchlaufen. Sie zündete Lampen an und ließ sie angezündet zurück. Wenn sie vor einem Spiegel vorbeikam, wandte sie den Kopf ab, um sich nicht zu sehen. »Im Spiegel drinnen sitzt der Teufel; schau dich nie nachts in einem Spiegel an«, hatte ihre Mutter immer zu ihr gesagt. Vor Herrn Eladis Zimmer blieb sie stehen.
Sie stieg ins Bügelzimmer hinauf, um den dunkelvioletten Domino zu holen, und zog ihn über. Am Gitter, als der Wagen mit Frau Sofia darin, die wie ein Dienstmädchen gekleidet war, anfuhr, neben ihr Miquela, alle beide schmuckbeladen, Marcel mit einem roten Tuch um den Hals, da hatte sie ganz laut gerufen: »Kommen Sie bald wieder, Frau Sofia!« Der Domino schleifte über den Boden. Sie breitete die Arme ganz weit aus. »Ich muß wie ein Riesenadler aussehen.« Sie bückte sich, um den Stoff zu

raffen und hochzuheben, weil sie darüber stolperte. Sie nahm Frau Sofias Handspiegel mit dem silbernen Rosenrahmen. Sie beendete ihren Gang durch das Haus, den einen Arm ausgestreckt, den Spiegel nach vorn gerichtet, als hielte sie eine Fackel in die Luft. Vom ersten Stock in die Eingangshalle hinab stieg sie, den Spiegel nach hinten gerichtet: Teile der Decke sah sie darin, Teile des Geländers, Muster und Girlanden des Teppichs, welcher die Stufen bedeckte, alles lebendig und unscharf verschwommen, bis sie, als sie die unterste Stufe erreichte, der ganzen Länge nach hinfiel, in violette Falten verwickelt. Der Spiegel war zerbrochen. Die Stückchen wurden vom Rahmen gehalten, aber ein paar waren herausgesprungen. Sie nahm sie eins ums andere und fügte sie in die Lücken ein, dort, wo sie glaubte, daß sie hineinpaßten. Reflektierten die Spiegelsplitter, aus der Waagrechten gebracht, die Dinge so, wie sie waren? Und mit einemmal sah sie in jedem Spiegelsplitter Jahre ihres in diesem Haus gelebten Lebens. Fasziniert kauerte sie auf dem Boden und verstand es nicht. Alles zog vorbei, hielt an, verschwand. Ihre Welt nahm dort drin Leben an, mit allen Farben, mit aller Kraft. Das Haus, der Park, die Zimmer, die Leute; als Junge, als Ältere, aufgebahrt, die Kerzenflammen, die Kinder. Die Kleider, die Ausschnitte mit den lachenden oder traurigen Köpfen darin, die gestärkten Kragen, die Krawatten mit tadellosen Knoten, die frisch gewichsten Schuhe, die auf Teppichen oder über den Sand im Garten liefen. Eine Orgie vergangener Zeit, weit, weit weg ... wie weit weg alles war ... Sie stand verstört auf, den Spiegel in der Hand. Sie hörte Schüsse. Wie jede Nacht. Die Stunde für den Champagner war gekommen. Sie hatte das Bedürfnis, eine dumpfe Angst zu unterdrücken, die in ihr aufkam und sie allmählich wie eine Aura umgab. Sie ging in die Küche und nahm die kühle Flasche. Sie zündete die große Lampe im Eßzimmer an. Alles glänzte. Das Haus gehörte ihr. Ganz und gar. Von oben bis unten. Sie legte die gute Tischdecke auf. Sie nahm ein geschliffenes Kristallglas mit hohem, schlankem Fuß: eine Tulpe. Sie hätte die Flasche in der Küche entkorken sollen. Und was, wenn es spritzte? Sie krempelte die Ärmel hoch, so gut es ging. Die Champagnerflasche war kühl. Die Nacht ganz aus Feuer. Mit der einen Hand nahm sie sie am Hals, und mit der anderen begann sie das glänzende Goldpapier abzureißen, das obenauf saß. Sie drehte den Korken hin und her, hin und her . . . als er heraussprang, erschrak sie und füllte die Tulpe mit Licht und Schaum. Champagner mochte sie lieber als Wein, weil er prickelte und weil er ihr schnell in den Kopf stieg. Sssumm! Bis zuoberst. Sie hatte den Spiegel auf den Tisch gelegt; er reflektierte Teile von Tafelwerk, Glastropfen des kristallenen Kronleuchters, die von den Sprüngen verzerrt wurden . . . Sie hob das Glas: »Das ganze Geld unter die Erde!« Mit erhobenem Glas stieß sie ein paar klagende Schreie aus, wie einst jene Liebesschreie, welche die Pfauen ausstießen. Ihr war, als seien die Schreie, die aus ihrem Hals kamen, nicht von ihr. Die Fasane, wie golden . . . Rot wie der Herbst. Sie wandte die Augen zum Spiegel, erheitert von dieser Stimme, welche das Eßzimmer erfüllte . . . Sie rieb sich die Augen mit der freien Hand. Hatten sie sich getrübt, oder wurde sie verrückt? Ich habe schon einen in der Krone, dachte sie. Auf einem langen, schmalen Spiegelteilchen mit einem Sporn, der wie ein Dolch in ein anderes Teilchen eindrang, lag ein Skeletthändchen. Ein Häufchen schön zusammengefügter Knochen, dünn und bleich. Es war keine Kinderhand. Die eines erwachsenen Menschen, die sich klein gemacht hatte, um auf diesem Spiegelsplitter ruhen zu können. Sie trank noch mehr Champagner, ohne aufzuhören, auf diese Knochen zu schauen, von denen sie nicht herausbringen konnte, woher sie gekommen waren, ob aus ihrem Kopf oder aus einem Grab. Sie rieb sich die Augen mit den Fäusten, fest, fest . . . als sie wieder hinschaute, war die Hand verschwunden, aber vor ihr, ein jedes auf seinem Stuhl sitzend, lachten mit ihren Kinnladen auf und ab drei Gerippe; sie schaute sie an mit Augen, die ihr weh taten, so weit riß sie sie auf. Woher stammten all diese so schön ineinanderpassenden Knochen, ohne Fleisch oder Haut, die sie bedeckten? Auf der Stirn eines jeden der drei Gerippe bildeten sich nach und nach Buchstaben; sie konnte nicht lesen, was sie besagten, aber während sie auf sie schaute, wurden sie von einem grünlichen, ganz schwachen Licht erhellt, als ob in jedem Schädel ein Lämpchen hinter dem Stirnknochen stünde. Auf der ersten Stirn zu ihrer Rechten stand »Eladi« und auf der anderen »Teresa« und auf der letzten lediglich »Valldau«, weil »ra«

keinen Platz hatte. Da hatte sie alle drei vor sich; und am Kopfende des Tisches, in einem Kinderstuhl sitzend, schaute sie ein kleines Mädchen an. Ein Mädchen in einem weißen Kleid, die Arme aus Lumpen gemacht, mit einer schwarzen Schleife mitten auf der Brust. Armanda führte mit zitternder Hand das Glas an die Lippen; bevor sie trank, erhob sie es; sie bot es den Toten dar in einem Trinkspruch der Angst, die eigentlich keine richtige Angst war. Im Glas befand sich ein Staubflöckchen, das in der goldenen Flüssigkeit schwamm: ein Kind, so groß wie eine Fliege, mit einem Schiffchen in der Hand, zwischen zerplatzenden Bläschen. Sie nahm es zwischen Zeigefinger und Daumen, sie wollte nicht, daß es ertrank, doch als sie es auf den Tisch legen wollte, hatte sie nichts zwischen den Fingern. Das Mädchen hatte sich auf seinem Kinderstuhl aufgerichtet; es schaute nach oben, so als ob es den Himmel suche. Sein Bauch war aufgegangen. Armanda leerte ihr Glas und füllte es wieder, ohne aufzuhören, auf diesen Bauch zu schauen. Sie nahm das Glas mit beiden Händen und ging um den Tisch herum, damit sie die Gerippe von hinten sehen konnte. Sie waren nicht da. Sie berührte die Lehne eines jeden Stuhls. Sie trat an den ihren heran, setzte sich und hatte die Gerippe wieder vor sich. Sie lachten. Die Kinnladen klack, klack, klack ... Sie füllte ihr Glas zum letzten Mal und warf die Flasche fort. Sie trank in Ruhe und sann. Plötzlich kippte sie, als hätte man ihr einen Dolchstoß versetzt, und sie und der violette Mantel fielen als ein Bündel zu Boden. Bevor sie das Bewußtsein verlor, kam eine Stimme aus ihrem Innern, trat über ihre ausgetrockneten Lippen, hob sich über ihren müden Körper und ihre verschwitzten Achseln empor. Sie schloß die Augen, allein mit ihrer violetten Trauer, halb verloren im Schacht der Zeit.

VI
DIE VILLA

Solange sie lebte, würde sie sich daran erinnern. Tagsüber hatte sie umgeräumt. Ihre Kleider und die Bilder von Herrn und Frau Valldaura hatte sie in das Schlafzimmer von Herrn Eladi gebracht. Sie würde dort schlafen. Würde nicht mehr so müde werden vom vielen Treppenlaufen. Sie ging die Vorräte durch. Öl und Kohlen hatte sie für gut ein Jahr. Drei Kisten mit Milchdosen und sechs Liter frische Milch . . . Bohnen, Kichererbsen, Konservenbüchsen mit Tomaten, Teigwaren, Reis . . . von allem. Das würde sie nie aufbrauchen. Sie hatte Holzkisten mit Silberzeug gefüllt (die Frau des Lebensmittelhändlers hatte ihren Ehering im Küchenkamin versteckt) und sie eine um die andere ins Gartenwägelchen getan, welches sie zum Waschhaus gezogen hatte. Später würde sie sie vergraben, vorläufig deckte sie sie mit schmutziger Wäsche und alten Matratzen zu. Den Schmuck, der in der Schatulle geblieben war, vergrub sie darauf beim Vogelkäfig: sie trat die Erde schön fest, legte einen großen Stein obendrauf und deckte alles mit dürrem Laub zu. Als der halbe Nachmittag vorbei war, war sie zufrieden mit sich selbst und todmüde. Sie saß vor dem Küchenbalkon und schaute sinnend auf den Vorplatz. »Ist der echt, dieser Leberfleck?« hatte Herr Eladi sie gefragt, als sie noch ansehnlich war. Sie würde in dem Bett schlafen, in dem er geschlafen hatte, würde sich bis zur Stunde ihres Todes seiner erinnern. Ruhig ging die Sonne unter, als wäre das Leben das gewohnte Leben. Die Bäume leuchteten, als wäre nichts geschehen. Sie bekam Lust, unter diesen Bäumen, die so sehr ihr gehörten, die sie so gut kannte, spazierenzugehen, ohne Furcht vor dem Gedanken, daß jemand sagen könnte: »Was macht Armanda da drinnen?« Sie blieb stehen, um die Farben der Stämme anzuschauen, riß Grashalme ab, pflückte Blätter . . . Blumen gab es keine mehr. Ab und zu zeigte sich unverhofft eine Feuerlilie. Sie öffnete die kleine Tür, welche aufs Feld hinausging. Zwei oder drei Mäuse versteckten sich unter dem Abfallhaufen, der entsetzlich hoch war. Sie machte zu und setzte ihren Spaziergang fort. Je tiefer sie eindrang, desto dunkler wurde das Grün. Als sie beim Teich ankam, hatten die Stückchen Himmel zwischen dem Blätterwerk das Blaugrau von Dunst. Das Wasser atmete finster, von Himmel übersprenkelt ... Der Efeu beherrschte den Ort: am Boden, an die Stämme geklammert, geschmeidig abgestorbene Bäume hinauf. Sie pflückte ein paar Ranken, und auf der Stufe zum Pfauenkäfig sitzend, flocht sie einen Kranz. Duftige Gräser blühten blau. Sie steckte ein paar kleine Blüten zwischen die Blätter des Efeukranzes und näherte sich dem Haus, der Bank bei den Glyzinien, dem Lorbeerbaum. Sie legte den Kranz auf die Steinplatte. Es machte ihr Mühe, sich wieder aufzurichten. In dem Augenblick, da sie geradestand, strich eine unsichtbare Spinnwebe über ihre Wange. Sie fuhr mit der Hand darüber. Und sowie sie die Hand von der Wange nahm, strich die Spinnwebe erneut darüber ... Sie hob den Kopf. Über sich hatte sie das ganze üppige Laubwerk des Lorbeerbaums, dicht, düster. Wo waren die Spatzen? Hatten sie die Schüsse, die man in den Nächten hörte, verscheucht?

Sie kaute langsam. In kleinen Schlucken trank sie ihren Milchkaffee. Sie wusch Teller und Tasse ab. Sie machte die Küchentür zu und stieg in den dritten Stock hinauf, um einige Sachen zu holen, die sie noch in ihrem alten Zimmer hatte. Es überkam sie ein seltsames Verlangen, aufs Dach zu steigen. Zu sehen, was früher die Kinder sahen. Die Glühbirne erlosch. Sie probierte das Licht im Nebenzimmer. Das in der Eingangshalle. Es war kein Strom da. Im Finstern tappend, kehrte sie in die Küche zurück; sie nahm eine Kerze aus der Tischschublade und zündete sie an. Die Kerze erlosch, als sie die Küche verließ. Voller Geduld kehrte sie um, zündete die Kerze von neuem an, und wieder erlosch sie, als sie die Küche verließ. Da steckte sie sich, nachdem sie sie zum dritten Mal angezündet hatte, die Schachtel mit den Streichhölzern in die Tasche, und die Kerze erlosch nicht mehr. Sie setzte sich auf die erste Stufe der kleinen Treppe. Die Hände am Geländer, schaute sie nach vorn, nach oben; es kam ihr vor, als ob sie flöge, so unbeweglich schaute sie auf alles. Eine Stimme, verloren in der Nacht, rief einen Namen, und sie verstand nicht, welchen Namen diese so schwache Stimme rief, daß sie davon schläfrig wurde. Wogen von Luft gelangten zu ihr, Wogen von Mondschein, Wogen von Sternenfeuer; jeder Stern das Haus eines Engels. Jenseits des Meeres kam aus jedem leuchtenden Haus ein roter Engel, eine Schar von Engeln stieg herab, um sie zu grüßen, und aus allen Richtungen in Ost und West kamen Scharen über Scharen; süßer als Honig, frischer als ein Petersiliestengelchen strichen sie ihr mit den Flügelspitzen über das Gesicht. Sie lachte, lachte, lachte, gefangen in einem Netz unendlicher Zärtlichkeit . . . Die Engel hatten kein Gesicht, sie hatten keine Füße, sie hatten keinen Körper. Es waren Flügel mit einer luftigen Seele wie Nebel inmitten so vieler Liebesfedern.

Ein Bremsgeräusch weckte sie. Es begann Tag zu werden. Ein roter Streifen Himmel dehnte sich am Rande des Meeres aus, gekrönt von aschfarbenen Nebeln. Sie hörte reden, oder träumte sie etwa noch? Das Motorgeräusch eines Wagens gelangte zu ihr. Sie ging ins Schlafzimmer von Herrn Eladi, öffnete den Balkon . . . sie zog sich rasch zurück; genau unter ihr standen ein rotgelber Lieferwagen und drei Autos. Sie fing an zu überlegen. Man hörte Stimmengewirr in der Küche. Sie ging hin und fand sie am Tisch sitzen und ihre Milch trinken. Das Schloß am Balkon war aufgebrochen.
Auf der einen Seite neben dem Tisch lagen Gewehre am Boden. Ein sehr häßlicher, schon älterer Milizsoldat mit karamelfarbenen Augen trat auf sie zu und fragte sie, woher sie denn käme. »Ich hüte das Haus.« – »Und Ihre Herrschaft, wo ist die?« Sie sagte ihm, daß alle tot seien; daß die gnädige Frau, die als einzige übriggeblieben sei, nach Frankreich gegangen sei. Einer der Jungen von denen, die saßen, ein Lockenkopf, brach in Lachen aus und sagte, sie unverwandt anschauend, es sei besser, daß die Herrin nicht da sei, denn sonst hätte sie es büßen müssen. Sie hätten im Auftrag des Komitees die Villa beschlagnahmt, und diese Villa würde nie mehr einen Besitzer haben. Alles gehöre allen. Und aus dem Wald, der dahinten sei, würden sie einen öffentlichen Park machen, damit die Kinder der Armen dort spielen könnten.
Sie verbrachten den Nachmittag damit, Möbel umzustellen und Bürotische, Schränke und Aktenordner hereinzubringen. Danach trugen sie in Körben die Hälfte der Bücher in den Keller.

Verbrennen wollten sie sie nicht, denn sie hatten Achtung vor ihnen, aber sie störten sie. Sie luden einige Möbel in ihren rotgelben Lieferwagen, und am nächsten Tag kamen sie und der Lieferwagen wieder. Und sie luden noch mehr Tische und noch mehr Aktenordner ab. Sie hatte sich oben eingeschlossen und weinte gottsjämmerlich. Wenn sie durch die Balkone hinausschaute, sah sie lauter Männer mit roten Tüchern um den Hals, den Kastanienweg hinauf und hinunter, lachend und rufend. Am Ende des Vormittags, als Milizsoldat gekleidet, mit einem Bart und einem Schnurrbart schwarz wie die Angst und mit einem Revolver links und rechts an der Hüfte, erblickte sie einen stattlichen Mann, den sie nicht gleich erkannte: es war Masdéu. Er machte den Eindruck, als habe er mehr zu befehlen als die andern. Ununterbrochen teilte er nach allen Seiten Anweisungen aus. Sie schlüpfte nach unten, nachdem sie es sich lange überlegt hatte. Masdéu stand mit dem Rücken zu ihr; sie berührte seine Schulter, und er fuhr herum. Sie vernahm einen Schrei der Freude. »Armanda!« Er umarmte sie fest und hob sie hoch, und mit ihr um den Hals, drehte er sich ein paarmal im Kreis. »Armanda!« Sie gingen hinein, und er fragte sie darauf, was sie hier mache ... Er glaubte, daß die Villa verlassen sei. Sie sagte ihm unter Tränen, daß sie sie hüte. Masdéu lachte los, wie sie ihn nie hatte lachen hören. »Wessen Haus denn?« Aber er fand sie so untröstlich, daß er zu ihr sagte: »Wenn Sie etwas brauchen, so sagen Sie's nur ...« Sie bat ihn, sie möchten, aus Liebe zu den Toten dieses Hauses, weder in Frau Teresas Salon noch in dem Schlafzimmer, das Maria gehört hatte, etwas anrühren ... Masdéu, ohne ihr zu antworten, rief zwei Männer herbei und sagte zu ihnen: »Die Zimmer, von denen meine Schwester euch sagen wird, daß sie nicht angerührt werden sollen, daß sie mir ja niemand anrührt. Heute abend werde ich mit dem Verantwortlichen sprechen.« Dann fragte er sie, ob sie in der Villa bleiben wolle oder ob sie wolle, daß er ihr eine Wohnung besorge. Sie antwortete ihm, er möge ihr eine Wohnung besorgen. Masdéu hielt Wort. Sie verbrachte das Ende des Krieges in einer Wohnung ganz in der Nähe der Villa, eine Wohnung, die nach dem Krieg ihr gehören würde. Sie befand sich in einer schmalen Straße, die nachts voller Pärchen war, welche sich liebten; es war kaum zu glauben, daß es so viele junge Leute gab, die inmitten dieser großen Tragödie Lust hatten, sich zu lieben. Sobald der Krieg zu Ende war, ging sie zur Villa. Sie fand das Gitter halb angelehnt. Nach zwei oder drei Monaten kehrte sie zurück, um dort zu wohnen, mit diesen großen Zimmern ohne Möbel, mit ihren Schritten darin, die hallten, als ob viele Menschen in ihnen herumliefen. Eines Tages machte sie uuuuuuu, und ihre Stimme kam durch alle Türen zu ihr zurück. Erschrocken drehte sie sich um und rannte nach oben; sie drehte den Schlüssel herum und schloß sich in dem Zimmer ein, das Herrn und Frau Valldaura gehört hatte. Sie suchte sich Arbeit. Zeitweise war sie in ihrer Wohnung und zahlte die Miete dafür, aber sie schlief in der Villa, als sei es eine Pflicht. Sie konnte sie nicht verlassen. Bis sie heiratete. Mehr, um Gesellschaft zu haben, als um zu heiraten. Sie heiratete jenen schon etwas älteren Milizsoldaten, der karamelfarbene Augen hatte und sie gefragt hatte, woher sie denn käme. Eines Tages hatten sie sich auf der Straße getroffen, und er hatte sie sofort erkannt. Dann ging sie zu Herrn Fontanills, der den Krieg bei seiner Schwester in Monistrol verbracht hatte: »Herr Fontanills, da sind die Schlüssel. Auch der vom Gittertor.« Sie hatte ihn rein zufällig gefunden; die Milizsoldaten oder die, die nachher gekommen waren, hatten, anstatt das Gitter beim Weggehn zu schließen, den Schlüssel auf den Boden geworfen, hinter einen Torflügel.

VII
DER NOTAR, SEHR ALT, MACHT EINEN SPAZIERGANG

Er hatte den lieben langen Nachmittag geschlafen, und als er aufwachte, schwebte er noch eine ganze Weile in den Wolken. Ein Spatz piepste, als sei er verrückt geworden: der Krach kam aus dem Mandarinenbaum. Er ging ins Bad, wusch sich die Hände und erfrischte sein Gesicht; er wechselte das Hemd. Es bereitete ihm große Mühe, die Knöpfe aufzumachen; er zog es an, und es bereitete ihm noch mehr Mühe, sie wieder zuzumachen. Vor gut ein paar Wochen hatte er zu Sabina, die, je älter sie wurde, desto weniger Ahnung hatte, worum es ging, gesagt, sie solle ihm die Knopflöcher enger machen, weil ihm die Hemden sozusagen nur schon beim Atmen aufgingen. Aber Sabina hatte sie zu klein gemacht, und das Auf- und Zumachen war ein reiner Zeitverlust. Er fuhr sich mit der Zunge über die Lippen; sie waren immer ganz trocken und sprangen bei der geringsten Kleinigkeit auf. Mitten im Vorzimmer stehend, wußte er eine Weile nicht, was er zu tun hatte, und schließlich nahm er seinen Regenmantel herunter und zog ihn an. Es war frisch, oder vielleicht kam das bißchen Kälte, das er im Rücken spürte, daher, weil er so behaglich geschlafen hatte, daß ihm sogar der Speichel heruntergelaufen war. Er fuhr mit der einen Hand über die Krempe seines Hutes, um sie zu glätten, und setzte ihn dann auf, tief in die Stirn gedrückt. Er dachte eine Weile nach; er war sicher, daß er etwas zu tun vergessen hatte, was er tun mußte, bevor er ausging. Dieser Schlaf hatte ihn betäubt. Und plötzlich sagte er: Ach, ja . . . und lief Richtung Arbeitszimmer davon. Der Tisch, die Bücherschränke, der Sessel . . . so anders als die Möbel in der Kanzlei . . . Es hatte ihn getroffen, daß er seinen Beruf aus Altersgründen nicht mehr ausüben konnte. Jetzt brauchte ihn niemand. Sich unnütz zu fühlen, das nagte in ihm, und er wußte nicht, was er mit seinen immer gleichen Tagen anfangen sollte. Er setzte sich an den Tisch und schloß die unterste Schublade rechts ab.

Unter dem Eingang schaute er auf den gegenüberliegenden Garten, klein, mit zwei Kirschbäumen; der seine, mit den blühenden Zweigen, die nach oben ragten und die man vom Bett aus sah, war im selben Jahr abgestorben, in dem er die Kanzleiwohnung aufgab und sich endgültig in der Villa einrichtete. Er schaute die Straße hinauf und hinunter und dachte wieder nach. Ja, er würde hingehen. Seit Jahren hatte er sich nicht mehr dort hinbegeben. Es würde eine Art Wallfahrt sein, ein Tribut an die Erinnerung. Diesen Wunsch, die Villa der Valldauras zu besuchen, hatte ein Brief von Sofia in ihm erweckt, den er am Morgen erhalten hatte. Er hatte den Namen zwei- oder dreimal lesen müssen, denn das erste, was er von diesem Brief gesehen hatte, war die Unterschrift gewesen: Sofia? Auf Grund des Inhalts hatte er schließlich erraten, daß es sich um Sofia Farriols handelte, Teresas Tochter. Aber der Nachname hatte ihn verwirrt, denn er war französisch. Sofia Desfargues? Er und Fontanills hatten sich um ihr Vermögen gekümmert . . . Der alte Fontanills, dem der Sohn eines Cousins half, hatte noch immer flinke Beine, obwohl sein Rücken bucklig geworden war. Und seine Frau lebte noch! Maria Recasens, Tochter des Bank-Recasens, welche ein paar Jahre lang mit dem Sohn vom Notar Esteve verlobt gewesen war, und man hatte nie erfahren, warum sie sich zerstritten hatten. Plötzlich blieb er wie angewurzelt stehen und dachte, ob er das getan habe, was er immer tat, bevor er aus dem Haus ging. Er steckte zwei Finger in die Westentasche; dort fand er den Schlüssel zur Schublade seines Tisches . . . ja, er hatte sie abgeschlossen. War er sicher? Es war noch keine fünf Minuten her . . . er hielt dort ein Heilmittel versteckt, von dem er auf gar keinen Fall wollte, daß es Sabina fände, denn die Krankheit, die er hatte und die immer schlimmer wurde, war ihm lästig. Wütend kehrte er um, ging nach oben, öffnete, trat ins Arbeitszimmer, doch die Schublade war abgeschlossen. Er müßte sich ein Notizbuch kaufen und gleich alles aufschreiben, was er machte. So würde er Zeit gewinnen. Damit er ruhiger sein konnte, tat er das Papierchen hin. Seit einiger Zeit war er im Wahn begriffen, daß jemand, wenn er ausging, die Schubladen seines Tisches öffnete und sie mit viel Geschick durchwühlte. Da er nicht wagte, sie abzuschließen, um Sabina und Roseta nicht zu beleidigen, kaufte er sich ein Heftchen Zigarettenpapier: er riß ein Blatt heraus, schnitt einen schmalen Streifen ab und steckte ihn in den Spalt, der zwischen dem oberen Schubladenrand und dem unteren der Tischplatte offenblieb. Falls jemand die Schublade öffnete, würde das Papierchen zu Boden fallen. Es wäre sehr unwahrscheinlich, daß dieser unbekannte Schnüffler merken würde, daß das Papierchen verschwunden war. Und es wäre noch unwahrscheinlicher, daß er, falls er es merkte, es wieder an die gleiche Stelle legen würde, an die er es gelegt hatte: genau über das Schlüsselloch. Beruhigt ging er erneut hinaus und schlug den Weg straßenaufwärts ein, ja, der Recasens-Junge, nein, das Recasens-Mädchen hatte Fontanills geheiratet, den Verwalter, und der Recasens-Sohn heiratete nach einiger Zeit Josefina Ballester, die ebenso dumm wie hübsch war, und ihm hatten dumme Frauen nie gefallen. Und der Notar Esteve, den er nur dem Namen nach kannte, hatte Salvador Valldauras Testament gemacht ... Kanzlistengerede ... anstatt es ihn machen zu lassen ... Irgend etwas mußte ihm zu Ohren gekommen sein ... Und das Vermögen war Sofia zugefallen ... arme Teresa ... Und wenn man bedachte, daß er, der beste Freund, einen Freund verraten hatte ... Einmal hatte Teresa, etwas, das sie sonst nie machte, halb im Scherz über Salvador Valldaura gesprochen, und er hatte ihr mit der Hand den Mund zugehalten ... Es ist kompliziert, das Leben ... Sehr. Zu sehr. Könnte er schwören, daß er nicht, in einem Augenblick, so flüchtig wie ein Blitz, Genugtuung verspürt hatte, einem Freund die Frau wegzunehmen? Und wenn mit Valldauras Tod sich seine Leidenschaft für Teresa abgeschwächt hätte, da keine Rivalität mehr bestand, auch nicht die Notwendigkeit, zu erwirken, daß man bevorzugt wurde? Doch er hatte Teresa angebetet. Er war nie ein Frauenheld gewesen. Als er jung war, hatte er die verheirateten Männer, die eine Freundin hatten, immer lächerlich gefunden. Und er hatte es getadelt. Nachdem sie sich geliebt hatten, schaute er Teresa neben sich an, die halb eingeschlafen war, und dachte, daß er für sie die Achtung aufs Spiel gesetzt hatte, die er selbst sich immer eingeflößt hatte. Bedauern. Aber wenn Teresa in seinen Armen den Kopf hob und ihn mit diesen Augen aus unschuldigem schwarzen Wasser anschaute, war er verloren. Er lebte dann in einer anderen Welt. In einem Himmel. Sein ganzes Leben war ausgelöscht, tot. Wie viele Wege der Liebe

hatten sie nicht gemeinsam verfolgt? Teresas Mund, Teresas Stimme, Teresas Hände ... Wenn sie im Bett unter ihn kroch und ihn, ohne ihm weh zu tun, biß wie ein neugeborenes Zicklein ... o doch! Maria Recasens und er hatten einmal über den jungen Esteve gesprochen, den sie hatte sitzenlassen und der diese dämliche Josefina Ballester geheiratet hatte ...
Es war frisch, und ein leichter Wind wehte. Er hatte immer lange Haare getragen; vielleicht störte ihn deshalb der Wind, als er jung war: weil er seine Frisur durcheinanderbrachte. Jetzt war es ihm einerlei, ob ihn der Wind zerzauste oder ob er ihn nicht zerzauste ... wegen der wenigen, die er noch hatte ... Er drückte den Hut tief in die Stirn, weil der Wind von irgendeinem Schneeberg kam, und wo er am meisten fror, das war am Kopf. Er war froh, daß er atmen konnte: das war wirklich wichtig. Atmen können. Mehr begehrte er nicht. Ein paar Jahre nach Teresas Tod ging er manchmal die Straße hinauf spazieren und kam an der Villa vorbei. Er brauchte das wie ein Heilmittel. Er verstand sich selber nicht; nachdem sie ihn gerufen hatte, damit er ihr zugunsten des Mädchens, das vom Dach gefallen war, das Testament machte, war er mit einer gewissen Regelmäßigkeit dorthin gegangen ... Mit einemmal hatte er aufgehört hinzugehen. Nicht weil ihm der Wille fehlte, sondern weil er es nicht ertragen konnte, sie immer so dasitzen zu sehen, mit dieser Manie, daß er mitten am Nachmittag Wein trinken sollte ... Und der Tag, an dem er die Zeitung aufschlug und die Todesanzeige las. Tagelang fühlte er sich innerlich besudelt, so sehr hatte ihn diese Nachricht erschüttert. Unter einer Straßenlampe blieb er stehen und befühlte seine Krawatte ... Er steckte die Perle nun nicht mehr an, die sich ebenso von der Nadel gelöst hatte, wie sich die Eichel am Regenschirm vom Griff gelöst hatte. Damals, als Teresa starb, schloß er das Heilmittel tagsüber schon ein; sobald Sabina und Roseta schliefen, ging er ins Arbeitszimmer und holte es und legte die Tube mit der Salbe unter das Kopfkissen, falls er sie etwa brauchen sollte. Der Schmerz ließ ihn manchmal die Zähne zusammenbeißen und überzog seine Stirn mit Schweißtropfen. Eines frühen Morgens fand er die Tube platt gedrückt in seiner Hand und konnte sich nicht erinnern, ob er sie benutzt hatte. Zwei Mädchen liefen an ihm vorbei. Er ging zur Seite, damit sie

mehr Platz hätten; sie sahen wie zwei Stieglitze aus. Er war noch aus der Zeit, in der die Menschen Menschen waren . . . er dachte vage Dinge, um nicht an all das zu denken, was schwer in seinem Innern lastete; als ob sich das Leben genau in der Mitte seiner selbst angehäuft hätte und ihn gewahr werden ließe, daß er ebenso unnütz war wie die Nagelstückchen, die er sich abschnitt. Er machte das auf einem Blatt Zeitungspapier, um nichts zu beschmutzen, danach machte er ein Päckchen und warf es fort. Tot, mausetot. Er blieb stehen; er schnaufte. In Gedanken hatte er einen schnellen Schritt angeschlagen, und das konnte er nicht sehr lange durchhalten. Alles mußte er langsam machen und wegen seines Gedächtnisses lange überlegen. Natürlich war er aus gutem Holz geschnitzt, und manch ein Junger wünschte wohl, in seinem Alter noch so rüstig zu sein. Ihn hatte nie ein Arzt besucht. Er wußte nicht, was Kranksein war. Als die einzige Krankheit, die er hatte, ihm schon seit einiger Zeit beschwerlich zu werden begonnen hatte, ging er zum Apotheker, erklärte ihm, was mit ihm los war, und der Mann empfahl ihm die Salbe. Später, da er nicht ganz gesund wurde, dachte er, er müsse eine Fistel haben, und machte sich Sorgen, denn er hatte gehört, daß sie mit Silbernitrat ausgebrannt würden und es sehr schmerzhaft sei . . . aber nein, es war keine Fistel, und er war froh.

Er kam ins Viertel, wo die Villa stand. Alles war wie früher, wie vor Jahren; alles voller Gärten. In diesem Quartier war wenig gebaut worden, noch roch es nach Bäumen. Er blieb stehen; nicht wie der Liebhaber, der er gewesen war, sondern wie ein Wallfahrer. Er blieb vor dem Haus stehen und schaute auf dieses so herrschaftliche Gitter mit der Klingel, welche ein Löwenkopf war. Ein Löwenkopf oder eine geballte Faust? In ihrem Brief schrieb Teresas Tochter, er solle sich mit Fontanills in Verbindung setzen. Gemeinsam hatten sie beide unentwegt Einkünfte angehäuft . . . er wußte allerdings nicht, ob Fontanills ihr hatte Geld zukommen lassen. Er hatte ihn nie danach gefragt. Sofia erzählte ihm, so selbstverständlich, als ob sie sich einen Tag zuvor gesehen hätten, sie habe einen französischen Industriellen geheiratet, sei vor kurzem Witwe geworden und habe von ihrem Mann ein beträchtliches Vermögen geerbt. Sie schrieb, sie werde bald nach Barcelona kommen, für kurze

Zeit, und sie habe Fontanills schon den Auftrag gegeben, das Haus im Carrer de la Unió und die beiden an der Rambla, die zu alt seien, zu verkaufen, und sie wolle das Haus ihrer Mutter abreißen lassen und auf diesem Grundstück, das mehr als zweihunderttausend Pams groß war, allermodernste Miethäuser bauen lassen. Sie sei sicher, daß sie einen guten Architekten gefunden habe, der ihr von Freunden ihrer Patentante Eulàlia empfohlen worden war; und sie fügte hinzu ... bah! Und es war Sofias Brief, der bewirkt hatte, daß er an diesem Nachmittag das Haus verließ, denn er wollte, vielleicht zum letzten Mal, jene prächtige Villa sehen, zu deren Kauf er Salvador Valldaura verholfen hatte und deretwegen er so viel geträumt hatte. Er blieb auf der anderen Straßenseite stehen, unter einem Efeupolster, das im Lauf der Jahre buschig geworden war, um sie betrachten zu können. Er hörte Schritte und erschrak, als ob er etwas Unrechtes tue.

Ein Glück, daß die Straße dunkel war und der Efeu ihn halb verdeckte. Eine dicke Frau, die langsam heraufkam, blieb vor dem Gitter stehen, verharrte eine Weile still, und auf einmal hob sie einen Arm in die Höhe und warf etwas in den Garten hinein. Hierauf bückte sie sich, und er konnte erraten, daß das, was sie hatte hineinwerfen wollen, nach draußen gefallen war. Die Frau hob den Arm wieder in die Höhe, blieb erneut still stehen und ging fort. Nicht vorwärts, sondern zurück, woher sie gekommen war. Sie hinkte, und ein Hündchen folgte ihr. Als Frau und Hündchen verschwunden waren, kam der Mond hervor. Rund erleuchtete er mit jenem halb weißen, halb grünen Schein die ganze eine Seite der Villa, und er schaute mit verzauberten Augen aufs Dach. Die Türme ... neben dem Blitzableiter war ein dunkler Schatten zu sehen, und er brauchte eine ganze Weile, bis er erraten konnte, daß es ein Bäumchen war. Er überquerte die Straße und stellte sich vor die kleine Tür, schaute durch einen Spalt und konnte nichts sehen. Er setzte seine Brille auf, nachdem er mit dem Taschentuch die Gläser geputzt hatte; das Hirschlederstückchen hatte er auf dem Tisch im Arbeitszimmer liegenlassen, als er nicht wußte, ob er die Schublade geschlossen hatte oder wie. Er schaute wieder hin, und es schien ihm, als sei der Garten mit hohen Gräsern und Bäumchen überdeckt wie das, welches auf dem

Dach gewachsen war. Er schüttelte rasch den Kopf, weil etwas ganz sanft seine Wange berührt hatte; er fuhr sich mit der Hand darüber ... es war nichts. Vielleicht eine Spinnwebe ... Die Kinder, als sie klein waren ... er verlor den Faden seines Gedankens, wußte nicht recht, was er von den Kindern hatte denken wollen. Er erinnerte sich nicht mehr, wer ihm erzählt hatte, daß Eladi Farriols, nachdem ihm der Sohn von zu Hause weggelaufen war, wie halb tot gewesen sei ... Und der Lauf des Lebens ... Als Marina, das Patenkind seiner Schwester Marina, heiratete, näherte sich ihm beim Ausgang aus der Kirche eine Art junger Mann, der wie ein alter Mann aussah: fast kahlköpfig, die Augenwinkel voller Falten, und sagte sehr höflich zu ihm: »Wie geht es Ihnen, Herr Riera?« Er fügte hinzu, daß ihn niemand eingeladen habe, aber daß er die Hochzeit von Marinas Patenkind habe sehen wollen, und wenn es auch nur von einer der allerhintersten Kirchenbänke aus wäre, denn als sie klein gewesen sei, habe sie ihm eines Morgens, als er nicht gewußt habe, wohin, die Tür zur Wohnung geöffnet ... Jener junge Mann sagte ihm Lebewohl, und er konnte ihn gerade noch beim Arm nehmen und ihn fragen, wer er sei, denn, sagte er lachend zu ihm, er könne sich nicht an ihn erinnern. »Ich bin Teresa Valldauras Enkel, Ramon ... der älteste Sohn von Sofia Farriols.« Er stand da wie erstarrt. Er, der er ihn als kleines Kind wie wild hatte im Garten herumrennen sehen, Maria an der Hand nach sich ziehend ... gefolgt von weitem von dem kleinen Jaume, der nicht so rennen konnte wie sie ... Er schaute ihn aufmerksam an; sein Ausdruck war so, als ob sein Gewissen schwer belastet sei, als ob er etwas sehr Schlimmes angestellt habe ... Er schaute wieder durch den Spalt und sah einen Schatten; eine Art langen, weißlichen Flügel, still zwischen den Stämmen der Kastanien. Er nahm die Brille ab, die Gläser mußten angelaufen sein. Er dachte, daß er sich gegen Teresa schlecht betragen habe. Er dachte an das, was sie ihm von ihren Beinen gesagt hatte. Möglich, daß das in Egoismus gründende Nachlassen seiner Liebe sie hätte ... das war wohl eine Geschichte, die sie sich ausgedacht hatte, um ihn zu rühren. Aber angesichts der Stille vom Licht dieses Mondes, den er nie mehr über dem verlassenen Garten sehen würde, mußte er sich eingestehen, daß sie zu ihm großmütig gewesen war; sehr großmütig. Sie war eine Frau, die ihrer zehn wert war. Er sah sich, wie er schon alt war und das Mittel anwandte, bevor er zu Bett ging, denn Hämorrhoiden sind eine schlimme Angelegenheit; er sah sich groß und jung, wie er diese Frau liebte, welche die Königin aller Königinnen zu sein schien. Aus Feuer und Seide. Er dachte, daß er wieder Diät halten müsse: Fisch und Gemüse, wenn er wollte, daß die aufgeschwollenen Venen dünner würden. Er hatte gelesen, daß sie so groß wie Orangen werden könnten, und wenn sie so sehr wüchsen, würden weder die Salbe noch alle Heiligen des Himmels sie heilen . . . Gekochte Mohrrüben, gekochter Dorsch, erfrischender Salat von Tomaten, geschält und ohne Kerne, denn außerdem war sein Magen nicht ganz in Ordnung. Er hob die Augen und sah oben auf der Mauer eine Ratte, so groß wie ein Kaninchen. Woher kommt dieses Rattenvieh? Er schlug mit der Hand in die Luft, um sie zu verscheuchen, doch die Ratte rührte sich nicht einmal. Wenn auf dem Boden ein Zweig läge oder ein Stein . . . Früher war diese Straße voll davon gewesen; aber sie war asphaltiert worden. Er könnte einen Zweig Efeu abreißen und ihr einen anständigen Hieb versetzen. Drei Arten von Tieren ekelten ihn: Ratten, Nacktschnecken und Schlangen. Die Schlangen, weil sie auf dem Boden krochen, die Nacktschnecken, weil sie schleimig waren, und die Ratten, weil sie unaufhörlich nagten, auch wenn sie keinen Hunger hatten. Bevor er sich entschlossen hatte, den Zweig zu suchen, schaute er die Mauer hinauf, und die Ratte war weg. Er rief: »Rattenvieh!« Nichts. Da fuhr er mit den Fingerspitzen über die Klingel: es war ein Löwenkopf.

VIII
DIE MÖBELMÄNNER

Der Möbelwagen hielt am Gittertor, und drei Männer stiegen aus. Oben über die Mauer neigten sich Oleander, alter Flieder mit vertrockneten Samenbüschelchen und verdurstete Rosenstöcke. Neben dem Gitter befand sich eine kleine Tür; die Klingel war ein Löwenkopf. Die Eisenplatte im unteren Teil des breiten Gitters war von Rost zerfressen. Anselm, der älteste der Möbelmänner, steckte den Schlüssel ins Schloß und konnte ihn nicht drehen; erst nach langem, geduldigem Probieren und als er schon fürchtete, der Schlüssel würde schließlich abbrechen, konnte er öffnen; aber er konnte die Torflügel des Gitters nicht weit aufmachen. Die Jahre und die Regenfälle hatten dahinter Sand aufgehäuft. Alle zugleich begannen sie zu stoßen, und schließlich konnte Quim, der Jüngste, der dünn wie ein Hering war, durch den winzigen Spalt schlüpfen und in den Garten gelangen. Mit den Händen beseitigte er dann den Sand. Gerade hinter dem Gitter lagen viele Sträußchen von vertrockneten Blumen auf der Erde. Eines der Sträußchen, Ringelblumen, war noch frisch. Sie arbeiteten mehr als eine Stunde, bevor sie das Gitter ganz öffnen konnten. Am Ende einer Kastanienallee stand die drei Stockwerke hohe Villa. Zwei Türme mit Fensterluken und zahlreichen Kaminen gaben ihr das Aussehen eines Hauses aus einer anderen Zeit. Getragen von vier rosa Marmorsäulen, schützte eine Terrasse den Eingang. Von den Bäumen begannen Blätter zu fallen, und auf dem Boden lagen Roßkastanien. Einer der Kastanienbäume hatte ein Loch im Stamm; Quim steckte seine Faust hinein. Bevor sie das Haus betraten, gingen sie darum herum. Hinten erstreckte sich ein weiter, mit hohen Gräsern überwachsener Vorplatz, und an seinem Rand begann der Park. Auf der einen Seite, fast an die Villa grenzend, befanden sich gegenüber einem mächtigen Lorbeerbaum eine mit Glyzinien, welche am Boden krochen, überwachsene Laube, eine Steinbank und ein ausgetrockneter Brunnen. Der abgebrochene Hauptast war von Ästen umgeben, die höher waren als er. Anselm blieb vor einer moosbewachse-

nen Steinplatte stehen; diese Platte könnte er gut für seinen Hof brauchen. Wenn es regnete, sammelte sich unten am Waschtrog Wasser an. Damit sie keine nassen Füße bekam, hatte seine Frau ein Stück von einem großen Brett dorthin gelegt. Quim sagte: »Ich sehe Buchstaben.« Er riß Moos von der Oberfläche des Steins; ein Name erschien darauf: »Maria.«
Sowie sie die Eingangstür öffneten, ließ sie ein starker Geruch von Staub und Feuchtigkeit fast zurückweichen. In der Eingangshalle befanden sich lediglich ein großer Billardtisch und ein Flügel mit herausgerissenen Tasten. Sie traten in ein großes Zimmer. Durch die Fenster sah man, hinter schmutzigen Scheiben, die Steinbank; das durchsickernde Licht war ein Flaschengrün, das vom Lorbeerbaum kommen mußte. In diesen Salon brachten sie die Seile; und die Kochgeschirre mit dem Mittagessen. Da waren drei oder vier Schreibtische und ein halb zerbrochener Schrank mit seltsamen Soldaten auf den Türen. An einem Ende hatte ein vergoldeter Sessel keine Beine. Er war mit rotem Samt gepolstert, voller Flecken und Risse. Auf einem runden Tisch, dessen Marmorplatte zertrümmert war, häuften sich Stöße von Papier. Die wenigen Stühle, die da waren, waren Salonstühle, und ihre Polster befanden sich in einem ebenso erbärmlichen Zustand wie das des vergoldeten Sessels. Und dicht neben der Tür stapelten sich Zeitungen, Propagandamaterial, Zeitschriften, vermengt mit Schuhen, mit Toilettenfläschchen, mit Pfannen und Stielpfännchen. Sie blieben stehen und schauten. Quim bückte sich und hob drei Bilder auf. Mit dem Arm wischte er die Staubschicht weg. »Seht mal, Kinder . . .« Zwei kleine Jungen und ein Mädchen. Das Mädchen war sehr hübsch. Der kleinere der Jungen hielt, als ob er ein Tablett trüge, ein Stück Holz, in dessen Mitte ein Stöckchen steckte; zuoberst ein Stückchen Stoff, das ein Fähnchen darstellte. Auf dem anderen Bild war eine Dame von großer Schönheit. Dekolletiert, nackte Arme, mit einem Strauß Veilchen mitten auf der Brust. »Laßt diesen alten Kram. An die Arbeit!« Auf dem dritten Bild war ein Mann mit Bart. Er sah bedeutend aus und hatte eine Hand auf der Brust. »Bevor wir anfangen«, sagte Anselm, »helft mir, die Platte beim Lorbeerbaum herauszunehmen. Ich werde sie zu Hause unten am Waschtrog hinlegen, mit den Buchstaben gegen den Boden.«

IX
MARIAS GESPENST

Tragt diesen Stein nicht fort ... tragt diesen Stein nicht fort ... Oh, mein Bruder ... ich fiel auf den Lorbeerbaum und der Wind- und Blitzast durchbohrte mich und kam an meinem Rücken heraus. Vermählt mit dem Lorbeerbaum. Sie ist verblutet sagten sie während sie mich herunternahmen und Papa hielt Totenwache bei mir und Armanda weinte sie war noch ein Kind kämmte mich wusch mir das Blut ab sie war noch ein Kind. Tragt diesen Stein nicht fort der ich bin tragt nichts von dem fort was mein Leben war ... Oh, mein Bruder, als wir spielten, Blätter auf uns fallen zu lassen, waren wir klein versteckten uns zwischen den Efeuranken sprangen aufs Feld über den gefleckten Stamm der Platane ... du, der du jung bist wie ich, höre mich, verstehst du mich nicht? Ich bin aus diesem Haus, und alles gehört mir ... Ihr, die ihr alt seid und mehr wißt ... tragt diesen meinen Stein nicht fort ... ich spielte Rattenerschrecken, verwirrte die Efeuranken, daß sie nicht mehr wußten, wohin sie sich wenden sollten, ließ die Blätter von den Rosen fallen und drückte die Knospen zusammen, damit sie verfaulten, bevor sie aufgehen konnten. Ich kannte die Helle der Sommernächte bis heute ... ich kam, um auf diesem Stein zu tanzen, auf den Buchstaben, die nichts sind, die nicht ich sind, doch aneinandergereiht mich rufen. Ich ließ mich am Blitzableiter hinunterfallen, setzte mich in den Mauern fest ... baute Schlösser aus den Nebeln, drehte die Wasserhähne auf, und einmal nahm ich den Stöpsel der Badewanne fort und legte ihn auf den Abfallhaufen neben eine Dose Erbsen ... und die Großmutter Teresa ... woher kommt dieser große Schmerz, der ohne Augen und ohne Tränen den Wunsch zu weinen in mir erweckt? Er war bis zum Gitter gegangen und kehrte um und stieg auf die Bank bei den Glyzinien und schaute auf die Fensterscheiben des Balkons, und ich war kein Schatten, ich konnte ihn rufen, ich wartete auf ihn ... rührt diesen Stein nicht an ... wartet ... wartet ... ich preßte mich an den Lorbeerbaum und viele viele Jahre lang bin ich hin und her gegangen und habe den Lorbeerbaum geliebt der mir geholfen hat schnell zu sterben. Laßt mein Bett in Ruhe ... mein Zimmer war weiß ... ich stach mich in die Hand und sog das Blut das Blut meines Bruders ... tragt nicht die Porzellanuhr fort und nicht die Schachtel voller Kräuter wir füllten Büchsen mit Wasser und taten kleine grüne Frösche hinein. Oben auf dem Dach ... oh, mein Bruder ... Alles was schön ist werde ich dir geben Maria. Und Papa war krank und nannte mich sein Töchterchen und die Blutstropfen waren wie die Steine an der Halskette der Großmutter wir liebten uns mit einer Liebe auf ewig und wenn ich mich auszog allein der Spiegel und ich, fand ich mich weiß und würde es sein bis zur Stunde des Todes ... gleite nicht aus, du könntest stürzen, und der Tod würde dich nehmen und ins verborgene Reich bringen, wo die funkelnden Steine entstehen die roten die gelben die weißen ... Laßt alles in Ruhe, was mir gehört hat; solange alles so ist, wie es war, werde ich nicht ganz tot sein. Was drängt mich, hin und her zu gehen? Ich mache den Vögeln Angst davongeflogen kein einziger ist mehr da ... die Turteltauben ... ein Gurren in den Blättern oben und eine fliegende Feder ... ihr die ihr kommt und geht hört mich an ... ich verstecke mich damit sie zurückkehren und kein Vogel will zurückkehren. Sie hören mich. Wenn ich ihnen zu verstehen geben könnte, daß ich ihnen nichts zuleide tun würde ... Wasser und Efeu sind verfault. Das Schlammwasser. Könnt ihr denn nicht verstehen, daß, obwohl ich erst halb tot bin, das ganze Leid zurückkehrt? Es kehrt das Blut in den Bauch zurück die Blätter weinen hört ihr sie nicht? Sie weinen um mich, die ich ein Nebel bin. Die sich umbringen, leben neben den Dingen, die ihnen gehört haben, einen langsamen Tod ... Wir schauten das Buch mit den Schmetterlingen zusammen an nah zusammen mein Bruder ... zusammen ... jeder Schmetterling von einer Nadel durchbohrt ... ich wollte sterben wie die Schmetterlinge, schwarz und orange, mit flaumbedecktem Bauch. Wenn ihr meine Sachen forttragt, werden die Häßlichen kommen, die, die an einer Krankheit gestorben sind, die Zerfressenen, die wirklich Toten. Sie werden mich packen, sie werden mich zerren, sie werden mich aussaugen mit ihren lippenlosen Mündern. Sie werden mich forttragen mit sich unter die Erde, wo es weder

Bäume gibt noch Wind noch Blätter noch Blumen. Seit Jahren warten sie auf mich ich höre sie ... auf mich, die ich keine Knochen habe, die ich ein Seufzer bin, die ich nicht einmal die Feder bin, die ich anblasen werde, um euch zu erschrecken. Wenn sie mich fortgetragen haben, wird alles ausgelöscht sein ... ohne Zeit ohne Gedächtnis ... Der Mond, der mich anschaut, weiß, wie ich bin und wie ich war. Geht fort ... wenn ihr wüßtet, was ihr mir antut, ihr würdet sterben vor Kummer. Jemand weint um mich Maria, was hast du getan, Maria? Ich habe keine Worte, ich kann nicht sagen, wie mir geschieht, meine Worte sind nirgends. Ich werde deine Wange streifen, und du wirst denken, daß dich eine Spinnwebe berührt, aber wenn ich deine Wange ein übers andere Mal streife, wirst du Angst bekommen ... ich werde dich spüren lassen, daß dich jemand berührt du wirst dich umdrehen wirst schauen wirst schauen und niemanden sehen. Ich werde dir Angst machen und wünschte doch, du hättest mich lieb ... ich blieb allein mit dem, was mir gehörte: Wände, Balken, zitternde Blätter, kleine Gräser und Triebe, die sich abmühen, sich zu strecken ... eine Klaviertaste ... Wer hat den Stamm durchbohrt wer hat die Taste festgebunden? Was für ein Schreck die Kindertrompete was für ein Schreck und allein zu Hause wir kreischten vor Freude und rannten uns an den Händen haltend und an den Kamin festgebunden ... Armanda! Die Kinder werden das Dach eindrücken und es wird hereinregnen du hast alles zerbrochen Kartonpferdchen und gestreifte Kreisel ... ich hab' im Brunnen drin die Frau aus dem Puppenhaus mit einer Halskette bis zu den Knien mit einem Sternchen im Haar kam sie aus dem Theater zurück ... sein Hals befleckte sich mit Blut ... Oh, mein Bruder ... wir spielten mit den Messern und durchbohrten die Stämme. Viele Nächte ging ich in den Garten hinaus und ich wartete vor dem Gitter stehend auf dich wollte du sein fühlen das was du fühltest als allein für immer ... ich wurde es müde nach dir zu rufen ich wurde es müde mich nach dir rufen zu hören ... der Lorbeerbaum mein Gatte bis in den Tod aufgespießt auf einen Dorn wie ein Blatt ...

X
SOFIA UND DIE MÖBELMÄNNER

Wutentbrannt lief sie durch die Kastanienallee. Wo gab es denn so was? Unverzüglich hatte sie einen dieser Jungen, welche die Schreibtische aufluden, gefragt, wo der Verantwortliche sei. Der Besitzer der Möbelwagen, erklärten sie ihr, hätten ihnen gesagt, sie sollten das Haus ausräumen, um alles ins Möbellager zu bringen. Sofia sagte ihnen, daß sie nicht bereit sei, für Möbel, die nicht ihr gehörten, Miete zu bezahlen, und noch weniger für deren Abtransport aufzukommen. Sowie sie den Salon betrat, der ihrer Mutter gehört hatte, erblickte sie Anselm, der einen Aktenordner schleppte. »Ich bin Sofia Valldaura. Sie können jetzt die ganzen Büromöbel lassen und sie, statt sie aufzuladen, anzünden.« Anselm schaute sie überrascht an, legte den Aktenordner hin und wagte es nicht, dieser Dame mit der so heiseren Stimme zu sagen, daß er sie alle brauchen könne. Ein Glück, daß er die Platte schon eingeladen hatte, denn sonst ... Die zwei Jungen kamen mit einem Schreibtisch herein und fragten Sofia, wo sie ihn hingestellt haben wollte. »Hinters Haus. Mitten auf den Vorplatz, um ihn zu verbrennen.« Sie fragte sie, was sie seit acht Uhr morgens gemacht hätten. Anselm sagte ihr, sie hätten bereits zwei Wagen mit Möbeln beladen, welche auf den Stockwerken herumgestanden, daß noch immer welche da seien und daß sie sie bei Kerzenlicht herunterschaffen müßten. Sofia stieß einen lauten Schrei aus. Eine Ratte, so groß wie ein Kaninchen, war ganz dicht neben ihren Füßen vorbeigehuscht und in ein Loch verschwunden. Quim sagte, daß das Haus voll von Ratten sei. Daß er bei dem kleinen Teich ein Nest aus Lumpen und Holzspänen zerwühlt habe. Eine alte Ratte habe sich ihm entgegengestellt, und als er ihr mit einem Stück Holz eins habe verpassen wollen, habe sie sich aufgerichtet und ihm die Zähne gezeigt. Er habe nicht anders gekonnt und loslachen müssen, so mutig sei sie ihm vorgekommen. »Aber die Ratte ist gar nichts ... die Ratte ist das reinste Honiglecken, was einem Angst macht, ist das Gespenst.« – »Schaun Sie«, sagte der andere

Junge, »als wir uns daranmachten, die Möbel aus einem weißen Schlafzimmer zu nehmen, hat sich ein Döschen auf dem Toilettentisch bewegt.« Er schaute Quim an, und Quim nickte. Das Döschen habe sich gedreht. Zunächst hätten sie gedacht, ihre Augen würden flimmern; nichts da, es war wahr. Als ob das nicht genug wäre, seien nach einer Weile die Vorhänge am Balkon bis zur Decke hochgeflattert ... und draußen bewegte sich nicht ein Blatt. Und als sie, mit der Federmatratze beladen, begonnen hätten, die Treppe hinunterzusteigen, sei Quim, der hinten gegangen sei, von einer Spinnwebe am Hals gestreift worden. Es gebe da drinnen wohl Spinnweben, aber nicht mitten auf der Treppe, die sie ein paarmal hinauf- und hinuntergestiegen seien. Sie hätten es Anselm erzählt und er habe ihnen gesagt, sie hätten fixe Ideen. »Die Spinnwebe hat meinen Hals nämlich oft gestreift.« Und Anselm habe ihm gesagt, er habe wohl eine schreckhafte Mutter gehabt, die ihm, als er klein gewesen sei, Geschichten erzählt habe, von denen man Angst bekommt. Und später, beim Mittagessen, flog, gerade vor Anselms Nase, die Pfauenfeder vorbei. »Glauben Sie nicht etwa wie ein Vogel, nein. Dicht über dem Boden, als ob jemand, der auf den Fliesen liegt, sie anbliese.« Sofia schaute sie bekümmert an und bemerkte nichts dazu; sie fragte sie, ob sie noch mehr Kerzen hätten, da sie Besuch erwarte.

Anselm zündete drei Kerzen an, ließ Wachs auf den Tisch tropfen und machte sie fest; während er sie anzündete, kam ein schlecht gekleideter, kahlköpfiger Mann herein und blieb still stehen und schaute. Sofia stand mit dem Rücken zu ihm und konnte ihn nicht sehen. Ramon schaute seine Mutter an: alt und schlank, aufrecht wie ein Blitzableiter. Sie drehte sich halb um; am Aufschlag ihrer Jacke trug sie jenen Brillantblumenstrauß, welcher der Großmutter Teresa gehört hatte und der im flackernden Licht der Kerzen nur noch mehr blendete. Sofia fragte Anselm, ob sie da einen zweitürigen Schrank weggebracht hätten, mit einem japanischen Soldaten auf jeder Tür, die Säbelschneiden aus reinem Gold ... Nun sieh mal, was sie sie fragt, dachte Ramon. Ein Schrank, der, wenn der Salon im Dunkeln lag und der Mond auf ihn schien, wunderschön war ... denn niemals könnte einer je wissen, was diese Villa und dieser Park mondübergossen gewesen waren ... Anselm sagte ihr, ja, natürlich hätten sie den Schrank schon weggebracht, kaputt sei er gewesen. »Er hatte nur noch eine Tür und kein Tablar mehr drin.« Und er ging. Die Jungen folgten ihm. Ramon näherte sich seiner Mutter, er wagte es kaum, die Augen zu heben, und sagte zu ihr: »Kennst du mich nicht?« Sofia schaute ihn eine lange Weile an. Sie unterdrückte ein leichtes Zittern ihrer Lippen; sie entschuldigte sich: »Es ist so wenig Licht hier ... Du hast dich ziemlich verändert.« Die Jungen kamen mit einer so schweren Kiste beladen herein, daß sie genötigt waren, gebeugt zu laufen. Sie stellten sie ab und richteten sich, die Hände auf dem Kreuz, auf. Sie hatten diese Kiste im Keller gefunden; zwei weitere, halb mit von Ratten zernagten Büchern angefüllte waren noch dort. Sofia sagte ihnen, sie sollten sie aufmachen. Sie war voll von einer Art Kiefernzapfen aus Eisen. Anselm nahm eine und sagte, es seien Handgranaten. »Solange man den Ring nicht abreißt, explodieren sie nicht.«

»Was soll ich damit machen?« fragte Sofia. Ramon sagte, das beste wäre, wenn man es der Intendantur meldete. Sofia faßte ihn beim Arm und nahm ihn ein wenig beiseite: »Ich habe immer wissen wollen, wo du dich aufhieltest ...« Sie schwieg einen Augenblick, wußte nicht, wie sie fortfahren sollte. »Brauchst du Geld?« Angesichts des Schweigens ihres Sohnes sprach sie weiter: »Sobald der Krieg aus war, schrieb ich an Fontanills und den Notar Riera. Auf den Notar konnte ich nicht groß zählen, denn der antwortete nach einem Jahr und völlig zusammenhanglos ... Ich bat sie, Himmel und Erde in Bewegung zu setzen, damit sie dich fänden. Erst Jahre später erfuhr ich, daß du nach einem Aufenthalt in Südamerika nach Barcelona zurückgekehrt seist ...« Und sie redete und redete; sie, sie sei immer seine Mutter gewesen. Alles, was geschehen sei, würden sie zu vergessen suchen ... Sie redete und sagte das, von dem sie glaubte, es sagen zu sollen. Wenn sie ihren Sohn in die Villa bestellt hatte, so war es in Wirklichkeit deshalb gewesen, damit sie ihm nicht allein gegenübertreten mußte. Sie fühlte sich weit entfernt von ihm, und die Vergangenheit machte ihr Angst. Aber um der Ruhe ihres Gewissens willen hatte sie ihn sehen wollen und wollte ihm helfen ... »Entschuldige einen Augenblick.« Sie trat zu Anselm und gab

ihm ein paar große Scheine. »Auch wenn jetzt Feierabend ist, so tun Sie mir den Gefallen und bringen Sie alle Büromöbel hinaus und verbrennen sie gleich.« Sie trat zu ihrem Sohn und fragte ihn, was er mache, wovon er lebe. Er sagte ihr, daß er halb krank aus Amerika zurückgekommen sei, doch daß er über all das lieber nicht sprechen möge.
Er habe, erzählte er dann, ein Mädchen geheiratet, das als Schneiderin arbeite. Sie hätten einen Jungen und ein Mädchen. Der Junge hieße Ramon; das Mädchen Maria. Die Kerzen erloschen alle drei auf einmal. Anselm zündete ein Streichholz an, und sowie er die drei Kerzen angezündet hatte, erloschen sie wieder. »Sehn Sie, was wir Ihnen gesagt haben? Vielleicht werden Sie es jetzt glauben.« Sofia lächelte und erzählte Ramon die Geschichte mit dem Döschen und die mit der Feder. Eine kleine dicke Frau war eingetreten, beladen mit einem Korb und einem Blumensträußchen, gefolgt von einem Hündchen; bei der Tür war sie stehengeblieben. Schließlich bemerkte Sofia sie, und als die Frau sah, daß Sofia sie sah, ging sie mit ausgebreiteten Armen auf sie zu. »Frau Sofia! Ich dachte, alle seien tot . . .« Sofia trat ein wenig zurück, um Armandas Umarmung zu entgehen, die Ramon anschaute und ihn fragte, ob er Ramon sei. Er habe sich verändert, natürlich, aber sie habe ihn gleich erkannt. Wie als er klein war, wenn er traurig war oder Sorgen hatte, hielt er sich sehr gerade und hatte die Füße dicht nebeneinandergestellt. Und sie löste sich in Freudenschreie auf. Sie hatte ihn zur Welt kommen sehen, hatte ihn auf dem Schoß gehabt . . . und die Taufe . . . Anselm, die Streichholzschachtel in der Hand, hörte hingerissen zu. »Stellen Sie sich vor, ein Stammhalter! Der junge Herr Eladi war wie von Sinnen vor Freude, er konnte es schier nicht glauben, und am Tag der Taufe war die Villa bis tief in die Nacht hinein von oben bis unten erleuchtet. Angezündet.« Armanda sagte zu Sofia, daß sie ihr ein Wörtchen unter vier Augen sagen wolle. Sie verließen den Salon. Leise sagte sie zu ihr, daß die Schmuckschatulle am Pfauenkäfig vergraben sei. »Sie werden einen runden, sehr großen Stein obendrauf sehen.« Und die Silbersachen unter dem Fenster im Waschhaus, jenem, das gegenüber dem Vorplatz liegt. Sie habe es mit solchen Büchsen zugedeckt, wie sie die Kinder vom Abfallhaufen aufgelesen und mit Käfern und

Kaulquappen gefüllt hätten ... und mit Säcken und Matratzen. Hatte ihr Herr Fontanills nie davon erzählt? Sie habe die roten Vorhänge aus Frau Teresas Salon mitgenommen; wenn sie sie wolle, müsse sie es nur sagen. Natürlich habe sie sie gebraucht und habe sie kürzen müssen, denn die Decke in ihrer Wohnung sei niedrig. Ein paar sehr alte Silberbestecke habe sie auch behalten und eine Tortenschaufel. »Es ist nicht nötig, daß Sie mir etwas zurückgeben; behalten Sie es als Andenken.« Eines Nachmittags, nachdem sie auf die Steinplatte beim Lorbeerbaum Blumen gelegt hatte, ging sie bis zur kleinen Tür, die aufs Feld führt, und fand sie am Boden, halb begraben unter Abfällen. Armanda erzählte angeregt, mit glänzenden Augen. »Ja, die haben noch immer welche hingeworfen. Wo Herr Eladi wegen dieser Unsitte doch so viel gelitten hatte ... Oh, Frau Sofia, wenn Sie wüßten ...« Ihr Mann, der noch nicht ihr Mann war, fand, als er aus dem Krieg zurückkam, in einem Restaurant an der Rambla eine Anstellung als Koch, und, einmal verheiratet, hatte es ihnen zu Hause nie an Essen gefehlt. Mehr als die Hälfte dessen, was er verdiente, konnten sie auf die Seite tun, nachdem sie die Wohnung bezahlt hatten und die paar Sächelchen, die man immer braucht. Die Wohnung habe ihr Masdéu besorgt. Sie habe den ganzen Krieg über dort gewohnt, ohne auch nur einen Fünfer zu bezahlen, weil die Besitzer verschwunden gewesen seien. »Erinnern Sie sich an Masdéu? Mit diesem Halstuch?« Er sei an der Front gestorben, im Kampf. Die Zeitungen hätten sehr viel darüber berichtet und sein Bild auf der Titelseite gebracht. An die Beerdigung seien über fünftausend Leute gegangen ... und Blumen über Blumen. Schließlich hätten sie und ihr Mann beschlossen, das Türchen zum Feld hin wiederaufzurichten und den Garten abzuschließen. Eines Sonntags gingen sie, mit einer Leiter beladen, hin. Sie richteten das Türchen auf und machten es mit Latten fest, die sie quergelegt und mit tausend Nägeln an den Rahmen genagelt hatten. Sie hatten große Steine gesammelt und mit ihnen dahinter einen Berg aufgeschichtet. Als sie es schön festgemacht hatten, kletterte ihr Mann auf die Leiter, auf die Mauer hinauf. Sie ebenfalls. Damals war sie noch flink. Dann zog er die Leiter hoch und stellte sie auf die Außenseite, damit sie aufs Feld hinuntersteigen konnte. Drei Sprossen brachen mitten durch, und fast hätte sie sich ein Bein gebrochen. Sie konnte springen. Damals waren ihre Füße noch nicht krank, daß sie hinken mußte. Er war, sich am Ast der Platane haltend, von der Mauer heruntergestiegen, und sie hatten die Leiter mitgenommen. Man könne sagen, daß ... Sie kehrten in den Salon zurück. »Frau Sofia, Herr Ramon! Was es doch nicht so gibt im Leben!« Sofia erklärte, daß sie ihren Sohn habe in die Villa bestellen lassen, an dem und dem Tag, zu der und der Stunde, weil sie nicht gewußt habe, in welchem Hotel sie logieren würde ... Mit zwei, drei Worten setzte sie sie darüber ins Bild, was sie vorhatte: das Haus abreißen und auf dem Grundstück sehr luxuriöse Mietshäuser errichten lassen. Sie unterbrach ihre Erklärungen, um ihren Sohn erneut zu fragen, ob er Geld brauche. Ramon wurde rot bis über die Ohren. »Wir müssen ein großes Fest feiern ... ich besitze Vermögen im Ausland, werde meine Zeit zwischen Paris und Barcelona aufteilen müssen ... ein großes Fest der Wiederbegegnung. Ich werde die Kinder kennenlernen; meine Schwiegertochter ... diesmal geht es nicht.« Armanda bat Sofia, sie möge ihr verzeihen, aber wenn, wie sie sagte, die Villa abgerissen werden sollte ... sie sei hereingekommen, weil sie sehr oft durch diese Straße gehe, sie wohne in der Nähe ... ab und zu werfe sie für die Seele der Kleinen Blumen in den Garten ... Sie habe das offene Gittertor gesehen und den Möbelwagen und ein Taxi davor ... wenn also das Haus abgerissen werden sollte, hätte sie gern ein Andenken: ein paar Ableger von den Rosenstöcken. Von jenen Rosenstöcken, die an der Mauer des Waschhauses fleischfarbene Rosen trugen. Wenn sie es ihr erlaubte, würde sie sie pflücken gehen. Sofia sagte ja. Sie begleitete sie bis in die Küche, und Armanda erzählte ihr noch mehr Dinge von damals, als sie allein zurückgeblieben war. Schließlich verließ Sofia sie. Sie brachte ihre Haare in Ordnung. Sie sagte zu Ramon, daß sie gehen müsse; daß sie ihn, wenn er wolle, begleiten würde, das Taxi stünde vor der Tür. Ramon gab ihr zur Antwort, daß er zu Fuß gehen werde. Im Schein der Kerzen füllte Sofia einen Scheck aus und nötigte ihn ihm fast mit Gewalt auf. »Und Armanda?« fragte Ramon. »Ich wollte ihr auf Wiedersehn sagen ...« – »Laß sie. Sie sucht im Dunkeln die Rosenstöcke mit den fleischfarbenen Rosen.«

XI
RAMON

Er begann zu laufen, mit der einen Hand in der Hosentasche ganz fest den Scheck drückend, den seine Mutter ihm eben gegeben hatte. Er bog ab, und beim ersten Eingang, den er fand, blieb er stehen, um ihn anzuschauen. Nun war es vorbei mit den mageren Abendessen, mit dem Mietrückstand, den geflickten Leintüchern, den lediglich auf der Brust gebügelten Hemden, weil der Strom teuer ist und der Zähler ununterbrochen läuft. Seine Frau, mit ihrem verhärmten Gesicht, mit ihrem verzagten Herzen, würde aufatmen. Immer war sie unterwegs auf der Suche nach dem schlechtesten Essen, weil es das billigste war, nach fleckigem Obst ... Alte Sachen verwendend, um Kleider für die Kinder zu machen. Und sie ließ die Gespräche der Frau aus dem unteren Stock über sich ergehen, weil sie ihr die Nähmaschine lieh. Er entfernte sich immer weiter von der Villa, begleitet vom Geruch der Bäume, der Luft von früher. Während Jahren hatte er sich anstrengen müssen, um sich nicht daran zu erinnern, denn wenn er sich daran erinnerte, war er verloren. Es fiel ihm schwer zu vergessen. Später ... Er hatte an Schlaflosigkeit gelitten, hatte Herzklopfen gehabt, er war überzeugt, daß er herzkrank war. Niemand hätte sich vorstellen können, wie zerrüttet seine Nerven waren. Im Sommer war er krank. Immer war er krank im Sommer. Rätselhafte Krankheiten, ohne Namen, die ihn aufs Bett warfen. Mit seiner Unschuld war es in dem Moment zu Ende gewesen, als sein Vater mit vorwurfsvollen Augen angefangen hatte zu schreien. Sein Vater hatte, in einem Augenblick, seiner Jugend ein Ende gemacht. Sein Leben als Mann hatte eines Nachts auf den Straßen begonnen, und es war weitergegangen Jahre danach im Krieg, mit all den Kameraden, die von ihren Familien erzählten und ihm Briefe vorlasen und ihm Fragen stellten, und er mußte ihnen sagen, daß er niemanden habe, daß er allein sei. Und wenn er an den Ebro dachte und an die Straßen Kataloniens, die zu den Straßen Frankreichs führten, stieg ihm ein Schluck Galle in den Mund. Ein Schluck Galle der Ermüdung und der Verlassenheit. Wie wenn sich eine unendliche Wüste auf einmal in eine raue Kugel verwandeln könnte, die ihm bis in den Hals stieg und ihn erstickte. Er hatte den Scheck, was viel Geld war, in der Hand. Und ohne es zu merken, lächelte er. »Stellen Sie sich vor, ein Stammhalter!« Die Straße hinab in seinen mit dem Geruch von früher erfüllten Kleidern, jede Faser des Gewebes vom Hauch des Elends durchdrungen, dachte er an den Wind im Park, der ihn zerzauste, als er klein war. So oft hatte er an ihn gedacht, den Park ... doch nach und nach hatte er aufgehört, sich seiner Bäume zu erinnern, denn das Herz des Menschen erleidet solche Niederlagen, und das ist sein Glück. Seine Gedanken, während er langsam ging, um die Entfernung von seiner Kindheit hinauszuzögern, richteten sich auf seine Frau und die Kinder ... Mama, wie gut sie sich gehalten hatte ... Als sie die Photographien der Kinder anschaute, die er ihr unter der Straßenlampe schnell gezeigt hatte, einen Augenblick, bevor sie ins Taxi gestiegen war, hatte sie zu ihm gesagt, daß sie ihm ähnlich sähen. Und seine Gedanken schweiften ab. Was mochte aus Marina geworden sein, der ältesten Tochter von Herrn Rieras Schwester, die ihm geholfen hatte, als er herumirrte? Sie hatte sich in ihn verliebt. Eine unschuldige Liebe. Eine unmögliche. Damals war die Liebe für ihn eher ein Fluch als eine Sünde. Marina, jung, mütterlich, voller Mitleid und Zärtlichkeit, mit sanften Augen und den Händen einer Altarjungfrau, hatte sich in ihn verliebt, als er lieber sterben als leben wollte. Es war ihm ein Bedürfnis gewesen, eine Frau zu heiraten, die nichts von seinem Leben wußte: eine Unbekannte, die mit einem Unbekannten verheiratet war, der sich mit seiner Familie zerstritten hatte, und welche ihn nie fragte, warum er sich mit ihr zerstritten hatte. Seiner Frau war im Krieg ein Bruder getötet worden. Vielleicht hatte der Schmerz seiner Frau um diesen Bruder bewirkt, daß er sie geheiratet hatte ... In seinen Gedanken setzte sich der gegabelte Ast fest mit Jaumes dünnem Hals zwischen den Spitzen ... Wenn er Flüsse sah, wenn er das Meer sah, wurde er von Schwindel erfaßt, er mußte sich auf den Boden legen, weil er den Anblick ausgedehnter Wasserflächen nicht ertragen konnte. Die Wasserfläche sog ihn auf ... Er rief sich seine Mutter ins Gedächtnis zurück, wie sie unter der Straßenlampe stand und das Bild ihres Enkels und ihrer Enkelin anschaute, die sie dieses Mal keine Zeit hatte kennenzulernen, weil sie nur für ein paar Tage nach Barcelona gekommen sei ... Ein Junge und ein Mädchen, welche gut gediehen. Seine Frau war nicht mehr wie früher; die Entbehrungen hatten sie zerstört; aber er sah sie wie früher, denn sie war die große Zärtlichkeit seines Lebens gewesen ... Und als er durch ein Land zog, das nicht sein Land war, dachte er, obwohl er nicht an ihn denken wollte, an seinen Vater. Eines Tages müßte er mit den Kindern auf den Friedhof gehen und das Grab der Großmutter Teresa besuchen. Die Großmutter Teresa hatte Maria lieber gehabt als ihn. Marina hatte ihm eine ganze Zeit lang geschrieben ... hatte ihm von jenen erzählt, welche starben ... Er müßte auch Blumen mitbringen für Maria, und auch für die Großmutter Teresa ... aber um seiner Schwester Blumen zu bringen, würde er ganz allein auf den Friedhof gehn.

XII
ARMANDA

Sie hatte ein solches Verlangen, diese Erde zu betreten, daß sie nicht wußte, welche Richtung sie einschlagen sollte. Sie stand an der Küchentür, mit dem Hündchen neben sich, und konnte sich die Worte jenes Jungen nicht aus dem Kopf schlagen: daß es ein Gespenst im Hause gebe. Die Kerzen waren erloschen, ausgeblasen von jemandem, den man nicht sehen konnte, so wie vor Jahren – und sie hatte nie mehr daran gedacht – ihr die Kerze erloschen war, in der Nacht, in der sie auf das Dach gestiegen war, als sie noch keine Angst hatte, ganz allein in der Villa zu wohnen. Sie begann, dabei mit der Hand über die Mauer fahrend, zu laufen; sie traf auf den Wasserhahn, den die Mädchen benutzt hatten, wenn sie sich abspritzten. Sie bekam Lust, ihn aufzudrehen, unterließ es aber. Wie viele Jahre war es her, daß nicht ein Tropfen Wasser mehr hindurchgeflossen war ... Zwei mit altem Kram beladene Schatten überquerten den Vorplatz und redeten, als ob sie sich stritten. Der Melonenschnitz dort oben, der Mond, machte den Himmel dunkler. Darunter ruhte die große Masse der Bäume, die Stille ... Sie lief, als träte sie auf Glas, und ging zwischen Bäumchen und wilden Gräsern zum Lorbeerbaum. Sie kniete halb nieder, um die Steinplatte zu suchen, und fand nur aufgewühlte Erde: dorthin legte sie ihren Blumenstrauß. Hätte sie nicht die Gewohnheit gehabt, Blumen über die Mauer in den Garten zu werfen, hätte sie Frau Sofia und den jungen Herrn Ramon nie mehr gesehen. Seit Jahren warf sie Blumen hinein. Bevor sie das Türchen zu den Abfällen für immer verschlossen und Herrn Fontanills die Schlüssel gegeben hatte, kam sie herein und legte das Sträußchen in aller Ruhe auf die Steinplatte. Das Haus betrat sie nie. Je mehr Zeit verging, desto ungeheuerlicher kam ihr vor, was dadrin geschehen war: alles tat einem weh, mit den verschmierten Wänden und den Möbeln, die aus reiner Lust am Kaputtmachen kaputtgemacht worden waren. Sie setzte sich auf die Bank bei den Glyzinien. Frau Sofia hatte sie gefragt, wo sie wohne. »Wenn ich wieder nach Barcelona komme, werde ich Sie besuchen.« Und sie hatte Dankbarkeit empfunden für diese Worte. Auch wenn sie sie nicht wahrmachen würde. Das Hündchen näherte sich ihrem Rock und fing an zu winseln. So etwas ... Sie fuhr sich mit der Hand über die Wange; eine Spinne und nichts weiter als eine Spinne mußte sich von einem Ast herabgelassen haben. Von dort, wo sie war, konnte sie eines der großen Eßzimmerfenster sehen; sie schloß die Augen, und alles kehrte wieder: der große Strauß Gardenien und die festliche Atmosphäre ... was für eine Riesenarbeit ... Es war das erste Mal, daß sie den Notar und seine Frau zum Mittagessen eingeladen hatten. Die »gnädige Frau Teresa« hatte es gewünscht, denn sie hatte gesagt, daß man sich mit einem Notar, der ihnen so nützlich sei, besser gut stelle. Sie, sie hatte am Tag zuvor mehr als vierzehn Stunden damit zugebracht, all das Silber zu putzen, das sie benutzen würden, und die Magnolienobstschalen. Frau Teresa war gekommen, um zu sehen, wie sie arbeitete, und hatte lachend zu ihr gesagt, und alle hatten gelacht, daß sie, wenn sie nicht alles blitzblank mache, es von der Frau des Herrn Notar fertigputzen lassen würde, die Constància hieß. Frau Teresa sah an jenem Morgen umwerfend aus, mit dem weißen Hausrock, mit einem Sträußchen Flieder im Gürtel mit kleinen Blüten, die aus so schmalen Bändern gemacht waren, wie man sie nur in Paris bekam. Bevor sie die Küche verließ, sagte sie ihnen, daß sie sie zum Mittagessen alle in vollem Staat wünsche, mit Stiefelchen wie Spiegel. Und daß sie auf gar keinen Fall wolle, daß ihnen der Unterrock unter den Röcken hervorgucke, denn das sehe unordentlich aus. Filomena passierte das manchmal. Und Filomena wurde rot, und fast mit Tränen in den Augen sagte sie, sie könne nichts dafür, wenn der Unterrock länger als der Rock sei. »Nähen Sie sich einen Einschlag hinein!« Mit dem Hündchen in ihrer Nähe sah sie das dunkle Haus und neben dem Blitzableiter einen Schatten, der sich bewegte. Ihre Augen reichten nicht ganz so weit, aber das konnte nur ein großes Unkraut sein. Nicht einen Vogel hörte man in den Zweigen fliegen, und das, obwohl der Lorbeerbaum früher ganz voll von ihnen gewesen war. Am Tag des Mittagessens mit dem Notar hatte Sofia einen ihrer üblichen Streiche vollführt. Man hatte ihr das Kleid aus durchbrochener Spitze, die man aus der

Schweiz hatte kommen lassen, angezogen, mit einer großen Schleife aus weißem Satin auf dem Rücken, und ihr die Frisur mit den Korkenzieherlocken gemacht, die sie ganz närrisch machte, weil sie die Haare die ganze Nacht auf Lockenwicklern tragen mußte. Zum Mittagessen begehrte sie gegen Anselma auf. »Wenn ich nicht am Tisch mit den Großen essen darf, ess' ich nicht.« Armanda ging es Frau Teresa sagen: daß Sofia Tante Anselma zu schaffen mache. Und Frau Teresa raffte die Schleppe ihres taubengrauen Kleides, das aus so steifer Seide war, daß es bei jedem Schritt, den sie machte, knisterte, und man sah die Absätze ihrer granatfarbenen Satinschuhe. Sie sagte, wenn Sofia nicht in der Küche mit den Mädchen essen wolle (sie hatte das beschlossen, damit sie sich besser amüsieren konnte), dann sollten sie ihr das Essen im Spielzimmer servieren. Und Sofia, das kleine Ding, hatte erwidert, wenn sie nicht mit den Eltern und dem Besuch essen könne, dann würde sie nicht essen. Und wütend zog sie die Schleifchen an ihren Ärmeln auf; Frau Teresa konnte sich nicht beherrschen und gab ihr ein paar saftige Ohrfeigen. Anstatt anzufangen zu weinen, streckte das Kind seiner Mutter die Zunge heraus, die drehte sich halb um und tat so, als hätte sie es nicht gesehen.
In der Mitte des Tisches funkelte voller fleischfarbener Rosen der Tafelaufsatz mit den Sirenen, und auf beide Seiten des Tafelaufsatzes waren die Salzgefäße für große Feste gestellt worden: die beiden Schwäne aus Gold und Kristall mit den ebenfalls goldenen Löffelchen. Alles war kostbar: das Empiregeschirr und die Bestecke mit den von einem Kranz aus grünem Email umgebenen Initialen und die tulpenförmigen Champagnergläser und die Tischtücher ganz aus feiner, echter handgearbeiteter Spitze, von der sie nicht mehr wußte, wie sie hieß. Das Eßzimmer zu betreten war, als ginge man in die ewige Seligkeit ein. Um zwei Uhr hatte die Sonne begonnen hineinzuscheinen, und von überall blitzten Sternchen auf. Filomena, in weißen Handschuhen, hatte den Wein serviert, schlank wie eine Lilie und mit Odaliskenaugen, und hatte das Essen über hinter Herrn Valldauras Stuhl gestanden, der mit seinem dichten Bart und Schnurrbart einem jener uralten Männer aus der Biblischen Geschichte glich. Man sagte, daß er als Junggeselle so seine Streiche vollführt habe, aber verheiratet glich er einem Heiligen

... Er war in der Bibliothek aufgebahrt gewesen, wo bei ihnen die Toten hinkamen, und Herrn Eladis Vater und Onkel Terenci hatten Kränze geschickt, die eines Königs würdig waren. Der vom Vater des jungen Herrn war aus dunkelroten und hellroten Rosen und der von Onkel Terenci ganz aus Nachthyazinthen, mit einer zwei Spann breiten dunkelvioletten Schleife. Sofia hatte ihn kritisiert: »Onkel Terenci hat einen Kranz geschickt, der besser für eine Frau passen würde.« Der Kranz von Tante Eulàlia war aus Rosen und Lilien und der von Herrn Bergadà, jenem, der im Ausland lebte, aus Korallenkamelien und aus getigerten ... Wer weiß, woher sie diese Blumen im Winter hatten. Unter welchen Glashäusern hatten sie sich geöffnet? Es war wie ein Wunder. Alle Blumen der Welt, um Herrn Valldaura auf seiner letzten Reise zu begleiten. Was für ein großer Schmerz war dieser Tod gewesen ... Er hatte gleich das Bewußtsein verloren. Seine Augen standen offen, aber er sah nichts. Drei Tage dauerte sein Sterberöcheln. Er hatte mehr Blumen bekommen, dachte Armanda, als Frau Teresa. Sie hatte, als alle müde geworden waren, Totenwache bei ihr gehalten und war, fast auf Zehenspitzen, hinausgegangen, um eine fleischfarbene Rose zu pflücken, die sie so schrecklich gern gehabt hatte und die sich an der Mauer des Waschhauses öffneten. Sie hatte sie ihr an der Brust versteckt, damit Frau Sofia sie nicht sähe und es nicht so ginge wie mit dem Rosenstrauß, den sie auf Herrn Eladi gelegt hatte und den sie sie auf so gemeine Art zu entfernen geheißen hatte ... Mundeta und Antònia hatten die Austern aufgetragen. Sie selbst hatte sie geöffnet und auf eine Schicht aus zerstoßenem Eis auf die Teller gelegt. Sowie sie begannen sie zu essen, sagte in dem Augenblick, da er sich die erste Auster in den Mund steckte, Herr Valldaura verzückt: »Auster, Sirenenauswurf.« Die Frau des Notars war weiß geworden wie Papier und konnte nicht eine einzige versuchen. Sie war nicht eben hübsch: ihr Busen war flach und ihre Knöchel zerbrechlich. An Frau Teresa hingegen war alles üppig, und der Notar konnte nicht umhin, sie von Zeit zu Zeit anzuschauen. Man sah schon von weitem, daß sie ihm ungeheuer gefiel. Von den Täubchen blieb nicht ein Wickel und nicht ein Löffel Sauce übrig. »Was bin ich doch zufrieden«, hatte Tante Anselma gesagt, »es lohnt sich, daß ich dafür geschuftet habe.« Während sie das Geschirr abwuschen, sagte ihnen Filomena, daß Frau Valldaura auf der einen Seite schon einen ganz abgewetzten Schuh haben müsse, so viel hätte sie mit dem Notar gefüßelt. Die beiden Herren gingen ihren Kaffee in der Bibliothek trinken und die Damen am Tischchen bei den Eßzimmerfenstern. Da sie, verschieden wie sie waren, wohl nicht wußten, was sie sagen sollten, gingen sie nach einer Weile nachsehen, was ihre Männer machten. Filomena kam lachend in die Küche. Sie sagte, daß sie kräftig rauchten und daß Herr Valldaura vorgeschlagen habe, in den Salon im ersten Stock zu gehen und einige Partien Billard zu spielen. Herr Riera lehnte ab. Er könne kein einziges Spiel. Und dann fingen sie an, von Wien zu sprechen. »Die Veilchen und die Geigen?« fragte Tante Anselma. Herr Valldaura machte sich offensichtlich wichtig; die Donau war grau. Einer der traurigsten Flüsse der Welt am Rand der Stadt. Aber die Wälder ... ob der Wald des singenden Vogels und ob die Fischerwiese ... Schlag sieben half Mundeta Doña Constància beim Umlegen ihrer Stola aus karamelfarbenem Pelz, die mit Seide mit Blumensträußen darauf gefüttert war, und die Herrschaften begleiteten sie bis ans Gittertor. Am nächsten Morgen brachte ein Junge einen Strauß Gardenien, welche die Eingangshalle mit Duft erfüllten; Frau Teresa nahm ihn, und ihr Gesicht darin vergrabend, sagte sie mit vor lauter Glück geröteten Wangen: »Und wenn sie braun werden.« Sie steckte sich eine an die Brust und trug sie den ganzen Tag. Das mußte jene sein, die sie noch nach Jahren, zusammen mit Herrn Rieras Kärtchen, in der Schnupftabakdose aufbewahrte. Bevor sie sich zu Bett legte, ging sie Sofia gute Nacht sagen. Man hatte sie bestraft, denn Mundeta hatte ihr das Tablett mit dem Mittagessen hinaufgebracht, und als sie gekommen war, um es wieder zu holen, hatte das Kind nichts angerührt. Splitternackt saß es auf dem Bett und war gerade dabei, die Schachtel mit den Schokoladenbonbons leer zu essen, welche ihm die Frau des Notars geschenkt hatte. Das Kleid aus Schweizer Stoff lag zerrissen am Boden.

Die Angst, die ich in diesem Haus durchgemacht habe ... dachte Armanda. Nachts, wenn sie sich in ihrem Schlafzimmer einschloß, kam es ihr vor, als ob sie unten Geräusche hörte, und wenn sie unten war, kam es ihr vor, als ob sie oben Geräusche hörte. In den Nächten, in denen der Wind tobte, war es noch schlimmer, denn das Heulen des Windes überdeckte jedes andere Geräusch. Aber die Geräusche waren da. Sie richtete sich gerade auf vor dem Lorbeerbaum und betete ein Vaterunser. In ihre Wohnung hatte sie ein paar Bilder gebracht, damit sie nicht einfach so irgendwo endeten und ihr Andenken verlorenginge. Wenn sie Frau Teresa in diesem Kleid mit Edelsteinen anschaute, lachte ihr das Herz im Leibe. Eladi und Sofia als Brautpaar ... die Kinder ... sie seufzte. Maria trug am Tag der Ersten Kommunion einen Kranz aus Jasminblüten ... wieder spürte sie ein Streicheln auf der Wange. Sie blieb mit ihrem Hündchen stehen, das ganz närrisch um sie herumlief. Durch die Küche war sie hinausgegangen, durch die Küche würde sie hineingehen. Von Zeit zu Zeit blieb sie stehen. Das Hündchen begann wieder, mit hängendem Schwanz, zu winseln, in kleinen, anhaltenden Winslern. Sie wäre gern dem Weg gefolgt, der zum Türchen bei den Abfällen führte, aber es war zu dunkel, und die Stille machte ihr Angst. Unvermittelt blieb sie stehen. Erneut spürte sie das Streicheln auf der Wange. Stärker als das Streicheln eines verirrten Spinnwebfadens. Als ob eine unsichtbare Hand sie ganz zärtlich streichelte, ein Streicheln aus Liebe unter dem Auge, die Wange hinab ... sie erschrak überhaupt nicht. Ganz gerade, den Bäumen zugewandt, murmelte sie: »Wenn es ein Toter aus diesem Haus ist, der an mich denkt, so möge Gott ihm beistehen und ihm die Ruhe und den Frieden geben, die er braucht.« Sie verharrte, als ob ihre Gedanken stehengeblieben wären, allein inmitten einer Wüste, ohne Himmel und ohne Erde. Nach und nach erholte sie sich wieder, und etwas, ganz nah, auf Augenhöhe, mit den schwarzen Bäumen als Hintergrund, fesselte sie: ein kleiner Nebel, ein winziges Nichts von Nebel, unbestimmt, ein durchsichtiger Flügel, der sich allmählich entfernte und sich zuletzt auflöste, als ob ihn die Erde aufgesogen hätte. Sie war innerlich wieder wie halb gelähmt, und als sie konnte, bekreuzigte sie sich.

Ringsherum um die Mauern des Waschhauses gab es Rosenstöcke. Sie fuhr mit einem Finger über die Scheibe des Fensters, von dem aus Herr Eladi die Mädchen beobachtet hatte, wenn sie sich mit dem Wasserschlauch abspritzten, und pflückte zwei

Rosenzweige. Ihr Herz beruhigte sich sogleich. In der Eingangshalle waren die Möbelmänner und saßen rauchend und trinkend auf dem Boden, umgeben von brennenden Kerzen. »Die Frau und ihr Sohn sind schon gegangen«, sagte Anselm zu ihr. Das war verständlich; sie war so lange draußen gewesen . . . Sie wünschte den Möbelmännern gute Nacht. Sie stand und dachte nach. Da war etwas Seltsames, das ihre Aufmerksamkeit auf sich gezogen hatte, und sie konnte sich nicht erinnern, was es war. Sie trat ins Eßzimmer, um die Zeit verstreichen zu lassen, ob sie sich erinnern könnte, was es war, das sie beunruhigte. Auf dem Tisch stand eine brennende Kerze, die mit ihrem Wachs auf das Holz geklebt war. Sie schaute die Rosenzweige an. Sie sah sogleich, daß sie abgestorben waren. Es war ihr schon so vorgekommen, als habe es ein zu trockenes Geräusch gegeben, als sie sie abgebrochen hatte . . . Sie legte sie neben die Kerze. Sie ging hinkender denn je, aber innerlich beschwichtigt. Unter der Veranda blieb sie stehen, stieg die Stufen hinab. Sie ging unter den Kastanienbäumen hin. Sie überquerte die Straße und schaute von der anderen Seite aus, unter dem Efeu, der von der Mauer hing, auf die Villa. Die Mondsichel hatte sich dem Blitzableiter genähert. Sie seufzte ohne Kummer. Das Hündchen folgte ihr ruhig. Nach etwa fünfzig Schritten, als wäre in ihrem Innern ein Licht aufgegangen, erinnerte sie sich an jenes Seltsame, das aus irgendeinem Winkel ihrer Seele in ihre Gedanken hinaufgestiegen war: der junge Herr Ramon, so anders als damals, als er von zu Hause weggelaufen war, glich sehr stark Jesús Masdéu.

XIII
DIE RATTE

Umgeben von Holzspänen und zerfressenen Lumpen, mit roten Augen und kahlem Rücken, lauschte sie. Dichtes Schweigen herrschte. Etwas in ihrem Innern hatte sich in Bewegung gesetzt, und sie begann zu laufen. Sie lief über ausgebreitetes Papier, durchquerte Zimmer mit goldenen Decken, Zimmer mit Lampen aus Glastropfen, mit zerbrochenen Porzellankandelabern, eingesponnen von Spinnweben. Zimmer mit aufgequollenen, in den feuchtesten Ecken abgelösten Tapeten, mit Möbeln, mit Vasen, mit am Boden aufgehäuften Schubladen. Hier drinnen hatten Menschen gelebt. Von der Eitelkeit, vom Haß, von den Stückchen Liebe blieb der Staub und ein trauriger Anblick von Glanz und Vergessen. Ohne Umwege durchquerte sie die Eingangshalle; am Springbrunnen vorbei, über Pflanzen, die in stehendem Gewässer wachsen, unter der mit Trauben und Birnen beladenen Steinschale durch; alles zerbrochen. Sie lief in einem fort, sie wußte, wohin sie ging; zuversichtlich, als ob ein sehr gut durchdachter Mechanismus sie in Bewegung gesetzt hätte und nichts sie aufhalten könnte. Sie ging die Treppen hinauf, hielt sich an einem Stück Vorhang fest, stieg zum Fenster hoch, gelangte durch eine zerbrochene Scheibe nach draußen, rannte über die Fensterbrüstung, klammerte sich an die Regenröhre und stieg ganz vorsichtig hinunter. Sie erreichte den Boden, und durch hohe Gräser, über kleine Steine nahm sie ihren Weg. Ab und zu wurde sie vom Stamm eines einsamen, schmächtigen Bäumchens abgelenkt. Sie kam an der glyzinienbedeckten Steinbank vorbei, lief über Wurzeln, die aus der Erde wuchsen, als seien sie deren Nerven. Plötzlich blieb sie stehen; es klopfte an der Mauer zum Feld, Abfälle wurden hingeschüttet. Sie hob den Kopf, aufmerksam. Hinter ihr, sehr hoch, war der Blitzableiter, die beiden Türme mit den Fensterluken, der Kamm des Dachgesimses aus verziertem Eisen ... alles gegen das Blau der Nacht, flach als ob es aus Pappe wäre. Die Schläge an der Mauer hörten auf, und sie tauchte in den großen Schattenbereich ein, wo die Bäume wild wuchsen, von

Dornbüschen umgeben und ruhenden Farnen, während die alten, vertrockneten Blätter den neuen, gläsernen Trieben Platz machten. Dort, wo sie erst gegen Abend hineinging, weit entfernt von den drei Zedern des Glücks, in jenes dichte Gewirr von Heckenrosen, von Geißblatt, wo die Akazien mit der runzeligen Rinde noch immer ein schwaches Verlangen hatten, im Frühling zu blühen. Die Maulbeerbäume, Eichen, Linden begruben Sträucher und Fliederbüsche, die sich nicht mehr erinnerten, was zu tun war, damit die Blütenbüschel aus dem Sproß hervorwuchsen, und vermischten sich mit dem Dickicht der Buchsbäume und den verstreuten Gruppen von armdicken Bambusrohren. Und überall der Efeu, der hinaufklettert, der würgt, der dahinkriecht, um stärker zu sein. Der Efeu rings um das Wasser. Der dunkle Efeu mit den steifen Blättern, die nur schlecht die Traubendolden der kleinen, schwarzen Beerchen verdeckten. Alles, was einst geordnet und gelenkt gewesen war, hatten Vernachlässigung und der Lauf der Jahreszeiten in Krankheit verwandelt. Von den alten Ästen, von den neuen Ästen, von den vom Wind gebrochenen, vom Blitz verbrannten Ästen, aus all den Regenschlupfwinkeln unter den Blättern waren eines Tages, vor Jahren, die Vögel verschwunden. Der hundertjährige Stamm der Platane, mit den beiden Ästen, die ihren Schatten auf den Abfall warfen, war mit einer Art Grünschimmel überzogen, der kein eigentliches Moos war. Und sie stieg nach oben, hin zu den gelben Blättern, bei denen ein Stern wachte, zwischen den Kugeln aus trockenem Stroh, unter der zarten Feuchtigkeit der Abenddämmerung, unter diesem Stückchen Diamant, das am Himmel stand und zitterte. Als sie oben auf der Mauer ankam, blieb sie stehen, und ihr Schnäuzchen bewegte sich. Sie suchte den Efeu, stieg, fast beim Fuß des Abfallhaufens, hinunter. Ohne sich zu beeilen, wühlte sie, geleitet vom Geruch der Käserinden, in den Holzspänen herum. Die Einwickelpapiere raschelten ein bißchen, und als sie fand, was sie suchte, klemmte sie es zwischen ihre Vorderpfötchen und begann zu nagen. Von der anderen Seite des Efeupolsters nahten zwei weitere heran: kleine. Und vom Feld her kamen vier, rennend und stehenbleibend, wie Bällchen lebendiger Dunkelheit.

Als sie ganz satt war, kroch sie unter den Holzspänen hervor und begann zwischen Blättern hochzusteigen, die beiden kleinen Ratten hinter sich. Sie ging den gleichen Weg zurück. Auf einmal bog sie nach Westen ab, wo die Fassade mit einer anderen Sorte Efeu bedeckt gewesen war, mit Blättern von leuchtendem Grün, das im Herbst entbrannte. Jener Efeu war vor Jahren abgestorben, doch die Füßchen, mit denen sich die Ranken anklammerten, waren an der Mauer haften geblieben und trugen vertrocknete Ranken, die immer dünner wurden, je höher sie aufstiegen. All das, was ein Meer von Laub gewesen war, sanft wogend in der Sonne und der Schönwetterluft, hatte sich in ein Gewirr von Ranken und Füßchen verwandelt. Durchs Gewirr hinauf kletterte sie immer höher und höher, die kleinen Ratten hinter sich, alle drei ganz satt von Käserinden, die der Lebensmittelhändler von weiter unten unzenweise verkaufte. Sie erreichten das Dach, spazierten über das Dachgesims und gelangten schließlich durch ein Dachfenster des Turms ins Haus.

Ein heftiger Schlag weckte sie. Sie duckte sich auf ihr Lager nieder. Sie sah drei große Schatten, die sich hin und her bewegten. Den ganzen Morgen lang hielt sie sich ruhig, und am Mittag näherte sich einer der Schatten ihrem Lager und zerwühlte es ihr. Sie verharrte ruhig, voller Neugier. Auf einmal sah sie ein Stück Holz, das sich emporhob, und mit erschrockenem Herzen, mit hervorquellenden Augen, mit ihrem rissigen Schwanz, richtete sie sich gerade auf, herausfordernd ... bis sie losrannte und sich halb unter einem Haufen Papier versteckte. Allmählich wurde es dunkel, aber im Haus drinnen war Licht; zitternde Flämmchen, welche die Schatten mitnahmen und wieder zurückbrachten. Einen Augenblick nützend, in dem die Schatten nicht zu sehen waren, kam sie langsam hervor, und als sie den Vorplatz erreichte, lauschte sie mit erhobenem Schnäuzchen. In der Gegend des Brunnens winselte ein Tierchen. Alles war gleich, nichts hatte sich verändert, aber sie war unruhig. Gefahr umgab sie, und sie wagte es nicht, sich zu rühren. Der gewohnte Schatten, ein Nebelflügel, der wie eine Flamme züngelte, strich so dicht und so niedrig an ihr vorbei, daß er ihre Ohren streifte. Sie machte einen Satz und rannte los, bis sie nicht mehr konnte. Sie mußte stehenbleiben, das Herz zersprang ihr in der Brust. Nach einer Weile machten jene Schatten einen sehr großen Haufen mit all dem, was sie aus dem Haus geholt hatten. Sie zündeten ihn an. Sie hörte ein Prasseln und sah rote Flammen bis zum Himmel aufsteigen. Die Zweige und Blätter der vordersten Bäume des Parks schienen zu brennen. Das Feuer dauerte die ganze Nacht. Sie wußte nicht, wo sie schlafen sollte. Sie strich im Haus umher; alles war unsicher. Nicht ein einziges kümmerliches Bündelchen Stoff sah sie. Mutlos, halb krank erreichte sie die Kastanienallee und kletterte an einem Stamm hoch; sie fand ein Loch und verkroch sich darin. Nach ein paar Tagen kamen weitere Schatten, um Bäume zu fällen, das Haus abzureißen. Sogleich sahen sie im Stamm einer Kastanie beim Eingang, zusammengerollt in einer Öffnung, eine widerliche Ratte mit halb zerfressenem Kopf, umgeben von grünen Fliegen.

Begonnen im Jahre 1968 in Genf,
beendet 1974 in Romanyà de la Selva.

Arrabassada
kurvenreiche Straße auf den Tibidabo, dazwischen viele Spazierwege. Gelangte im Bürgerkrieg zu trauriger Berühmtheit: republikanische Kommandos vollzogen hier bei Morgengrauen ihre Exekutionen und ließen die Leichen über die Kurvenböschungen stürzen.

Ateneu Barcelonès
1860 als »Ateneu Català« gegründete Vereinigung mit Sitz am Carrer Canuda 6. Kulturzentrum (Vorträge, Ausstellungen, Kurse, Preisausschreiben, Bibliothek etc.)

Barceloneta
die alte Vorstadt von Barcelona, auf einer Halbinsel im Osten des Hafens gelegen. Seit der Hafen an Bedeutung verlor, ein typisches Kleine-Leute-Viertel.

Boqueria
großer Markt in einer Halle an der Rambla de les Flors, der berühmteste und populärste Markt Barcelonas. Heute nicht nur Einkaufszentrum, sondern auch Sehenswürdigkeit.

Can Culleretes
traditionsreiches Restaurant im Zentrum von Barcelona, Quintana 5.

Carrer
deutsch: Straße

Edèn Concert
Café concert in Barcelona, Carrer Nou de la Rambla 12, zu Ende des vergangenen Jahrhunderts eröffnet. Es gehörte zu den gehobensten seiner Art. Seit 1936 Kino.

Esquerra Catalana
deutsch: Katalanische Linke. 1904 spaltete sie sich als liberaler Flügel von der konservativen *Lliga Regionalista* (»Lliga«) ab. *Francesc Cambó* (1876-1947), Führer dieser konservativen Lliga und Vertreter eines rechtsgerichteten Katalanismus, hatte im April 1904 als Stadtrat von Barcelona den Besuch Alfons' XIII. dazu benutzt, um den König zu empfangen und ihm die verschiedenen Anliegen des von ihm

vertretenen Katalanismus vorzutragen (vor allem Bemühen um die katalanische Autonomie innerhalb des spanischen Staates).

Enric Granados
katalanischer Komponist und Pianist, geboren am 29. Juli 1867 in Lérida und am 24. März 1916 im Ärmelkanal ums Leben gekommen. Granados befand sich nach einer Konzertreise durch die Vereinigten Staaten, von England kommend, an Bord der *Sussex,* als diese von den Deutschen torpediert wurde.

Liceu
eigentlich *Gran Teatre del Liceu,* an der Rambla del Centre. Wichtigstes Theater von Barcelona, mit einer Kapazität von 3500 Personen, Mitte des 19. Jahrhunderts erbaut. Nach der Mailänder Scala das zweitgrößte Opernhaus Europas.

Mercè
Kirche am Carrer Ample. Im 13. Jahrhundert erbaut, im 14. und 15. erweitert und zwischen 1765 und 1775 völlig renoviert (Barockgebäude).

Palau de la Música Catalana
bedeutendes modernistisches Gebäude am Carrer Alt de San Pere, erbaut zwischen 1905 und 1908. Heute zusammen mit dem Liceu Zentrum des Musiklebens von Barcelona.

Pam
deutsch: Spanne (19,4 cm). Flächenmaß (~ 377 cm^2)

Paral.lel
Straße in Barcelona, die eigentlich nach dem Marqués del Duero benannt ist, aber seit Beginn unseres Jahrhunderts unter dem Namen einer Taverne, eben *Paral.lel,* bekannt. In ihr liegen die populärsten Etablissements des Vergnügungsviertels.

San Gervasi
Villenviertel im erhöht gelegenen nördlichen Teil von Barcelona, einst Vorstadtgebiet.

Santa Maria del Mar
Kirche in Barcelona, nach der Kathedrale der bedeutendste Sakralbau; Meisterwerk der katalanischen Gotik (1329-1383). Bei den oberen Schichten galt es als besonders fein, sich in dieser Kirche trauen zu lassen.

INHALTSVERZEICHNIS

Lateinamerikanische Literatur im Suhrkamp Verlag

Eine Auswahl

»Imagination, Sensibilität, Liebenswürdigkeit, Sinnlichkeit, Melancholie, eine gewisse Religiosität und ein gewisser Stoizismus gegenüber dem Leben und dem Tode, ein tiefes Gefühl für das Jenseitige und ein nicht weniger ausgeprägter Sinn für das Hier und Jetzt . . . Lateinamerika ist eine Kultur.«

Octavio Paz

Allende, Isabel: Das Geisterhaus. Roman. Aus dem Spanischen von Anneliese Botond. Gebunden

Amado, Jorge: Die drei Tode des Jochen Wasserbrüller. Erzählung. Aus dem brasilianischen Portugiesisch von Curt Meyer-Clason. BS 853.

Asturias, Miguel Angel: Der Spiegel der Lida Sal. Erzählungen und Legenden. Aus dem Spanischen von Wolfgang Promies. BS 720

– Legenden aus Guatemla. Aus dem Spanischen von Fritz Vogelgsang. Mit einem Vorwort von Paul Valéry und Illustrationen nach alten Maja-Motiven. BS 358

Barnet, Miguel: Der Cimarrón. Die Lebensgeschichte eines entflohenen Negersklaven aus Cuba, von ihm selbst erzählt. Nach Tonbandaufnahmen herausgegeben von Miguel Barnet. Aus dem Spanischen von Hildegard Baumgart. Leinen, Sonderausgabe (Insel) und st 346

Bioy Casares, Adolfo: Der Traum der Helden. Roman. Aus dem Spanischen von Joachim A. Frank. Gebunden

Cardenal, Ernesto: Gedichte. Spanisch und Deutsch. BS 705

Carpentier, Alejo: Das Barockkonzert. Aus dem Spanischen von Anneliese Botond. BS 508

– Das Reich von dieser Welt. Roman. Deutsch von Doris Deinhard. BS 422

– Die Harfe und der Schatten. Roman. Aus dem Spanischen von Anneliese Botond. Leinen und st 1024

– Die verlorenen Spuren. Roman. Aus dem Spanischen von Anneliese Botond. st 808

– Explosion in der Kathedrale. Roman. Aus dem Spanischen von Hermann Stiehl. st 370

Cortázar, Julio: Album für Manuel. Roman. Aus dem Spanischen von Heidrun Adler. Gebunden und st 936

– Bestiarium. Erzählungen. Aus dem Spanischen von Rudolf Wittkopf. st 543

– Ein gewisser Lukas. Aus dem Spanischen von Rudolf Wittkopf. BS 925

72/1/4.86

72/2/4.86

Lateinamerikanische Literatur im Suhrkamp Verlag

Eine Auswahl

Paz, Octavio: Verbindungen – Trennungen. Ein Essay. Aus dem Spanischen von Elke Wehr und Rudolf Wittkopf. Leinen

Puig, Manuel: Der Kuß der Spinnenfrau. Roman. Aus dem Spanischen von Anneliese Botond. 896

– Der schönste Tango der Welt. Roman. Aus dem Spanischen von Adelheid Hanke-Schaefer. Leinen und st 474

– Herzblut erwiderter Liebe. Roman. Aus dem brasilianischen Portugiesisch von Karin von Schweder-Schreiner. Gebunden

Roa Bastos, Augusto: Menschensohn. Roman. Aus dem Spanischen von Curt Meyer-Clason. BS 506

Vargas Llosa, Mario: Das Grüne Haus. Roman. Aus dem Spanischen von Wolfgang A. Luchting. st 342

– Der Hauptmann und das Frauenbataillon. Roman. Aus dem Spanischen von Heidrun Adler. st 959

– Der Krieg am Ende der Welt. Roman. Aus dem Spanischen von Anneliese Botond. Gebunden

– Maytas Geschichte. Roman. Aus dem Spanischen von Elke Wehr. Gebunden

– Tante Julia und der Kunstschreiber. Roman. Aus dem Spanischen von Heidrun Adler. Gebunden

Lateinamerika, Gedichte und Erzählungen. 1930–1980. Herausgegeben von José Oviedo. st 810

– Der lange Kampf Lateinamerikas. Texte und Dokumente von José Martí bis Salvador Allende. Herausgegeben von Angel Rama. st 812

– Die Neue Welt, Chroniken Lateinamerikas von Kolumbus bis zu den Unabhängigkeitskriegen. Herausgegeben von Emir Rodríguez Monegal. st 811

– Der Frauenheld und andere Geschichten der Liebe aus Lateinamerika. Herausgegeben und mit einem Nachwort von Michi Strausfeld. st 1296

– Lateinamerikanische Literatur, Materialien. Herausgegeben und mit einem Vorwort von Mechthild Strausfeld. stm. st 2041

– Brasilianische Literatur, Materialien. Herausgegeben von Mechthild Strausfeld. stm. st 2024

72/3/4.86